西北师范大学
世纪中文·学人文丛

《格萨尔》原型研究

韩伟 著

图书在版编目(CIP)数据

《格萨尔》原型研究 / 韩伟著. — 北京：商务印书馆，2024
ISBN 978-7-100-23427-6

Ⅰ.①格⋯ Ⅱ.①韩⋯ Ⅲ.①《格萨尔》—文学研究 Ⅳ.①I207.914

中国国家版本馆CIP数据核字（2024）第044969号

权利保留，侵权必究。

《格萨尔》原型研究

韩伟 著

商务印书馆出版
（北京王府井大街36号 邮政编码 100710）
商务印书馆发行
三河市尚艺印装有限公司印刷
ISBN 978-7-100-23427-6

2024年4月第1版　　开本 710×1000　1/16
2024年4月第1次印刷　印张 16　1/2

定价：98.00元

序

程金城

《格萨尔》史诗是人类非物质文化遗产，是人类共享的精神财富。《格萨尔》研究是国际显学，多种维度、各种方法的研究成果斐然，其范式也多种多样。韩伟博士将原型理论和批评方法运用于《格萨尔》研究，是《格萨尔》史诗研究范式的一次突破，也是原型理论和批评在中国语境中的大胆尝试。鉴于《格萨尔》史诗的世界影响和国际相关学术领域对《格萨尔》的广泛关注，这一研究范式的尝试应该具有一定的跨国际文化交流的特点。

在"格萨尔学"领域，韩伟在吸收前辈学者研究成果的基础上，另辟蹊径，拓展了一条新路，他的《格萨尔》原型研究虽是新的起点，却已显示出较广阔的研究前景和重要的学术意义。

其一，《格萨尔》文学原型研究范式建构的意义。原型是蕴含集体无意识的原始意象，它的古老性质是显而易见的，尽管如此，原型在本质上是"生成"的，而不是"现成"的，不是"先在"的，就是说，原型是人类在与世界的关系中逐步生成的某种意识或无意识的意象化，原型的生成过程是意象创造的过程，是意与象融合并"成型"的过程。《格萨尔》作为民族英雄史诗，被视为藏族文化的集大成和"百科全书"，因此，对其研究具有多维度、跨学科的特点有其必然性。而《格萨尔》史诗通过说唱艺人传唱而不断丰富其内容的特点，则表明文学性是其主要特质。韩伟的《格萨尔》原型研究的意义首先在于确认格萨尔是有原型的，而其原型是文学原型，亦即由文学叙事所塑造的格萨尔形象及其故事。《格萨尔》的文学原型是以民间文学叙事作为载体和形态构成的文本主体，格萨尔的形象和故事是被民族共同创造出来的，其原型蕴蓄在民族的集体无意识和民族精神系统中。从一定意义上说，《格萨尔》文本因其体量的宏大和内容的丰富性而具有其他文本不具备的原型要素，是文学原型研究的理想的典型的文本。强调《格萨尔》文本的文学特质和原型意义，不仅不影响对《格萨尔》的历史因素和民族精神的研究，反而能更清楚地理解这部民族英雄史诗对民族共同情感和集体无意识的融入，揭示出通过传唱的形式传承的藏族人民对几千年历史文化的记忆。这样，韩伟的研究使《格萨尔》文本解读与原型理论找到了紧密的契合点，其研究范式的建构有了坚实的文本和理论的基础。

其二，对《格萨尔》原型系统的结构分析及其意义。《格萨尔》凝聚了藏民族多种文化元素和情感精神，其研究的突破有待从文本内部进行系统剖析。韩伟指出，《格萨尔》史诗是一部内容宏富、卷帙浩繁的藏族人民的大百科全书，涉及的范围极为广阔，包罗政治、经济、军事、文化、历史、宗教、艺术、哲学、伦理等多个方面。通过对《格萨尔》史诗进行细致深刻的文本分析和解读，发现其原型具有原始性、英雄崇拜、部族意识等独特内涵。就《格萨尔》目前已有的研究成果来说，大多还停留在历史、文化和宗教等层面上，而对于其他方面的研究较少，尤其是文学层面上的研究更缺乏应有的理性探讨。基于这样的认识，韩伟对《格萨尔》的几个重要方面进行了具有创意的系统研究，包括《格萨尔》史诗象征系统、《格萨尔》史诗的原型模式、《格萨尔》原型形象系列（如诞生原型、英雄原型、恶魔原型）、《格萨尔》原型母题与神话观念等等。这些研究也许有待于深化和完善，但其意义在于它打开了理解《格萨尔》史诗的新的研究空间，有了更多切入其肌理的可能。比如，韩伟认为，《格萨尔》史诗所描述的藏族先民在漫长的历史发展过程中形成的具有自身特征的意象象征系统和象征符号，是藏族人民宝贵的文化遗产，反映了藏族这个雪域部落独特的精神世界和思维方式。关于其象征系统，他特别指出色彩、形体、行为的象征，数字的象征，语义、宗教、神力、动物的象征。而在构成史诗文化根基的各种象征符号之中，最为醒目的是对英雄格萨尔这一语义符号的信仰与崇拜。英雄格萨尔不仅是一个内涵宏富的文化象征符号，也成为一个似乎真实存在的文化实体。这些见解，都是由对《格萨尔》的原型追溯和探索而获得的新成果。

其三，从原型角度切入对《格萨尔》史诗独特性及深层意蕴的解读。韩伟认为，《格萨尔》是藏族文学的一个象征源和原型系统，对此进行原型分析意义深远。《格萨尔》具有许多独特的藏民族从远古传承下来的神秘文化因素和历史文化精神，而揭示这些独特性则是原型研究的重要领域。比如"英雄崇拜"：《格萨尔》是雪域高原英雄史诗，是古代藏族人民对自己的英雄满怀豪情进行讴歌的智慧结晶。比如神秘性：《格萨尔》是一部充满着神性与人性的典型文本，具有很大的神秘性，通过特有的仪式，将世俗上升到宗教。比如《格萨尔》中的巫术文化：巫术文化根植于藏族神秘的苯教，与灵魂观念相联系，是藏族先民对未知世界的认知和解释，加之史诗流布地区的民俗等熔铸进史诗之中，史诗浓郁的巫术文化气息扑面而来，体现藏族先民诗性智慧和隐喻思维。韩伟追踪《格萨尔》原型形成的过程，就是解读藏民族精神发展史的过程。这一研究深入到史诗的本源关系中，有重要的启示意义。

其四，远观视角和超越意识。韩伟的《格萨尔》原型研究，将其与人类其他史诗相比较，拉开时间的距离看《格萨尔》的传承具有的意义，入乎其内，又出乎其外，以超越民族视域的他者视角审视它的世界意义。在人类的诸多史诗中，《格萨尔》有其独特性，它自从诞生以来就不断地被传唱，古今贯通，现在依然是活态的文化现象；《格萨尔》不仅在整个藏民族中传唱，而且在蒙古族、土族等少数民族中传唱并被赋予新的内容和形式，它是多民族共同的艺术创造。这些都是值得用新的理论和方法阐释的内容。在与世界著名史诗荷马史诗《伊利亚特》和《奥德赛》、印度史诗《罗摩衍那》和《摩诃婆罗多》相比较中，揭示《格萨尔》的独特意义和价值。韩伟指出，《格萨尔》不但篇幅最长，而且其结构也不同于世界上其他著名史诗。按照传统的说法，有《天界篇》《英雄诞生》《赛马称王》等分部本作为序篇；接着是四部降魔史，即《魔岭大战》《霍岭大战》《姜岭大战》和《门岭大战》；此外还有十八大宗、十八中宗、十八小宗等部等，构成整部史诗的主体部分。《格萨尔》从内容到形式，全面而充分地汲取了藏族古代神话、传说、故事、谚语、格言、折嘎、古尔鲁、山歌、喇嘛嘛呢、歌舞、戏剧以及绘画、音乐的丰富营养。也就是说，它是在藏族民间文艺极其丰厚的土地上生根、开花、结果的。他因此认为，《格

IV 《格萨尔》原型研究

萨尔》是一部活形态的史诗,也是一部体现了"历史透视意识"的编年史,一部反映了"民族记忆"的"部落纪事"。《格萨尔》是一部伟大的民间文学作品,是雪域高原的藏族人民从原始部落时代走向文明时代的产物。这些阐释和判断,体现了由原型研究切入对《格萨尔》的独特理解,初步形成了一种新的解释系统,其阶段性成果值得充分肯定。

《格萨尔》史诗的丰赡浩瀚和持续不断地创造,使其成为一个开放的活态的文本系统,为研究者的解读和阐释提供了多种可能,韩伟的原型研究取得了新成果,也拓展了新空间,我们期待更多的创获和突破。

前　言

运用新的批评视角，往往会有新的发现。建立在文化人类学、心理学、符号学等学科基础上的原型批评，为我们对藏族英雄史诗《格萨尔》进行整体研究提供了新的角度。本书主体部分是国内第一部以神话—原型批评理论为理论依据，对《格萨尔》进行专门研究的专题著述。由于涉及面广，需要的资料范围大，本研究具有较高难度和开拓性意义。以西方经典文艺理论来观照史诗《格萨尔》，这是史诗研究适应知识全球化的需要而展开自身的知识创新，它的尝试性运用对《格萨尔》的多层次、多向度研究具有借鉴意义，对于开拓《格萨尔》研究的新局面具有方法论意义。

神话—原型批评是 20 世纪西方文艺理论的重要成果，新时期以来在我国广泛传播，其对文学研究观念与范式革新的积极促进作用是有目共睹的。原型批评一度在中国的文学批评界广为流行，但在中国的史诗研究领域还较为少见。在西方，原型批评作为一种重要的批评方法的提出，其主要的实验性文本就是《圣经》和英雄史诗。本研究填补这一空缺，对中国三大史诗之一的藏族英雄史诗《格萨尔》进行原型研究，为跨学科研究的发展提供具有知识创新的个案分析演示。

本书把握住《格萨尔》与"神话—原型批评"的关系，从文学与人类学的相互作用这个新角度着眼，透析出新世纪史诗说唱的观念变革和史诗研究的范式革新的一个重要学术思想动力。在史诗文本方面，挖掘出沉潜着的"原型质素"，使得远古的民族记忆，即"集体无意识"彰明较著；在史诗创作和传唱方面，拨开了神秘艺人的面纱，使人们在理性认识的指引下发现民族精神的真谛。文中梳理出了《格萨尔》的原型系统、象征系统，及其独具雪域高原魅力的仪式性，真正凸现出史诗作为文学文本的诗化意义。

由上可知，本书是对《格萨尔》史诗作整体的研究，具有学术研究的开创性。其现实意义在于，从宏观上，为《格萨尔》的研究提供了迄今最鲜活的理论参照；从微观上，对如何具体掌握和应用原型批评研究范式和方法，具有示范作用。

《格萨尔》史诗是我多年沉醉其间并不断潜思、探索的领域，《〈格萨尔〉原型研究》既是这一求索历程的起点，也是本书的主体部分。伴随着时代的发展、更迭，《格萨尔》史诗的文献资料及相关研究发生了巨大变化，多年前的思考、陈述置于当下必然会产生"时间差"，为了弥补因时间错位形成的信息误差，我在认知日滋月益的学程中，不断修改自己的观点与表述。体现在此书中则是在原稿基础上对文献资料、研究方法做了一定调整与更新，并在原稿之外附录本人《格萨尔》史诗相关研究成果。如此安排，一则真实记录本人多年来《格萨尔》史诗研究的进程，二则客观地表现《格萨尔》史诗研究领域的深度、宽度与广度。

目 录

绪 论 1
    第一节   研究缘起与意义 1
    第二节   国内外史诗学研究概述 4
    第三节   国内外《格萨尔》研究述评 13

第一章   原型与史诗《格萨尔》 22
    第一节   原型与《格萨尔》文本 22
    第二节   原型与《格萨尔》传唱 27

第二章   《格萨尔》史诗的文学原型意义 37
    第一节   《格萨尔》史诗的原型模式 38
    第二节   《格萨尔》史诗母题的研究 42
    第三节   《格萨尔》史诗的意象系统 57

第三章   《格萨尔》史诗原型系统 62
    第一节   诞生原型 68
    第二节   英雄原型 71
    第三节   恶魔原型 74

第四章   《格萨尔》史诗原型的独特内涵 75
    第一节   原始性 75
    第二节   英雄崇拜 82
    第三节   部族意识 85

第五章 《格萨尔》史诗象征系统..........88
第一节 色彩、形体、行为的象征..........89
第二节 数字的象征..........92
第三节 语义、宗教、神力、动物的象征..........97
第四节 三元关系的象征..........105

第六章 《格萨尔》史诗的仪式性..........110
第一节 仪式：从世俗上升到宗教..........110
第二节 《格萨尔》中的巫术文化..........113
第三节 《格萨尔》史诗巫术文化内涵..........119

第七章 《格萨尔》史诗的文学意义..........127
第一节 对民间文学艺术创作的影响..........129
第二节 对当代文学创作的影响..........133
第三节 与世界著名史诗相比的意义和价值..........136

附 录..........141
《格萨尔》史诗的音乐解读..........143
《格萨尔》生命美学思想论..........155
史的构建与精神文化的巡礼..........174
论《格萨尔》史诗语言的美学特征..........179
历史真理与理性差序：《格萨尔》学术史写作问题..........188
国外《格萨尔》研究..........199
《格萨尔》研究重要文献目录..........218

主要参考文献..........245

后 记..........250

绪 论

第一节 研究缘起与意义

《格萨尔》是世界上最长的史诗，目前搜集到的已有200部，200多万行，2000多万字，它被誉为藏民族的"大百科全书"。这部史诗结构宏伟，卷帙浩繁，凝聚着藏族人民的聪明才智和伟大的创造力，使中华文学宝库顿生异彩。全诗通过描述格萨尔不畏强暴、征战四方、除暴安良的英雄事迹，热情讴歌了藏族人民向往光明、坚持正义、勇斗邪恶的斗争精神，有着很高的思想性和审美价值。

与《格萨尔》史诗的搜集、整理、翻译相比较而言，《格萨尔》史诗的文本研究一直处于相对滞后的状态，而对《格萨尔》史诗进行文学原型研究在国内外更是鲜见，可查阅到的代表性文章有：徐国琼的《论英雄史诗的"母题结构"及〈格萨尔〉中的"幻变母题"》《论〈格萨尔〉史诗中的"十三"数词的象征内涵》，孙林、保罗的《〈格萨尔〉中的三元象征观念解析》，降边嘉措的《格萨尔与神奇的梦及占卜》，高宁的《试论〈格萨尔王传·赛马称王〉中的"集体无意识"痕迹》，何天慧的《〈格萨尔〉中的原始文化特征》，郎樱的《贵德分章本〈格萨尔王传〉与突厥史诗之比较——一组古老母题的比较研究》，扎雅（德国）的《〈格萨尔〉与象征学》等。总的来说，有关《格萨尔》文学人类学研究截至目前尚未引起学界的密切关注和足够重视，而上述文章作为前期研究成果仍然缺乏多层次、多角度的系统研究，特别是缺乏理论支撑和体系化研究。

《格萨尔》史诗是藏族民间文学的总汇，是藏族人民对几千年历史文化的记忆。史诗充满了浓郁的神话色彩和英雄主义特质，这就给史诗的文学原型阐释提供了可能性依据。可以说，《格萨尔》是藏族文学的一个象征源和原型系统，对此进行文学原型分析意义深远。从文本角度讲，《格萨尔》史诗首先是一个文学文本，对其进行文学研究是深入开掘史诗价值的有效方略；其次《格萨尔》是藏民族的"大百科全书"，其间包罗了藏族的人类历史文化，对其进行文学人类学研究是进一步发掘史诗价值的有效途径；最后《格萨尔》史诗是一个整体文本，对此进行文学原型研究有着宏观意义。本研究的意义在于：一是由上可知，本书是对《格萨尔》史诗作整体的研究，具有学术研究的开创性。二是充分发掘《格萨尔》史诗中沉潜的文学价值和人类学价值，以引起更多学者对这一领域的关注，投入更多精力，促进《格萨尔》学研究走向深入，使《格萨尔》研究迈向新的巅峰。三是《格萨尔》史诗是藏族文学的典范文本，也是中国民族史诗的代表性作品，要研究藏族文学和中国民族史诗，《格萨尔》的研究是必不可少的。因此，对《格萨尔》进行原型研究是极其有意义的。

本研究以藏族英雄史诗《格萨尔》为对象文本，以藏族民族文化为背景，将文化学和符号学理论作为文学原型研究的两翼，建构《格萨尔》文学原型研究框架，深入研究《格萨尔》文本的文化现象和美学意蕴，并力图发掘史诗文本的隐喻内涵，突破传统史诗研究历史学和宗教学的局限，使史诗研究更具有纵深感和广阔度。

在资料的收集方面，笔者力求做到"三献合一"，为我所用。主体文献，即以《格萨尔》各种单行部本和《格萨尔文库》为主。阅读以翻译成汉文的《格萨尔》文本为主，同时比照藏文版本，以便全面了解史诗。这部分文献通过阅读获得。旁证文献，主要是和《格萨尔》史诗有关的其他研究文献，包括中外各民族史诗的研究文献和有关藏族社会文化历史方面的著作。旁证文献所需资料除了依靠阅读现有材料以外，还可以利用电子检索系统进行检索，例如中国期刊网、超星图书馆以及网上各类开放查询、阅读的文献库。理论文献，主要是以弗雷泽的《金枝》、弗莱的《批评的剖析》、叶舒宪编译的《神话—原型批评》以及程金城的《原型批判与重释》等著作作为理论依托。

研究方法的科学运用，是本书的难点和突破点。一是宏观研究与微观研究相结合。本书在研究中既从整体上对《格萨尔》进行文学文化学的观照，又从微观上对其进行文学分析和文本细读。二是将共时研究和历时比较相结合。既描绘出《格萨尔》在当代传唱的形态，又勾勒出它在当代藏族文学中的重要价值；同时，把《格萨尔》放在藏族社会历史发展上做动态研究，以探究它的变化历程，发掘出传承过程中的人类性因素。三是理论和文本相结合。本研究立足于《格萨尔》文本，以文化人类学和西方文艺理论为理论支撑，对史诗进行深入的分析研究。

本书在写作的过程中，力求有所创新、有所拓展。《格萨尔》文学原型研究突破了以往研究中纯历史、纯文学的单一视角，从大文化学的视角关注史诗，并对史诗中的有关原始精神原型与原始共同参与意识、民族共同心理和史诗独特内涵等进行多重透视。本研究具有历史与文学、历史与文化、文学与人类学的同构性和同一性。这一研究课题不仅关涉到《格萨尔》研究中的学术难点，而且具有纲举目张、从点到面的作用。

如果从学术价值的层面来考察，本书的学术价值主要体现在以下四个方面：（1）神话—原型批评是 20 世纪西方文艺理论的重要成果，新时期以来在我国广泛传播，其对文学研究观念与范式革新的积极促进作用是有目共睹的。原型批评一度在中国的文学批评界广为流行，但在中国的史诗研究领域还较为少见。在西方，原型批评作为一种重要的批评方法的提出，其主要的实验性文本就是《圣经》和英雄史诗。本研究填补这一空缺，对中国三大史诗之一的藏族英雄史诗《格萨尔》进行原型研究，为跨学科研究的发展提供具有知识创新的个案分析演示。（2）充分发掘《格萨尔》史诗中沉潜的文学价值和人类学价值，以引起更多学者对这一领域的关注，投入更多精力，促进《格萨尔》学研究走向深入，使《格萨尔》研究迈向新的巅峰。（3）《格萨尔》史诗是藏族文学的典范文本，也是中国民族史诗的代表性作品，要研究藏族文学和中国民族史诗，《格萨尔》的研究是必不可少的。因此，对《格萨尔》进行原型研究是极其有意义的。（4）本书主体部分的资料准备历时五年，为从整体上把握《格萨尔》，笔者先后到青海省社科院格萨尔研究所、青海民族学院图书馆、西北民族大学格萨尔研究院等地方收集格萨尔资料，并到果洛等格萨尔传唱的地方进行田野调查。理论资料方面，笔者阅读了大量有关神话—原型批评理论方面的书籍,对原型批评有着自己深刻的领悟。可以说,本书把中国史诗研究推上了新的台阶,使中国史诗研究真正同国际学术潮流对话与接轨,为提升人文研究的视野和水准,具有一定的积极作用。

由上可知,本书是对《格萨尔》史诗作整体的研究,具有学术研究的开创性。本书的现实意义在于,从宏观上,为《格萨尔》的研究提供了迄今最鲜活的理论参照;从微观上,对如何具体掌握和应用原型批评研究范式和方法,具有示范作用。

第二节 国内外史诗学研究概述

将史诗作为一种文类进行科学而系统地阐述始于西方诗学理论史上的第一部著作——亚里士多德的《诗学》。亚里士多德将史诗视为与悲剧并列的体裁,认为史诗与悲剧一样都是摹仿。从诗的真实与历史真实的关系而言,史诗和悲剧一样,不拘泥于历史真实,即诗人的职责在于描述根据可能或必然的原则可能发生的事。[①] 从摹仿方式看,史诗与悲剧一样,应编制戏剧化的情节,着意于"一个完整划一,有起始、中段和结尾的行动"[②]。在长度与容量方面,史诗无需顾及时间的限制。[③] 史诗容量大,各个部分都有适当的长度,其长度"应以可以被从头至尾一览无余为限","约等于一次看完的几部悲剧的长度的总和为宜"。[④] 因此,史诗在容量方面有优势,可以表现气势,从而"调节听众的情趣和接纳内容不同的穿插"。可见,亚里士多德认为史诗应有包容很多情节的结构,可容纳许多同时发生的事件,从而以容量和篇幅营造出宏大的气势。

意大利哲学家维柯主要对荷马史诗的作者问题进行了讨论。他把史诗放到民俗生活中阐释,提出"荷马"仅仅是人们对歌唱荷马史诗的说书人的一个称

---

① 〔古希腊〕亚里士多德:《诗学》,陈中梅译,商务印书馆2017年版,第81页。
② 〔古希腊〕亚里士多德:《诗学》,陈中梅译,商务印书馆2017年版,第163页。
③ 〔古希腊〕亚里士多德:《诗学》,陈中梅译,商务印书馆2017年版,第58页。
④ 〔古希腊〕亚里士多德:《诗学》,陈中梅译,商务印书馆2017年版,第132页。

谓,"纯粹是一位仅存于理想中的诗人"①,从而在某种意义上肯定了荷马史诗是在一个漫长的历史时期中逐步形成的,它不是某个人的创作,而是全体希腊人民集体智慧的结晶。关于荷马所处年代存在多种意见分歧,维柯主张,"荷马应该摆在英雄诗人的第三个时期,即英雄体制时代的末期"②。他认为荷马的创作源于诗性智慧,而非哲学的指引。③维柯是较早对荷马身份提出质疑,并试图发现和寻找真正荷马的学者。他把史诗放到民俗生活中阐释,给18世纪的史诗理论注入了新的因素。

黑格尔在《美学》一书中对史诗的一般性质、形式和内容特征以及史诗的发展与演变等问题进行了系统阐发和回答。黑格尔认为,史诗以叙事为职责,"一种民族精神的全部世界观和客观存在,经过由它本身所对象化成的具体形象,即实际发生的事迹,就形成了正式史诗的内容和形式"④。但是,史诗事迹本身的性质决定了史诗世界不应局限于特殊事迹的一般情况,而要推广到包括全民族见识的整体,表现出民族各具个性的精神。⑤黑格尔高度评价了史诗的重要意义,提出"史诗就是一个民族的'传奇故事','书'或'圣经'",史诗表现了特定民族的"原始精神",是一个民族所特有的意识基础,是"一种民族精神标本的展览馆"。⑥在史诗的取材方面,黑格尔与亚里士多德一样,主张史诗客观地描述具有可然性和必然性的世界。关于史诗作者,黑格尔坚持荷马史诗是个人创作的观点。⑦黑格尔还将世界艺术的演化进程归纳为象征型、古典型和浪漫型的更迭,并把它推广到史诗的演进。第一阶段是东方象征性史诗,如《罗摩衍那》和《摩诃婆罗多》;第二阶段是希腊罗马的古典型史诗,如荷马史诗;第三个阶段是浪漫型史诗,即基督教的各民族的半史诗半传奇故事式诗歌的丰富发展,如《熙德之歌》和《罗兰之歌》。⑧从上述黑格尔关于史

---

① 〔意大利〕维柯:《新科学》(下册),朱光潜译,安徽教育出版社2006年版,第160—161页。
② 〔意大利〕维柯:《新科学》(下册),朱光潜译,安徽教育出版社2006年版,第138页。
③ 〔意大利〕维柯:《新科学》(下册),朱光潜译,安徽教育出版社2006年版,第147页。
④ 〔德〕黑格尔:《美学》(第三卷下册),朱光潜译,商务印书馆2017年版,第107页。
⑤ 〔德〕黑格尔:《美学》(第三卷下册),朱光潜译,商务印书馆2017年版,第121页。
⑥ 〔德〕黑格尔:《美学》(第三卷下册),朱光潜译,商务印书馆2017年版,第108页。
⑦ 〔德〕黑格尔:《美学》(第三卷下册),朱光潜译,商务印书馆2017年版,第110—115页。
⑧ 〔德〕黑格尔:《美学》(第三卷下册),朱光潜译,商务印书馆2017年版,第168—187页。

诗的一般性质、形式和内容特征以及史诗的发展与演变等问题的阐发和回答可以发现，其中一以贯之的正是黑格尔美学体系的基石和出发点，即"美是理念的感性显现"。正是这一理念的思路使黑格尔高度重视史诗的整一性和民族性，并充分强调在个人与民族未分裂的时代，史诗作者个人的独立性和自由，从而坚持荷马史诗是一位天才作者的作品。他建构的美学体系不仅清晰地界定了史诗的艺术本质和特征，划定了其领域的界限，而且撇开经济基础的变革和社会形态的发展，从精神与思想的时代变化考察了史诗的演进过程。

20世纪以前，西方学者对史诗的论述已经涉及史诗的情节、结构、种类、格律和性质等诸多维度。其中最具影响力的当属亚里士多德和黑格尔对史诗做出的论述。他们是西方古典诗学史诗观念的代表，他们对于史诗是歌唱神和英雄业绩的长篇叙事诗的界定，对于史诗篇幅宏大、风格崇高、内容丰富而整一等特点的归纳，至20世纪上半叶一直是国际史诗学界呈现压倒性优势的主流话语。在古典诗学的史诗观念和研究范式下，荷马史诗是诗歌，乃至文学创作、接受和批评的典范。

20世纪以来，巴赫金、卢卡奇等先后对史诗问题进行了阐发，出现了保罗·麦钱特的《史诗论》、E. M. 梅列金斯基的《英雄史诗的起源》、谢·尤·涅克留多夫的《蒙古人民的英雄史诗》、石泰安的《西藏史诗和说唱艺人》、策·达木丁苏伦的《〈格萨尔传〉的历史根源》、阿尔伯特·贝茨·洛德的《故事的歌手》、格雷戈里·纳吉的《荷马诸问题》、约翰·迈尔斯·弗里的《口头诗学：帕里一洛德理论》、理查德·鲍曼的《作为表演的口头艺术》以及卡尔·赖希尔的《突厥语民族口头史诗：传统、形式和诗歌结构》等多部史诗研究专著。

苏联文艺理论家巴赫金认为，作为一种特定的体裁，长篇史诗具有三个特征：第一，从史诗作为一种体裁所具有的基本形式特征来看，长篇史诗描写的对象，是一个民族庄严的过去，是"绝对的过去"。[①]"这个过去不是通过时间递进而与现在连接起来的那种现实中的相对的过去；这是带有价值意义的由根基和高峰组成的过去。这个过去保持很大距离，是全然完成了的，并像个圆圈

---

① 〔苏〕巴赫金：《小说理论》，白春仁、晓河译，河北教育出版社1998年版，第515页。

一样封闭起来。"①第二,"长篇史诗渊源于民间传说(而不是个人的经历和以个人经历为基础的自由的虚构)",因此非个人经历可企及,也不允许有个人的观点和评价存在。②第三,"史诗的世界远离当代,即远离歌手(作者和听众)的时代,其间横亘着绝对的史诗距离"③。即无论作为现实的事件,还是作为一种价值,史诗都是现成的、完成了的、不会改变的。这就决定了史诗世界与正处在形成中的现时世界诸如史诗的歌手和听众、任何个人经验、一切新的认知等的距离。

匈牙利哲学家和文学批评家卢卡奇在《小说理论》中认为,古希腊荷马史诗时代,诗人、史诗的主体、诗歌所描绘的世界与诗人置身其中的世界处在和谐统一的状态中。他将这种和谐、完美和整一的状态命名为生活的总体性。史诗要从自身出发去塑造完整生活总体的形态,其对象就不能是个人的命运,而是共同体(Gemeinschaft)的命运,"史诗中的英雄绝不是一个个人"④。卢卡奇对于"史诗时代"的描绘,对于史诗"总体性"的强调,明显受到黑格尔的影响。

保罗·麦钱特的《史诗论》试图用广义的方法,即通过对"可称为史诗的""一系列史诗作品"进行逐个考察、分析和比较,试图呈现史诗从古典史诗、口头史诗、英雄史诗到近代、现代史诗的发展线索,得出的结论是"史诗是一种仍在不断发展、不断壮大的艺术形式"⑤。这对当今史诗研究仍有指导意义。俄罗斯著名理论家 E. M. 梅列金斯基的《英雄史诗的起源》,考察了世界英雄史诗的现象及相关理论,旨在探究英雄史诗产生的本源,认为"国家建立"是古典英雄史诗和经典英雄史诗的分水岭,主张从源头分析史诗的成因,提出神话概念共同存在于古代神话和童话中的观点。⑥谢·尤·涅克留多夫的《蒙古人民的英雄史诗》,全面阐述了 20 世纪 80 年代初以前有关蒙古史诗搜集和研究的历史,讨论了蒙古民族史诗作品的三种形态:口头史诗、书面史诗和中世纪叙事文学,包括从古老的口头文学早期范本到近代长篇小说创立之前的

---

① 〔苏联〕巴赫金:《小说理论》,白春仁、晓河译,河北教育出版社 1998 年版,第 521—523 页。
② 〔苏联〕巴赫金:《小说理论》,白春仁、晓河译,河北教育出版社 1998 年版,第 515—519 页。
③ 〔苏联〕巴赫金:《小说理论》,白春仁、晓河译,河北教育出版社 1998 年版,第 515 页。
④ 〔匈牙利〕卢卡奇:《小说理论》,燕宏远、李怀涛译,商务印书馆 2012 年版,第 59 页。
⑤ 〔美〕保罗·麦钱特:《史诗论》,金惠敏、张颖译,北岳文艺出版社 1989 年版,第 3 页。
⑥ 〔俄〕E. M. 梅列金斯基:《英雄史诗的起源》,王亚民等译,商务印书馆 2007 年版,第 16 页。

历史英雄演义的各种叙事文学现象。①石泰安先生是法国著名藏学家，他的《西藏史诗和说唱艺人》以扎实的资料工作和文献考证总结了国外的《格萨尔》研究，该著主要观点是：《格萨尔》史诗最晚形成于14世纪；史诗中的岭·格萨尔的名字最早来自凯撒大帝；说唱艺人兼有"代表了神祇的通灵人"和表演艺人双重角色；史诗起源于民间节日并受到宗教界的影响等等。②蒙古国学者策·达木丁苏伦的《〈格萨尔传〉的历史根源》研究了史诗《格萨尔》的起源、归属和主题特征等问题。③

口头诗学集大成者洛德在南斯拉夫史诗和"口头文学"领域著述颇丰④，其中，初版于1960年的《故事的歌手》充分代表了其学术思想，也是口头诗学的奠基著作。该著凝聚了洛德在古希腊文学和南斯拉夫口头史诗方面长达25年的研究和发现，充分揭示和证明了口头诗歌是一种创作和表演相互结合的过程，没有必须因循的定型文本。他还对口头诗歌的叙事单元、结构、问题模式等基本概念进行了界定，强调了口头史诗的文化传统和程式特点。⑤格雷戈里·纳吉的《荷马诸问题》，对《伊利亚特》和《奥德赛》怎么样、何时、在哪里以及为什么最终被以书面文本形态保存下来，并且流传了两千多年的缘由等进行了分析。⑥口头诗学研究专家约翰·迈尔斯·弗里的《口头诗学：帕里—洛德理论》是关于口头程式理论的简明历史，在口头传统的诸多形式及其对文人和文学作品的世界发生怎样影响的研究中追溯口头程式理论的演进及其发展方向。⑦该著给史诗的田野作业提供了借鉴。另外，理查德·鲍曼的著作《作为表演的口头艺术》全面而系统地介绍了"表演"的本质、特征和理论基础、阐释框架及其实践意义，为民俗学和语言人类学界有关口头艺术的研究提供了

---

① 〔苏联〕谢·尤·涅克留多夫：《蒙古人民的英雄史诗》，徐昌汉等译，内蒙古大学出版社1991年版。
② 〔法〕石泰安：《西藏史诗和说唱艺人》，耿昇译，中国藏学出版社2012年版。
③ 〔蒙古〕策·达木丁苏伦：《〈格萨尔传〉的历史根源》，北京俄语学院译，青海省民间文学研究会1960年版。
④ Morgan E. Grey, and Louise Mary Lord, and John Miles Foley, "A Bibliography of Publications by Albert Bates Lord", *Oral Tradition*, 25/2(2010), pp. 497-504.
⑤ 〔美〕阿尔伯特·贝茨·洛德：《故事的歌手》，尹虎彬译，中华书局2004年版。
⑥ 〔匈牙利〕格雷戈里·纳吉：《荷马诸问题》，巴莫曲布嫫译，广西师范大学出版社2008年版。
⑦ 〔美〕约翰·迈尔斯·弗里：《口头诗学：帕里—洛德理论》，朝戈金译，社会科学文献出版社2000年版。

新的范式。① 德国学者卡尔·赖希尔的《突厥语民族口头史诗：传统、形式和诗歌结构》，对突厥语民族史诗的文类、类型、程式、歌手的创作以及史诗的流播等问题进行了深入阐述。②

学术论文方面，芬兰史诗学者劳里·航柯在《史诗与身份认同：国家、地区、社区与个人》中，阐释了"传统、文化与认同"三者的不同及联系，辨析了口头史诗与某地区人们的认同、社区认同、个人身份认同乃至国家认同之间的关系，提出的重要观点之一是："史诗是表达认同的故事，象征着身份认同。史诗对于那些将之作为'我们的故事'的集体而言，承载着超出其文本的意义。"③ 该文开史诗与认同研究之先河。约翰·迈尔斯·弗里的《从口头表演、书写文本到网络版》一文以南斯拉夫口头史诗为例，指出特定口头表演形成的文本有着无法避免的缺陷——歌手的声音和动作、表演的语境和背景故事等难以用文字呈现，而网络版集音频、文本与翻译等于一体，其超链接形式恰恰可以弥补书写文本的不足。④ 他的另一篇文章《通过口头传统"阅读"荷马》，考察了"荷马问题"的历史及荷马其人，启发读者要在荷马史诗所赖以起源和传承的口头传统中理解其意义。⑤ 卡尔·赖希尔在《口头史诗之现状：消亡、存续和变迁》中从三个方面对 21 世纪初口头史诗的图景进行了概括，指出史诗演述在当今时代依然有价值，各国学者和各类机构的交流与合作互助是保护史诗的有效途径。⑥ 美国学者戴维·埃尔默在《米尔曼·帕里口头文学特藏的数字化：成就、挑战及愿景》中重点讨论了口头史诗传统的数字化建档实践问题。⑦ 另外，

---

① 〔美〕理查德·鲍曼：《作为表演的口头艺术》，杨利慧、安德明译，广西师范大学出版社 2008 年版。

② 〔德〕卡尔·赖希尔：《突厥语民族口头史诗：传统、形式和诗歌结构》，阿地里·居玛吐尔地译，中国社会科学出版社 2011 年版。

③ Lauri Honko, "Epic and Identity: National, Regional, Communal, Individual", *Oral Tradition*, 11/1 (1996), pp. 18-36.

④ John Miles Foley, "From Oral Performance to Paper-Text to Cyber-Edition", *Oral Tradition*, 20/2(2005), pp. 233-263.

⑤ John Miles Foley, "'Reading' Homer through Oral Tradition", *College Literature*, 34.2 (Spring 2007).

⑥ 〔德〕卡尔·赖希尔：《口头史诗之现状：消亡、存续和变迁》，陈婷婷译，《贵州民族大学学报》（哲学社会科学版）2015 年第 5 期。

⑦ 〔美〕戴维·埃尔默：《米尔曼·帕里口头文学特藏的数字化：成就、挑战及愿景》，李斯颖、巴莫曲布嫫译，《民族文学研究》2018 年第 2 期。

2000年,《民族文学研究》设"北美口头传统研究专号",译介了约翰·迈尔斯·弗里遴选的七篇论文,涉及民族志诗学、口头程式理论、演述理论、口传的思维和特点等晚近史诗研究的重要理论和话题。[①]

通过对西方学界"史诗"概念的理论回溯可以发现,西方学界对史诗问题的探讨始终围绕着荷马史诗这个中心话题,口头诗学出现之前,人们更多地关注史诗的"内部世界",而口头诗学的兴起,打破了将史诗定位于英雄史诗的传统概念,开启了完全不同于书面文学理论的史诗学领域,越来越多的史诗学者从世界性的、区域的和地方的传统话语等不同层面对史诗进行了重新认识和界定。这既是学术观念和范式的转变,也是不断发展和变化的现实情境的生动反映,是对现实口头艺术发展的一种回应。

中国"史诗"观念的产生受近现代以来西学东渐的影响。自晚清至20世纪50年代以前,先后对史诗进行探讨的中国学者有梁启超、王国维、章太炎、鲁迅、胡适、闻一多、吴宓、郑振铎、陈寅恪和茅盾等。这一时期,中国学者尚未形成史诗研究的理论自觉,关于史诗的讨论较为零散,停留在感悟阶段。20世纪50年代起,中国少数民族史诗的搜集、整理和研究逐步展开,之后几经沉浮,大致厘清了各民族史诗的重要文本及其流布状况。在史诗理论方面,国内学者主要立足于具体中国少数民族史诗传统进行研究,并结合国际史诗学成果进行本土化实践与理论建构。

在综合性和专题研究方面,从学术史的角度对中国史诗学进行全面梳理论述的著作有冯文开的《中国史诗学史论(1840—2010)》和《新时期中国少数民族史诗研究史论(1978—2012)》。《中国史诗学史论(1840—2010)》按时间线索选取从晚清到21世纪中国史诗研究领域见解独特且有一定影响力的学者为个案,分析他们持有的史诗观念、学术旨趣、问题意识和研究范式,对该阶段中国史诗研究进行了史论性的审视与考察,是第一部全面研究中国现当代史诗学术史的著作。[②]《新时期中国少数民族史诗研究史论(1978—2012)》对新时期中国少数民族史诗研究成果进行了梳理与评述,兼对西方史诗观念和研

[①] 七篇文章分别为:《口头传承研究方法纵谈》《基于口传的思维和表述特点》《典律之解构》《美洲本土传统(北方)》《民族志诗学》《对表演的设定》《美国民间布道中的口头演说》。

[②] 冯文开:《中国史诗学史论(1840—2010)》,中国社会科学出版社2016年版。

究范式的演进进行考察。①

朝戈金撰写多篇文章,与国际史诗学界进行深度交流与对话。《从荷马到冉皮勒:反思国际史诗学术的范式转换》选取了史诗学术史上不同年代、不同国家的六位史诗歌手,聚焦学界围绕他们而产生的不同"问题",描摹史诗学术演进中的若干标志性转折。②《国际史诗学若干热点问题评析》以国际史诗学前沿理论和世界各地史诗案例为基础,围绕中国鲜活丰富的史诗资源来回应和反思国际史诗学界的概念及理论方法,呈现出我国学者在史诗研究方面的方法论自觉。③《"回到声音"的口头诗学:以口传史诗的文本研究为起点》以口传史诗的文本研究为主线,从学术史的角度讨论口头诗学的形成、发展及其理论模型。④《"多长算是长":论史诗的长度问题》结合口头诗学与田野研究材料,论证了史诗的长度问题,认为鉴别史诗的关键在于史诗内容诸要素,而不在于诗行的多少。⑤

2002 年,尹虎彬出版《古代经典与口头传统》,评介了帕里—洛德理论、表演理论和民族志诗学的理论和方法,对口头诗学的程式、主题、文本等概念及史诗的演进模式、故事模式等作了全面而深入的阐发。⑥尹虎彬还撰写系列文章,从总体上讨论史诗问题。《中国少数民族史诗研究三十年》梳理 20 世纪 80 年代至 21 世纪初中国史诗研究的背景及中国史诗的搜集、记录、翻译、整理和出版等情况,对国内重要的史诗研究成果尤其是在国内史诗研究领域处于领先地位的中国社会科学院民族文学研究所的史诗研究进行了简要评述。⑦《史诗观念与史诗研究范式转移》提出从文本、文类与传统的实际出发,探讨中国史诗的独特规律与特点,认为活形态史诗是

---

① 冯文开:《新时期中国少数民族史诗研究史论(1978—2012)》,中国社会科学出版社 2017 年版。
② 朝戈金:《从荷马到冉皮勒:反思国际史诗学术的范式转换》,载朝戈金主编:《史诗学论集》,中国社会科学出版社 2016 年版,第 3—44 页。
③ 朝戈金:《国际史诗学若干热点问题评析》,《民族艺术》2013 年第 1 期。
④ 朝戈金:《"回到声音"的口头诗学:以口传史诗的文本研究为起点》,《西北民族研究》2014 年第 2 期。
⑤ 朝戈金:《"多长算是长":论史诗的长度问题》,《中央民族大学学报(哲学社会科学版)》2005 年第 5 期。
⑥ 尹虎彬:《古代经典与口头传统》,中国社会科学出版社 2002 年版。
⑦ 尹虎彬:《中国少数民族史诗研究三十年》,《中国社会科学院研究生院学报》2009 年第 3 期。

中国史诗学科建设的生长点。①《作为口头传统的中国史诗与面向21世纪的史诗研究》评述国内史诗研究状况，将中国史诗研究的主要问题域归纳为口头诗学方法论研究，口传史诗文本类型和属性研究，史诗文本与语境研究，史诗创作、表演、流传与史诗传统的演化模式，史诗文本化过程，史诗类型学等六个方面，指出了建立中国本土的史诗学传统需要突破的重要问题。② 巴莫曲布嫫的《中国史诗研究的学科化及其实践路径》立足于中国社会科学院民族文学研究所的学术实践，勾勒了中国史诗学学科21世纪以来的学科化实践及学术代际传承的基本路径，展现了新世纪中国史诗学学科的概貌。③ 另外，她的《遗产化进程中的活形态史诗传统：表述的张力》以联合国教科文组织《保护非物质文化遗产公约》所创立的"四重国际合作机制"为背景，探讨了遗产化进程中的史诗传统及其在不同遗产领域中的表述问题。④

20世纪90年代之前，中国史诗学偏重于研究史诗产生年代、人物真实性以及主题思想、人物塑造、情节结构、语言艺术等。90年代以后，尤其21世纪以来，在国际史诗学术的影响下，中国史诗学术理念发生变化：史诗研究的重点从史诗文本转向"史诗传统"，学术范式从本质主义转向建构主义，学术实践方式也随之发生变化，即：走出书斋，走出理论的藩篱，走向田野，重返本土，从关注艺人、关注文本开始转向对本土语境的关注和保护。国内史诗学研究出现了一系列理论创新：对《格萨尔》史诗传承人的分类；对民间文学文本制作中的"格式化"问题的归纳及"五个在场"的基本学术预设和田野操作框架的提出；在史诗类别上，在英雄史诗之外，拓展出创世史诗和迁徙史诗，等等。

---

① 尹虎彬：《史诗观念与史诗研究范式转移》，载朝戈金、冯文开编：《中国史诗学读本》，中国社会科学出版社2012年版，第349—362页。
② 尹虎彬：《作为口头传统的中国史诗与面向21世纪的史诗研究》，载杨圣敏编：《民族学人类学的中国经验——人类学高级论坛2003卷》，黑龙江人民出版社2003年版，第193—209页。
③ 巴莫曲布嫫：《中国史诗研究的学科化及其实践路径》，《西北民族研究》2017年第4期。
④ 巴莫曲布嫫：《遗产化进程中的活形态史诗传统：表述的张力》，《民族文学研究》2017年第6期。

第三节 国内外《格萨尔》研究述评

现代意义上的《格萨尔》学术研究是从西方学界兴起的。"格萨尔学"的奠基之作是蒙古国学者策·达木丁苏伦的《〈格萨尔传〉的历史根源》和《格萨尔》研究专家石泰安的《西藏史诗和说唱艺人》。《〈格萨尔传〉的历史根源》研究了史诗《格萨尔》的起源、归属和主题特征等问题。[①]《西藏史诗和说唱艺人》以扎实的资料工作和文献考证总结了国外的《格萨尔》研究，该著主要观点是：史诗《格萨尔》最晚形成于14世纪；史诗中的岭·格萨尔的名字最早来自凯撒大帝；说唱艺人兼有"代表了神祇的通灵人"和表演艺人双重角色；史诗起源于民间节日并受到宗教界的影响，等等。[②]尽管上述二位学者在某些问题上看法不同，但研究的基本方向一致，并就史诗的起源、形成和主题等方面取得一些研究共识。正是这些研究观点和方法，对中国早期的《格萨尔》研究起到了积极的作用。

国内，少数民族史诗的搜集、整理和出版工作从20世纪50年代开始逐步展开，至新时期即1978年以前，《格萨尔》研究属于从初创到勃兴的阶段。其中值得一提的有：徐国琼1959年12月发表在《文学评论》的文章《藏族史诗〈格萨尔王传〉》，是新中国成立后中国学者首次公开发表关于史诗《格萨尔》的学术论文。该文的观点有：（1）史诗《格萨尔王传》的特色在于，它具有高度的人民性和伟大的乐观主义精神，现实主义与浪漫主义相结合；（2）史诗《格萨尔王传》来源于民间的集体创作，属于民间文学；（3）赞同学界观点，认为格萨尔故事产生于11世纪末是有根据的。[③]1962年，黄静涛的《格萨尔4·霍岭大战上部·序言》是《格萨尔》被列入中国社会主义新文化的一个标志，论述了"格萨尔"与历史真实的关系，搜集整理《格萨尔》史诗的意义以及史诗的产生年代等问题。[④]

---

① 〔蒙古〕策·达木丁苏伦：《〈格萨尔传〉的历史根源》，北京俄语学院译，青海省民间文学研究会1960年版。
② 〔法〕石泰安：《西藏史诗和说唱艺人》，耿昇译，中国藏学出版社2012年版。
③ 徐国琼：《藏族史诗〈格萨尔王传〉》，《文学评论》1959年第6期。
④ 参见青海省民间文学研究会：《格萨尔4·霍岭大战上部》，上海文艺出版社1962年版。

新时期以后,"格萨尔学"进入长足发展的时期。1979年8月,中国社科院少数民族文学研究所和中国民间文艺研究会联合向中央宣传部递交《关于抢救藏族史诗〈格萨尔〉的报告》。① 该报告奠定了新时期史诗《格萨尔》抢救搜集工作的基调。1984年2月,全国《格萨尔》工作领导小组成立②,标志着《格萨尔》的抢救与保护被纳入国家的文化建设内容。1984年,吴均的文章《岭·格萨尔论》提出,应该承认格萨尔是真实的历史人物,而岭·格萨尔是民间说唱艺人以文学形式塑造的理想人物,开启了史诗研究的"历史学派"。③ 王沂暖集中探讨了史诗的部数、行数、分类法④,提出《格萨尔》存在分章本与分部本的差异⑤,蒙古族《岭·格斯尔》源自藏族《格萨尔》,并通过逐行计算,提出《格萨尔》史诗堪称"世界上最长的史诗"⑥。另外,他的文章《谈谈藏族长篇史诗〈格萨尔王传〉》从史诗的流传与翻译、体裁和组织形式、版本与部数、格萨尔是否为历史人物、《格萨尔王传》产生的时间和作者等六个方面对《格萨尔》史诗进行了概览式研究,涉及的问题反映了当时学界《格萨尔》研究的重点领域和话题。⑦ 降边嘉措研究了《格萨尔》说唱艺人的特点、不同寻常的艺术才华及主要的说唱仪式类型⑧,在蒙藏《格萨尔》的关系、《格萨尔》的产生时代和艺术结构、《格萨尔》与宗教及藏族文化的关系等研究方面均有创见。⑨ 张晓明1986年发表文章《关于〈格萨尔〉研究的思考》,指出20世纪50年代广泛流行的文学描述和解释的思维模式已经不能适应当时的《格萨尔》研究工作,

---

① 贾芝:《中国史诗〈格萨尔〉发掘名世的回顾》,《西北民族研究》2012年第4期。
② 王克勤:《三年来〈格萨尔〉工作概述》,《民族文学研究》1986年第3期。
③ 吴均:《岭·格萨尔论》,《民族文学研究》1984年第1期。
④ 王沂暖:《藏族史诗〈格萨尔〉的部数与行数》,《中国藏学》1990年第2期。
⑤ 王沂暖:《关于藏文〈格萨尔王传〉的分章本》,《西北民族研究》1988年第1期。
⑥ 王沂暖:《〈格萨尔〉是世界最长的伟大英雄史诗》,《西南民族学院学报(哲学社会科学版)》1984年第3期。
⑦ 王沂暖:《谈谈藏族长篇史诗〈格萨尔王传〉》,载《中国少数民族文学论集》(第一集),中国民间文艺出版社1983年版,第1—11页。
⑧ 降边嘉措:《杰出的民间艺术家——浅谈〈格萨尔〉说唱艺人》,《西藏研究》1984年第4期。
⑨ 降边嘉措:《关于蒙藏〈格萨尔〉的关系》,《内蒙古社会科学》1985年第2期;《关于〈格萨尔〉的产生时代》,《青海社会科学》1985年第6期;《〈格萨尔〉的结构艺术》,《西藏民族学院学报(社会科学版)》1986年第1期;《浅析〈格萨尔〉与宗教的关系(一)》,《西藏研究》1986年第2期;《浅析〈格萨尔〉与宗教的关系(二)》,《西藏研究》1986年第3期;《〈格萨尔王传〉与藏族文化》,《民族文学研究》1989年第6期。

他"强烈地意识到《格萨尔》研究应该由文学课题进入文化课题"①。

20世纪90年代以来,《格萨尔》研究呈现繁荣态势,重要的研究专著层出不穷。格萨尔学专家王兴先1991年出版的《〈格萨尔〉论要》是国内全面系统地研究《格萨尔》史诗的先行著作。该著主要论述了《格萨尔》史诗的主题、史诗中的宗教文化及民俗文化、史诗的体裁组织、史诗的横向流传、格萨尔学的学科建设等,辨析了藏族、蒙古族、土族和裕固族《格萨尔》源与流、同源分流的关系。②扎西东珠、王兴先编著的《〈格萨尔〉学史稿》是国内外第一部《格萨尔》学史,运用编年史与专题史相结合的编纂方法,对《格萨(斯)尔》的搜集整理与出版、翻译和研究等情况进行了归纳与总结,介绍了史诗的音乐、绘画、雕塑、戏剧、歌舞、风物、传说及流布的概况,具有重要的学术价值。③藏族学者兼作家降边嘉措的《〈格萨尔〉与藏族文化》,从多学科视角探究藏族文化的结构形态,追溯史诗《格萨尔》产生和传播的原因,并论述了《格萨尔》在藏族文化史上的地位和影响。④他的《格萨尔论》,论述了史诗《格萨尔》的流传、发展与演变,探究了《格萨尔》史诗赖以产生的文化根基、集中体现的文化以及说唱艺人现象等。⑤杨恩洪专注于史诗歌手研究,她的《民间诗神——格萨尔艺人研究》,通过调查西藏、四川、青海、甘肃等地的《格萨尔》说唱艺人情况,占有丰富鲜活的第一手资料,立体地、多侧面地论析了《格萨尔》史诗说唱艺术的历史轨迹,全面评价了说唱艺人在《格萨尔》形成、发展和传播中的重要角色和突出贡献,对深化史诗歌手研究起到重要推动作用。她从传承方式上把《格萨尔》艺人分为神授艺人、闻知艺人、掘藏艺人、吟诵艺人和圆光艺人五类,迄今仍是学界普遍认同的《格萨尔》史诗歌手分类方式。⑥赵秉理主编的《格萨尔学集成》(全五卷),汇集了国内外《格萨尔》研究概况,《格萨尔》的主要研究论著,《格萨尔》研究学者小传等,是《格萨

---

① 张晓明:《关于〈格萨尔〉研究的思考》,《西藏民族学院学报(社会科学版)》1986年第4期。
② 王兴先:《〈格萨尔〉论要》(增订本),甘肃民族出版社2002年版。
③ 扎西东珠、王兴先:《〈格萨尔〉学史稿》,甘肃民族出版社2002年版。
④ 降边嘉措:《〈格萨尔〉与藏族文化》,内蒙古大学出版社1994年版。
⑤ 降边嘉措:《格萨尔论》,内蒙古大学出版社1999年版。
⑥ 杨恩洪:《民间诗神——格萨尔艺人研究》(增订本),中国社会科学出版社2017年版。

尔》史诗的资料宝库。①诺布旺丹的《艺人、文本和语境——文化批评视野下的格萨尔史诗传统》，分别从艺人、文本、语境等方面进行了文化批评视野下的格萨尔史诗传统研究，对格萨尔史诗歌手身份、称谓与类型进行了新的界定，阐释了格萨尔史诗的"文本化"历程、当代语境下面临的困境，对格萨尔史诗歌手及其口头演述传统的历史命运进行了新的思考并提出建议。该著突破了对外在现象的描述，具有鲜明的问题意识和一定的理论高度。②

却日勒扎布的《蒙古格斯尔研究》，提出《格斯尔》源自藏族《格萨尔》，已发展成为与藏族《格萨尔》有明显区别的独特史诗。③角巴东主和恰嘎·旦正合著的《〈格萨尔〉新探》，运用唯物辩证法，全面探讨了《格萨尔》中体现的藏族历史文化、宗教信仰、民俗习惯等。该著用藏文撰写，填补了《格萨尔》学领域无藏文专著的空白。④何峰的《〈格萨尔〉与藏族部落》着力论证了《格萨尔》与古代藏族部落社会的渊源关系。⑤角巴东主的《〈格萨尔〉疑难新论》，在进行实地调查并充分占有文献资料的基础上，对《格萨尔》与宗教的关系、蒙藏《格萨尔》的关系、《格萨尔》的历史价值、各种版本的异同点等进行了多学科和多角度的研究。⑥

王国明的《土族〈格萨尔〉语言研究》是第一部从语言学角度研究《格萨尔》的专著，具有开创意义。⑦李连荣的《格萨尔学刍论》，从史诗学学科建设的视角，围绕《格萨尔》史诗的传承、抄本和情节结构探讨了《格萨尔》的形成过程，并对西藏《格萨尔》搜集工作进行了总结。⑧平措的《〈格萨尔〉的宗教文化研究》主要论析了苯教文化和藏传佛教文化在史诗《格萨尔》中的体现。⑨吴伟的《〈格萨尔〉人物研究》，首次理出了完整的《格萨尔》史诗人物体系，

---

① 赵秉理编：《格萨尔学集成》（全五卷），甘肃民族出版社1990—1998年版。
② 诺布旺丹：《艺人、文本和语境——文化批评视野下的格萨尔史诗传统》，青海人民出版社2013年版。
③ 却日勒扎布：《蒙古格斯尔研究》（蒙文），内蒙古教育出版社1992年版。
④ 角巴东主、恰嘎·旦正：《〈格萨尔〉新探》（藏文），青海民族出版社1994年版。
⑤ 何峰：《〈格萨尔〉与藏族部落》，青海民族出版社1995年版。
⑥ 角巴东主：《〈格萨尔〉疑难新论》，中国藏学出版社2000年版。
⑦ 王国明：《土族〈格萨尔〉语言研究》，甘肃民族出版社2004年版。
⑧ 李连荣：《格萨尔学刍论》，中国藏学出版社2008年版。
⑨ 平措：《〈格萨尔〉的宗教文化研究》，西藏人民出版社2009年版。

论述了史诗人物的结构、性格和原型,并选择格萨尔、绒察查根(戎擦查根)、梅乳泽(梅乳孜)、嘉察(嘉擦)、四位王妃等关键人物进行人物专论,具有创新意义。①丹曲的《〈格萨尔〉中的山水寄魂观念与古代藏族的自然观》将文本分析、理论思考和文化解读贯通于"人与自然"的文化生态研究中,拓展和深化了史诗《格萨尔》研究。②央吉卓玛的《〈格萨尔王传〉史诗歌手研究:基于青海玉树地区史诗歌手的田野调查》对《格萨尔王传》史诗歌手的概况、史诗展演的基本形态以及史诗歌手的传统文化内质与功能进行了研究,将格萨尔史诗歌手分为神授史诗歌手、掘藏史诗歌手、圆光史诗歌手、习得史诗歌手、依物史诗歌手五类,并首次将《格萨尔王传》史诗歌手的演述分为单口演述、对口演述、群口演述三种类型。③加央平措的《关帝信仰与格萨尔崇拜:以藏传佛教为视域的文化现象解析》以宗教学、文化学、人类学等多维视角,洞察关帝信仰转化为格萨尔崇拜的传播历程及其意义,揭示了本土文化与异质文化的互动、互融的内在联系和规律,对于史诗《格萨尔》研究具有启示意义。④王治国的《集体记忆的千年传唱:〈格萨尔〉翻译与传播研究》深入探究了史诗《格萨尔》近两百年的译介和传播谱系,对活态史诗和口头文学翻译研究有借鉴意义。⑤丹珍草的《格萨尔史诗当代传承实践及其文化表征》对《格萨尔》史诗的当代传承类型、传承实践及其文化表征进行寻绎与分析,试图呈现史诗新的传承样式与民族历史传统文化的内在精神关联,为《格萨尔》的传承和创新发展提供了新的认知方式和角度。⑥

学术论文方面,杨恩洪的文章《〈格萨尔〉说唱形式与苯教》⑦《〈格萨尔〉

---

① 吴伟:《〈格萨尔〉人物研究》,海豚出版社 2012 年版。
② 丹曲:《〈格萨尔〉中的山水寄魂观念与古代藏族的自然观》,中国社会科学出版社 2014 年版。
③ 央吉卓玛:《〈格萨尔王传〉史诗歌手研究:基于青海玉树地区史诗歌手的田野调查》,中国社会科学出版社 2015 年版。
④ 加央平措:《关帝信仰与格萨尔崇拜:以藏传佛教为视域的文化现象解析》,社会科学文献出版社 2016 年版。
⑤ 王治国:《集体记忆的千年传唱:〈格萨尔〉翻译与传播研究》,民族出版社 2018 年版。
⑥ 丹珍草:《格萨尔史诗当代传承实践及其文化表征》,中国社会科学出版社 2019 年版。
⑦ 杨恩洪:《〈格萨尔〉说唱形式与苯教》,《西藏研究》1991 年第 3 期。

说唱艺人的社会地位及贡献》①《史诗〈格萨尔〉说唱艺人的抢救与保护》②《再叙史诗〈格萨尔王传〉千年传承之谜》③等文章从多个角度对格萨尔史诗说唱艺人进行了研究。诺布旺丹的《〈格萨尔〉史诗的集体记忆及其现代性阐释》认为，在《格萨尔》史诗产生的早期阶段，尚无专司史诗演述活动的职业化艺人，作为一种集体记忆，《格萨尔》史诗的建构和传承由全体部落成员共同完成；职业或半职业化的《格萨尔》艺人的出现，当是后来藏族地区社会文化生态变迁的产物。集体记忆时代的《格萨尔》史诗，不仅呈现出从历史化向传说化和神话化过渡的文类特征，也具有集体记忆所承载的时空要素及其与群体传承的关联性等结构形态。④丹珍草的《〈格萨尔〉文本的多样性流变》认为，格萨尔史诗的文本流变，可以概括为三种类型：口述记录的文字写本；介于口述记录本与作家文本之间的具有过渡性特色的神圣性与世俗性相互交织的文本；改写与重塑的作家文本。⑤努木的《关于建立"格萨尔文献数据中心"的初步构想》提出了建立格萨尔文献数据中心的构想，具有一定的指导性和可操作性。⑥

周爱明的博士学位论文《〈格萨尔〉口头诗学——包仲认同表达与藏族民众民俗文化研究》从活态民俗生活形式的角度，考察了《格萨尔》说唱艺人的学习过程与职业讲述，重点阐释了史诗艺人"认同表达"的民俗文化内涵。⑦徐斌的博士学位论文《格萨尔史诗图像及其文化研究》从史诗图像的视角研究史诗内容、史诗功能的文化内涵，并对史诗图像自身的发展进行了研究。⑧赵海燕的博士学位论文《〈格萨尔〉身体叙事研究》从历史、文化、权力、表演等维度探究史诗《格萨尔》文本及其演述中身体叙事的特征，揭示出身体叙事作为《格萨尔》内外叙事策略的多重价值。⑨

---

① 杨恩洪：《〈格萨尔〉说唱艺人的社会地位及贡献》，《西北民族研究》1992年第2期。
② 杨恩洪：《史诗〈格萨尔〉说唱艺人的抢救与保护》，《西北民族研究》2005年第2期。
③ 杨恩洪：《再叙史诗〈格萨尔王传〉千年传承之谜》，《中国地名》2014年第1期。
④ 诺布旺丹：《〈格萨尔〉史诗的集体记忆及其现代性阐释》，《西北民族研究》2017年第3期。
⑤ 丹珍草：《〈格萨尔〉文本的多样性流变》，《民间文化论坛》2016年第4期。
⑥ 努木：《关于建立"格萨尔文献数据中心"的初步构想》，《西藏艺术研究》2019年第1期。
⑦ 周爱明：《〈格萨尔〉口头诗学——包仲认同表达与藏族民众民俗文化研究》，中国社会科学院研究生院2003年博士学位论文。
⑧ 徐斌：《格萨尔史诗图像及其文化研究》，中国社会科学院研究生院2003年博士学位论文。
⑨ 赵海燕：《〈格萨尔〉身体叙事研究》，西北大学2019年博士学位论文。

从宏观上思考《格萨尔》史诗研究及其学术史的文章主要有，王兴先的《关于建立"格萨尔学"科学体系的初步构想》紧扣格萨尔学建设的核心问题，提出建立具有中国特色的格萨尔学科学体系应着重于五个方面：一要注意史诗学一般理论的阐释，二要多学科相结合，三要重视对格萨尔学史的探讨，四要运用和借鉴多种方法，五要注意队伍的建设。① 这一学科建设构想至今仍极具启发意义。程洁的《千年格萨尔：东方的"荷马史诗"》回溯了格萨尔学的历史进程及海外传播史，指出格萨尔学学科建设仍举步维艰，亟须进行学科整合建构。② 诺布旺丹的《〈格萨尔〉学术史的理论与实践反思》对《格萨尔》学术史进行了反思，对当前史诗研究的路径进行了总结，认为随着《格萨尔》学术从民间学术到国家学术、再到国际性学术的发展，格萨尔研究的学术理念正在发生变化，即研究对象从史诗本体渐次转向史诗语境，学术范式从本质主义转向建构主义；学术实践方式也随之发生变化，即：走出书斋，走出理论的藩篱，走向田野，重返本土，从关注艺人、关注文本开始转向对本土语境的关注和保护。③ 李连荣的《中国〈格萨尔〉史诗学的形成与发展（1959—1996）》将中国学者自20世纪30年代初至90年代中期的格萨尔研究分为三个时期，探索了中国《格萨尔》史诗学形成与发展过程中的重要理论问题。④ 意娜的《论当代〈格萨尔〉研究的局限与超越》通过分析1984年至2017年国家社科基金项目和教育部立项的关于《格萨尔》研究的课题，以及中国知网《格萨尔》研究的论文数据，指出中国《格萨尔》研究存在总体脉络相对固化，主题相对单一，话语体系、方法论及研究路径陈旧，缺乏明确的问题意识和革新精神等问题，认为《格萨尔》研究亟须探索创新研究路径，推动研究范式转换和学理性思考的超越。⑤ 值得一提的是，《西藏研究》2019年刊出降边嘉措、杨恩洪、诺布旺丹、李连荣、次仁平措等五位《格萨尔》史诗研究领域重要学者的系列访

---

① 王兴先：《关于建立"格萨尔学"科学体系的初步构想》，《西北民族学院学报（哲学社会科学版）》1993年第12期。
② 程洁：《千年格萨尔：东方的"荷马史诗"》，《社会科学报》2013年10月24日。
③ 诺布旺丹：《〈格萨尔〉学术史的理论与实践反思》，《民间文化论坛》2016年第4期。
④ 李连荣：《中国〈格萨尔〉史诗学的形成与发展（1959—1996）》，中国社会科学院研究生院2000年博士学位论文。
⑤ 意娜：《论当代〈格萨尔〉研究的局限与超越》，《西北民族研究》2017年第3期。

谈，结合学者的人生经历和学术经历，较为全面地呈现了格萨尔学发展历程中的重要事件以及《格萨尔》研究的不同领域。其中，次仁平措认为"抢救和整理仍然是《格萨尔》工作的重点"。①

任何学术史研究总难免渗透着研究者自身选择和评价的因素，对于《格萨尔》史诗研究进行学术史观察更是如此——格萨尔学本身的繁复和博大难免使任何学理性回溯都显得挂一漏万。从上述学者不同年代、多角度对《格萨尔》进行的研究中，我们不难发现，国内《格萨尔》研究经历了20世纪50年代的注重史诗抢救、整理和搜集的阶段，20世纪80年代重新起步阶段以及20世纪90年代至今繁荣发展的阶段。经过近百年的发展，《格萨尔》史诗研究在史诗的基础研究及资料整理、史诗文本、史诗歌手、史诗的文化研究、史诗的比较研究、史诗的当代传承与传播等各个领域都取得了丰硕的研究成果。在新的历史条件下，对已有研究进行审视和反思，不断弥补已有研究的不足，深入探索《格萨尔》研究新的学术话语、研究范式，成为学科本身开拓创新的必然要求。

（一）《格萨尔》史诗的抢救、搜集与保护的问题。从20世纪50年代至今，《格萨尔》史诗的抢救、搜集与整理等工作一直是格萨尔学工作的重点。一方面，从非遗视域观照，要注重对作为一个整体生态系统的艺人、文本和语境的保护和传承，而非将三者割裂；另一方面，长期以来，《格萨尔》史诗面临着"人亡歌歇"的险境。无论从史诗的抢救与保护，还是从成果共享、避免重复收集整理和研究的角度，都亟须开发建立综合性、系统化的《格萨尔》文本搜集与研究成果数据库。

（二）学术话语创新和研究范式转换问题。格萨尔学学科体系的进一步发展有赖于学术话语创新、研究的问题域更新以及研究范式转换。经过近半个世

---

① 次央、德吉央宗：《史诗〈格萨尔〉专家系列访谈（一）：降边嘉措与他的〈格萨尔〉事业》，《西藏研究》2019年第1期；次央、巴桑次仁：《史诗〈格萨尔〉专家系列访谈（二）杨恩洪：做史诗历史的见证者、记录者》，《西藏研究》2019年第3期；次央：《史诗〈格萨尔〉专家系列访谈（三）诺布旺丹：保护〈格萨尔〉完整的生态系统》，《西藏研究》2019年第4期；次央：《史诗〈格萨尔〉专家系列访谈（四）李连荣：〈格萨尔〉研究路漫漫其修远》，《西藏研究》2019年第5期；次央：《史诗〈格萨尔〉专家系列访谈（五）次仁平措：抢救和整理仍然是〈格萨尔〉工作的重点》，《西藏研究》2019年第6期。

纪的学术进程，《格萨尔》研究的研究方式、学术范式和学术实践方式都已发生变化，然而通过上述学术史回溯，可以发现国内《格萨尔》研究仍存在学术话语创新不足（《格萨尔》学术研究实践中生成的创新性史诗理论话语不够）、研究的问题域更新缓慢（研究的主题相对单一，相对固化乃至重复的研究并不鲜见）等问题，学术范式的转换并未在学术实践中得以真正实现。

（三）跨学科研究成果不足。史诗《格萨尔》具有远超世界上多数史诗的篇幅和规模，具有百科全书的功能和多方面的价值。而且随着现代传播媒介的发展，《格萨尔》的传播早已不局限于口头演述或书面文本的方式。尽管当代学者对《格萨尔》的研究已触及各个角度和领域，但从现有的成果来看，对史诗进行的史诗学、文学、民族学（人类学）、口头诗学研究居多，跨学科研究成果依旧相对较少。要进一步提升《格萨尔》研究的学术价值，更新研究方式和领域，需要从神话学、宗教学、语言学、音乐学、美学、政治学、经济学、伦理学、心理学、传播学乃至藏医学、天象学等跨学科的角度，更全面、深入地开掘《格萨尔》史诗的价值。

（四）与国际史诗学的对话不足，存在"强制"套用和挪用外来理论研究《格萨尔》的现象。20世纪90年代至今，尤其21世纪以来，国内史诗研究大量引入国际史诗学术理论和话语，如口头程式理论、演述理论等，然而在具体研究中，颇常见的是本末倒置地将国内史诗传统作为论证国际史诗学理论科学性的材料，真正能将国际史诗学理论本土化，并进而生成建构性、创新性研究成果的相对较少，理论升华和学术超越不够。这在一定程度上是国内史诗学界普遍存在的问题，《格萨尔》史诗研究也不例外。对于《格萨尔》史诗研究来说，首先要强化对《格萨尔》史诗本身特殊性的分析，探究其特殊规律，同时进一步加强与国际史诗学的交流与对话，强化对国际史诗学理论的本土化建构研究，从而做出兼具中国特色与民族品格的《格萨尔》史诗学理论创新。

第一章　原型与史诗《格萨尔》

第一节　原型与《格萨尔》文本

运用原型批评，就是为了说明文化现象和心理现象上的某种相似性，说明原型是先天遗传的精神遗存，但这种批评的背后隐藏着很大的局限性，"原型研究最终的结论只能是，所有的文学都是对于某种模式比如神话母题的重复，或者说创作是集体无意识对于作家的一种驱使"[①]。这种宏观意义上的文化批评，的确有着独特的意义，它把焦点投向了文艺现象中对于神话置换变形的现象，寻到了一个"根"，或者说是最先的模式。这种批评只说明了神话作为"原型"是文艺现象的"源头"，文学是在一个既定的模式中变形"移位"的。它不利于从更为广泛的联系中去进一步挖掘这种相似性、共同性背后的集体无意识心理，解释原型现象丰富的历史文化因素、心理因素和人性内容，因而无法真正说明文学艺术这一人类复杂精神活动的主要特点，难以解释作家创作冲动的现实基础和个人特性。这种原型观念，只能从一个维度说明人类的文学艺术活动是基于固定不变的人性，或者说是一种原始人性，文艺活动虽然在历史的演化过程中不断置换变形，但其本质却不能脱离早已定型的模式。这只说明了文艺活动的现象具有原型特质，原型决定了这些文艺活动现象的生成。史诗属于文学艺术，当然也就具有文艺活动的一般特征。对史诗进行原型研究，我们不仅要挖掘出它所具有的原型质素，而且还要探究这些原型质素生成的因素。我们通过对史诗的原型考察，发现史诗所沉潜的人类心灵的共同性、相通性，人性

---

① 程金城：《原型批判与重释》，东方出版社1998年版，第284页。

因素的某些永恒性、普遍性，以及史诗所体现出的人类心灵的拓展和升华过程，同时也表现出了人类精神需要的发展和变化。这实际上就为我们从更深的层面真正理解史诗、欣赏史诗提供了理性可能。

史诗被誉为民族心灵的秘史。《格萨尔》是一部真正意义上的雪域高原英雄史诗，它在藏族人民心目中有着重要而崇高的地位，可以说每一位藏民心中都有一部《格萨尔》。在牧区，大部分藏民家中都供奉着格萨尔大王。另外，几乎每个藏民家中都珍藏着《格萨尔》说唱部本。《格萨尔》是一部充满着神性与人性的典型文本，它很好地体现了藏民族人类心理活动的"千变万化"和"万变不离其宗"，典型地表现了人类情感的多样而又相通。人类的共同性、共通性和民族性，是在人类的历史实践过程中自然体现和生成的，它的根源在诸种因素的综合作用中，在人类为生存发展的奋斗过程中。史诗《格萨尔》中文学原型再现的实质不仅仅是既定的文学内容在模式框架中的重复，而且主要呈现出藏族人民的人类心理情感相通性和共同性的"反复"的表现和变化。

人类创造了自己的历史，也创造了原型。从本质上说，原型是人类历史实践过程中的精神现象，原型研究只是研究者总结和概括出的一种深层结构和模式。因此，可以这样说，藏族人民创造了史诗《格萨尔》，史诗《格萨尔》传承了藏族人民在历史实践过程的精神现象。对《格萨尔》文本进行原型阐释，是一个较为独特的切入角度。原型在《格萨尔》中的模式化、反复性和不断置换变形表明，史诗中的文学原型作为一种特殊的超越时空范围的独特载体，使雪域高原民族的文学艺术取向和价值追求得到规律性表现，从而使藏民人性的相通性、普遍性得到凸现，使藏民人性的历史生成、发展变化和传承通过感性方式得到反复显现。《格萨尔》从11世纪诞生以来，经过历代传唱艺人不断地个性化加工，形成了许多富有差异性的不同的部本，但这些部本却共同体现了史诗发展所呈现出的恒定与变异的周期性"反复"。这就是说，《格萨尔》史诗在发展的过程中总有一些永恒不变的因素内在地制约着其基本方向，它们作为基因、本原，决定着《格萨尔》之所以为史诗的本质特性。《格萨尔》史诗在其发展和演变过程中，有时也表现为否定、扬弃乃至反传统，有时也表现为一种周期性的反复，但这种变化是围绕着藏民族的某种心灵轨迹在旋转。这种相对稳定的不变的因素是雪域高原民族特殊精神需求的本性的反映，是在史诗这种特殊的文艺体裁中其精神活动所呈现的普遍的感情，它以"模式"和"本能"的方式来体现。因此，我们可以说，史诗的文学原型背后也有着心理原型的深层作用。文学原型以其特有的方式镂刻了人类精神原型，追寻史诗中所沉潜的原型亦是在追寻人性、人类精神财富和它的本质，并使远古精神与当下心境相互贯通。

对史诗《格萨尔》进行原型阐释，也可以从多维的角度切入。如果从历史的角度看原型，原型往往表现为社会运动过程的"重演"和"模式"化规律性"反复"；如果从哲学的角度看原型，原型往往表现为人类认识世界的过程中对宇宙万物的"本原"的揭示；如果从宗教的角度看原型，原型往往表现为把个体精神的寄托变为集体无意识行为；如果从文学艺术的角度看原型，原型往往表现为人类艺术地感悟和把握世界的规律性地反复及其置换变形。历史"原型"呈现社会运动模式，哲学"原型"揭示事物规律，宗教"原型"皈依精神家园，而文学艺术"原型"则是人性的综合地"感性呈现"的特殊方式。《格萨尔》是一部藏民族的内容宏富的大百科全书，其间的"原型"呈现也是多维的。我们只有多视角多层次地挖掘史诗"原型"，才能真正凸显史诗的文学人类学价值。

对史诗《格萨尔》进行文学原型阐释，也是一个复杂的事情。这是因为文学艺术本身就是一个以其独特的方式体现人类精神活动的体系，它是为了满足人类的某种精神需求而出现的，它体现着人类的本性。史诗《格萨尔》的发生、传唱以及本体意义，体现着藏族人民对文学艺术这种精神价值的追求。这种追求中，就包括藏族先民对于原型心理体验的具象化负载、储存、表达、交流等。史诗《格萨尔》是一部活形态的博大的文本，它覆盖了藏族人民在历史长河中的人类精神现象的全程。我们可以通过其间沉潜的原型及其原型意象，对它进行多方面的解释。如果从形而上切入，我们可以对《格萨尔》史诗进行哲学的理念的分析和抽象；如果从形而下切入，我们可以与藏族人民的心理体验以及日常生活情景作比照分析。史诗对于人类心理模式的反复"呈现"、对于人类心理情感的不断触发、对于集体无意识的"激活"和瞬间再现，是任何文学作品所无法相比的。

"从内容上看，史诗歌咏的不是个人身边的琐事，抒发一己的喜怒哀乐，它歌颂的是国家民族的重大事件。""在史诗的主人公身上,凝聚着神圣的民族精神,而且借助某些神话和宗教观念,加强了它的威严,蒙上了一层神秘的色彩。"① 史诗不是简单的物质实践过程的附属物,不是劳动、巫术、游戏、宗教的一种客观结果或仪式方式,而是人类在实践过程中形成的一种本性的凝聚、一种"与生俱在"的欲求。藏族人民在求生存、求发展的劳动过程中,创造了宗教、巫术,也创造了史诗。可以说,史诗《格萨尔》是藏族人民集体智慧的集中展示,也是藏民族精神的集大成。西方学者在研究神话与美学的关系时,通过对大洋洲原始人类生活的考察,为我们提供了一个很有特色的、无疑是独一无二的社会范例:神话在成为文学体裁或成为"神祇的故事"、英雄壮举和下地狱故事的很久以前,就有了造型表达方式。"在那里,艺术绝不是一种辅助性活动,也不是为装饰生活而设,而是处在生活中最重要的位置上。在那里,美学并不像我们生活中一样,是生活中的一个有限部分,是基本需求以外的奢侈物。在那里,它本身就是世界将自己呈现给人类的一个方面,而人的面孔只是世界赋予神话的一种形体。"② 研究者在对大洋洲土著人的身体和建筑装饰、生活举止仪态等现象进行分析后,认为:"作为神话表达方式的美学,也是人们对抗环境压力从而保护自己的一种手段。在原始世界的迷茫中,它第一次使事物表现出秩序。……世界的秩序,在人们的心目中,最早体现于美学的内在联系,这是人对事物的最早寻求。美学使人和事物之间竖起了一道保护人的屏障;在熔化铸造技术和锻冶成型技术确定万物秩序之前,这种美学掩蔽了在深处潜藏的东西,掩蔽了因果神话讲的颇多的初始混沌,'原始人'就是在这种保护性安排的庇护之下,组织他们的生活和社会;声音、颜色和各种形体,以及那些'根深蒂固的观念'使他们受到限制,但也总使他们不断地感到他们赖以生存的东西确实存在着。"研究者还进一步指出原始人类的艺术方式的变异及其特点,"在那些既无文学可言,又无哲学可讲的民族之中,歌舞、头饰和耳环,就是形象化的词汇,对他们来说,这样的词汇就是思想和智慧"。"这种象征物参加它所代表的内容,并使无形与有形相联系的象征性活动,随

---

① 降边嘉措:《格萨尔论》,内蒙古大学出版社1999年版,第19—20页。
② 〔法〕埃里克·达戴尔:《神话》,载〔美〕阿兰·邓迪斯编:《西方神话学论文选》,朝戈金等译,上海文艺出版社1994年版,第312页。

着逻辑的进步,朝着更为有意识的象征主义发展。……当神话失去力量时,这种象征就会萎缩,成为寓言或形式主义。寓言于是侵占了古典神话的地盘。神话意象,在其地位削弱而仅剩形式价值意义后,就成了世俗化活动的题目和俗谚。"① 西方学者的这种神话学研究的方法和视角,给我们的《格萨尔》史诗研究吹来了新鲜的空气。《格萨尔》本身就是一部充满浓郁的神话色彩的英雄史诗,对其进行神话学研究无疑是一条通达之道。

"原型不是一般的知识积累和某种知识结构,而是人类由对自身与宇宙关系的理解所产生的心理体验模式,一种情感的积淀'定型'和反复'触发'。原型是人类有共同心理情感和基本的普遍的人性的呈现,许多事实和现象证明了人类的这种相通性和共同性,否则,人类就不可能有共同的心理基础,也就无所谓人类共同的精神财富和共同的价值目标。……文艺原型是在长期实践的基础上逐渐形成的审美意识和心理情感的积淀。它以一定的'模式'的方式出现,带着千百年以来人类对美的感悟的精神遗存,似乎具有先天性质和'本能'的特性。文艺原型是一种心理体验模式,也是一种关于'美'的心理模式。……原型是可以被反复引发的情感和心理模式,文艺原型的价值就在于它以其特殊的方式体现和满足世代相承的人类的普遍精神需要,反复地'再现'、'激活'和丰富充实人的心理体验和情感追求。原型理论、原型批评就是研究人类的这种共同性,揭示种种区别后面不变的相对稳定的方面。这是原型批评独特的功能之一。"② 原型批评以其独特的价值指向,直抵史诗的本原。《格萨尔》作为英雄史诗,它描述的是从原始社会解体到奴隶制确立这一历史时期,它是藏民族崛起时代的产物。"一切优秀的英雄史诗,往往表现了民族崛起的发皇精神,是民族精神的象征",英雄史诗"往往洋溢着一种积极向上、奋发勇为的开拓精神、进取精神和乐观主义精神。与后世宗教、尤其是佛教所宣扬的悲观厌世、消极避世的思想情绪,形成强烈对比"。③ 史诗《格萨尔》为原型批评提供了一个很好的范本。透过史诗《格萨尔》文本,我们可以发现原型所

---

① 〔法〕埃里克·达戴尔:《神话》,载〔美〕阿兰·邓迪斯编:《西方神话学论文选》,朝戈金等译,上海文艺出版社1994年版,第314页。
② 程金城:《原型批判与重释》,东方出版社1998年版,第289—290页。
③ 降边嘉措:《格萨尔论》,内蒙古大学出版社1999年版,第18页。

具有的"先天"的性质,以及这种"先天"性的产生基础和原型在藏族人民实践生活中的现实表现。

第二节　原型与《格萨尔》传唱

史诗《格萨尔》作为口头艺术(verbal art),经由说唱艺人的传唱形成了史诗说唱传统,其内容与形式的表达呈现出说唱艺人对藏族人民集体无意识的激活,蕴含着丰厚的藏族文化积淀。《格萨尔》是对藏族人民生存与发展中永恒的、共通的重复性事件的捕捉与溯源,是对藏族人民心理与情感的呈现,在艺人孜孜不倦地传唱中显现出本源性的精神存在。此种对"集体的人"及无意识状态不断确认的过程也是史诗《格萨尔》中原型创化激活的过程。弗莱在《批评的解剖》中指出:"原型是联合的群体,它与符号之不同在于复杂的可变性。……一种彻底程式化了的艺术是这样一门艺术,其中原型或可交流的单位,基本上是一组神秘的符号。"[1]《格萨尔》作为具有史诗说唱传统的程式化的艺术,在不同说唱艺人的史诗传唱中潜沉着共同的可交流的"原型",通过对这些原型的探究可揭示"神秘性"说唱传统的本质,并可通过深入研究史诗,发掘其价值。

《格萨尔》史诗是藏族人民集体无意识的载体,作为口头艺术,其具有特殊的创编与表达方式,表现于史诗《格萨尔》的传唱则体现为传唱艺人类型的不同、传唱起源方式的不同、传唱仪轨器物的不同、传唱内容禁忌的不同等。但这些不同的个体感性表象之后潜藏着相同的藏族人民的情感潜流,且具有相似的深层结构,很大程度上消解了《格萨尔》史诗的神秘性。

《格萨尔》史诗说唱艺人作为传唱史诗的艺术家,是更深层意义上的"集体的人"。正如荣格所称:"艺术是一种天赋的动力,它抓住一个人,使他成为它的工具。艺术家不是拥有自由意志、寻找实现其个人目的的人,而是一个允

---

[1] 〔加拿大〕诺斯洛普·弗莱:《批评的解剖》,陈慧、袁宪军、吴伟仁译,百花文艺出版社 1998 年版,第 104 页。

许艺术通过他实现艺术目的的人。"① 与表达个体对现实世界感受的个人艺术家不同，史诗说唱艺人在其史诗传唱中表现了超越自我的集体无意识。《格萨尔》史诗说唱艺人被称为"仲肯"②，因说唱内容的形式与性质的不同，又分为包仲、退仲、德仲、丹仲、扎巴等类型③。藏语中"包"为降下之意，"仲"为传奇故事之意，包仲则是神授艺人，即是说包仲传唱的是自天而降的格萨尔传奇故事。退仲亦称闻知艺人，是"闻而知之的艺人"，指的是通过认知学习而后传唱的艺人。德仲（也称为"德尔仲"）是掘藏艺人，指的是将心间伏藏发掘出来的传唱艺人。丹仲指的是吟诵艺人，是依照《格萨尔》文本传唱的艺人。扎巴是指圆光艺人，以"巫术"方式借助咒语"占卜"并记录下所见文字，此类艺人较为少见。以原型理论分析《格萨尔》史诗，核心是观照史诗所反映的不为个人察觉的集体无意识与原型现象。"原型是集体无意识的重要内容，它始终是集体的而不是个人的，是种族的记忆，不是个体的经验。"④ 因而，对史诗及其传唱进行原型分析，要超越个人精神、心理和行为方式。仍未脱离个体意识与后天经验印记的退仲、德仲、丹仲、扎巴的史诗传唱不具备典型性，与之相对应，作为神授艺人的包仲的史诗传唱呈现的是集体无意识的本源性内容。故此，《格萨尔》传唱的原型分析，正是围绕包仲的史诗传唱展开。

学者杨恩洪对格萨尔艺人的调查显示，20世纪80年代中国藏区约有神授艺人26位。⑤ 每位包仲能够说唱的史诗内容、数量不同，扎巴老人（1986年逝世）、桑珠、玉梅等艺人可以说唱史诗达几十部之多，从录音材料数量看，扎巴有录音26部、桑珠有录音41部、玉梅有录音25部⑥。包仲们并非学识渊博之人，大多出身穷苦、经历坎坷，识字不多甚至完全不识，却能滔滔不绝地说唱史诗。神圣、强烈的使命感赋予包仲说唱能力，"为了行使这一艰难的使命，

---

① 〔瑞士〕荣格：《荣格文集：让我们重返精神的家园》，冯川、苏克译，改革出版社1997年版，第247页。
② 也译作"仲堪""仲巴"，根据文献材料的不同，有不同称谓。
③ 周爱明：《〈格萨尔〉神授艺人说唱传统中的认同表达》，《湘潭大学社会科学学报》2002年第2期。
④ 程金城：《西方原型美学问题研究》，黑龙江人民出版社2006年版，第32页。
⑤ 杨恩洪：《民间诗神——格萨尔艺人研究》（增订本），中国社会科学出版社2017年版，第55—56页。
⑥ 此仅为杨恩洪整理的录音收录情况，伴随时代发展，收录数量大幅提升。且包仲们所能说唱部数远大于此，扎巴可以说唱42部，桑珠可以说唱63部，玉梅称可以说唱74部。

他有时必须牺牲个人幸福，牺牲普通人认为使生活值得一过的事物"①，而全身心投入到史诗传唱中。包仲们在描述自己的这种神授能力时，有各种不同的说法，多聚焦于获取说唱本领的途径，其实质是史诗传唱起源方式的不同，最主要的起源有神授、转世、加持这三种方式。

神授是主要的史诗说唱来源，当代有包括扎巴老人在内的26位包仲称在梦中获得《格萨尔》的若干情节，神授的主要类型有梦中神授和病中神授两类。无论是梦中还是病中，人处于一种迷幻状态，不具备抵抗力，更容易受到外在于己的"他者"的冲击。从神授方式而言，人处于被动、接受状态，被神力、命运之力选为说唱艺人。从结构功能的向度而言，人的这种神秘状态恰与《格萨尔》所蕴含的原始气息形成"同质异构"的关系，艺人个体的精神、情感与《格萨尔》史诗积淀的藏族人民的集体记忆及集体无意识的普遍精神相协一致。具体而言，梦中神授的方式更为神圣。扎巴老人称他受大将丹玛神启开始说唱《格萨尔》，丹玛神授的方式是在他睡梦中将其肚子剖开，并装入《格萨尔》书卷。玉梅则称在梦中受错嘎（白水湖）的仙女神启，仙女的神授方式是将格萨尔英雄事迹逐句教授于她。值得注意的是，扎巴老人和玉梅尽管得到神授的方式有所差异，但其中仍有基本的相似性，对之逐层剖析可发现：（1）他们都是在放牧时得到神授；（2）他们都是在放牧时入睡做梦；（3）他们都受到《格萨尔》史诗中某位人物的神启；（4）他们都是被动地接受《格萨尔》史诗内容。通过对两位说唱艺人的奇特经历进行分析可以发现，传唱《格萨尔》史诗的来源具有相通性，表现出人与自然的关系及人的深层次心理的普遍模式。病中神授的方式更为痛苦，也是梦中神授的伴生阶段，说唱艺人往往在昏睡梦醒后遭逢重病，病愈后便获得说唱《格萨尔》的能力。玉梅、达哇扎巴在梦到《格萨尔》史诗中人物神启后，都得了大病，痊愈后，便由牧人变成《格萨尔》神授艺人。通过角巴东主的说唱艺人研究②，可以更鲜明地发现以下规律：（1）说唱艺人尽管来自不同地区，但有相似的梦中神授经历，例如才让旺堆来自青海省海西州唐古拉乡，扎巴来自西藏昌都地区，玉梅来自西藏那曲，

---

① 〔瑞士〕荣格：《荣格文集：让我们重返精神的家园》，冯川、苏克译，改革出版社1997年版，第247页。

② 角巴东主：《〈格萨尔〉神授说唱艺人研究》，《青海社会科学》2011年第2期。

达哇扎巴来自青海玉树地区。(2) 说唱艺人获得神授的年龄普遍较小，例如，才让旺堆 13 岁，扎巴 9 岁，玉梅 16 岁，达哇扎巴 14 岁。(3) 多是在放牧过程中沉睡得到神授，且都有过迷狂状态。由此可以看出，《格萨尔》神授传唱这一原型现象，与藏族人民的生存和发展密切相关，具有模式性和跨越时间、空间性的特点，表现了不同个体、群体之间精神现象的共通性。神授的说唱艺人从一种自我状态过渡到集体状态，梦中神授与病中神授等模式将个体的人变为承载人类无意识精神生活的"集体的人"。

  转世是另一主要的史诗说唱来源。转世之说由神授之说分化衍生，相较神授更为神秘、抽象，也更深入、贴近《格萨尔》史诗。转世主要有青蛙转世和人物转世两个类型。青蛙转世是《格萨尔》史诗传唱的特殊存在，是由史诗内部产生并向外衍生的文本抽象。"雄狮大王格萨尔闭关修行期间，他的爱妃梅萨被黑魔王鲁赞抢走，为了救回爱妃，降伏妖魔，格萨尔出征魔国。途中，他的宝马不慎踩死了一只青蛙。格萨尔感到十分痛心，即使是雄狮大王，杀生也是有罪的，他立即跳下马，将青蛙托在掌上，轻轻抚摩，并虔诚地为它祝福，求天神保佑，让这只青蛙来世能投生人间，并让他把我格萨尔降妖伏魔、造福百姓的英雄业绩告诉所有的黑发藏民。格萨尔还说，愿我的故事像杂色马的毛一样。果然，这只青蛙后来投生人世，成了一名'仲肯'——《格萨尔》说唱艺人。这便是藏族历史上第一位说唱艺人的来历，他是与格萨尔有缘分的青蛙的转世。"[①] 与这一转世之说相呼应，连吉·米庞大师、扎巴老人等说唱艺人都曾说自己是青蛙的转世，因而得格萨尔大王授意，传唱格萨尔英雄业绩。这样的说法从客观理性而言，是牵强附会之谈，但从文化原型层面而言，则是说唱艺人们从《格萨尔》史诗出发，从中延伸出的文学抽象性。另一转世类型则是《格萨尔》史诗人物转世，多为史诗中英雄人物的转世，例如扎巴老人在梦中受神启，还被告知是格萨尔王战马转世，次多则自称是大将辛巴梅乳泽[②]转世。从神授到转世的变化，表层逻辑是从史诗传说向文学文本的转变，深层逻辑则是说唱艺人们对史诗抽象性的具化。神秘的、无法捕捉的神启是说唱艺人们难

---

  ① 降边嘉措：《格萨尔论》，内蒙古大学出版社 1999 年版，第 516—517 页。
  ② 也译作辛巴梅乳孜，根据文献材料的不同，本书中两个名称都有涉及，此处说明，后文不再一一指出。

以阐述的痛楚，他们通过转世之说，化身为《格萨尔》中的人物或动物，由抽象迷幻的传唱转为被附身的传唱，不仅掌握了言说史诗的主动性，也增附了说唱史诗的必然性与效度。

加持也是主要的史诗说唱来源。加持意谓以佛力护念软弱众生，在史诗传唱中，多指说唱艺人以平凡之躯难以承受神授启示，易陷于病灾苦难，活佛为说唱艺人加持，一则使其脱离病灾，二则为其开启智门，使说唱艺人从思维、语言混乱状态中清醒，并具有了传唱能力。与神授、转世之说相比，加持之说更多起着将内容外化为形式的作用，"神授艺人在接受活佛开启智门后，生病或精神恍惚的状态结束，这时，这些普普通通的青少年会像突然变了一个人一样，神采飞扬，才思敏捷，脑子里那些如同过电影似的格萨尔故事的画面会冲口而出，并能自主控制说唱。"[1] 作为心理模式的《格萨尔》史诗通过活佛加持并授仲厦帽[2]而成为可传唱的艺术模式的标志，也是说唱艺人权威性的体现。加持既是史诗传唱由内向外的关键，也是传唱仪轨中重要的器物传承，活佛授予的仲厦帽是对《格萨尔》史诗说唱艺人的充分肯定与认证。

《格萨尔》史诗传唱过程中，不同包仲间仪轨器物的应用有所不同，但具有基本相似性。"原型不是一个个的具体的'行为图式'，而是一种纯粹的'形式'，先在的、能影响后天行为的一种精神模式，一种对行为起某种引导、规范的心理图式，它的内容要因人而异去激活、充实。"[3] 即是说，不同的《格萨尔》史诗传唱者所运用的仪轨器物只是个别的、特殊的"行为图式"，而其中必然隐藏着共有的、普遍的"纯粹形式"，并能够统摄史诗传唱这一行为。聚焦于史诗传唱的仪程，不同包仲展示出各不相同的行为模式，根据场合、受众的不同，会有所调整，如果是大型活动，说唱艺人们会准备得更为隆重，传唱前的煨桑、祈祷仪式也会更全面。如果是在村庄或者个体家庭传唱，相应的仪式会简化，煨桑仪式会简化为焚香请神甚至可能会取消。例如，说唱艺人在荒野等不便场所或只有一二听众时，会以语言、敬酒请神代替煨桑、焚香请神。但从中不难看出，因环境因素而形成的各式仪程具有特殊性，不同传唱者间不

---

[1] 周爱明：《〈格萨尔〉神授艺人说唱传统中的认同表达》，《湘潭大学社会科学学报》2002年第2期。
[2] 也译作仲夏，根据文献材料的不同，本书中两种译法都有涉及，此处说明，后文不再一一指出。
[3] 程金城：《西方原型美学问题研究》，黑龙江人民出版社2006年版，第43页。

相同，同一传唱者在不同时空环境中也会有所不同，这是个别的、暂时的，而其中潜藏的"请神—传唱—送神"模式却是固定的、普遍的，即便表现方式不同，其仪轨中仍蕴含着原型模式。

《格萨尔》史诗传唱过程中使用到的器物也具有原型象征。前文提及的仲厦帽是《格萨尔》说唱艺人传唱史诗时使用的重要器物，它既是说唱艺人身份的象征，也是说唱艺人叙述时借用的工具。首先，它是说唱艺人身份的象征与标志。仲厦帽由寺院制作并由活佛授予说唱艺人，是对说唱艺人传唱《格萨尔》史诗能力的充分肯定。其次，在传唱史诗时，仲厦帽不只是作为物质的帽子，它还具有对现实所"匮乏"的想象。比如在口头艺术表演中，难以将高山大川置于眼前，说唱者可通过仲厦帽将现场与世界相连，凭借帽子的象征构想世界万物，"在藏区，这种'仲厦'既是扮演《格萨尔》形象的装饰品，又可在演唱中按叙述史诗的内容或颂词作格萨尔本人的道具"①。作为器具，它是传唱的引子，每当艺人传唱时可将它作为格萨尔本人的形象，同时它又具有广泛的隐喻之意，象征山、象征神、象征意象结构。

此外，《格萨尔》史诗传唱还会使用到塑像或画像这类重要器物。《格萨尔》说唱艺人在说唱时会供奉格萨尔王、莲花生大师、英雄、王妃等人的画像或塑像。此类器物作用有三：其一，作为焚香祈祷、敬神供奉的器具，以示对传唱仪式、传唱人物的重视；其二，用于请神降临，赋予传唱活动神圣性，配合象征着显圣之意的说唱艺人手舞足蹈的行为，为说唱活动增加神秘性；其三，营造史诗说唱氛围，能促使听众迅速进入状态。与上文对仪程的分析相似，塑像或画像的类型与数量在不同史诗传唱中并不一致，大型《格萨尔》史诗说唱活动会在香案前悬挂巨幅格萨尔王画像，两边挂众英雄与王妃画像相配；香案除香炉外还会供奉不同人物的塑像以及格萨尔王的武器等。而小型传唱现场则避繁就简，多数情况仅有一幅格萨尔王画像。由以上论述可见，仲厦帽、塑像或画像类器物是蕴含着意味的形式，其原型内涵意义寓于形式之中。

《格萨尔》史诗传唱过程中，说唱禁忌也是重要的原型模式。荣格称："原型是集体无意识的重要内容，它始终是集体的而不是个体的，是种族的记忆，

---

① 周爱明：《〈格萨尔〉神授艺人说唱传统中的认同表达》，《湘潭大学社会科学学报》2002年第2期。

不是个体的经验。集体无意识不为个人所察觉、所意识，然而却处处制约着个人的精神、心灵和行为方式。它是种族的共同的心灵的遗留物。"① 各说唱艺人所传唱的《格萨尔》史诗内容、数量都不一致，但总体遵循《格萨尔》史诗结构。《格萨尔》史诗可概括为"上方天界遣使下凡，中间世上各种纷争，下面地狱完成业果"②，其中序篇为《天界篇》《英雄诞生》《赛马称王》等部，降魔史为《霍岭大战》《魔岭大战》《姜岭大战》《门岭大战》等部以及十八大宗、十八中宗、十八小宗等部，末部为《地狱救母》。③ 史诗说唱艺人在传唱时的个人经验使《格萨尔》表现出愈加丰富的内容，但个人史诗传唱的说唱方式与总体形式结构受制于集体的种族记忆。且说唱艺人间有一个普遍的、共有的禁忌是不愿传唱《地狱救母》部。其原因是《地狱救母》为末部，既是格萨尔王完成大业返回天界的节点，也是说唱艺人传唱使命的结束。从形式上来说，意味着传唱实践的终止；从心理层面看，会使说唱艺术产生虚空无措的情绪。故而，从《格萨尔》史诗结构看，不传唱末部也具有深刻的原型意义。

史诗传统对说唱艺人传唱史诗的想象力具有深刻影响。弗莱论述文学创作与原型的关系称："作家不是从自然界或经历中'获得灵感'；自然和经历间或提供一些内容，但文学的形式却是从文学本身中发展而来的，只不过它们反映在经历及自然上罢了。"④ 史诗说唱艺人对传唱与原型关系的认知与弗莱相异，他们认同《格萨尔》传唱所具有的"想象背景"⑤，充分肯定在自然与社会的经历中汲取的灵感，并在传唱史诗时直观地予以表述。说唱艺人通过原型"置换"方式，既保持了艺术的创造性与个性，又表现了传唱原型。以说唱艺人的《格萨尔》传唱实践而言，包仲在说唱史诗时，往往会凭借格萨尔王等人物的画像或仲夏帽等器物使史诗世界与现实世界相连通，史诗中的自然、文化景观为包仲的说唱活动增附了厚重感与神秘性，个人特殊的自然、社会经历又为史诗传唱增加了鲜明感与独异性。

---

① 荣格：《人，艺术和文学中的精神》，孔长安、丁刚译，华夏出版社1989年版，第140页。
② 马学良、恰白·次旦平措、仲锦华：《藏族文学史》（上册），四川民族出版社1985年版，第177页。
③ 《格萨尔》史诗各部本名称存在版本差异，本书对各版本均有涉及，故不做统一。
④ 吴持哲：《诺斯洛普·弗莱文论选集》，中国社会科学出版社1997年版，第300页。
⑤ 吴持哲：《诺斯洛普·弗莱文论选集》，中国社会科学出版社1997年版，第172页。

《格萨尔》史诗传唱中的原型是典型的"领悟模式",相异于以本能为核心的行为模式,表现为感悟—理解程式功能与象征隐喻功能两个角度。前者指的是通过原始意象对集体无意识的激活,后者指的是原型所具有的象征性意蕴。史诗传唱是说唱艺人体察时代"匮乏"而激活原型的过程,促使了《格萨尔》史诗传唱中原型的不断丰富和发展。正如荣格论述艺术创作是对心灵深处原型意象的激活时所指:"创作过程,在我们所能追踪的范围内,就在于从无意识中激活原型意象,并对它加工造型精心制作,使之成为一部完整作品……艺术家得不到满足的渴望,一直追溯到无意识深处的原始意象,这些原始意象最好的补偿了我们今天的片面和匮乏。"[①] 集体无意识超越了聚焦个体心理的"心理型"意识,而强调聚焦集体精神的无意识状态,同时集体无意识的原型又会制约个体心理的表述,规定了个体自我的表达界域。说唱艺人对《格萨尔》的传唱即是从藏族人民集体无意识中激活原型意象,艺人在传唱时抛离自我意识,而为集体无意识所驱遣,生成与时代相契合的史诗作品。可见《格萨尔》说唱艺人的史诗传唱被限制在藏族人民集体无意识的"疆界",即便呈现方式各有特色,仍是在集体文化与记忆的范围内个性化的表达。《格萨尔》史诗的原型深刻地影响着说唱艺人的意识与情感,包仲们在传唱史诗时的情绪、观念、想象都受生存环境、民族文化的制约,这是《格萨尔》史诗整体性、普遍性、传播性的基础,而以此可能导致的对《格萨尔》史诗传唱个性的制约问题,则由于包仲们对时代与现实的体认与感知的差异而得以调和。《格萨尔》史诗及传唱还具有象征性意蕴和作用,"原型是具体情境下的'意'与相对恒定的联想物'象'的契合;它的反复性不是精神的遗传,而是人与物像(客观存在)关系及其在人的心理上产生的感受的不断反复"[②]。史诗《格萨尔》的说唱艺人受集体无意识的驱使,代表藏族人民言传。说唱艺人在《格萨尔》史诗传唱中对意象、象征、母题和仪式等反复运用,体现出人性模式与心理结构的相通性。

说唱艺人的《格萨尔》传唱是对原型的不自觉运用,传唱过程中原型被激活并发生变异,艺人的史诗说唱以创造性生成方式重构了《格萨尔》史诗既有

[①] 荣格:《人,艺术和文学中的精神》,孔长安、丁刚译,华夏出版社1989年版,第227—228页。
[②] 程金城:《西方原型美学问题研究》,黑龙江人民出版社2006年版,第164页。

的原型模式，其创造性的实现方式则是原型置换。"同一原型具有无穷无尽的置换变体，正因为同一原型可以置换出多种不同面貌的变体，因而人们在看到这些不同的变体时需要将它们联系在一起才能还原出它们本来的共同身份，即那个原型本身。"① 说唱艺人对《格萨尔》史诗的创造性原型置换表现在外在形式与内在意义两个向度。从史诗传唱的外在表现形式看，说唱艺人可以通过表达方式的变化完成原型置换。具体而言，说唱艺人对相同情节使用了不同的表述方式，或改变用词，或改变语调，或改变文体。例如扎巴老人、玉梅等说唱艺人对"赛马称王"情节的传唱，使用的具体语词、句式以及内容完全不同，其中蕴含着不同时间、不同地区、不同主体对相同原始意象的创造性激活。从史诗传唱的内在意义看，说唱艺人可以通过对多义原型的某个方面的强调实现原型创新。微观《格萨尔》史诗的传唱，性别、年龄不同的说唱艺人对相同原型的运用有所差别、各具特色。以说唱艺人的神授方式为例，玉梅作为女性说唱艺人，她自称受错嘎（白水湖）的仙女神启，这与其他包仲相较极具特色，超越了常见的英雄神授模式。

需要强调的是，具有创新性的《格萨尔》史诗传唱仍受共同性和稳定性的原型制约，具体表现为：其一，受特定地域与自然环境影响；其二，受特定文化和社会规范影响。史诗毫无争议地携带自然环境或者地域的印记，独特的自然、文化和社会规范塑造着《格萨尔》原型，并决定着史诗传唱中的时代需求以及重构与创新的基点。原型在《格萨尔》史诗及传唱中模式化、反复和不断置换变形则表明，史诗原型作为一种特殊的超越时空范围的独特载体，使说唱艺人的传唱活动的取向和追求得到规律性表现，从而使人性的相同性得到凸现，使人性的历史生成、发展变化和传承通过感性方式得到反复显现。从史诗内容来看，原型是《格萨尔》史诗艺术地感悟、把握世界的规律性反复。以史诗传唱中的仪式为例，《格萨尔》传唱中的仪式之所以被保留下来，是因为仪式具有对社会规范冲击的特殊的功能。

《格萨尔》史诗是族类的、普遍的心理和情感的集体无意识的表现，是藏族人民的民族精神的象征。原型分析是对《格萨尔》史诗由来已久的共有文化

---

① 杨丽娟：《"理论之后"与原型—文化批评》，中国社会科学出版社2010年版，第77页。

价值的寻找和把握，目的是强调诸种异质文化之间的相容性。史诗说唱艺人记忆惊人、才华横溢，以古朴、简约、感性的语言呈现民族群体历史、文化的积淀，在传唱《格萨尔》的过程中其心灵和情感从个体感受升华为集体精神。史诗的创作和传唱不仅源于集体无意识的激活与原始经验的表达，还深受后天情感体验与现实历史社会的影响，作为"集体的人"的意识或无意识与现实社会相通。史诗说唱艺人具有双重属性，既是社会个体也是传唱艺人，既具备个人情结也具有集体无意识，同时受到集体意识和集体无意识的支配。此外，史诗更受时代精神的影响。史诗的创造和说唱都是在具体的时空范围内的活动，《格萨尔》史诗必然加入了史诗说唱艺人对现实时代的感受，并不断地试图超越原型模式，以满足人的不断变化的精神需求。《格萨尔》史诗及其传唱在历史性与当代性的交融共振中得以升华，形成共同的、普遍的意味。

第二章 《格萨尔》史诗的文学原型意义

《格萨尔》史诗是藏族民间文学的总汇，是藏族人民对几千年历史文化的记忆。史诗充满着浓郁的神话色彩和英雄主义特质，这就给史诗的神话—原型阐释提供了可能性依据。可以说，《格萨尔》是藏族文学的一个象征源和原型系统，对此进行原型分析意义深远。原型理论的主要提出者是荣格和弗莱，他们以西方文化视野创建了自己的理论体系。实际上，所谓的原型批评是对于文学的一种文化批评，因此批评就不可能脱离文化和产生文化的背景，其理论、方法以及对象都与一定的文化传统相联系，因而不同的文化传统就应该有不同的原型系统。加拿大著名学者弗莱在阐释其原型批评理论时，曾经大量征引和借助《圣经》，将《圣经》视为西方"传统中未移位神话的主要来源"[1]。在《伟大的代码——圣经与文学》一书中，弗莱用原型批评方法去解读《圣经》，通过解读《圣经》进一步发展和完善其原型理论。[2] 客观上讲，藏族人民心目中的《格萨尔》就相当于西方人心目中的《圣经》。可以说《格萨尔》是一部活形态的《圣经》，或者说是一部不断在传唱的《圣经》。如果说《圣经》是全面了解西方文学的必要基础，那么《格萨尔》则更丰富，它是藏族社会生活的"大百科全书"。本书以原型批评方法来研究《格萨尔》，旨在挖掘《格萨尔》中蕴藏的丰富的文学原型，进一步揭示《格萨尔》史诗的文学价值及其在世界文学史上的地位，并通过《格萨尔》与原型批评理论的互动阐释，丰富和发展原型批评。

对《格萨尔》史诗所沉潜的神话原型质素进行解读，并非笔者的心血来潮，而是史诗文本内涵意蕴彰显的必然要求。从《格萨尔》史诗的传唱者方面

---

[1] 〔加拿大〕弗莱：《批评的解剖》，陈慧等译，百花文艺出版社2006年版，第199页。
[2] 参见〔加拿大〕弗莱：《伟大的代码——圣经与文学》，郝振益等译，北京大学出版社1997年版。

来看，其传唱活动往往表现为直觉行为，神话作为人类集体无意识的产物，能够给传唱者带来意料不到的灵感与启示。正如降边嘉措先生对神秘演唱艺人的解读①，这是集体无意识的最好阐释。作品中的神话原型，能使听众获得一种独特的丰富感与深刻感，内心再次体验到人类经验的伟大连续性。

史诗是民族精神的火光。史诗丰富而深刻地表达了一个国家或民族集体的信念与行为方式，表达了该民族最深处的集体情感。而神话和民俗发掘了某种集体无意识，唤醒了该种族最深层的记忆和想象，自然更容易拨动人们的心弦。弗莱指出："文学从原始文学发展到自我意识文学的过程，显示出诗人的注意力，逐渐从叙述价值转向意义价值。"② 英雄史诗是一种具有自觉意识的创作，传唱者在传唱的过程中，越来越重视史诗所涵盖的思想意义，这些意义不是以哲学的抽象方式来表述，而是寄寓在史诗的一些具体的情节与形象之中。因此，如何从史诗中发现并解读其意义，尤其是史诗中那些神话原型和故事模式的意义，就是一件很有意思的工作。

第一节 《格萨尔》史诗的原型模式

原型批评作为一种文学批评实际上是一种大文化批评。宏观分析和整体观照是它的显著特色。这也是原型批评取代统治现代批评数十年之久的新批评派而称雄学术界的原因之所在。和新批评派相比较，原型批评摒弃了专注于文本篇章字句的研习，而是以人类学的理论及视野为基础，以一种宏观的全景式的文学眼光审视和考察文学的各种现象——体裁、题材、主题、结构乃至作品的名称。把文本置身于文化整体中予以考察，文学不再是孤立的字面上的东西，而成为整个人类文化创造中的有机组成部分。文学文本中蕴含的神话、信仰、宗教仪式、民间风俗等受到前所未有的重视。弗莱指出："从这样的观点看，文学的叙事部分便成为象征交流的一种重复进行的行为，换言之即是一

---

① 降边嘉措：《神奇的〈格萨尔〉说唱艺人》，《中外文化交流》2000年第5期。
② 〔加拿大〕诺思罗普·弗莱伊（弗莱）：《文学的原型》，载〔美〕约翰·维克雷编：《神话与文学》，潘国庆等译，上海文艺出版社1995年版，第56页。

种仪礼。原型批评家在研究叙事时，是视其为仪式或对人类行动的整体的模仿，而不是对个别'行动的模仿'。"具体来说，"对一部小说或一出戏剧的情节进行原型分析时，都要按照与仪式相似的归类、复现或定型程式的活动：婚礼，丧葬，智力启蒙和步入社会，死刑或模拟死刑，逐走劫数难逃的歹徒，等等。"① 弗莱透过纷繁复杂的文学现象，梳理出了几种文学原型模式。这些原型模式在英雄史诗《格萨尔》中有着较为典型的体现。

其一是死亡—复活的原型模式，特点是将英雄神话原型扩展为一种普遍的生—死—复活的循环模式，如一天的日出、日落的循环，一年不同季节的循环，以及人的生命的有机循环，其中都具有同样意义的模式。② 远古时期，人类的生死母题与自然界各种物类的演变有着直观的参照，直接的参与和直觉的认知。人类学家布朗甚至将来自自然的变化因素放到社会结构中来考察。他说："自然现象诸如白天、黑夜的轮替，月亮的形态变化，季节的行进，变幻的气候，无不对社会产生作用……人类的这些自然的生命循环表现特征之于社会的存在具有非常重要的意义。"③ 诚如布朗所说，人类生命的社会现象的背景依据来自生命的自然演绎。在原型研究领域里，母题一直是一个体现原型价值的具体单位叙事。换言之，所谓原型（archetype）——"缘生类型"或"原始类型"——的本来意义即是对具有明确文化倾向的主题的类型化演绎和表述，而母题（motif）正是原型的具体化，有的学者甚至将二者相互替换。弗莱的原型批评理论的基础性工作是在自然的四季节律、生物种类的生命形态、人类的心理诉求、神话仪式的母题以及"诗学"门类的叙事特征等置于人类文化两种根本的知性和知识交通的方式上：知识的传统承袭和人类心理的积郁。这就是原型理论。弗莱作了如下的整理和归纳：

1. 黎明，春天，出生方面。关于英雄出生的神话，关于万物复苏的神话，关于创世的神话，以及（因为这四者形成一组）关于黑暗、冬天和死

---

① 〔加拿大〕弗莱：《批评的解剖》，陈慧等译，百花文艺出版社2006年版，第150页。
② 〔加拿大〕诺斯罗普·弗莱：《文学的若干原型》，庄海骅译，载胡经之等主编：《西方二十世纪文论选》第一卷，中国社会科学出版社1989年版，第382页。
③ A. R. Radcliffe-Brown, *Andaman Islanders*, Cambridge University Press, 1933, pp. 380-381.

亡这些力量的失败。从属的人物：父亲和母亲。传奇故事的原型，狂热的赞美诗和狂想诗的原型。

2. 天顶，夏天，婚姻和胜利方面。关于成为神仙的神话，关于神圣的婚姻的神话，关于进入天堂的神话。从属的人物：伴侣和新娘。喜剧、牧歌和团圆诗的原型。

3. 日落，秋天和死亡方面。关于战败的神话，关于天神死亡的神话，关于横死和牺牲的神话，关于英雄孤军奋战的神话。从属的人物：奸细和海妖。悲剧和挽歌的原型。

4. 黑暗，冬天和毁灭方面。关于这些势力得胜的神话，关于洪水和回到混沌状态的神话。从属的人物：食人妖魔和女巫。讽刺作品的原型。①

1. 黎明，春天，出生。英雄的出生仪颂。大地的生物复苏，再生，生命战胜了黑暗、冬季与死亡的神话。它的复合形象是父亲和母亲。原型的哲学与美学形态特质表现为极致的狂喜；与之相配合的艺术叙事门类为酒神颂歌和传奇。

2. 正午，夏天，婚礼。英雄的胜利仪赞。神圣的荣耀，光辉普照，通往天堂道路的美丽神话。它的复合形象是在未婚妻的相伴下，英雄走在胜利的旅途中。原型的哲学美学形态特质表现为神圣的庄严；与之相配合的艺术门类为喜剧、牧歌、田园诗和小说。

3. 黄昏，秋天，死亡。英雄的死亡仪礼。毁灭的命运，垂死的英雄，野蛮的弑戮，献祭与牺牲，孤独的英雄神话。它的复合形象是叛徒、出卖者和诱拐者。原型的哲学美学形态特质表现为悲壮的苦难；与之相配合的艺术门类为悲剧和挽歌。

4. 夜晚，冬天，颓绝。英雄的苦楚仪殇。理性的坍塌，命运的苦斗，人类的毁灭与复归于混沌神话。它的复合形象为巨人与巫师。原型的哲学美学形态特质表现为拼搏与抗争；与之相配合的艺术门类为讽刺。②

---

① 〔加拿大〕诺斯罗普·弗莱：《文学的若干原型》，庄海骅译，载胡经之等主编：《西方二十世纪文论选》（第一卷），中国社会科学出版社1989年版，第382—383页。

② 彭兆荣：《西方文学原型中"生／死"母题的仪式性隐喻——兼论酒神仪式的原生形态与东方价值》，《吉首大学学报（社会科学版）》2004年第3期。

这是弗莱苦心经营的完美的组合体系。这个体系很形象也很精巧地把诗学的哲理、艺术的门类、神话的叙事、仪式的展演、心理的情结、文化的类型都糅在了一起，仿佛是生命的诗性演绎：春天的神话与传奇对应，夏天的神话与喜剧对应，秋天的神话与悲剧对应，冬天的神话与讽刺对应。在《格萨尔》史诗中，这种生死复活模式就是轮回转生模式。在《格萨尔》史诗的各种版本（诸如：贵德本、林葱本、下拉达克本、北京本、色雅本等）中都叙述了雄狮大王格萨尔（格斯尔）作为神子接受临凡使命来到人间的故事。尽管各种故事都存在着差异，但天神确定神子临凡这一点是一致的。《格萨尔》史诗中的《天界遣使》一部可作为格萨尔大王历次征战的天上序曲。其内容是梵天之上大慈大悲的观世音菩萨密切注视着人世间的风云变幻，为藏地四方乱兵蜂起、王室奸权当道而焦虑，为邪恶妖魔对凡人的蹂躏而不安。她祈求阿弥陀佛，佛祖降旨派莲花生大师奔忙于梵天，将白梵天王和天母所生的三神子灌顶授记，赋予各种法术并通过龙女之身使其降生藏地岭国，执行降伏妖魔、抑强扶弱、救护生灵的使命，这种使命贯穿于雄狮大王格萨尔的全部戎马生涯。在《格萨尔》史诗的各分部本中，神话色彩也很浓厚，处处闪烁着神性的光辉。例如，《霍岭大战》中格萨尔出征魔国，斩除魔王之后却被魔女缠住，迟迟不能回到岭国，直至天母授旨意给格萨尔的胯下宝驹，千里马以歌相劝才使格萨尔彻底醒悟。格萨尔回国后出征霍尔，征途处处受到神的指点和天母眷属的帮助。作为下凡神子，他自己也具有神性，可分身变形，最后借此幻变之法砍断魔角，攻破霍国而取得胜利。透过史诗的各个部本，对死亡的恐惧和超越的集体无意识心理是很明显的。同时，史诗也表现了对人类死亡悲剧的象征性超越的生命意识以及轮回转生、众生平等、善恶报应等伦理观念。与生死复活模式基于自然节律不同，轮回转生的象征渊源更为深广，也更具神话意味，它内含着时间无限循环不息的宇宙意识。

其二是文学类别模式。弗莱以主人公的能力大小及与他人和环境的关系为依据，将文学作品划分为神话、传奇、史诗和悲剧、喜剧和现实主义小说、讽刺五种基本类型。[1] 在《格萨尔》史诗的各个部本中，这五种模式都可以找到对

---

[1] 〔加拿大〕弗莱：《批评的解剖》，陈慧等译，百花文艺出版社2006年版，第45—47页。

应的人物和作品。如被神化的观世音菩萨、上界天神白梵天王、中界年神格卓年保①、下界龙神走那仁庆、天母、莲花生、佛祖、护法神以及大大小小的山神等属于在种类上高于人和环境的神，他们神通广大，超越任何时间和空间的限制，自在变化，随心所欲。格萨尔大王是有着神性色彩的人。青海省社会科学院研究员、著名格萨尔研究专家赵秉理先生认为："尽管格萨尔呈现出半人半神、人神合一、三种合体的双重性格，但他是人，而不是神；神性是现象，人性是本质。"②作为降生人间的天神之子，格萨尔还在母腹中就会唱歌，一岁时捕杀魔鸦，两岁时治死恶魔，三岁时杀死鼹鼠精，四岁时把七个妖精沉入大海，五岁时会施展分身法、遮眼法，放出许多毒蜂和虻虫，俘虏了五百名商人……十四岁时闯入龙宫，逼龙女为妻，十五岁时赛马称王，降妖伏魔，神通广大，法力无边。《格萨尔》史诗称他是世界雄狮大王、南瞻部君主、黑头藏民君王、岭国君王、玛康岭八大部长官、藏地部落联盟主、十八个国家（泛指格萨尔王征服过的部落与地区）的主人、二百万大军的统帅、八十英雄的主宰、荡平四魔的英雄、黑魔国的镇压者、黄霍尔的颈上轭、天神之子、五方佛祖最优秀的心爱子、三大依怙主的化身、佛祖的使者、释迦佛教的高徒、佛教本尊、佛教护法神、降妖伏魔的战神、普度众生的上师等等。③

第二节 《格萨尔》史诗母题的研究

母题是美国著名的民间文艺学家史蒂斯·汤普森（Stith Thompson）创造的民间文学分类体系，是指民间故事、神话、叙事诗等叙事体裁的民间文学作品中反复出现的最小叙事单元。"一个母题是一个故事中最小的、能够持续存于传统中的成分。要如此它就必须具有某种不寻常的和动人的力量。绝大多数母题分为三类。其一是一个故事中的角色——众神，或非凡的动物，或巫婆、

---

① 也称作古拉格卓、格佐年波，根据文献材料的不同，本书中几个名称都有涉及，此处说明，后文不再一一指出。
② 赵秉理：《格萨尔王是人而不是神》，《青海民族学院学报》2003 年第 1 期。
③ 参见赵秉理：《格萨尔王是人而不是神》，《青海民族学院学报》2003 年第 1 期。

妖魔、神仙之类的生灵，甚至是传统的人物角色，如受人怜爱的最年幼的孩子，或残忍的后母。第二类母题涉及情节的某种背景——魔术器物，不寻常的习俗，奇特的信仰，如此等等。第三类母题是那些单一的事件——它们囊括了绝大多数母题。"[1]

原型与母题有着较为复杂的关系，研究者往往将二者混同，称为"原型母题"。但事实上，原型和母题是两个不同的概念，二者只是在作为文学叙述的基本结构形式、基本构成因素和交际单位方面有所交叉。母题是19世纪以来民间故事和神话学研究的主要范畴。母题研究是原型批评理论的来源和基础之一。一些宏观的原型模式和大量微观的原型意象都不能看作母题；一些以取材改编和流传影响为基础的题材类同型的母题，以及由于故事的主题或结构相似而形成的故事类型意义上的母题，一般不具有原型意义。只有那种具有叙述代码性质的原型和那些具有神话象征渊源和广泛交际性的母题的结合，才能构成"原型母题"。原型母题其一要具有古老的神话象征渊源，即与人类的原始仪式和亘古之梦相联系。其二是作为叙述代码，它具有很强的伸缩性，大可以接近叙述模式，小可以近似具体意象。在作品中它可以大于故事，即一个原型母题可以涵盖许多故事；也可以小于故事，即一个故事中可以含有若干原型母题。其三是具有广泛的交际性，在空间上它超越民族国家甚至文化圈；在时间上它跨越不同时代，具有长期延续性，而且不因具体时代的文学潮流和时尚而改变。这也体现了原型批评的文学人类学特点。[2] 在藏族英雄史诗《格萨尔》的各分部本中，这种原型母题有着丰富的表现，笔者尝试着归结如下。

一、幻变母题

巫术是"驱邪降魔，禳灾除祸，趋吉避凶，解救危难"[3]的原始仪式。幻变从本质而言，是一种巫术行为[4]，具有神话象征意义，通过这一行事，可以达到

---

[1] 〔美〕斯蒂·汤普森：《世界民间故事分类学》，郑海等译，上海译文出版社1991年版，第499页。
[2] 侯传文：《佛经的文学原型意义》，《外国文学评论》1997年第4期。
[3] 降边嘉措：《格萨尔论》，内蒙古大学出版社1999年版，第269页。
[4] 徐国琼：《论英雄史诗的"母题结构"及〈格萨尔〉中的"幻变母题"》，《西藏研究》1996年第4期。

利己的目的。在《格萨尔》史诗的不同部本中蕴含着丰富的幻变情节结构，是为"幻变母题"，指通过超自然能力幻变出各种异己形象。幻变母题具备叙事代码性质，按类型而言属于情节性母题，"这类母题一般与叙事主题密切相关，语言形式上表述为一个词组或含有主谓语的短语，有较为明确的含义，可以视为较强的叙事单元，其表意功能较强"①。幻变母题包含着一个在场的施为主体，由这一主体行事产生的幻变事件对于渲染氛围、塑造形象、推进故事情节及丰富故事结构具有重要意义。因而分析《格萨尔》史诗的幻变母题时，既要关注各式各样的幻变形态，也要关注幻变施为者，应当从不同向度对《格萨尔》史诗的幻变母题予以分类、研究。

在《格萨尔》史诗各部本中，存有大量形式多样的"幻变母题"文本。笔者参照瓦尔特·海西希分析蒙古史诗的母题结构类型总结出的类别，将其中涉及"幻变"的第 11 大类的英雄计策/魔力中 1（11.1）、2（11.2）两个一级小类提取出来，并根据瓦尔特·海西希对蒙古史诗中母题结构类型②的划分，绘制出下表（表 1）：

表 1　英雄—"幻变母题"结构类型分析表

11. 英雄的计策/魔力					
一级母题		二级母题		三级母题	
一级编号	母题描述	二级编号	母题描述	三级编号	母题描述
11.1	英雄的变化	11.1.1	变成小男孩		
		11.1.2	马变成生疥癣的小马驹		
		11.1.3	其他人	11.1.3.1	变小并隐藏在打火具袋中
		11.1.4	变成四条腿动物		
		11.1.5	变成鸟		
		11.1.6	变成其他牲畜		
		11.1.7	其他变化形式		
11.2	对手及其他人的变化形式	11.2.1	变成石、山		
		11.2.2	变成牲畜		

---

① 王宪昭：《中国神话母题 W 编目》，中国社会科学出版社 2013 年版，第 21 页。
② 〔德〕瓦尔特·海西希：《关于蒙古史诗中母题结构类型的一些看法》，选自《民间文学译丛》第一集，中国社会科学院少数民族文学研究所 1983 年编，第 357 页。

在此基础上，将之与王宪昭《中国神话母题W编目》相结合，参照其中W0593"文化英雄会变形"与W0602"文化英雄的变形"以及W9500-9599"变形与化生"①等条目，尝试列出笔者对《格萨尔》史诗"幻变母题"的归结，从而对具体原型母题进行文本分析。

幻变母题作为情节性母题，蕴含着从原形到幻变形态的动态变化过程，这其中暗含着一种主谓指称，即幻变事件的施为主体对幻变对象行变形之事，使幻变对象发生"幻变"结果，从而达成某种目的。故而，分析《格萨尔》史诗中的"幻变母题"时，应对幻变的过程中不同的因素予以关注。

从幻变动作的发出者即实施幻变的主体而言，可以分为英雄（11.1）、英雄的对手（11.2）、其他人（11.2）三类，此分类是对"幻变"原型母题近似具体意象的一种考察。

1. 英雄。

英雄作为幻变行为的实施主体时，通常表现为英雄为了达成某一目的（通常是克服难题），幻变为异己形象，以预兆、预言、斗法等方式出其不意地解决所遇难题。在《格萨尔》史诗中，英雄格萨尔多次使用此类方式解决竞争乃至战斗中的艰难险阻，以此推进事情进展。以《格萨尔》史诗《赛马七珍宝》②为例，此部中角如③实施了六次变形：（1）幻变为乌鸦向超同假传马头明王预言，引发赛马称王缘起。（2）幻变为黑人匪徒贝热坚参、英俊天竺少年贝嘎考验珠牡，推进珠牡迎角如回领地的进程，也是角如、珠牡二人结缘的契机。（3）通过分身变形幻变出众多角如，与无尾大地鼠斗法并获胜。（4）赛马过程中幻变为黑人尼玛坚参，考验嘉擦协嘎的忠诚。（5）赛马过程中通过分身变形幻变出众多角如，阻止敦赞囊俄阿华前行，最终角如赛马获胜称王。通过幻变，格萨尔实现了从放逐身份到岭部大王的转变，可见幻变母题对史诗的推进具有重要意义。

---

① 王宪昭：《中国神话母题W编目》，中国社会科学出版社2013年版，第1484页。
② 居麦图旦降央扎巴整理：《赛马七珍宝》，坚赞才让译，选自《格萨尔文库》第4卷，上海古籍出版社2018年版，第509—623页。
③ 也译为觉如，根据文献材料的不同，本书两种译法都有涉及，此处说明，后文不再一一指出。

2. 英雄的对手。

英雄的对手作为幻变行为的实施主体时，通常表现为对手试图阻止英雄的成功或前进道路，而幻变为凶恶的、负面的异己形象。在《格萨尔》史诗中，格萨尔的对手们常化作凶狠的兽、狡诈的禽、暴虐的魔等负面形象，以此扰乱格萨尔的伟业，阻断事情的进程。以格萨尔的对手超同为例，超同在与阿乜贡巴惹杂合谋毒害角如后，内心不安担心事迹败露，前去打探的过程中发现阿乜贡巴惹杂僵死洞中，就变为老鼠钻入洞中窃取拐杖和福运口袋。此外，与格萨尔交锋的其他对手，如阿乜祖米恶咒师、罗刹鬼布散、魔王鲁赞①等人，也以幻变之术阻挠了格萨尔的事业。英雄的反对方总是幻变为老鼠、罗刹、女子等与英雄形象相悖的形象，一则对英雄的成长、英雄伟业的发展提供困难式考验，二则衬托出了英雄的高大英勇形象。

3. 其他人。

其他人从阵营的不同又可以分为两类，一类是与英雄同阵营的一方，一类是与英雄的对手同阵营的一方。《格萨尔》史诗中，与英雄同阵营的有神灵，对英雄伟业的进展有积极推进作用；与对手同阵营的是魔邪，对事情的进展有消极阻碍之力。以与英雄同盟的神灵为例，神灵幻变授记通常出现在英雄处于困境或疑惑之际，神灵通过幻变为异己形象，以授记方式赐予预示与指示。《格萨尔》史诗不同部本中的天母幻变授记情节极为相似，当格萨尔遇事难以抉择、难以前行、难以解决、处于困惑之际，天母（朗曼嘎姆）会降神迹预示未来事件，给他启迪与勇气。角如在降服阿乜贡巴惹杂后，天母南曼嘎姆②就幻变为玉蜂儿③警示角如，指出超同是岭部内乱、兄弟内讧的祸端，应以魔变不解之法加持，逼迫其发愿不兴兵内战。角如遵从此预示，对变成老鼠的超同施魔变不解之法，使其无法变回原形，不得不发誓赌咒不搞阴谋、不挑动内战。在史诗中，遵从授记，事情顺利成功，违背授记，则易生祸端。与神灵幻变相反，敌方阵营其他人的幻变则发挥阻碍作用，加大英雄伟业实现的困难。

---

① 也译作路赞，根据文献材料的不同，本书中两种译法都有涉及，此处说明，后文不再一一指出。

② 也译作朗曼噶母、曼曼嘎姆、贡曼婕姆、贡曼杰姆等，根据文献材料的不同，本书中各个名称都有涉及，此处说明，后文不再一一指出。

③ 居麦图旦降央扎巴整理：《诞生花花岭地》，何罗哲译，选自《格萨尔文库》第2卷，上海古籍出版社2018年版，第116—117页。

《霍岭大战》①第二十五章中，格萨尔征战霍尔途经雅拉赛沃山后，相继遇到了霍尔寄魂的野牛和两座堵住去路的红岩山企图阻止格萨尔人马前进，发挥了阻碍英雄前行的作用。

从幻变对象而言，可以将"幻变母题"分为人（W9530）、动植物（W9533、W9540）、无生命物（W9950）三类，具体如下：

1. 幻变为"异己"的人。

无论是英雄、英雄的对手还是其他人都可以幻变为不同于己身的人的形象，其本质是遮掩自己的本原身份，以此迷惑他人，从而实现自己的最终目的。在幻变成人的母题中，瓦尔特·海西希总结出的母题有变成小男孩（11.1.1）和变成其他人（11.1.3），这一结论过于简化，可以进一步挖掘。对《格萨尔》史诗不同部本仔细分析后，笔者认为可以将幻变为人的母题细化，在现有基础上进一步探究变成其他人的类型。比如《格萨尔》史诗中，变成小男孩是一个典型幻变母题，观世音菩萨到妙拂洲授言罗刹莲花头鬘王时幻化为童子，角如与梅朵搭话时幻变为小男孩，祝谷军母罗刹逃避岭军追杀时幻化为小男孩等等，此种变化为小男孩的例子非常多。小男孩形象包含一种天真、无邪、弱小引人怜爱的特性，对推动情节发展发挥重要作用。变成其他人母题却不够具体明晰，也无法与变成小男孩母题置于平行位置，需要在分析《格萨尔》幻变母题时进一步思考。具体操作时，可以深入分析其他人的类型，进而具体分类，比如按照年龄分为老人、年轻人，按照性别分为男性、女性等等。在《格萨尔》史诗中，就包含大量幻变为老人的情节，《贵德分章本》第五章"征服霍尔"中格萨尔变为讨饭老汉戏耍超同，变为老僧试探奉超同之命视察大营的父亲僧伦②。此外还有幻变为女性的情节，《丹玛青稞宗》第四章中罗刹鬼布散幻变为十六岁左右的小姑娘引诱过路人③，《擦瓦箭宗》第二章中角如幻

---

① 才旦夏茸整理：《霍岭大战（下）》，兰却加、何罗哲译，选自《格萨尔文库》第7卷，上海古籍出版社2018年版，第483页。
② 华甲整理：《贵德分章本》，王沂暖译，选自《格萨尔文库》第3卷，上海古籍出版社2018年版，第322—325页。
③ 布特尕整理：《丹玛青稞宗》，何罗哲译，选自《格萨尔文库》第4卷，上海古籍出版社2018年版，第133页。

变为发辫乌黑、身材苗条的魅力少女龙女丹泽惑骗擦瓦戎南拉国王信任[①]等等。这些都可以是幻化成其他人"幻变母题"的补充与拓展。

2.幻变为"异己"的动植物（W9533、W9540）。

幻化为动物或植物是幻化母题的重要部分，瓦尔特·海西希将此"幻变母题"分为变成鸟（11.1.5）、变成四条腿动物（11.1.4）、变成其他牲畜（11.1.6）这几类，汇总了动物的幻变母题。而在王宪昭对母题的汇总中，总结了幻变为植物的类型（W9540）。笔者在分析《格萨尔》史诗"幻变母题"时，综合参照这两种分类标准，将其定义为"异己"的变化，即是指幻化成为与人本质不同的但有生命特征的动物、植物，具体分类如下：

（1）变成鸟（飞禽）。

鸟（飞禽）的动物性特征是飞翔于高空、行动敏捷迅速，其作为文化隐喻，则蕴含视野广阔、行动迅速、高瞻远瞩等意涵。人幻变成为鸟（飞禽），意味着给人赋予了鸟（飞禽）的动物性和文化性双重特征。在《格萨尔》史诗中，鸟（飞禽）是非常重要的意象，岭部长支属鹏类，而总管王居所是"鹞堡"，可见鸟（飞禽）在岭部的地位之高。就《格萨尔》史诗叙述进程而言，幻变成鸟（飞禽）这一母题直接推动了史诗情节的发展。《贵德分章本》第一章中，绷迥杰姆施神力将顿珠尕尔保变为"上身是黄灿灿黄金做成的，下身是绿油油的绿松石做成的"神鸟[②]，让他去探视下界境况以决定是否要下界降妖伏魔、拯救人间灾难疾苦。除了打探情况外，幻变成为鸟母题还出现在战斗中，角如在与超同、阿乜贡巴惹杂的争斗中变为了鹞子[③]，在砍几位霍尔王的命根野牛角时变为了大鹏金翅鸟[④]。此外，幻变成鸟母题还起着重要的预言效用，《擦瓦箭宗》中角如通过幻化为大鸟的预言引发了征战，《赛马七珍宝》中角如通过幻化为乌鸦给超同预言引起赛马称王之事。通过幻变成鸟，格萨尔获得了胜

---

① 《擦瓦箭宗》，拉布杰巴桑译，选自《格萨尔文库》第4卷，上海古籍出版社2018年版，第274页。
② 华甲整理：《贵德分章本》，王沂暖译，选自《格萨尔文库》第3卷，上海古籍出版社2018年版，第190页。
③ 居麦图旦降央扎巴整理：《诞生花花岭地》，何罗哲译，选自《格萨尔文库》第2卷，上海古籍出版社2018年版，第117页。
④ 华甲整理：《贵德分章本》，王沂暖译，选自《格萨尔文库》第3卷，上海古籍出版社2018年版，第346页。

利,促进了其伟业的实现。

(2) 变成四条腿动物。

四条腿动物的幻变母题相较幻变成鸟而言要更为宽泛,变形种类也更丰富,概括来看,较多地出现在战斗中,多以引诱、诱惑对方的方式达成胜利目的。《霍岭大战》第二十五章中格萨尔为降服守谷口的底斯陀赞,将自己和战马幻变为香獐母子,引诱"胳膊肘上挂着花斑牛角弓,箭袋里装着三只红尾箭……正在修补一张捉獐子的网"①的底斯陀赞爬上只有獐子通过的高石崖后,格萨尔又变为老虎吓得其摔下深渊,从而消灭魔鬼陀赞获得胜利。

(3) 变成其他牲畜。

《贵德分章本》第五章征服霍尔中,格萨尔在与一条腿的马战斗时将套绳幻变为九十托长的黑蛇,消灭了妖马②。而在《霍岭大战》第二十七章中格萨尔又变为"头是黄金生成,眼如猫眼石,背鳍玛瑙般透明"③的巨额广口鱼,将霍尔船夫十二大部落淹没。两个部本的史诗显示,格萨尔在征服霍尔的过程中,使用幻变之能因时制宜地克服遇到的阻碍,遇到妖马时幻变成蛇,遇到巴钦鱼巢时化作广口鱼。由此可见,幻变为何种形态与遇到的阻碍密切相关,这也是《格萨尔》史诗幻变母题的基本特征。

3. 幻变为"异己"的无生命物(W9950)。

幻变为人或幻变为动物、植物可以统称为幻化成有生命物,是一种主动的选择,而幻变为无生命物与此不同,更偏向一种被动的幻变。在《贵德分章本》中格萨尔为征服瞎眼老太婆将宝弓幻变为大磨盘石④,为征服克敌石雨将头盔幻变为大铁伞⑤,无生命的物质通过格萨尔的幻变之术变为了克敌的物质

---

① 才旦夏茸整理:《霍岭大战(下)》,兰却加、何罗哲译,选自《格萨尔文库》第7卷,上海古籍出版社2018年版,第484页。
② 华甲整理:《贵德分章本》,王沂暖译,选自《格萨尔文库》第3卷,上海古籍出版社2018年版,第332页。
③ 才旦夏茸整理:《霍岭大战(下)》,兰却加、何罗哲译,选自《格萨尔文库》第7卷,上海古籍出版社2018年版,第531页。
④ 华甲整理:《贵德分章本》,王沂暖译,选自《格萨尔文库》第3卷,上海古籍出版社2018年版,第321页。
⑤ 华甲整理:《贵德分章本》,王沂暖译,选自《格萨尔文库》第3卷,上海古籍出版社2018年版,第332页。

形态，是幻变为"异己"的无生命物的一种表达，同样也促进了叙事进程，是《格萨尔》史诗中"幻变母题"的次要类型。

幻变是一种巫术方式与手段，实施幻变之术具有明确目的性，根据幻变母题的叙述目的分析《格萨尔》史诗中幻变母题，可以将其分为"预言""战斗""试探""戏弄"等类。以《贵德分章本》中格萨尔自身发生的八次幻变为例，幻变年轻人的目的是试探其父僧伦，幻变为讨饭老人是为戏弄超同，幻变为一队队人马以及小叫花子是为了引起怯尊姨西的注意并试探她，幻变为牵小猴子的讨口小伙子以及舞长是为了打探黄霍尔王城堡情况，幻变为大鹏金翅鸟是为了战斗。这几类幻变母题几乎涵盖了《格萨尔》史诗各个部本，既是幻变发生的起因，也是幻变的目的，此种分类对深入分析史诗幻变母题的结构具有重要意义。

在前辈学者理论及研究的基础上，从幻变母题的叙述过程分析《格萨尔》史诗的"幻变母题"意义重大，是从叙述代码层面对史诗母题的动态分析，这种方式既注重叙事代码的延伸性，对大的叙事模式予以分析，也注重叙事代码的简约性，对小的具体意象予以关注，是对《格萨尔》幻变母题的原型批评，凸显出了史诗独特的表达方式与诗性气质。

二、寄魂母题

在各种《格萨尔》部本中，都有关于法术或者斗法的描写。格萨尔说唱艺人们在说唱史诗时，往往对斗法、寄魂物等法术行为表现出极大的热情。这也是他们的一种叙述策略。寄魂物被视作生命力甚至命运的象征，知道了对手的寄魂物，便胜券在握，一旦寄魂物被毁，对寄魂者将产生致命的打击。笔者深入探究史诗中有关法术的描写，尝试着归结几个典型的法术母题。

在《格萨尔·降魔篇》第五章"梅萨协力降伏寄魂物，格萨箭射额头杀路赞"[①]中，梅萨为了帮助格萨尔除魔，机智地从魔王路赞那里探听到了他的寄魂

---

① 甘肃省《格萨尔》工作领导小组办公室、西北民族学院《格萨尔》研究所编纂：《格萨尔文库》第一卷第二册，甘肃民族出版社 2000 年版，第 49—67 页。

湖、寄魂树、寄魂野牛、寄魂鱼及其兄弟姐妹们的寄魂物。魔王路赞说："梅萨，你不必这样小心，我那寄魂湖啊，在我的库房里有一颗骨碗癞子的血，把这血泼到湖里它才会干枯，别的任何办法也弄不干它，即便弄干了，也不会枯竭。我那寄魂树，在我的库房里有一把金斧子，拿这斧子砍三下，它才能断，除此而外，别的什么东西也砍不倒它。我那头寄魂的野牛嘛，在我的库房里有一支系有松耳石箭羽的金箭，拿这支箭才能把它射死，要不然，用别的什么东西去打，它都不会死的。我的姐姐卓玛，她的命魂依在一只装在珊瑚瓶子里的玉蜂身上，杀死了玉蜂，她才会死。我的妹妹阿达拉茂有一个依魂的蛙头玉蛇，砸烂玉蛇，她才会死掉。我的弟弟采雏有一支寄魂箭，把箭折断，他就会死。我的头发间长着十八只角，大鹏鸟王从须弥山头飞来，它才会断掉；我的头发中间长着一条蝎子毒尾，康地的黑雕飞来才会啄断；我的两个眼珠，天竺的白鹫飞来，才会把它掏走；我眉间虎毛一般的白毫，汉地的小黑鹞飞来，它才会脱落；我背部的大痣囊，铁鹞子七兄弟飞来才能把它啄破；我的肚肠，红铜狗来了才能吃掉；我手脚的指甲上，长着黑雕的利爪，比武器还锋利，用无热龙王九庹长的毒蛇索才能捆绑住。我口中能吐出烟云和火焰，鼻孔里能喷出毒气和瘟疫，当空中猛雷轰鸣，降下冰雹和闪电时，这烟云、火焰和毒气才能熄灭和消散。除非这些，无论任何人都拿我没办法；就是用刀砍、箭射，也伤害不了我。即便受伤了，撒上一点灰，马上就会好。在我睡着以后，我的额头上有一条水晶般的小鱼，在闪闪发光，它就是我的命根子寄魂鱼。当这条鱼儿发光时，用箭射中它，我才会死。"① 在《格萨尔·加岭传奇》中，格萨尔为了得到阿赛罗刹的松耳石发辫，与他斗法。格萨尔从大臣卓郭达增处得知，阿赛的灵魂寄托在他家的铸铁锅上，若趁阿赛来讨旱獭的时候，将石头变成旱獭，当他回去煮旱獭时，石头就会把铁锅砸烂，喷起灶灰，会把他的手脚烫伤，会把他的五官烧焦，使他发出疼痛难忍的呻吟声，使他幻变的神通失灵。到那时，就可以制服他了。② 在《格萨尔·降霍篇》第四章"丹玛巧装抢劫霍尔马，辛

---

① 甘肃省《格萨尔》工作领导小组办公室、西北民族学院《格萨尔》研究所编纂：《格萨尔文库》第一卷第二册，甘肃民族出版社2000年版，第62～63页。
② 阿图、徐国琼、解世毅翻译整理：《〈格萨尔〉加岭传奇之部》，中国民间文艺出版社1984年版，第127页。

巴尾追被揭天灵盖"中,天母贡曼婕姆把霍尔三位大王的魂魄勾摄到三只野狼身上,让它们来到山坡上。那五匹寄魂马这时也各自走开,与它们的毛色相同的马随之也跟了过去,各自成群,无法分开。这时丹玛拉开宝弓,一箭接着一箭,一连射死了霍尔王臣的五匹寄魂马,然后"咯"地大喊一声,吓得其余的马匹直奔通往岭国的大道。① 在此篇第十七章"嘉擦箭射泰让寄魂铁,珠牡献媚毒酒敬霍王"中,当僧姜珠牡细心地观察着上至白帐王,下到普通将士的神态时,发现巧嘴弥琼脊背上背着一个铜盒子,严肃而又焦急地坐在那里,心想这是什么东西啊? 就在这时,天母贡曼婕姆变成一只金翅膀的小蜜蜂,来到珠牡身边飞来飞去,并用嗡嗡的声音对她唱预言的歌。天母唱毕,珠牡心想:是的,我听懂了,只要设法将这个寄魂的铁橛作为靶子立下,就用不着担心能不能把它摧毁了。② 在此篇第三十章"莲花草场幻变经商帐,霍尔河上捕杀寄魂鱼"中,天母贡曼婕姆前来授记道:"若不把霍尔三王的寄魂鱼降伏了,就无法降伏白帐王,而且到末法时期,它们还会伤害生灵,所以你要变成十三名渔户去降伏那三条鱼!"格萨尔遵照天母的预言,把自己变成十三个打鱼人,一个个面目狰狞可怕,身穿一百张公鹿皮做的上衣,一百张母鹿皮做的裤子,一百张旱獭皮做的裙子,腰上缠着公鹿、羚羊等野生动物的十八种角,手拿铁钩、渔网,把帐篷搭在霍尔大河上,在瓦钦鱼巢地方撒下了渔网。此时,那三条霍尔的寄魂鱼正由一百条鱼臣陪伴着,将河里的各种生物就像吃炒青稞似的一个个吞噬着。渔户将这些鱼一股脑儿揽在网内拉上岸来,倾倒在大滩上,一条一条地剖腹取肉。辛巴梅乳孜得知情况后,想起那天跟白帐王交谈时,提到三条寄魂鱼的事。前面霍尔河中出现的那条大鱼,并非寄魂鱼,这次被抓的鱼中会不会有祖传文书中说的寄魂鱼呢? 想到这里,说了声"不好!"立即跨上马背向河边飞驰而去。在那些网起来的鱼儿中,有三条特别大的鱼,一条是江鱼,一条是金鱼,一条是松石鱼,眼睛像明镜一样闪着光芒,尾巴左右乱甩,好像牧童在抛投石索。渔户正要动手杀死它们时,辛巴梅乳孜赶到了跟前,他

---

① 甘肃省《格萨尔》工作领导小组办公室、西北民族学院《格萨尔》研究所编纂:《格萨尔文库》第一卷第二册,甘肃民族出版社 2000 年版,第 105—106 页。

② 甘肃省《格萨尔》工作领导小组办公室、西北民族学院《格萨尔》研究所编纂:《格萨尔文库》第一卷第二册,甘肃民族出版社 2000 年版,第 267—269 页。

又气又恼，向渔户们大声喝道："你们这些商人，起初在我们封禁的草滩上扎下帐篷，放牧骡马，后来还放出狗来咬我，现在又来捕杀我们霍尔的寄魂鱼，这样欺侮我们，到底是为什么？"那渔户的头领听了辛巴的话后，左手一把抓住辛巴的胸脯，右手抓起一条扒去内脏的血淋淋的大鱼，在辛巴的腮帮子上抽了三记耳光，骂道："你这贪心不足的家伙，河水没有主人，在大滩上自己流淌，捕了几条没有主儿的鱼，与你有什么相干？你这霍尔地方跟别处有什么不同，还要讲什么鱼法？"① 在《格萨尔·降姜篇》第十二章"超同修成红佐猛密咒，岭王降伏姜国寄魂熊"中，等到所有寄魂野牛被杀，寄魂树被砍，寄魂湖泊干涸时，雄狮大王问会飞的赤兔骏马道："在这天地之间，没有一匹马比你灵，那头红色寄魂熊，乃是萨当王的保护神，箭射难以伤其身。你要告诉我，用什么方法才能杀死它？"赤兔骏马回答道："哦，制敌雄狮大宝王，姜国的红色寄魂熊，它把萨当大王来保护，听我唱歌来点明。"说完，如此唱道：

  雄狮制敌大宝王，黑色姜国这地方，
  姜国红色寄魂熊，正面难把它杀死。
  你先不要看下面，请你抬头看蓝天！
  在那虚空神世界，看那黑白彩云间！
  看那太阳光空隙，看那魂熊鬃发间！
  它在黑魔背上空，空空脊背藏命脉，
  犹如黑白两条蛇，可放利箭将它射，
  必能杀死寄魂熊，除此刀枪没用处。
  正是好时辰，一箭定把它降伏。

  赤兔骏马唱毕，只见雄狮大王左手紧握三界降敌硬弓，拇指缝里挟着食肉昂格麻麻箭，犹如一道虹光直升天空，往南方云层中一看，发现姜国红色寄魂熊正在两眼盯着下面的岭军人马，根本没有觉察到雄狮大王已经飞上天空，所

---

① 甘肃省《格萨尔》工作领导小组办公室、西北民族学院《格萨尔》研究所编纂：《格萨尔文库》第一卷第二册，甘肃民族出版社2000年版，第450—452页。

以毫无防备。此刻,雄狮大王看到寄魂熊露出空空的脊背,便射出昂格麻麻铁箭,切断了它的黑白两条命脉,只见它口吐心肝等内脏而死。雄狮大王"呸"地念了一声咒语,灵魂已被度往净土去了。①

在《格萨尔文库》第一卷第一册《公祭篇》第三章"魔王魂牛奔袭岭人马,雄狮大王射箭降牛魔"中,有着关于魔王寄魂牛的详细描述,这为我们理解史诗寄魂母题打开了一扇窗口。魔王依魂的红铜角野牛,它每隔七天都要到世界各地搜寻一趟,把碰到的人,不管男女,都用犄角挑死,成百地堆放在一处。因而它的名声比起魔王路赞还要大。它跟姜地的萨当王不相上下,不受黑方魔类的约束,而由白黑花三种泰让神管辖。今天因为闻到了煨桑的烟气,它怒火骤起,毒水在心中沸腾,毒风在胸膛狂卷,猛然从地上爬起来,翘起尾巴,放声吼叫。接着就从牛尾上卷起一阵狂风,把一棵棵大树吹倒在地。它鼻孔中喷射着火苗,红角间燃烧着烈焰,凶猛的吼声中毒风弥漫,就连日月的光辉也被黑暗笼罩。这头野牛就像狂飙一般,直向岭地奔来。突然间,天空太阳失去了光辉,一声巨响雷鸣般地传到耳旁。过了不大一会儿工夫,就见北边扎果顿孜山的右方,耶让康巴拉孜的左方,有一股黑风滚滚卷来。在黑风中间,魔王依魂的红铜角野牛,身体足有山峰那么大,鼻孔里冒着毒气,嘴里喷着火焰,闪电似的红舌拖在地上,毛梢上滴着露珠,毛根上流着汗水,红色铜角足有五尺长,两只牛角上各挑着一个孩子,一见就叫人心惊胆战。它的右边有一位赤发红人,光着双足,骑着一匹没有备鞍子的红唇赤象赞马;左边有一位黑人,身穿褐子长袍,腰间系着湿漉漉的人肠子。这两个人时而出现,时而又不见了。另外还有青蛙、毒蛇、蜘蛛、蝎子等有形的虫类和各种无形的声音环绕在身旁。碰到大山就把它推倒,遇上小山就踩在蹄下而过。这头野牛,毫无迟疑地先向霍尔人马那边冲去。霍尔人从上到下,纷纷逃窜,四处藏身。那白帐王躲到山洞里去了,其他人有的掉到了水里,有的摔下悬崖,中毒而死的人马也不少。②

---

① 甘肃省《格萨尔》工作领导小组办公室、西北民族学院《格萨尔》研究所编纂:《格萨尔文库》第一卷第二册,甘肃民族出版社2000年版,第659—660页。

② 甘肃省《格萨尔》工作领导小组办公室、西北民族学院《格萨尔》研究所编纂:《格萨尔文库》第一卷第一册,甘肃民族出版社1996年版,第345页。

总之，在《格萨尔》史诗中，有关寄魂母题的例子不胜枚举。寄魂者所依托的寄魂物有神器、湖泊、山石、树木、各种猛禽厉兽等等。一般来说，能将灵魂外寄者和能够毁杀寄魂物者都是受神灵保护的英雄。寄魂物的秘密常常在特殊的情况下由主人提供，或由有见识、有法力、有密切关系的人或动物提供。寄魂物常常为多个，如果是一个，那么往往伴随三次毁斗情节。寄魂物被毁杀就标志着寄魂者受到致命伤害或面临死亡。笔者以为，这些由寄魂观念塑造的艺术形象，之所以在民间受到广大藏族人民的喜爱，其一个很重要的原因就是史诗在结撰故事时，嵌入寄魂母题，便形成了一种具有神秘色彩的故事类型。

三、英雄救美人母题

藏族史诗《格萨尔》同世界上其他史诗（诸如印度的《罗摩衍那》和《摩诃婆罗多》、希腊的《伊利亚特》和《奥德赛》、蒙古族的《江格尔》和柯尔克孜族的《玛纳斯》）一样，都有一个共同的母题——英雄救美人。这个母题的共同特点是，英雄的妻子（或者是妃子）是一位绝世美人，英雄的敌人贪恋其美色，穷兵黩武也要将其据为己有。敌人的这一暴行激怒了英雄，他不惜一切代价，或深入敌营，同敌人斗智斗勇，浴血奋战，最后战胜敌人，救出美人凯旋而归；或不顾山高路远，经过长途艰辛，赶回家园，打败敌人，救出美人与其团聚。这里限于篇幅，笔者只就《格萨尔》史诗所表现的这一母题作一分析和阐释。

在《格萨尔》史诗中，关于"英雄救美人"这一母题，蕴含着古老而深刻的社会文化意义。从史诗的表层意义来看，"英雄救美人"只是为了一个女人的美色，英雄"冲冠一怒为红颜"而已。但我们透过这表层作深入的探究，会发现英雄的"美人"其实是一个象征系统，"美人"身上笼罩着神圣的信仰光环。其实，在部落时代古老的民族神话体系中，在原始宗教的神灵结构中，都有"美人"的神话原型。罗明成先生认为："美人"是"她部落的丰产女神或是其它同部落的生产生活、兴衰成败密切相关的女神，是人口与财富的象征。而史诗所反映的部落战争，首要目标就是抢夺人口和财产。史诗将这个战争目的作了艺术的、象征化的处理，演绎为对英雄妻子（英雄的美人）的争夺。争夺英雄的妻子（英雄的美人），原来不光是争夺她的美色。更重要的，她是部落的命脉——人口和财产的象征，争夺她也就是争夺人口和财产——这正符合古代部落战争的实际情况"①。此外，英雄的"美人"还有着可诉求的神话原型。

在史诗中，英雄的"美人"不仅容貌出众，而且出身富贵。美丽的珠牡是嘉洛家的女儿。珠牡的前身是白度母："这珠牡本是白度母的化身，聪明美丽，心地善良"②。"度母"也称"救度母""多罗母"等，是藏传佛教女神名。"度母"传说是观世音菩萨化身的救苦救难本尊，以颜色区分，现为二十一相，白度母是最常见的一种。在藏族地区，白度母以她崇高的神位，颇受人民的虔敬。人们获得大宗财富后，都要向她举行供献之礼。格萨尔征服大食，凯旋而归，掠得大量人群牛羊，与有功将士瓜分战果，领唱供歌时，第一首供歌就是唱给白度母的。③这充分表明白度母是一位地位显赫，受人敬仰，赐予人们财富的女神。关于珠牡这一人物形象，笔者以为，她是藏族古老文化和外来的佛教文化共同浸染的结果。在佛教传入藏区之前，有关珠牡的传说就已存在。珠牡是一位与白度母身份和地位相仿的神话人物。传说黄河源头的扎陵湖是珠牡的寄魂湖，该湖水清澈明丽，吉祥神秘。时至今日，藏族妇女们仍然认为在扎陵湖洗澡可以使头发乌黑油亮、细密绵长。在当地流传的《珠牡歌》唱道："六为相尼恰普沟脑，七为相尼恰普沟口，八为扎陵湖岸的峭壁，九为东措嘎尔茂湖面的波浪，十为颇章达泽宫的威严容华。十种光华吉祥聚集的福地上，我嘉洛森姜珠牡是主人"。④在玛曲县欧拉乡有一座被当地藏民称为"珠牡山"的草山。据说，这座山的青草每年都比周围山上的草早发芽。⑤这说明，珠牡

---

① 罗明成：《"争夺英雄妻子"母题的社会文化研究——以几部有代表性的英雄史诗为例》，《民族文学研究》1995年第2期。
② 降边嘉措、吴伟：《格萨尔王全传》上册，宝文堂书店1987年版，第108页。
③ 《分大食牛·安定三界之部》，王沂暖、何天慧译，甘肃人民出版社1986年版，第20页。
④ 昂欠多杰：《岭·格萨尔王的传说》，载赵秉理编：《格萨尔学集成》第三卷，甘肃民族出版社1990年版，第1634页。
⑤ 佟锦华：《〈格萨尔王传〉在藏族文学史上的地位和影响》，载赵秉理编：《格萨尔学集成》第二卷，甘肃民族出版社1990年版，第853页。

还是一个能促发青草生长的神话人物。我们知道，藏族是一个典型的游牧民族，青草丰茂就是他们生命的希冀。珠牡就是那个能带来希冀的女神！这些有关珠牡的神话传说质素，为原型阐释提供了很好的依据。

第三节 《格萨尔》史诗的意象系统

意象（形象）是文学作品中的基本成分，是文学交际中最小的独立单位，相当于语言中的词汇。原型"即一种典型的或反复出现的形象"[①]。因而在意象层面原型获得最细致最充分的阐释。借鉴弗莱《批评的解剖》中的分析方法，我们可以将《格萨尔》史诗中的意象进行归纳整理。《批评的解剖》是由相互联系的四篇专论组成。第一篇为《历史的批评：模式理论》，从亚里士多德《诗学》中关于依据主人公品格来划分文学种类的讨论开始，提出了经过改造的新的划分标准。在文学创作中，情节是由人物的活动构成的，因此，创作可以根据主人公的活动能力大于我们、小于我们或接近我们来进行分类。这样，弗莱划出了五种文学类别模式：

（1）主人公在种类上高于他人和环境，便是超自然的存在——神，他的故事便是"神话"。

（2）主人公在程度上高于他人和环境，便是典型的传奇主人公了，其行动卓绝超凡，但他本人是人而非神。

（3）主人公在程度上高于他人，但并不高于他的自然环境，这便是所谓领袖人物。他具有大大超出我们的权力、激情和表现力，但他的所作所为仍然处在社会批评和自然秩序的范围以内。这类主人公属于"高贵的模仿"模式，大多数史诗和悲剧均可归入此类模式。

（4）主人公既不高于他人，也不高于环境，便成为同我们一样的人，他的活动遵循着我们在自己的经验中所获得的那种可然性准则。这便是"低贱的模仿"模式，大多数喜剧和现实主义小说都属于此种模式。

---

① 〔加拿大〕弗莱：《批评的解剖》，陈慧等译，百花文艺出版社2006年版，第142页。

（5）主人公在能力和智力方面低于我们，使我们感到是在居高俯视一个受奴役、受愚弄的或荒诞的场面，这便是讽刺模式。①

表2 《格萨尔》史诗的象征意象汇总表

物象层面 \ 意象类型	启示意象（神话）	天真类比意象（传奇）	理性类比意象（高贵模仿）	经验类比意象（低贱模仿）	魔幻意象（讽刺）
神灵世界	白梵天王、白度母、恩知布达神	天界、天王神、龙神、厉神		护法神、战神	魔王、魔鬼、魔女、魔牛、魔虎
人类世界	格萨尔、珠牡、龙女	七大勇士、七君子、鹞雕狼三大将	白帐王、霍尔王、大食王、卡切王	阿乜、阿宛喇嘛、喇嘛格日	古拉脱杰、卡切国尺丹王
动物界	赤兔马、寄魂牛、寄魂鸟	牛、马、虎、狮子等	孔雀、天鹅	狼、羊、狗、蛇、鸢	乌鸦、兀鹰
植物界	莲花、菩提树	御花园	菊花等	草原、一般花草树木	荒野、糠秕
非生物界	佛像、寺庙、神坛	如意宝珠、宫殿、灯烛	金银、玉石、雪山、僧舍、袈裟、玛瑙	房舍、弓箭、土石	死灰、刑具、污泥
自然世界	日、月、雷电、雨、光明	星宿、雷电、风雨等	大千世界、四大缘起	风雪、灰尘、烟雾、火焰	灾难、打劫、腐朽、黑暗

启示的意象、类比意象和魔幻的意象三种基本意象类型与神明世界、人类世界、动物界、植物界、矿物界和自然现象世界六个层面的具体物象相互对应，从而构建了一个《格萨尔》史诗的象征意象系统。

在《格萨尔》史诗的象征系统中，神灵世界中的天真意象主要是天界中的梵天王、白度母、莲花生。《格萨尔》史诗中天界的"天人"具有一定的神性色彩，具有比凡人高超无比的法力和智慧。凡间的一切仿佛都在神的掌握之中，神主宰着人间。《格萨尔》中的原始神灵系统包含两个子系统。一是岭国六大部落所信仰的神灵。它以天、年、龙三神为主体，附带还有山神、地主、当方神、父系神、母系神、家神、灶神、帐神、守舍神、男神、战神、畏尔玛等。在这个原始的神灵体系中，天神的主宰是白梵天王，年神的主宰是格佐年波，龙神的主宰是顶宝龙王。另一个是其他部落神灵系统，主要是指和格萨尔

---

① 〔加拿大〕弗莱：《批评的解剖》，陈慧等译，百花文艺出版社2006年版，第45—47页。

对立的一些部落群体的神灵。如《霍岭大战》中的霍尔，他们所信仰的是天台、空台、地台三魔神，也被称作白花黑三种台让（"台让"藏语意思是"独脚鬼"，事实上它就是汉族民间传说中的"猫鬼神"）。又如《香香药宗》中的廷部落，他们所信仰的神灵是上界的雷电神、中界的赞主梅热神、下界的九舌龙魔托巴神。《木古骡宗》中的木古部落，他们所信仰的神灵是魂山三界降魔神、刚赞三足骡马神和花火塘畏尔玛。在史诗的这个神灵系统中，还常常提到赞神。史诗说他是苯教的保护神，所以不属于岭部落的神灵系统。赞有岩赞、空赞、林赞、草赞、湖赞、水赞等，它属于精灵崇拜的产物。史诗中神灵系统的驳杂明证了藏族原始部落间泛神信仰、多神崇拜的特征。

各种寄魂物（包括动物和植物）实际上是藏族先民原始认识的反映。他们不仅认为万物有灵，而且还认为人的灵魂可以离体外寄，把它隐藏到别的物体上去。《格萨尔》中，把这种寄放灵魂的物体称为"同命物体"。寄魂的同命物体可以是动植物，也可以是其他非生命的物件。灵魂之所以要外寄，是为保护自己的生命免受外来力量的侵害。史诗认为，寄魂的同命物体越坚固、越凶猛，就越具有神力，保护生命的可靠性也就越大。史诗中的人们是把寄魂物体当作超自然的神物看待的。另外，《格萨尔》中的灵魂外寄观念还有一个独异之处，也就是说认为神灵也有灵魂，也有他的寄魂处，这在其他的神话传说中是少见的。这种纯朴的原始认识和古老的神话相交融，具有典型的原型意义。

在《格萨尔》史诗中，我们可以看到藏族先民氏族部落图腾崇拜的情形。这部史诗所描写的白岭六大部落，就把白仙鹤作为他们共同的"灵魂鸟"，表明仙鹤是这个氏族部落集团的共同图腾。而它们中的"幼系部落灵魂寄于鹏，仲系部落灵魂寄于龙，长系部落灵魂寄于狮，达绒部落灵魂寄于虎"①，说明这四个部落分支又分别以鹏、龙、狮、虎四种动物作为自己部落的图腾。原始人在图腾崇拜中对动物的认识，并不是通常概念中的某一具体动物，而是具有神的性质的象征物。《格萨尔》中的畏尔玛②就是这样一个象征物。在史诗中，畏尔玛首先是以图腾形象的保护神出现的。譬如，格萨尔本人就有十七个畏尔

---

① 《格萨尔王传·降魔》（藏文版），四川民族出版社1982年版，第110页。
② 藏语的意思是"战神"，也译作威尔玛，根据文献材料的不同，本书中两种译法都有涉及，此处说明，后文不再一一指出。

玛，其中包括五行之火不烧的红老虎，及其复变的母老虎；风界的金翅大鹏鸟，及其复变的白肋雕；水界的风神青玉龙，及其复变的金眼鱼；金界的风神大雄狮，及其复变的白狮子。这八种畏尔玛可帮助格萨尔不受风火水的威胁，解救四种兵器的伤害。另外还有剧毒难伤的黄金蛇、食肉雄健的大青狼、飞行在先的白鹞鹰、白天放哨的白秃鹫、夜晚站岗的黄枭鸟、心智灵敏的白背熊、能除病灾的黑獐子、智慧聪明的白玉兔、魔绳难缚的野驴。这九种畏尔玛，能防止毒物、晦气、绳索等暗器的攻击，在各种危难之下保护格萨尔大王的性命不受伤害。在战场上，畏尔玛又具有战神的作用。例如，勇士们在冲杀敌阵之前，总要事先祈祷，请求战神和畏尔玛同行，帮助他们去战胜敌人。畏尔玛还可以依附在刀口、矛尖、箭头、投石索等武器上，去杀伤敌人。甚至还可以依附在战马的鞍鞯、马蹄上，去冲击敌阵。而附着在头盔、铠甲、鹰翎、盾牌等地方的畏尔玛，又可以保护勇士们不被敌人杀伤。正因为畏尔玛具有如此重要的作用，所以史诗中关于畏尔玛的描写很多，有"畏尔玛九兄弟""十三畏尔玛""一千零二名畏尔玛"之说。由此看来，畏尔玛有着明显的古老神话和原始信仰特质，因而具有原型意义。

相信征兆预测，通过征兆预言吉凶祸福，这种现象在《格萨尔》中有着普遍的反映。史诗认为，自然中打雷闪电，雨后出现彩虹云霞，森林中猛虎长啸，湖水中鱼儿欢跃，光秃的山头长出花草，干涸的山沟重新流水，这些都是吉祥兆头。天空出现扫帚星，夜间猫头鹰叫唤，黄鼠狼窜入牲圈，家具自行破裂，山岩塌陷，这些现象被认为是不祥的征兆。譬如《门岭大战》中就有这样的描写，在格萨尔大王摧毁了门国的寄魂铜堡，杀死了同命动物之后，门地就出现了许多不祥的征兆：人们看到天空出现了扫帚星，旗杆上落下了猫头鹰，还不时地哈哈大笑；国王神殿内的狮龙莲花大柱上，一条巨蛇盘了九盘；黄鼠狼钻进了马圈里乱窜；灶台上的铜锅自动裂成八块，山岩被天雷劈倒，国王的寄魂湖上结了一层厚厚的冰。看到这些不吉利的征兆之后，"上至国王，下至乞丐，一个个都心神不定，议论纷纷，觉得要有什么不幸的事情发生"[①]。自然界中不可能同时发生这么多不祥的征兆，很显然这是说唱艺人的艺术加工，但

[①] 《格萨尔王传·门岭大战》（藏文版），青海民族出版社1982年版，第184页。

这同时也反映了藏族人的原始文化观念。另外，在《格萨尔》中也有很多以梦兆预言吉凶的描写。史诗认为，梦是神灵与人信息沟通的一种方式，一切特殊的梦兆都是神灵的启示。比如在《花岭诞生》之部，就有"战神畏尔玛还不断向岭国的喇嘛、巫女、星相家、叔伯兄弟等人降下恶梦"[①]这样的描写。格萨尔大王的一切重要行动，几乎都是由天母南曼婕母通过梦的方式给予启示，向他作出预言，然后他才付诸行动。另外，值得一提的是，藏族先民对梦的理解和汉人有着本质的不同，汉人认为梦和现实是相反的，而藏族先民则认为梦和现实是一致的，梦里出现的事情将会在现实中发生。自然征兆和梦兆这种原始的占卜预测方式反映了藏族先民认识自然的能力，具有仪式的特性，从而也就具有了原型意义。

总之《格萨尔》中蕴含的丰富的原型质素和象征意象，充分地体现藏族先民的民族文化审美心理。这对我们全面地研究史诗，以及史诗沉潜的价值的开掘有着很大的方法论意义。

[①] 《格萨尔王传·花岭诞生》，甘肃人民出版社1985年版，第98页。

第三章 《格萨尔》史诗原型系统

20世纪80年代中期在中国大地上兴起了新方法热,中国文化研究与文化批评骤然升温,形成了一种文化"狂欢"的热潮。神话这一人类古老文化智慧的结晶,在这一片文化叫好声的催生下,重新焕发出它的生命活力,成为现代人文研究者关注的一个亮点。一时间,马林诺夫斯基、列维-斯特劳斯、卡希尔、弗雷泽、荣格、弗莱、罗兰·巴特、德里达等西方学者及其著作备受中国人文学者青睐。而研究这些学者及其著作,一个共同的课题就是神话。"有人说,20世纪是神话复兴的世纪。不论这话是否有所夸大,现代艺术发展中的神话化倾向和人文科学领域中神话研究的长足进展确实格外引人注目。"[①] 客观上,新时期以来有了一个难得的相对宽松的学术环境;而主观上,国民们种族文化精神的历史记忆有强烈诉求。一个民族,如果"失掉了神话,不论在哪里,即使在文明社会中,也总是一场道德灾难"[②]。尼采也说:"没有神话,一切文化都会丧失其健康的天然创造力。唯有一种用神话调整的视野,才把文化运动规束为统一体。"[③] 神话是一个民族宏大的宇宙、历史的意识构架,它蕴含着民族的哲学、艺术、宗教、风俗习惯以及整个价值体系的起源,凝定了民族文化、民族心理的始基,并在以后的历史进程中,积淀在民族精神的底层,浸透到人们生活的各个方面,转变为一种自律性的集体无意识,成为人类社会中无处不在的一种动力因素,深刻地影响和左右着文化整体的全部发展。神话的精神深深

---

① 叶舒宪:《导读:神话原型批评的理论与实践》,载叶舒宪编选:《神话—原型批评》,陕西师范大学出版社总社有限公司2011年版,第1页。

② 〔瑞士〕荣格:《集体无意识和原型》,马士沂译,载《文艺理论译丛》第1辑,中国文联出版公司1983年版,175页。

③ 〔德〕尼采:《悲剧的诞生》,周国平译,广西师范大学出版社2002年版,第182页。

地浸入到文学艺术的底层，纵观文学艺术发展的历程，从始至终无不烙有神话的印迹。神话对文学艺术，尤其是对史诗的渗透和影响更为明显。神话中的原型模式为文学规定了一系列共同母题，伟大的英雄史诗中往往蕴含着丰富的神话原型和神话观念。因此，对史诗进行神话原型阐释，不仅是可能的，而且意义深远。在国际上，神话不仅被各国民间文艺学家当作宝贵的民族文化遗产，加以全面细致地搜集、整理与研究，而且在作家文学中经常复活，不时对世界文坛产生强烈的冲击。而在国内，神话研究的兴起和高涨，使得一部分学者专门从事神话研究，从而促进和推动了中国神话学研究向纵深处发展。我们现代人研究古老的神话并不是一种复古倒退，而是试图通过对古代神话的研究，发现人类在历史演变进化过程中原初的轨迹。神话作为古老类型的存在物，在今天仍然有着某种深刻的社会意义。英国著名作家戈尔丁认为："新的神话是在旧神话的废墟上建立起来的，它似乎把人们往下带，实际上却是领人们往上走。"① 在现代，神话普遍被看成是对原始人类心灵现实和灵魂状态的呈现，神话的真实性不再被理解为出现在故事层面的实事的物理属性上的真实，而是这一表层背后潜藏着的人对于世界在内心体验上的真实性。

弗莱认为，神话即原型。他说："神话是一种核心性的传播力量，它使仪式具有原型意义，使神谕成为原型叙述。因此，神话'就是'原型，虽然为了方便起见，我们在提到叙述时说神话，在提到意义时说原型。"② 所谓原型是无数同类经验的心理凝结物，是一种典型的、原初性的、反复出现的、具有约定性的语义联想的意象、象征、主题或人物模式。《格萨尔》作为藏族人民集体创作的一部伟大的英雄史诗，其文本充满神秘的神话色彩，可以说它就是一部典型的神话文学。因此，对《格萨尔》史诗进行神话原型研究，通过原型发掘出史诗潜在的文学或文化意蕴，其价值和意义就显得不同寻常。

雪域高原的藏民族，是一个满载着神话和传说的游牧民族，其民族所独具的神秘性激起人们强烈的探求欲望。雪域文化为世人所瞩目，《格萨尔》史诗是这种文化的集大成文本，它比较全面地反映了藏族文化以及民族心理，其间

---

① 叶舒宪：《探索非理性的世界》，四川人民出版社1988年版，第11页。
② 叶舒宪编选：《神话—原型批评》，陕西师范大学出版社总社有限公司2011年版，第10页。

沉积和凝聚着一个伟大民族的思想意识和感情心理，它被誉为藏族人民的"大百科全书"。

在今天，传颂千百年的《格萨尔》之所以仍能被人们所欣赏、接受并引起共鸣，一个重要的原因就是史诗中沉积的民族文化心理和凝聚的思想情感。当代人在传唱、研究史诗时产生共鸣与受到感染，是因为从古代藏族人民身上窥见了自己心灵的某些秘密，看到了他们自身的远古原型。可以说，《格萨尔》不仅为我们提供了研究那些远古时代藏民族的历史、宗教、民俗、婚姻、战争、审美等丰富多样的文化材料，而且深刻地影响着每一个藏族人民的思想意识和感情心理，渗透到了他们的社会生活和心理意识之中。《格萨尔》成为藏族人民的一种文化象征，成为破译这个伟大民族心理的文化密码。《格萨尔》史诗中的主人公雄狮大王格萨尔，是藏族人民所共同敬仰的英雄之神。雄狮大王格萨尔原型凝聚着藏族人民最古老、最基本的经验，蕴藉着民族的社会意识、哲学观念和价值判断等，是藏族人民心灵深处的一条巨大潜流，深刻地影响着藏族人民的心理和行为。

在古老的藏族向现代文明转型的过程中，其民族的集体精神中始终存在着两个突出的情结：一是对失去了的旧精神家园的眷念；二是对伴随现代化初期而来的精神荒漠的困惑。由于现代化的科学技术和文化对藏民族祖祖辈辈赖以生存的大草原构成了强势影响，甚至有很多牧民脱离了草原，进入都市，开始了另一种迥然不同的城市生活。生存环境的变化，客观上使藏族人民失去了文化之"根"。为了寻找民族精神力量的源泉，藏族人民对神话这个民族精神的源头进行了不倦地发掘和探索，尤其是对"活形态的神话"——《格萨尔》史诗做着近乎虔诚的搜集、整理和传唱。例如扎巴老人、玉梅等格萨尔艺人都把传唱《格萨尔》作为一生神圣的使命。也正因为如此，对《格萨尔》史诗进行神话—原型批评成为一项富有意义的工作。

要研究史诗原型，首先我们得了解一下"群体意识"这个概念。我们所说的"群体意识"与法国人类学家迪尔凯姆所提出的"集体精神"是同一概念。人类有两种意识类型，一种是个人的意识，另一种就是所谓的"集体精神"。迪尔凯姆认为，"集体精神"为整个群体所共有，但它并不来自个人意识的总和，也不是从直接经验中取得的，而是由社会强加给个人的，集体精神的存在不依赖于社会个别成员的存在,社会群体先于个体而存在,当个体死亡时,群体依然存在,"集体精神"也依然存在。①迪尔凯姆"集体精神"的思想被人类学家列维－布留尔所继承,在列维－布留尔那里,"集体精神"发展成了"集体表象"的概念。布留尔对"集体表象"作了这样的定义:"这些表象在该集体中是世代相传;它们在集体中的每个成员身上留下深刻的烙印,同时根据不同情况,引起该集体中每个成员对有关客体产生尊敬、恐惧、崇拜等等感情。它们的存在不取决于每个人;其所以如此,并非因为集体表象要求以某种不同于构成社会集体的各个个体的集体主体为前提,而是因为它们所表现的特征不可能以研究个体本身的途径来得到理解。例如语言,实在说来,虽然它只存在于操这种语言的个人的意识中,然而它仍是以集体表象的总和为基础的无可怀疑的社会现实,因为它是把自己强加给这些个体中的每一个;它先于个体,并久于个体而存在。"②列维－布留尔的"集体表象"思想,到了瑞士心理学家荣格那里,又发展成为"集体无意识"。在荣格之前,心理学家们普遍认为,无论是意识心理还是无意识心理,它们其中绝大部分皆起源于生活经验;就连荣格的老师、对无意识理论做出了卓越贡献的弗洛伊德,也认为无意识心理产生于人的童年创伤性经验的压抑。这些观念被心理学家们归纳为心理学中的"环境决定论"。但是,荣格发现,人类的无意识心理并不完全来源于个体的生活经验,比如,人对于蛇和黑暗所具有的恐惧心理,并不需要通过与蛇的遭遇或经历黑暗才形成这类恐惧心理。这种恐惧心理是与生俱来的,我们之所以能够"继承"对于蛇和黑暗的恐惧,是因为我们的原始祖先经历过无数代人的这种对于蛇和黑暗的恐惧,随着时间的推移,这类恐惧的性向便逐渐铭刻在大脑之中。并且,由于人类的祖先曾经面临来自毒蛇的伤害,这样,对于毒蛇的恐惧感就会促使他们预先进行防范;这种或这一系列的恐惧以及预先防范,使人类在身体进化的过程中发生种质的变异,这种变异也就传给了后代。③这种自身

---

① 参见朱狄:《原始文化研究对审美发生问题的思考》,生活·读书·新知三联书店 1988 年版,第 62 页。
② 〔法〕列维－布留尔:《原始思维》,丁由译,商务印书馆 1985 年版,第 5 页。
③ 参见〔美〕卡尔文·S. 霍尔、沃农·J. 诺德拜:《荣格心理学纲要》,张月译,黄河文艺出版社 1987 年版,第 33—34 页。在该著第 34 页,霍尔与诺德拜指出:"用来解释身体进化的观点同样可以解释集体无意识的进化过程。由于大脑是心灵的主要器官,因此,集体无意识的进化直接依赖于大脑的进化。"

存在而不依赖于个体经历的无意识,便是"集体无意识"。

集体无意识是心灵的一个组成部分。心灵包括三个层次,即意识、个体无意识和集体无意识。心灵的意识方面犹如一座海岛,水面上那一可见的小部分是个体意识层,而隐藏在水底的部分为无意识层;无意识层又可分为两个部分,由于潮汐运动才露出来的那些水面下的陆地部分代表个体无意识,所有的岛最终以为基地的海床,就是集体无意识。荣格强调蕴藏在集体无意识中的强大力量,他认为这些力量对精神发展起着最大的作用。集体无意识是潜藏在每个个体心底深处的超个人的内容。研究这些内容,使荣格从精神病病例转向了神话和民间文学,即从精神医学转向了人类学。这样,荣格终于找到了集体无意识的可证的实体。在荣格的早期著作中,这种实体被叫作"原始意象",后来则被正式命名为"原型"。荣格认为:"个体无意识主要是由那些曾经被意识但又因遗忘或抑制而从意识中消失的内容所构成的,而集体无意识的内容却从不在意识中,因此从来不曾为单个人所独有,它的存在毫无例外地要经过遗传。个体无意识的绝大部分由'情结'所组成,而集体无意识主要是由'原型'所组成的。"[①] 荣格所说的原型,"从字面上讲就是预先存在的形式——并不是孤立的现象,而是某种在其他知识领域中已被认可和命名了的东西"。"与集体无意识的思想不可分割的原型概念指心理中明确的形式的存在,它们总是到处寻求表现。神话学研究称之为'母题';在原始人心理学中,原型与列维—布留尔所说的'集体表象'概念相符。"[②] 在荣格的后半生,他致力于探究种种原型,写作关于原型的著作。在无数原型之中,他确定并描述的原型有:诞生原型、复生原型、死亡原型、巫术原型、英雄原型、儿童原型、恶作剧原型、上帝原型、恶魔原型、智老原型、大地母亲原型、巨人原型,以及许多自然对象原型,例如树的原型、动物原型,还有不少人造的原型,例如圆环原型、武器原型等等。荣格发现,生活中有多少典型的情境,就有多少种原型。"无穷无尽的重复已经将这些经验铭刻在我们的心理构

[①] 〔瑞士〕荣格:《集体无意识的概念》,王艾译,载叶舒宪编选:《神话—原型批评》,陕西师范大学出版社2011年版,第90—100页。

[②] 〔瑞士〕荣格:《集体无意识的概念》,王艾译,载叶舒宪编选:《神话—原型批评》,陕西师范大学出版社2011年版,第100页。

造中了,不是以充满着内容的形象的形式,而首先是作为'无内容的形式'表现着一种感知和行动的确定类型的可能性。当相应于某一特定原型的境况出现时,该原型便被激活起来,成为强制性的显现,像本能冲动一样,对抗着所有的理性和意志为自己开辟道路"①。1922年5月,荣格在苏黎世为德国语言与文学协会作了一场题为《论分析心理学与诗的关系》的学术报告。他说道:原始意象或原型是一种形象,或为妖魔,或为人,或为某种活动,它们在历史过程中不断重现,凡是创造性幻想得以自由表现的地方,就有它们的踪影,因而它们基本上是一种神话的形象。从更为深入地考察可以看出,这些原始意象给我们的祖先的无数典型经验赋予形式。可以说,它们是无数同类经验的心理凝结物。它们呈现出一幅分化为各种神话世界中的形象的普遍心灵生活的图画,但神话的形象本身仍是创造性幻想的产物,它们仍有待于转译为概念语言。在神话时代只存在这种语言的开端,然而一旦创造出了必要的概念,就将使我们能够抽象地、科学地理解作为原始意象的基础的无意识过程。每一个意象中都凝聚着一些人类心理和人类命运的因素,渗透着我们祖先历史中大致按照同样的方式无数次重复产生的欢乐与悲伤。它就像心理中一条深深的河床,起先生活之水在其中流淌得既宽且浅,突然间涨起成为一股巨流。大凡碰到有助于原始意象长时期储存的特殊环境条件,就会发生上述情况。②

每当这一神话的情境再出现之际,总伴随有特别的情感强度,就好像我们心中以前从未发过声响的琴弦被拨动,或者有如我们从未察觉到的力量顿然勃发。原始意象寻求自身表现的斗争之所以如此艰巨,是由于我们总得不断地对付个体的、即典型的情境。这样看来,当原型的情境发生之时,我们会突然体验到一种异常的释放感也就不足为奇了,就像被一种不可抗拒的强力所操纵。这时我们已不再是个人,而是全体,整个人类的声音在我们心中回响。个体的人并不能完全运用他的力量,除非他受到我们

---

① 〔瑞士〕荣格:《集体无意识的概念》,王艾译,载叶舒宪编选:《神话—原型批评》,陕西师范大学出版社2011年版,第104页。
② 〔瑞士〕荣格:《论分析心理学与诗的关系》,朱国屏、叶舒宪译,载叶舒宪编选:《神话—原型批评》,陕西师范大学出版社2011年版,第96页。

称为理想的某种集体表象的赞助，它能释放出为我们的自觉意志所望尘莫及的所有隐匿着的本能力量。①

这一大段文字是荣格较为艰涩的著作中写得相对清晰生动的一段，这段话告诉了我们：（1）原型与神话有关。在神话的世界里，我们可以寻找到种种人类同类经验的心理凝结物，即原型。（2）原型中凝聚、渗透着人类的种种普遍性情感因素。（3）每当生活中相应的典型情境出现，人的意识里的集体无意识层中的原型便会被激活、复苏、释放出来。（4）这种被激发的意识，不是个体的意识，而是一种群体的意识。荣格的这一番话触及了我们需要深入探讨的一个问题：既然我们认定史诗是一种群体意识外倾的表现形式，而神话既是凝结着我们祖先无数的典型经验化成的图像，又是一种群体的意识，那么，在神话色彩浓郁的英雄史诗之中，我们就一定能找到能寻觅到古代神话的原型。

史诗是特定历史时期的文学现象，"它往往跨越时间和空间的界限，成为一个民族历史、政治、经济、文化和社会生活知识的总汇，所以某一个民族的史诗常被认为是这个民族的'百科全书'和形象化的历史。"②史诗歌颂的对象格萨尔大王是人而不是神，但史诗毕竟脱胎于神话，天然地带有浓厚的神话色彩，这就为我们对史诗进行神话原型求证提供了可能。

在《格萨尔》的文本世界中，存在着大量的反复出现并被不断置换变形的原始意象，这些意象共同构成了史诗独特的原型系统。现以其中几个典型原型为例试作分析。

第一节　诞生原型

在史诗中，有关诞生的叙述很多，既有藏族先民的种族诞生神话，也有英雄人物诸如格萨尔大王的诞生。诞生意味着希望，有着独特的隐喻意蕴。譬

---

① 〔瑞士〕荣格：《论分析心理学与诗的关系》，朱国屏、叶舒宪译，载叶舒宪编选：《神话—原型批评》，陕西师范大学出版社2011年版，第96—97页。

② 陶立璠：《民族民间文学理论基础》，中央民族学院出版社1990年版，第308页。

如史诗《格萨尔》中也有关于天地宇宙起源的诞生神话传说。例如说:"什巴是从太古始,什巴成于混沌中。先有风摇火蔓延,接着海洋大地生。""什巴形成有父亲,什巴形成有母亲。沟脑飞出一只鸟,什巴太初是它名;沟口飞出一只鸟,什巴无极是它名。太初无极造鸟窝,生下十八颗鸟蛋。""三颗螺卵去上界,上方神界形成做基础;三颗金卵去中界,中空念界形成做基础;三颗松石卵滚下方,下部龙界形成做基础;六颗鸟卵滚人间,形成藏人六大族。"①有关卵生三界的说法,是《格萨尔》史诗所独有的。混沌初开,大鹏生卵,卵生宇宙天地,再生人类万物。另外,史诗中的有关情节还把世间万物的生成跟大鹏和黄牛联系在一起。譬如说:"大鹏上喙蓝而往下包,因而虚空蓝而向下扣;下喙形成灰白色,因而大地灰白而广阔;双眼红而向上翘,因而日月悬挂于高空。"②藏族先民把天地日月和大鹏鸟的身体某一部位特征联系了起来,进行了想象和联想。《格萨尔》中的这些天地宇宙诞生的神话传说,体现了史诗诞生原型的象征性和隐喻性。格萨尔大王的诞生更具有神话特征和隐喻色彩。据传说,格萨尔是上界天国白梵天王十五个儿子中的长子东珠·尕尔宝,是莲花生大师的化身。东珠·尕尔宝聪明英俊,武艺超群。当时下界人间一片混乱,妖魔鬼怪到处横行,生灵涂炭。白梵天王为了拯救人间苦难,于是派遣东珠·尕尔宝下凡人间,降伏四方妖魔,救苦救难。传说格萨尔大王的诞生异兆迭出。"龙女梦见一位身穿黄金铠甲,容貌十分英俊的人来到身边,情意缠绵地同她共枕交欢。待到黎明时分,有前次梦境中,上师放在自己头顶上的金刚杵似的光明和彩虹的光辉,冒着火花,一起进入顶门,从来没有过的愉快和温暖,一下遍及全身。""这时,身穿黄金铠甲的格卓念神、玛桑诺布战神和畏尔玛等,以太阳和光明不可分离的情状,为龙女的身体加持祝福,使她在九个月零八天的日子里,生活在任运自然的禅定状态中。""这时候,还有君王十三神③,藏地的十二位丹玛女神,藏热的吉祥依怙等等,或明或暗,昼夜六个时辰,都守

---

① 《格萨尔王传·汉岭传奇》(藏文版),西藏人民出版社1985年版,第171页。
② 《格萨尔王传·汉岭传奇》(藏文版),西藏人民出版社1985年版,第171页。
③ 君王十三神,即奥德贡杰、雅拉香波、念青唐拉、玛沁奔热、觉钦敦热、干波拉吉、肖拉嘉波、觉沃耶杰、协乌卡热等为世间形成时的原始九神,再加觉沃青拉、觉沃乃散、觉沃央般、觉沃拉吉,共十三位神。

护在龙女身边。此后，有人在晚上听到果姆的帐房里有唱歌跳舞的声音。有人看到小帐篷内外一片光明，并听到悠扬的音乐声。嘉擦协嘎则看见，在果姆的小帐房里，有一柄金光闪烁的金刚杵，喇嘛正在做开光仪式。①与此同时，总管王等人，都有各种奇异的梦兆出现。"②"此后，到了虎年的腊月十五日，果姆出现了一种异乎寻常的感受：自觉身子轻若，体内体外一片光明，没有一点隔阂。随着早晨太阳升起，她的头顶也涌出月亮一般的白光。随即现出一个白人，长着大鹏鸟首，手持白色绸结，他叫道：'妈妈！你的第一个孩儿就是我，没有用化身利生的必要，我是白盔上面的保护神。若要供养需用三甜食品来供养。我是哥哥冬琼嘎波③，永远不离白岭圣贤的身体。'说完，变作一道彩虹升到了天空中。"④"果姆刚唱完歌，一个大约三岁左右，看去非常可爱，两只眼睛闪着光彩的婴儿，在母亲没有任何痛苦的情况下，从密处降生到她的怀抱里。莲花生上师立即给这孩子灌顶、喂长寿水、抹颚酥，授以金刚不坏之体。玛杰奔热山神献上了百味食品，格卓念神用花绸把婴儿包裹起来。""紧接着，又从果姆的胸口生出一个闪着蓝光、圆如鸡蛋一样的东西，从中跑出一个蛇首人身的小人儿。他这样对母亲说：'我是妈妈第三个孩子，没有有形的人体来利生，我是背甲上面的保护神，弟弟鲁珠奥琼⑤便是我，随属是蛇类无穷尽。若要供养需用三白素食来供养，是不离神子的护身神。'说完，一道闪光，飞向天空去了。""随后，又从果姆的肚脐中升起一道彩虹，彩虹的一端出现一位姑娘，她白里透着红光，穿着羽毛披风，对母亲说道：'我做你的女儿是幸运。我无缘转生为有形的人体，是保护赤兔骏马一战神，妹妹塔赖奥嘎⑥

---

① 开光、安神，在智慧坛场中为佛像、灵塔、经典等灌顶，是迎神安住的一种仪轨。
② 甘肃省《格萨尔》工作领导小组办公室、西北民族学院《格萨尔》研究所编纂：《格萨尔文库》第一卷第一册，甘肃民族出版社 1996 年版，第 69 页。
③ 冬琼嘎波，格萨尔的神兄，先于格萨尔，从母亲果姆头顶降生，长着鹏首人身，是格萨尔头盔上的保护神。
④ 甘肃省《格萨尔》工作领导小组办公室、西北民族学院《格萨尔》研究所编纂：《格萨尔文库》第一卷第一册，甘肃民族出版社 1996 年版，第 69 页。
⑤ 鲁珠奥琼，随格萨尔之后，从母亲果姆胸口降生，长着蛇首人身，为格萨尔的弟弟，依附于铠甲上的保护神。
⑥ 塔赖奥嘎，格萨尔的妹妹，在格萨尔之后，从母亲果姆的脐部降生，身穿鸟羽衣衫，是保护格萨尔坐骑的战神。

就是我。若要上供请用甘露饮料来上供。在神智赤兔马的耳尖上,有片山鹰小绒毛,那便是我的依止处。我像明灯一样做哨兵,是不离神子的护身神。'说完,便向虚空飞去。"① "在天空中,众神们奏起了仙乐,撒下了缤纷花雨,搭起了虹光帐幕。与此同时,莲花生大师为孩子取下了名字,叫做'世界至圣大宝制敌格萨尔'。" "这一天,果姆的四头牲畜——母牦牛、母绵羊、母犏牛和骡马,也都生犊产羔下了驹。天空中雷鸣电闪,花雨纷降,彩虹升天,出现了许多奇异的瑞兆;而且果姆的帐房顶部,还接连着彩虹云头,更是奇特无比。"②格萨尔大王奇异的不同寻常的诞生,隐喻着岭国未来命运的大变化。格萨尔大王降生时,同时降生了保护他的几位护法神,这就隐喻着格萨尔大王具有神圣不可摧毁的力量;格萨尔大王降生时各种牲畜也产羔,这就预示着岭国将随着格萨尔的诞生而六畜兴旺。说唱艺人们在创造这些意象象征时,是一种纯粹的原始思维结晶。艺人们直抵原始先民们的灵魂深处,他们形成了一个运用象征式的思维习惯。并且这种思维习惯在不断的传唱过程中,得以不断地强化,从而形成了一整套具有特定含义的象征物、象征符号和象征手法,它深刻地影响着《格萨尔》史诗的精神和品格。这就使得我们在研究《格萨尔》史诗时,要对其进行深层意蕴的体味和艺术真谛的领悟,不能绕开对那套象征隐喻系统的破译和解读。从一定意义上说,不了解格萨尔史诗中的象征隐喻,就难以真正把握史诗的本真文学的意蕴和价值。

第二节　英雄原型

《格萨尔》史诗是一部典型的英雄史诗,史诗着力塑造了格萨尔大王以及岭国众将领的英雄形象。英雄在藏族原始部落时代的社会结构中的崇高地位和深刻影响是无需赘言的。在史诗中"英雄"的概念被重新理解,"英雄"的

---

① 甘肃省《格萨尔》工作领导小组办公室、西北民族学院《格萨尔》研究所编纂:《格萨尔文库》第一卷第一册,甘肃民族出版社 1996 年版,第 73 页。
② 甘肃省《格萨尔》工作领导小组办公室、西北民族学院《格萨尔》研究所编纂:《格萨尔文库》第一卷第一册,甘肃民族出版社 1996 年版,第 75—76 页。

意象具有新的意蕴，"英雄"作为原始部落时代的象征意象被放大和张扬。在《格萨尔》史诗的各种部本中，"英雄"这一意象，并由此涉及与之相关的许多文学母题都有着或隐或显的大量存在。"英雄"始终是史诗的重要母题，"英雄"意象在史诗中占有主要位置。"英雄"在史诗中不仅仅是一种客观存在的物像，而且是一种精神象征。"英雄"这一象征意象，既从表层意义上书写了英雄时代的英雄，又对人的心理、情感等精神状态方面予以深刻的隐喻，对史诗的建构有重要意义。在一定意义上，英雄就是力量、就是希望。说唱艺人们在传唱史诗的过程中，"英雄"意象就活跃于他们的潜意识中。他们在说唱的时候，总是自觉不自觉地注意到"英雄"的隐喻象征的意义。譬如，格萨尔大王一诞生就降伏了天上黑鸟三兄弟。"整个魔类的灵魂——铁鹰三兄弟，在须弥山的山缝里营巢。它们有时变成震撼大地的庞然大物，有时又变得像拇指一样大小，来做黑魔生命依附的支柱。它们每天巡视世界，危害佛教信徒的性命，一般人的眼睛是看不见的。善方的战神畏尔玛把它们唤来，只准在天空游荡，不许到别的任何地方去。格萨尔知道降伏这些魔怪的时间已到，便变化出无形的弓箭，向天空射去，随后就有三只鸟尸坠落到地上。这时，格萨尔赤裸着身子坐在山岩上，岩石上留下了三岁孩童屁股坐下的痕迹，至今还清楚可见。"[①]这是格萨尔大王英雄壮举的第一次亮相。再如在格萨尔诞生时，上师莲花生用真谛妙语，唱起祈愿吉祥的歌："金色头盔上插绸盔旗，黑铁铠甲能够防霹雳，战衣不畏千军与万马，护身盒是玛茂寄魂石，腰带是空行母事业绸，盾牌用有棱的红藤制。威震天龙八部蒙古靴，虎皮箭囊战神把身依，豹皮弓袋畏尔玛驻跸。八部命运财宝共九种，都到神子身上来结集！愿世界安乐得吉祥！夺取敌人生命的剑，征服三界仇敌的矛，九庹长短的黑蛇索，弓弩弯曲像野牛角。神灵依附的格古箭，巨石千转的投石器，能裂金刚石岩的斧，陪玩的水晶小刀子，护法依附的生命石，在全部斩断敌人时，这是战神天然九兵器，都到神子身边来结集！愿世界安乐得吉祥！"[②]此外，在《赛马篇》《取宝篇》

[①] 甘肃省《格萨尔》工作领导小组办公室、西北民族学院《格萨尔》研究所编纂：《格萨尔文库》第一卷第一册，甘肃民族出版社1996年版，第79页。

[②] 甘肃省《格萨尔》工作领导小组办公室、西北民族学院《格萨尔》研究所编纂：《格萨尔文库》第一卷第一册，甘肃民族出版社1996年版，第74页。

《降魔篇》《降霍篇》《降姜篇》《降门篇》等部本中都有关于格萨尔大王神勇威猛的描述，这实际上是传唱艺人们的英雄意识和英雄崇拜的隐喻性体现。在史诗中，格萨尔只是一个英雄的典型代表，岭国的英雄还有以戎擦叉根、嘉擦协嘎、戎擦玛尔勒、丹玛、僧达、斯潘、贝尔那、达尔潘、尼绷、达尔鲁、阿奴巴僧等三十位英雄乃至八十位英雄。譬如《诞生篇》说："精明能干的大臣，乃是三十名英雄。三十英雄每一位，都是大德所转生。其中精英有七位，号称狮虎七勇将。七勇又有三豪杰，尊号称做鹞雕狼。"① 在格萨尔大王只身前往北亚尔康魔国降伏魔王路赞时对珠毛（即珠牡）唱了这样的歌："心爱的夹罗姑娘珠毛妃，你去打开仓库两门扉。从中仓库最后头，取出我的胜利白头盔。取出我的世界被风甲，要把尘土临风抖呀抖三回。还要再次抖一抖，抖的老魔满头灰。取出我的红刃斩妖剑，取出我的水晶白把刀。把刀剑亮呀亮三次，再一亮魔头便砍掉。取出我的金翅飞翔好箭袋，取出我的良友九万好神箭。把箭头磨呀磨三下，再一磨老魔命根便射断。取出我的大星放光好盾牌，取出我的弯如牛角好硬弓。要把尘土临风抖呀抖三下，再一抖便断老魔命。……雄狮大王骑着赤兔马，上天下地谁人能相比！在我右肩上，有水晶白额男天神。在我左肩上，有绿色度母女天神。上边有天神光闪闪，那是十万天兵绕我身。下边有龙神光闪闪，那是十万龙兵绕我身。中间有赞神光闪闪，那是十万赞兵绕我身。我前额正中间，有天然自现阿字纹②。我的头顶梵穴上，有智慧自现光明神。这样的雄狮宝珠王，前往降伏黑魔时，快如红闪电，划过天空去。"③ 威风凛凛，神勇异常的英雄形象跃然纸上。在史诗中，有关英雄们这种非凡气度的说唱到处可见。这一方面是英雄时代张扬英雄主义的体现，另一方面也是说唱艺人们潜意识的再现。

---

① 甘肃省《格萨尔》工作领导小组办公室、西北民族学院《格萨尔》研究所编纂：《格萨尔文库》第一卷第一册，甘肃民族出版社1996年版，第72页。
② 阿字纹是说前额上有阿字这种字形。阿字是藏文第一个元音字母，藏族佛教信徒常把这个元音神化，认为是一种灵异的符号。
③ 《格萨尔王传·降伏妖魔之部》，王沂暖译，甘肃人民出版社1980年版，第25—28页。

第三节　恶魔原型

在《格萨尔》中，和英雄原型意象相对应的另一个原型意象是恶魔原型。史诗中有关恶魔的描述很多，恶魔的凶残暴虐从反面衬托出了英雄的高大威猛。恶魔的每一次出场，都携带着大量的物像，包含了丰富的象征隐喻意味。在《降伏妖魔之部》中，对魔王路赞是这样描述的："在北亚尔康魔国，八山四口鬼地，擦惹木保平原，有一座九个尖顶魔宫，宫中住着一个妖魔名叫路赞。这个凶恶的妖魔路赞呵，他身体像山那样高大。一个身子长着九个脑袋。九个脑袋上边，又长了十八个犄角。他面现怒容，身上到处是黑色毒蝎，腰上盘绕着九条黑色毒蛇。他手脚共有四九三十六个像铁钩一样的铁指甲。嘴内呼气，像爆发的火山烟雾；鼻内呼气，像刮起了毒气狂风。他威风凛凛、杀气腾腾地坐在黑色毒云中间。他的内大臣叫作喝血魔童，外大臣叫作狗嘴羊牙，出使大臣叫作长翅黑鸟，办事小臣叫作黑尾雄狼，女婢叫作花牙女奴，父王叫作黑大力士，女巫叫作遍知无误，侍卫叫作诵经老妪。还有有法力的黑本二十九人，更有守边的阿达拉毛与小妖青脸刺雏等人。一看见这些吓人可怕的妖魔鬼怪，不但胆小的人要魂飞天外，就是胆子大的也要胆战心惊。"① 史诗在魔王路赞浓重的魔鬼之气的笼罩下，其可怖程度达到了极致，给人以可怕的重压之感。魔王路赞所依附的各种物像（人和寄生物）是一种整体性原型意象，其间的每一物像的意象都具有特殊的象征隐喻意味。魔王是恐怖的代名词，他象征隐喻黑头藏人复杂恶劣的生存环境。魔王不仅在精神和心理上给人以恐怖的重压，而且还意味着永远的暗无天日。魔王的另一个具有普遍性的象征隐喻意味就是对英雄的热切渴望，魔王的覆灭就意味着英雄的"再生"。

《格萨尔》是一部卷帙浩繁的活形态的英雄史诗，其间还沉潜着诸如复生原型、死亡原型、巫术原型、上帝原型、植物原型、动物原型等很多原型意象，这些原型意象共同构成了史诗这棵原型系统之树。

---

① 《格萨尔王传·降伏妖魔之部》，王沂暖译，甘肃人民出版社1980年版，第4页。

第四章 《格萨尔》史诗原型的独特内涵

《格萨尔》史诗是一部内容宏富、卷帙浩繁的藏族人民的大百科全书。史诗涉及的范围极为广阔，政治、经济、军事、文化、历史、宗教、艺术、哲学、伦理等都在史诗中有着很多书写。因此，对史诗进行研究，我们可以选择不同的研究视角，从而更为全面、更为深刻地凸显出史诗的价值。就目前已有的研究成果来说，大多还停留在历史、文化和宗教等层面上，而对于其他方面的研究就显得凤毛麟角，尤其是文学层面上的研究更缺乏应有的理性探讨。笔者拙见，《格萨尔》首先是一部"诗学"意义上的巨著，是语言的艺术，其文学价值是第一性的。这就要求研究者们首先发掘出史诗的文学价值，从而为史诗其他层面的研究奠定基础。出于这一朴素而单纯的目的，笔者以加拿大著名文论家弗莱的神话—原型批评为理论依据，对《格萨尔》史诗进行了细致深刻的文本分析和解读，发现其原型具有原始性、英雄崇拜、部族意识等独特内涵。这一独特内涵的深刻开掘凸显了史诗的本真价值。

第一节 原始性

原始性是《格萨尔》史诗最为本真的一个特性，这是由史诗所反映的历史内容及其产生的历史时期所决定的。史诗始终洋溢着神秘的气氛，原始时代的文化与思维和今天仍在传唱的艺人们的文化心理与精神，共同打造成史诗永恒的品格。人类学认为，返回到"神圣开端"，"这是一切宗教、仪式和神话的一个基本的主题和模式。永恒回归的思维发生于史前人类朴素的世界观和神话思维方式,是初民对宇宙自然和人类社会中一切循环变易现象的神话式概括和总结"①。源于史前信仰的"永恒回归"原型,在藏族人民步入文明时代之后,在传唱的过程中熔铸为文化人类学的精神内涵。

维柯在《新科学》中称,原始人类是世界童年时期的"崇高的诗人"②,他们的感觉、他们的智慧都是诗性的。在这一点上,《格萨尔》史诗就是最好的例证。诗一般美妙的唱词,让人们享受到了原始感觉的魅力。《格萨尔》作为英雄时代的"人之文",无疑是想象力的产物,是诗性智慧的结晶。泰勒在《原始文化》中指出:"诗歌中充满了神话,那些想要分析诗歌,读懂他们的人,就应该从人类学的角度入手,才能更好地加以研究。"③《格萨尔》中充满了浓郁的神话色彩,要想分析和研究《格萨尔》,就应该从人类学的角度入手,泰勒为我们的史诗研究提供了一个值得借鉴的视角。

弗莱认为,神话即原型。他说:"神话是中心力量,它将原型意义赋予仪式,将原型叙述赋予神谕。因此,神话是原型,虽然为了方便起见,我们只在论及叙述时使用神话这个术语,而在论及意义时则使用原型这个术语。"④所谓原型"是无数同类经验的心理凝结物"⑤,是一种典型的、原初性的、反复出现的、具有约定性的语义联想的意象、象征、主题或人物模式。《格萨尔》作为藏族人民集体创作的一部伟大的英雄史诗,其文本充满神秘的神话色彩,可以说它就是一部典型的神话文学。因此,对《格萨尔》史诗进行神话原型研究,通过原型发掘出史诗潜在的文学或文化意蕴,其价值和意义就显得不同寻常。

"史诗是在民族意识刚刚觉醒时,诗领域中的第一颗成熟的果实。史诗只能在一个民族的幼年期出现,在那时期,民族生活还没有分成两个对立方面——诗和散文,民族的历史还只是传说,它对世界所抱的概念还是宗教的

---

① 萧兵、叶舒宪:《老子的文化解读》,湖北人民出版社1993年版,第103页。
② 〔意大利〕维柯:《新科学》,朱光潜译,人民文学出版社1986年版,第98页。
③ 〔英〕爱德华·泰勒:《原始文化——神话、哲学、宗教、语言、艺术和习俗发展之研究》,连树声译,上海文艺出版社1992年版,第867页。
④ 〔加拿大〕诺斯罗普·弗赖伊:《文学的原型》,载〔美〕约翰·维克雷编:《神话与文学》,潘国庆等译,上海文艺出版社1995年版,第54页。
⑤ 〔瑞士〕荣格:《论分析心理学与诗的关系》,载叶舒宪编选:《神话—原型批评》,陕西师范大学出版社2011年版,第96页。

概念，而它的精力和朝气勃勃的活动只呈现在英雄的业绩中。"①《格萨尔》就是这样一部藏族人民的英雄史诗。史诗的主人公格萨尔大王是一个半历史性半神话性的人物，具有鲜明的传奇色彩。"作为这样一种原始整体，史诗就是一个民族的'传奇故事'、'书'或'圣经'。每一个伟大的民族都有这样绝对原始的书，来表现全民族的原始精神。在这个意义上史诗这种纪念坊简直就是一个民族所特有的意识基础。如果把这些史诗性的圣经搜集成一部集子，那会是引人入胜的。这样一部史诗集，如果不包括后来的人工仿制品，就会成为一种民族精神标本的展览馆。"②史诗是一个历史范畴，不是说哪个社会形态、哪个历史时期、哪个时代都能产生史诗。一般而言，史诗只能产生于人类从原始社会解体到奴隶社会形成的野蛮时代的高级阶段——英雄时代。作为观念形态的史诗，是特定历史条件下的产物，是英雄时代社会生活在人类头脑中的反映。谁"要是认为古代史诗在我们现代是可能产生的，那荒谬的程度就跟认为我们现代人类能由成年再变为儿童一样"③。

《格萨尔》是一部典型的史诗文本，具有史诗独特的美学特质。在史诗《格萨尔》中，沉积着丰富的藏族原始文化内涵，这就很好地体现了史诗的原始性特征。首先，《格萨尔》中也有关于天地宇宙起源的神话传说。例如说："什巴是从太古始，什巴成于混沌中。先有风摇火蔓延，接着海洋大地生。""什巴形成有父亲，什巴形成有母亲。沟脑飞出一只鸟，什巴太初是它名；沟口飞出一只鸟，什巴无极是它名。太初无极造鸟窝，生下十八颗鸟蛋。""三颗螺卵去上界，上方神界形成做基础；三颗金卵去中界，中空念界形成做基础；三颗松石卵滚下方，下部龙界形成做基础；六颗鸟卵滚人间，形成藏人六大族。"④有关卵生三界的说法，是《格萨尔》史诗所独有。混沌初开，大鹏生卵，卵生宇宙天地，再生人类万物。另外，史诗中的有关情节，还把世间万物的生成跟大鹏和黄牛联系在一起。譬如说，"大鹏上喙蓝而往下包，因而虚空蓝而向下扣；下喙形成灰白色，因而大地灰白而广阔；双眼红而向上

---

① 〔俄〕别林斯基：《别林斯基论文学》，梁真译，新文艺出版社1958年版，第179页。
② 〔德〕黑格尔：《美学》（第三卷下册），朱光潜译，商务印书馆2017年版，第108页。
③ 〔俄〕别林斯基：《别林斯基论文学》，梁真译，新文艺出版社1958年版，第195页。
④ 《格萨尔王传·汉岭传奇》（藏文版），西藏人民出版社1985年版，第171页。

翘，因而日月悬挂于高空。"①藏族先民把天地日月和大鹏鸟的身体某一部位特征联系了起来，进行了想象和联想。《格萨尔》中的这些天地宇宙神话传说，指证出了史诗的原始特征。

原始部落的图腾崇拜也是《格萨尔》原始性的一个明显特征。史诗中有很多关于图腾崇拜的描写。如描写白岭六大部落的共同灵魂鸟"白仙鹤"，这就表明白仙鹤是这六大部落的共同图腾。另外，在史诗中往往以鹏、龙、狮、虎等动物作为单个部落的图腾。甚至，有的家族和个人都有自己的图腾。如"父亲僧伦以狮来命名，叔父超同以虎来命名，英雄僧达阿冬以熊来命名，总管叉根以鹞来命名"②。这四人中，僧伦、超同、叉根是亲兄弟，僧达阿冬属于另一部落。他们四人以狮、虎、鹞、熊来命名，这就表明这四种动物是他们各自家族或者个人的图腾。在岭地三十英雄中，亦有"鹞雕狼"三猛士，即长系部落的尼奔达雅、仲系部落的阿努巴桑和幼系部落的仁钦达鲁。这实际上也是他们个人图腾崇拜的表现。另外史诗中还有以图腾形象的保护神出现的"战神"畏尔玛，畏尔玛是部落战争时代图腾崇拜的一种新的表现形式。总之，《格萨尔》中的原始图腾崇拜反映了史诗中藏族先民们的原始文化心理，从而折射出了原始文化的辉光。

在《格萨尔》中，有关原始部落的"央"观念贯穿于史诗的始终。"央"是看不见摸不着的，但藏族人民却坚信它的存在。"央"这个词，翻译成汉语，有着"福气、福运、灵气、宝气"等意思。譬如一个藏族牧民，他要卖掉一头牛或者一只羊，在牛或者羊被牵走之前，他要撕下牛羊身上的一撮毛，把它带回家，精心保存起来。他这样做的目的是为了把牛羊的"央"留下来，不要被买主带走。他们认为，留下了"央"就意味着留下了牛羊继续繁殖发展的运气，否则就会畜群不旺，家境败落。藏族牧民把绵羊称作"央嘎尔"（白福运），就包含着招运进宝的意思。在史诗中，格萨尔大王所领导的每一次战争，其不外乎两个目的：一是降魔，保护本部落人畜财产安全，使自己所拥有的"央"不被人抢走；另一个目的，就是霸占其他部落的草地和抢夺他们的牛羊

---

① 《格萨尔王传·汉岭传奇》（藏文版），西藏人民出版社1985年版，第171页。
② 《格萨尔王传·赛马登位》（藏文版），四川民族出版社1980年版，第165页。

财产，而抢夺牛羊财产的一个很重要的目的，就是招引其他部落各种牲畜财宝的"央"，以发展本部落的财富。格萨尔大王还在幼年的时候，就曾经许下这样的心愿："要招来霍尔的勇士运，要招来萨当的食物运，要招来南门的六谷运，要招来大食的财宝运，要招来甲那的茶叶运，要招来蒙古的骏马运，要招来阿扎的玛瑙运，要招来奇乳的珊瑚运，要招来突厥的兵器运……"①这实际上也表达了原始藏族游牧部落人们的美好愿望。他们渴望招来这些牲畜、财宝、食物、兵器、用品等的福运宝气，从而能够永远的发财致富。这种理想在史诗中有着很好的体现，比如每次战争开始，格萨尔大王在向部落民众发布动员令时，总是以降伏某某妖魔，招来什么福运为口号，激发人们战争的热情。当战争结束后瓜分战利品的时候，又要借助有威望的长者之口，作一番招"央"的吉祥祝愿，期望招来福运宝气，随着那些夺来的牛羊财宝而在自己的部落里留下来。这种原始的"央"观念，是藏族先民独特认识的体现，有着一定的迷信色彩。

另外，《格萨尔》史诗中有着浓郁的原始部落的灵魂观念色彩，这反映了藏族先民的认识问题。他们不仅认为万物有灵，而且还认为人的灵魂可以离体外寄，把它隐藏到其他物体上去。这种灵魂外寄是为了保护自己的生命，寄魂的同命物体就是自己生命的坚强堡垒。他们认为，寄魂的同命物体越强大凶猛就越具有神力，就越有保护力。这说明当时人们的认识能力还处在原始认知的水平，体现了史诗的原始性。

史诗的原始性特质还表现在其民俗的原始性上。史诗中的民俗事象尽管被代代传唱者随社会的发展进步而进行时代性改造，但原始风俗的影子依然清晰可见。这种原始风俗在史诗中的顽强保留，构成了《格萨尔》民俗的原始性特征。

《英雄诞生》部开篇描述了这样一个故事：很早以前，有一个秘密的黑暗地区，那里是一个不知善恶的罗刹地面，也是一个畜生地区，畜生互相残噬，相互吮血，是名副其实的罗刹。就在这里有一位观世音菩萨的化身——猴子菩萨，在雅隆的水晶石洞中静坐修行。一天，忽然有一个非常美丽漂亮的女罗

---

① 《格萨尔王传·玛燮扎石窟》（藏文版），青海民族出版社1982年版，第17页。

刹跑到猴子菩萨的身边说:"我们俩同居到一块儿吧!应终生相伴才对!"表现出情欲勃发的种种淫态,猴子菩萨听后说道:"我是猴子之身,臀部拖着尾巴,身上长着兽毛,脸上堆着皱纹,我不愿作你的丈夫,供你情欲所用,最好你去找一个比我更好一些的男罗刹满足你的欲望好了;再则,我已在普陀山观世音菩萨之前受了出家人之戒律,一个人一生不能有两个身子呵!"罗刹女不肯,一再要求猴子菩萨作丈夫,且说:"我若去找一个男罗刹作丈夫,那将生下许多罗刹小娃娃,因父母都是罗刹,仍将会产生不良后果。只有和你才能生下一个聪明的小孩,他精通正法,会使黑暗的藏区升出正法的太阳来。"但当猴子菩萨增进修炼,没有任何动心时,罗刹女一直赖着不走,她一连七个昼夜露出乳房和下身,缠着猴子菩萨不愿离去。猴子菩萨无奈便跑到普陀山上师处,将这个罗刹女的一切言行作了禀报并请示上师:"因果与神变究竟怎样?应该如何对付?"上师说:"这说明了藏族人类要从你猴子的后裔中演化而出的因缘,情况非常良好。与她同居,将使黑暗的藏区可以现出善法的太阳来,可以完成巨大的利他事业,应该照她的要求办。"这样,猴子菩萨回来之后就照上师的吩咐与罗刹女同居,生了许多孩子。① 不难看出,这里有着明显的宗教渲染色彩,但我们透过这则生动故事的宗教外衣,看到的则是其真实婚俗的原始性。这则故事同样也表现了葬俗方面的原始性。我们接续上述故事来说:过了一段时间,猴子菩萨和罗刹女的长子东·喇察格保的后裔生了三个儿子,他们长大后和东方玛嘉邦喇山神议亲,玛嘉将三个女儿分别许配给喇察格保的三个儿子,他们各自建立帐篷,分成三户居住。但在一次搬家中,爸爸被凶狼围困咬死,三儿子找见爸爸的尸首背回家的途中,见一条像苍龙似的河水流过,于是他将尸首葬了下去。这里"在那水的一旁,生长着不可思议的各种各样的草木和花卉","征兆因缘配合得极为佳妙"。这是史诗关于水葬缘起的神话叙述,其间烙有灵魂超度的明显印迹。史诗中也有关于火葬、天葬的描述,这些都表明了藏族先民灵魂观念的原始性特征。

《格萨尔》中大量有关祭祀、祈祷、占卜、巫术等众多习俗事象的记述,亦充分地体现了史诗的原始性特征。在岭国,素日人们祈求丰收,禳却灾异;

---

① 《英雄诞生》,青海省民研会编译,果洛手抄本。

战时，祈求胜利，攻克敌军。格萨尔一称王就统领将臣、英雄和众兵马到他的寄魂山——玛卿雪山煨桑祭神，祈祷天地神祇佑助他伏魔治国。譬如，岭国和果部落之战，岭国为了能获得战争的胜利，就曾在格卓神山上举行过"煨桑"祭祀以求神佑（当然这场战争以岭国胜利告终）。又如格萨尔将降生人间为岭国之王时，岭国总管王曾得到梦兆，岭国为了庆贺这一神子降生的祥梦，便"请集轮供，赞礼战神，焚烟祭祀，念经修福"①。总之，为了求助于神灵，岭国的任何军国大事都得举行煨桑。例如，在格萨尔将出兵征讨北亚尔康魔国时，史诗就有这样一组描写："阿琼吉和里琼吉，你俩不要贪睡快快起，放开最快的脚步去，去右边的山顶采艾蒿，从左边的山顶采柏枝，艾蒿柏枝杂一起，好好去煨一个'桑'。煨大'桑'要像大帐房，煨小'桑'要像小帐房。给格萨尔的战神、保护神煨一个'桑'，给天母宫阴捷姆煨一个'桑'，给长寿白度母煨一个'桑'，给管走路的道路神煨一个'桑'，让这些神灵都佑护在我身旁。"②在史诗中，每当战将们出阵迎敌时，都向自己的保护神祈求，让其附体鉴临，护己杀敌；在家的王妃、姑嫂、姨婶等也祈祷于岭神，让其佑助自己的丈夫和岭军杀敌取胜，凯旋而归。这种祈祷意识既是人们期冀于自然力或神力的流露，又是原始性民俗心理的表现。

占卜和巫术是相互关联的。史诗中有很多关于占卜和巫术的描述，这种浓郁的宗教神话色彩也是史诗原始性特征的一个写照。在《天岭卜筮》《赛马称王》《降伏妖魔》《霍岭大战》《门岭大战》《大食财宗》等许多分部本中，都有梦卜、骨卜、鸟卜等古老占卜事项的描述，其原始性特征不言而喻。在《格萨尔》中，有关巫术的描写更是随处可见。格萨尔学研究专家岗·坚赞才让认为："为了部落战争的胜利，战争的双方都使用巫术。进行攻击对方的巫术最多，另外还有变幻术、隐身术、搬运术等。"③在《廷岭大战》中，廷国的九名咒术师即刻施展法术，廷国军营四周一下被松树一般高的人，小山一样大的马，盔甲上自行发光、武器上火苗燃烧的大部队守护起来，一阵阵呼喊，声音犹如

---

① 《格萨尔王传·天界篇》，刘立千译，西藏人民出版社 1986 年版，第 67 页。
② 参见周锡银、望潮：《〈格萨尔王传〉与藏族原始烟祭》，《青海社会科学》1998 年第 2 期。
③ 岗·坚赞才让：《〈格萨尔〉巫术文化研究》，载赵秉理编：《格萨尔学集成》第五卷，甘肃民族出版社 1998 年版，第 3781—3782 页。

千雷轰鸣,气势汹汹,叫人一见便毛骨悚然,岭军勇士们个个连同战马一起瑟瑟发抖。巫术的力量,可见一斑。在《取晶篇》里,牛头巫师吃喝完毕后,一边打着饱嗝,一边燃起了火烟,祭祀完毕后,便在一张大牛皮上盘腿而坐。霎时,巫师全身发抖,口中念念有词。在《门岭大战》中,超同施法降伏吃人的南虎时,登上大象形石山旁的一座野牛大小的红色巨石上,点起火,熏起神烟,将做好的白朵玛供给神,将红朵玛抛向敌方。这几个例子都是从仪式的层面描述了史诗中的巫术行为。实际上,巫师在作法术的时候,还穿着藏族原始宗教时期的巫术服装,念着咒语。在《卡切篇》里说:"咒术师曲巴嘎热,穿上黑熊皮的法衣,戴上黑乌毛的羽冠,颈上戴着大自在天人头骨项珠,右手握着大红降魔兵器,左手拿着三棱忿怒橛。"①《门岭大战》中说:"嘎岱,头戴一顶黑盘帽,帽顶插上孔雀翎,好似一顶五彩帐,胸前挂着黑煞星像,肩上垂着可怖的各种人头骨装饰,背负咒师放恶咒的器物,腰间别着一支陨石铁橛子。"②巫师们身穿黑色法衣,头戴黑色法帽,这与藏民族人们的崇拜心理有关。藏族人认为,白色象征吉祥、善良,黑色则象征灾难、凶恶。因此,巫师在作法术的时候,都穿着黑色的服饰。史诗中关于巫术仪式的大量描述,为史诗的原始性特质又披上了一层神秘的面纱。

第二节 英雄崇拜

《格萨尔》史诗是古代藏族人民对自己的英雄满怀豪情进行讴歌的智慧结晶,它在藏民族历史的艺术再现中凸显出了本民族的精神风貌,具有强烈的历史质感,字里行间充满浓厚的民族情感和英雄主义情怀。在史诗中,谁勇敢谁就是英雄。保家卫国,人人尽责,勇敢顽强,宁死不屈,是岭国军民崇尚的品德。在《格萨尔》史诗中,无论是年幼无知的小孩,还是白发苍苍的老人,无

---

① 参见岗·坚赞才让:《〈格萨尔〉巫术文化研究》,载赵秉理编:《格萨尔学集成》第五卷,甘肃民族出版社1998年版,第3785页。
② 参见岗·坚赞才让:《〈格萨尔〉巫术文化研究》,载赵秉理编:《格萨尔学集成》第五卷,甘肃民族出版社1998年版,第3785页。

第四章 《格萨尔》史诗原型的独特内涵

论是靓丽柔弱的少女，还是血气方刚的男子，个个都以勇敢为荣，以怯懦为耻。岭国英雄们威震四方，令敌人闻之胆战心惊。例如霍尔国将领尕玛司郭在向白帐王介绍岭国英雄时说道："队前来的那白人，马色纯白如白螺，那是白背千里马，人儿容貌像皓月，他是格萨尔的哥哥名贾察①，勇武犹如小白狮，'雅司'宝刀谁敢挡；随后来的那黄人，胯下坐骑是金额幻轮马，金缨部队的统帅官，那是万户尼奔达尔雅；随后来的那赭人，骏马犹如火山喷，银缨部队的统帅官，那是万户阿奴华桑将；随后来的那青人，骏马好似水碧波，白缨部队的统帅将，那是仁庆达尔鲁将；随后来的那褐人，他是丹玛大将军，箭穿杨柳艺无比，统帅指挥十万军；随后来的那白人，胯下骏马'追风腾'，一把屠夫大砍刀，他是僧达吃人精；随后来的那黑人，胯下骏马'烟火腾'，号称毒树达尔盼，英雄盖世艺超群；随后来的那黑人，胯下骏马乌鸦黑，那是达让阿奴司盼，达让部的老将军；随后来的那白人，胯下骏马'雪山腾'，是年轻的阿旦将，神奇的宝刀闪白光；随后来的那青人，胯下骏马名'玉霞'，御兵大将东赞华，空中飞鸟手能抓；随后来的那白人，胯下宝马'独脚彪'，英俊有为的青年将，加洛周吉名声高；随后来的那青人，胯下骑着枣骝马，他是总管叉根王，岭国的治理人。"② 这可以说是岭国众多将领的群英荟萃图。史诗以夸张的艺术手法，概括出岭国众英雄各自独异的特征，彰显了英雄气魄。

在《格萨尔》中，有关英雄的描写比比皆是，格萨尔大王本身就被描写成一位无所不能的岭地大英雄，还有岭地众多的英雄们，这与史诗的战争性质有着直接的关联。史诗写的是战争，战争就需要塑造英雄人物。《格萨尔》中的格萨尔以及岭国的众多战将，是古代藏族人民着力塑造的典型英雄形象。各种不同的部本通过大小不同的战争，塑造了格萨尔以及几十个古代英雄群体的光辉形象，热烈讴歌了"黑头藏人"在凶恶、强横掠夺进犯者面前所进行的不屈不挠斗争的英雄气概。格萨尔大王的哥哥嘉擦与霍尔交战前，整装出发，他对背着三岁儿子的妻子说："岭国有难不去救，怎能算作英雄汉"；在战场上，他唱道："平常自称是猛将，猛将要在阵地上"，"我心再苦也要打敌人，我身再

---

① 也译作嘉擦、嘉察，根据文献材料的不同，各个名称均有涉及。
② 《霍岭大战》上册（藏文版），青海民族出版社1979年版，第184页。

累也要向前方","要给岭国英雄报血仇,要给岭国百姓除祸灾";战场受伤牺牲前他还唱道:"坐在房中活百岁,不如为国争光彩。"①神箭手丹玛在听到嘉擦的命令后,心想:"别说叫我去侦查霍尔的动静,就是叫我到恶魔窝中去送死,我也毫不犹豫。"当他单骑探敌,看见犯边的敌兵压境时,他愤慨地说:"男儿在太阳低下扯闲话,都说我是英雄汉,今天大敌已压境,以前的豪语看今天,为国为众探敌情,纵死沙场也心甘。""愿我今天逞威风,迎击霍尔建奇功,刀剁强横撵敌兵,万载千秋留英名。"高歌之后,闪电般地冲进了霍尔军营,吓得霍尔官兵失魂落魄,白帐王面如土色昏倒在地。一次,霍尔臣辛巴梅乳孜追赶岭军,被丹玛按弓一箭,削去天灵盖而翻身落马,昏厥过去,霍尔三大王、千多名巴图尔、十二部大军,见此情景,无不垂头丧气,惶恐不安。②在霍尔敌人无礼横行欺压弱小时,年幼的戎擦玛尔勒也争着要上战场,立志杀敌。他说:我"今年才满十三岁,骊龙项下一宝珠","六艺家传精枪刀,有志不在年大小,毅勇顽强家门中,英雄不在身高低","好汉不顾自己命,玛尔勒要奋勇冲向前。"③在军情严峻,岭国处于劣势之时,年过七旬的总管王戎擦叉根④老当益壮,豪情满怀地说:"我虽然浑身血肉已枯瘠,脸无光泽皱纹聚,但勇武沉毅依然在,心雄志大有豪气","我要叫他们十万草木兵,满滩鼓噪声凄厉,我要今天上战场,威威武武去杀敌。"⑤他像礌石从天滚落一般,跃入霍尔兵营,左右开工,射杀六十余人,接着又挥舞宝剑直奔白色大帐,白帐王张皇失措,爬藏在金座底下。总管王犹如闪电,冲进帐内,连砍三刀,金座裂为三片,吓得白帐王心肝崩裂,霍尔军丧魂落魄。在岭国嘉城被围,珠牡即将遭劫的危难时刻,莱琼姑娘挺身而出,她说:"若对大局有裨益,出嫁受辱也心甘;……若对岭尕有裨益,受罪至死也心甘。"⑥小英雄昂琼,一次扬鞭策马冲进霍尔营,把霍尔军搅成了一个血海,砍下了白帐王无缝大幕顶上白天魔鬼神的神像,剁

---

① 《格萨尔王传·贵德分章本》,王沂暖等译,甘肃人民出版社出版1981年版,第161—179页。
② 青海省民间文学研究会翻译整理:《格萨尔》(4),上海文艺出版社出版1962年版,第23页。
③ 青海省民间文学研究会翻译整理:《格萨尔》(4),上海文艺出版社出版1962年版,第38页。
④ 也译作戎察叉根、戎擦查根,根据文献材料的不同,本书中几个名称都有涉及,此处说明,后文不再一一指出。
⑤ 青海省民间文学研究会翻译整理:《格萨尔》(4),上海文艺出版社出版1962年版,第64页。
⑥ 青海省民间文学研究会翻译整理:《格萨尔》(4),上海文艺出版社出版1962年版,第102页。

掉了白帐王的五六个近侍。见此情景,霍尔臣梅乳孜悄悄地看着;白帐王吓得不敢出声,只是簌簌地打哆嗦。而后,昂琼在又一次冲杀中身中暗箭,但他不顾重伤,将箭用力拔出,继续追杀魔敌,当嘉擦和丹玛赶到跟前见他咬着牙齿挣扎,再难活下去时,两人泪珠滚滚。昂琼见此情景挣扎着说道:"……别哭了……痛苦至死不淌泪,这是大丈夫的英雄品格。"随后微笑着望着嘉擦的面孔,壮烈清明地死去。在史诗中,珠牡这个在《堆岭》中只重感情,要求丈夫不离开自己一步的美貌女子,在《霍岭大战》中格萨尔北去降魔未归的形势下,却一反常态,挑起抗击侵略者的重担,特别在兵临城下,敌众我寡,嘉城将破的危急时刻,她穿戴格萨尔的头盔铁甲,手执弓箭,于城头威然宣布:"嘉城四周四城门,霍尔辛巴齐向前,四面合击来围攻,今天我不得不放箭。对你们这种狂妄兽,必须受到我惩罚,我要向嘉城四城门,将我七支神箭接连发。不杀霍尔四百人,宝箭就不是神明箭,宝弓也非神明弓,珠牡也就不能列入空行中。"① 神箭所到之处,无数个铁甲敌军翻倒在地。当霍尔军涌上楼梯时,她愤恨已极,毫不示弱,挥起格萨尔宝剑就向敌人扑去!

史诗高扬英雄主义大旗,对岭国的这些众多英雄的事迹进行了热情讴歌,颂扬了这些为岭国浴血奋战,抛头颅、洒热血的英雄们。

第三节 部族意识

《格萨尔》是一部以表现部族集团之间的交往和战争为主要题材的史诗,反映了藏民族形成和发展的历史进程,其间充满了民族整体利益和部落局部利益之间的矛盾和斗争。可以说,在《格萨尔》史诗中,始终贯穿着很强的部族意识。格萨尔大王的每一次降妖伏魔都是为了保护本部族人畜财产或者为本部族掠夺牛羊财宝,这实际上就是原始的部族意识的体现。这种强烈的部族意识与当时原始藏族人民的生活环境有着极大的关联。地处青藏高原上的游牧民族部落,自然环境恶劣,物质条件差,生活资源匮乏,人们期望改善自己的物质

---

① 青海省民间文学研究会翻译整理:《格萨尔》(4),上海文艺出版社出版1962年版,第112页。

生活条件，过上幸福美好的日子。但在部落战争时代，这种美好的愿望要想实现就得靠战争、靠掠夺、靠抢劫。《格萨尔》所表现的，就是这一历史阶段的社会生活。说唱艺人们通过艺术的手段，把人们的这种愿望创造成了不同部本的史诗，譬如《大食财宗》《西宁银宗》《丹玛青稞宗》《尼泊尔米宗》《雪山水晶宗》《汉地茶宗》《扎日药宗》《象雄珍珠宗》《阿扎玛瑙宗》《奇乳珊瑚宗》《米努绸缎宗》《阿里金宗》《察瓦绒箭宗》《木雅铠甲宗》《突厥兵器宗》《松巴犏牛宗》《蒙古马宗》《格古犬宗》《琼赤牦牛宗》《阿赛山羊宗》《白热绵羊宗》《木古骡宗》等。这些部本中，描写的都是战争，战争的目的是掠夺某某牛羊和财物。作为领导战争的主帅，格萨尔大王是保护本部族的利益的集中代表。

格萨尔一生所进行的部落战争，就是为了夺回被掠夺的一切，以及掠夺所需要的一切。为了保卫岭国的物质财富，格萨尔大王带领岭国人民降伏了魔国，进行了《霍岭大战》《门岭大战》《姜岭大战》等各种反侵略战争。部落战争改善了岭国人民的生活状况，提高了部落联盟各属国臣民的生活水平，使得整个青藏高原呈现出五谷丰登、六畜兴旺、丰衣足食、歌舞升平的安乐景象。例如在《降伏魔国》中有这样的描述："五宝大地敞金盆，大地金盆五谷长。秋天开镰割庄稼，犏牛并排来打场。拉起碌碡骨碌碌，白杨木锨把谷扬，风吹糠秕飘四方。"① 在《姜岭大战》中也描写道："岭国的百姓不用再担忧，雄狮大王已经得胜利，酥油、糌粑不会缺，毛毡、氆氇不会光，骡马、牛羊一定遍岭地。"② 霍岭大战结束后，在姜岭大战中充当岭军先锋的降将辛巴梅乳孜在谈到霍尔国归顺岭国后经济发展、人民安居、生活富裕时唱道："我们霍尔的各酋长，年年平安心里乐，并托雄狮大王福，家家富足粮食多。没吃的穷人富裕了，弱小人地位提高了，老年人心地开阔了，小孩子快乐增多了，少女们心房像花朵，越开越艳越美好。""牦牛、奶牛和犏牛，还比天上星星多；山羊、绵羊和小羊，好像白雪落山坡。""无主的骡子赛过芨芨草，无主的马儿还比野马多。无主的食品堆成山，无主的野谷像花朵。奶子像海酒像湖，没有一人愁吃

---

① 转引自赵秉理：《从〈格萨尔〉看古代藏族部落战争的作用》，载赵秉理编：《格萨尔学集成》第五卷，甘肃民族出版社1998年版，第3350页。

② 转引自赵秉理：《从〈格萨尔〉看古代藏族部落战争的作用》，载赵秉理编：《格萨尔学集成》第五卷，甘肃民族出版社1998年版，第3350页。

喝。夜里跳着舞,白天唱着歌。都是托格萨尔大王福,人人欢喜人人乐。"① 这实际上是古代藏族人民梦寐以求的生活,他们期盼有一位像格萨尔大王一样的神威英雄,把他们带向衣食无忧的新天地。

  《格萨尔》中关于部族意识这一原型特质,是其民族心理原型和精神原型共融共生的呈现。我们通过这一载体,可以溯源史诗的历史原型,从而抵达藏族原始先民的心灵和思想深处,窥探人性的历史河流。

---

① 赵秉理:《从〈格萨尔〉看古代藏族部落战争的作用》,载赵秉理编:《格萨尔学集成》第五卷,甘肃民族出版社 1998 年版,第 3350—3351 页。

第五章 《格萨尔》史诗象征系统

象征，是指用具体的可感的事物来暗示、意指不可见的、只可意会的事物，通过联想类比，在象征主体和客体之间突现出其直接的相似性，使陌生的、难以言喻的事物向已知的具体的意象同化，从而强化人的感受能力和表达能力，使所要表现的内容更加直观，更具感性，同时也更加深刻和具有更多意蕴。文学领域的意象象征，既是一种特殊的表现方式，也是一种由意象作为主体的艺术思维过程。它通过具有"约定性"的文学意象，以人们熟知的联想物为中介，来表达人们的深层意识和独特感受。正如庞德所言："'意象'：是呈现一瞬间理智与感情的复合。"[①] 意象象征具有独到的隐喻功能和意指性，在表达人们的复杂情感和特殊感受方面，特别是在表达那些一般语言所难以言尽的情感体验和意志理念时，它有独到之处。文学意象象征系统及其隐喻内蕴的整体变化，往往深层次地标示着某一时代精神和文化的内在变化，也曲折地体现着人们"理智与情感的复杂经验"。

《格萨尔》史诗是雪域高原的藏族人民从原始部落时代走向文明时代的产物。史诗所描述的藏族先民在漫长的历史发展过程中形成了具有自身特征的意象象征系统和象征符号，它是藏族人民宝贵的文化遗产，它反映了藏族这个雪域部落独特的精神世界和思维方式。

---

① 参见〔英〕R.S.弗内斯：《表现主义》，樊高月译，花山文艺出版社1989年版，第24页。

第一节 色彩、形体、行为的象征

藏族人民对色彩有着特殊的观念。他们认为色彩有着普遍的象征意义，不同的色彩有着不同的象征蕴涵，同一种颜色有时也有着不同的象征意味。譬如，白色表示善良、纯洁、美好、吉祥、干净等特殊意思。史诗中就把格萨尔大王的诞生地岭国称之为白岭，象征着美好富饶。在举行大型庆典活动的时候，往往要用白米油干饭、白奶酪、白哈达等表示庆贺。一种行为称为"白业"，象征着积德行善。人的热忱称为"白心"，象征忠心耿耿。在人去世后往往身穿白色孝服，以示哀悼，象征着悲哀。红色也有着多重象征意义，譬如，红花象征着友爱，红色象征着权势，有时红色也象征着悲悯。此外，其他不同的颜色有着不同的象征意义。在《赛马登位》之部中，总管王戎察叉根对敬献给格萨尔的各色彩旗赞颂道："这是一面白色旗，是晋见战神畏尔玛的见面旗，象征太阳与光辉，战神与你紧相随。这是一面黄色旗，是晋见宁神的见面旗；这是一面蓝色旗，这是晋见宝顶龙王的见面旗；这是一面红色旗，是晋见宁达战神的见面旗；这是一面绿色旗，是晋见仙姑的见面旗；如今全部献给你格萨尔，象征众神与你不分离，如同身影伴身行。"①总管王戎察叉根将穆波冬族的家谱和五匹彩绸献给格萨尔大王时用悠扬的长调唱道："这条白色的无垢绸，是赞颂天神哈达巾，奉献给大王身边带！但愿畏尔玛与战神，就像是太阳与光辉，永远跟随你不分离！这条黄色无垢绸，是拜谒念神哈达巾，这条蓝色的无垢绸，是拜谒龙王哈达巾，这条红色的无垢绸，是拜谒念达哈达巾，这条绿色的无垢绸，是拜谒乃乃哈达巾，全都献给格萨尔！如同天人身与影，永不分离伴随你！"②各种不同颜色的旗帜，象征着岭国先民及其子孙后代的某种期待的情怀。又如《天界篇》中解释梦兆预言的歌道："玛杰山头升太阳，阳光普照我白岭，那是佛祖慈悲业，兴遍岭地好象征。光中出现金刚杵，降落吉杰山头顶，预示天界一神子，将要应运而降生。月亮出门朗山，预示兄是忿怒明王身。金山上空星灿烂，预示丹玛将要做使臣。虹光照向格卓山，预示生

---

① 《赛马登位》（藏文版），四川民族出版社1980年版，第237页。
② 甘肃省《格萨尔》工作领导小组办公室、西北民族学院《格萨尔》研究所编纂：《格萨尔文库》第一卷第一册，甘肃民族出版社1996年版，第248页。

身父亲是念神。毫光萦绕玛旁湖，预示他的生母是龙种。僧伦手中持宝伞，预示将由他来做父亲。伞顶白色表息业，彩虹表示怀业伏三界。伞边绿色表诛业，黄伞帷表增业调十万。伞盖把柄为黄金，象征利众事业比金重。伞旋覆被于四方，象征威镇四边魔。象征降伏四方敌，象征边鬼要消灭，象征边财运岭地。象征上师阿阇黎①，空行金刚亥佛母，有何教言若遵行，教民纯朴白岭部，在十八部小邦中，地位能与高天齐。象征业运能昌隆，象征威力盖广域。"②阳光、月光、虹光、星光以及伞顶白色、伞边绿色、彩虹等色彩意象，构成了一个五彩斑斓的意象象征群。

"每一个象征物可能包含多种内蕴和多维象征意义。由于创作主体所处的时代、生活视野、思维空间、体认方式的不同，可能会对同一象征物产生不同的感知，其中最重要的是以什么样的思维方式和角度来认识物我关系，即创作主体从对象物中感悟到了什么，并以此来意指自己的人生体验。"③在《格萨尔》史诗中，创作的主体都是民间下层的说唱艺人，他们的艰难处境形成了一种期待救赎、改变命运的心理。他们敏感的心境往往容易与自然界的万事万物形成感应，把情感寄寓在某些物体之上，从而使这些物体具有了极其深广的特殊的象征意义。比如史诗中常常出现的刀、弓、箭、矛、念珠以及色彩各异的花朵，这些物体往往被赋予某种象征意义，在赞词或祝福中加以赞颂。珠牡看到果姆牵来了宝马，就将这匹马的来历和特征用九狮六变调唱道："马头昂起比天高，象征三界能征服；马耳高耸极美观，象征三宝地位尊。马体高矮正合适，象征将生菩提心。鬃尾又密又细长，象征变化无穷尽。眼珠明亮且发光，象征法性真实智。两个耳尖长得长，象征顺应二谛理。六根装饰之躯体，象征维护六度行。四蹄跳跃似起舞，象征保护四摄事。腹色黄中又透白，象征未染轮回习。有时能说人语言，象征说话无碍阻。有时腾飞上天空，象征所见皆幻术。对人依恋有情意，象征慈悲利众生。能用绳索捉拿住，象征事业可昌隆。

---

① 阿阇黎：规范弟子行为及密宗教诫的上师。
② 甘肃省《格萨尔》工作领导小组办公室、西北民族学院《格萨尔》研究所编纂：《格萨尔文库》第一卷第一册，甘肃民族出版社1996年版，第20页
③ 程金城：《20世纪中国文学价值系统》，敦煌文艺出版社1996年版，第247页。

男儿能骑能负载，象征能把众生度。步态平稳又迅捷，象征善成众生事。"①"这顶禅帽有四面，象征世界四大洲。每面二角共八角，象征周边八中洲②。帽带下缀三绺穗，象征恶趣三居处。帽子总共为六面，象征轮回有六趣。帽子内里空而宽，象征轮回无实义。帽色白而放光彩，象征心性无变异。帽沿用布压边缘，表示消除二障③义。轮回事相帽中有，应乎出世涅槃理。帽子空阔无阻隔，说明诸法皆空性。帽子质料天然白，说明自他本分明。形象显示在此帽，说明一生威望高。怎样戴它都相宜，说明慈悲普遍照。"④史诗中的这些意象，构成了丰富复杂的意象群，用以隐喻象征雄狮大王格萨尔的超凡神勇。

在原始部落时代，由于古代人对于自然或社会现象的不理解，或者是出于对客体对象的疑惑或恐惧，从而产生象征解释。说唱艺人们运用这种原始的象征思维进行艺术创作和抒志写意，其精神的本源仍是十分现实的和具体的。譬如《赛马篇》⑤，每一章中所叙述的行为故事都具有象征意味，而整体上又形成意蕴丰厚的象征系统。第一章"听假授记超同召岭部，商定赛马七宝作彩注"，象征金轮宝之篇。第二章"珠牡派遣玛麦迎角如，两个路遇结缘定终身"，象征玉女宝之篇。第三章"遵循授记僧姜捉野马，物归原主珠牡赞神驹"，象征绀马宝之篇。第四章"角如回归岭地准参赛，珠牡赠送金鞍做祝愿"，象征主藏大臣宝之篇。第五章"角如隐身密赴赛马会，珠牡观赛评说勇士马"，象征白象宝之篇。第六章"赛马途中角如降山妖，试臣忠心超同败阴谋"，象征将军宝之篇。第七章"角如赛马取胜登王位，天人喜庆赐名格萨尔"，象征玉女宝之篇。

---

① 甘肃省《格萨尔》工作领导小组办公室、西北民族学院《格萨尔》研究所编纂：《格萨尔文库》第一卷第一册，甘肃民族出版社1996年版，第197—198页。

② 八中洲：佛书说须弥四周的八个中洲，即提诃洲、毗提诃洲、遮末罗洲、筏罗遮末罗洲、舍谛洲、嗢怛罗漫怛里拿洲、矩拉婆洲和憍拉婆洲。

③ 二障：烦恼障和所知障，佛教所说影响了解法性的两种障碍。

④ 甘肃省《格萨尔》工作领导小组办公室、西北民族学院《格萨尔》研究所编纂：《格萨尔文库》第一卷第一册，甘肃民族出版社1996年版，第233—234页。

⑤ 甘肃省《格萨尔》工作领导小组办公室、西北民族学院《格萨尔》研究所编纂：《格萨尔文库》第一卷第一册，甘肃民族出版社1996年版，第163—251页。

第二节　数字的象征

数字是语言符号体系的重要组成部分，是人文精神的反映与象征，不同民族因其历史发展、社会习俗、宗教信仰等的不同而具有不同的数字系统。一方面，数字蕴含鲜明的社会、文化、地域属性，深入研究藏族传统数字文化，对了解《格萨尔》史诗所蕴含的思想内容、文化内涵和民族特质具有重要意义。另一方面，分析《格萨尔》史诗中数字的使用场景与频率、数字具有的象征意义，又能丰富藏族传统数字文化内涵。此外，正如德国藏学专家扎雅教授在首届《格萨尔》国际学术会议上指出："在《格萨尔》史诗中，有几个数字如九、十三、十八等，常常包含有特殊的象征内容……这类数词的象征意义，有时是平常的，有时是特殊的、神秘的。"[①] 对《格萨尔》史诗数字的象征进行分析，也有助于我们感受史诗神秘的、独特的诗性美感。

数字包含着哲学、文化逻辑与伦理、习俗价值，不同国家、民族在数字的使用中都有自己的喜好与禁忌，比如当代汉民族因生活习俗偏好谐音为"发"的数字八而忌讳谐音为"死"的数字四，西方一些国家因宗教信仰的因素而忌讳数字十三。可见对某些数字的喜好或禁忌有着深远的社会、文化因素。因而探究《格萨尔》史诗中的数字象征就不能局限于文本内部，而应将其置于藏民族广阔的社会文化、政治经济、宗教信仰等场域，综合分析史诗中数字的象征。

藏民族在数字的使用中有独特的喜好与禁忌，藏族人民认为奇数是吉祥的象征，偶数是不吉的象征。因视奇数为吉利，藏民族婚礼、集会、祭祀等重大集体活动都在单日举行，常选择的是上半旬的单日，每月十五是一个独特的吉庆日。《天岭卜巫九藏》部中总管王戎擦查根梦中得到神谕后，写信通知各部落到白岭大会场集会的日期是十五。[②]《诞生花花岭地》部中角如（格萨尔）是于虎年的腊月十五日诞生。[③]《赛马七宝珍》部中超同受角如假传预言，于己

---

① 徐国琼：《论〈格萨尔〉史诗中"十三"数词的象征内涵》，《西藏研究》1991年第4期。
② 居麦图旦降央扎巴整理：《天岭卜巫九藏》，何罗哲译，《格萨尔文库》第1卷，上海古籍出版社2018年版，第127页。
③ 居麦图旦降央扎巴整理：《诞生花花岭地》，何罗哲译，《格萨尔文库》第2卷，上海古籍出版社2018年版，第95页。

丑年腊月十五日设宴商议赛马大会。① 由此可见，藏民族的数字喜好传统对文学书写具有深远影响。《格萨尔》史诗将重大的集会、重要的事件定于十五日，符合藏民族传统数字文化，并通过民俗的深厚文化底蕴反映突出了叙事内容的重要性，象征着祥兆与庄重。尽管藏民族忌讳偶数，但并非所有偶数皆是如此，数字六、数字三十等偶数因是奇数三的倍数而不需遵照偶数禁忌的规则。反映在《格萨尔》史诗中，数字六、三十是吉祥、权威、正义的象征，如六大部落、三十英雄等，且史诗介绍总管王戎擦查根身份时说他是"岭地三十名英雄、三十名头目和三十名有权势者的总管王"②。同样地，尽管数字八十一是奇数，却是藏民族的禁忌数字。苯教法事中有八十一种超荐亡灵法、八十一种镇邪法，其寓意与死亡、邪祟相关联，是不吉利的数字。数字八十一因死亡隐喻，而成为禁忌，《格萨尔》史诗侧面印证了这一数字象征。在史诗中，多次使用数字八十，完美避开了八十一。藏民族的传统文化深刻影响数字的内涵，相应地表现在史诗中则意味着数字具有蕴含独特文化的象征意义。

崇尚奇数是藏民族的数字文化传统，但并非所有奇数都具有相等地位，对数字三、九、十三的偏好在奇数喜好中尤为突出，这其中蕴藏着深远的民族文化及宗教信仰，使得这些数字更显特殊性，既具有宗教的意味，又有着象征隐喻蕴涵。

数字三在藏民族是非常重要的数字，具有原初性质，是对宇宙时空的本原反映，甚至可称其为藏文化的元数字。三可以用来象征天上、地上、地下的宇宙空间，也可以用来象征日、月、星的宇宙元素。宗教信仰层面而言，数字三在苯教具有重要地位，苯教把世界划分为三界，即天界、人界、龙界。数字三在藏传佛教中也十分重要，欲界、色界、无色界是三界，贪、嗔、痴是三毒，佛、法、僧是三宝等等。反映在《格萨尔》史诗中，数字三也就相应地具有了这类象征意义。史诗中将世界分为天界、人界、龙界，岭部由长、中、幼三大支构成，信奉三大神。三除了是崇高、威严的象征外，在生活习俗中还是吉

---

① 居麦图旦降央扎巴整理：《赛马七珍宝》，坚赞才让译，《格萨尔文库》第 4 卷，上海古籍出版社 2018 年版，第 522 页。

② 居麦图旦降央扎巴整理：《天岭卜巫九藏》，何罗哲译，《格萨尔文库》第 1 卷，上海古籍出版社 2018 年版，第 121 页。

祥的象征。如藏民族的婚俗中，三是吉日，敬酒时最高礼节是共喝三次每次三杯酒。这种生活习俗在史诗中也有表现，如《天岭卜巫九藏》部总管王的仆人唱的献茶曲：

> 头份新茶献天神，愿三宝地位比天尊！
> 二份新茶供念神，愿幸福广得普天闻！
> 三份茶供下界龙，愿畜运能像雨降临！①

此献茶曲中，供奉是三次，对象分别是三界的三神，以此祈求生活安宁、富足。不难看出数字三蕴含的习俗、宗教喻义，而且史诗中言说某人、某物、某事时常举说三次。数字三是吉祥、崇高、威严的象征，也象征着原初、起始。

数字九与数字三一样，在藏民族被视为吉祥之数，具有重要象征意义。藏民族对九的喜好与苯教有密切关系。苯教教法的《九乘》由四部因乘、四部果乘法、一部大圆满禅定构成。苯教典籍《斯巴卓浦》则记述了世界起源，产于光卵的桑波奔赤洽和曲坚穆杰莫生下了九个兄弟和九个姐妹。九兄弟、九姐妹分别分身出九女九男作为他们的伴侣。其中掌教三尊之一的什杰章噶又有九个儿子与九个女儿，分别被称为天界九神与天界九女神。九是苯教非常重要的数字，既是世界的起源，又象征着圆满。苯教教义与典籍之外，藏民族对数字九的喜爱也与自然崇拜相关。藏族在佛教传入之前的信仰中，有对神山神湖的自然崇拜，数字九就体现在其中，藏族先民认为是九座神山撑起人类的生存世界。"从藏族的神话传说、自然崇拜和对神山神湖的膜拜，可以看到藏族先民丰富的幻想力和想象力，这是藏族的原始宗教和原始艺术赖以产生和发展的重要因素。自然也是孕育《格萨尔》的重要因素。"② 数字九是常用数字，《格萨尔》史诗中包含丰富的数字九的援引，象征着吉祥、圆满、极盛，例如"藏土九州世界"、格萨尔射九箭等。

数字九除了吉祥的象征之外，还具有数量多、数之极的象征意义。格萨尔

---

① 居麦图旦降央扎巴整理：《天岭卜巫九藏》，何罗哲译，选自《格萨尔文库》第1卷，上海古籍出版社2018年版，第124页。

② 降边嘉措：《格萨尔论》，内蒙古大学出版社，第75页。

征服霍尔出发前戎擦查根唱的挽留歌中有数字九的使用：

当初你去北地时，你曾这样对我说：
"路上要走三个月，降魔要用三个月，
返回要用三个月，一共九月定回国。"

此处数字三与九的使用为虚词，在意义上映射为"多"。由于九是吉祥的象征，九的倍数也常被使用，例如《格萨尔》史诗中，数字十八常被用来表示吉祥、勇武的象征。

数字"十三"是藏民族的另一个重要的奇数，在藏族普遍的社会文化习俗中具有吉祥、神圣、成功象征蕴意，十分隆重的场合常用数字十三。以《格萨尔》史诗为例，史诗中十三象征着吉祥、神圣，主要表现在神子临凡、赛马称王、煨桑求神、南征北战、岭尕河山、民俗风尚、艺人说唱时对数字十三的崇拜。以《天岭卜巫九藏》第二章莲花生大师给总管王戎擦查根的神谕为例：

多闻的披风为主体，十三种招福要健全。
具有福德的大头领，弥钦伦珠他作主演。
共庆吉祥的舞蹈场，一共要围绕十三圈。
具有福德女眷中，嘉洛噶萨为主唱。
祈请发愿之歌曲，一共要唱十三章。
冰糖红糖为主体，素食要摆十三盘。
藏土定有好征兆，岭地势力必扩展。①

十三种招福、十三圈舞蹈、十三章歌曲、十三盘素食，可见十三在《格萨尔》史诗中的重要地位。此选节之外，史诗中还有一系列数字十三的使用，如格萨尔十三岁称王，有十三位保护神、有十三位王妃等等。可见在史诗中，

---

① 居麦图旦降央扎巴整理：《天岭卜巫九藏》，何罗哲译，选自《格萨尔文库》第1卷，上海古籍出版社2018年版，第122页。

"十三"是一个极富有象征隐喻蕴意的数字。

数字的象征对《格萨尔》史诗具有重要意义，其一是在内涵价值上赋予史诗丰富的象征意义，其二对史诗修辞有一定作用。史诗中数字的使用是一种比喻、夸张，使形象生动，呈现出更为直接的观感。以《赛马七珍宝》第五章珠牡对赛马大会的讲述为例：

> 赛马勇士人众多，现在我来排次序：
> 三位大将鹞雕狼，就像空中日月星。
> 三人聚会在一起，愿来装扮蓝天空，
> 权势广被遮天宇！
> 大智大雄七贤士，如同七金山威严。
> 愿给大地作装饰，威覆大地没边际！
> 岭地骄子十三人，如同十三根披箭……①

这一唱曲中，既有对赛马大会的如实介绍，也有比喻、夸张等修辞的使用，生动形象地描摹了赛况的盛大与激烈。三位大将、三人并非实指某人，而是比喻参加赛马大会的岭部长、中、幼三支，其中鹞、雕、狼是岭部三支的象征图腾，与前半句三位大将形成互文。七贤士、十三骄子也是喻指岭部的英雄们，并以一种夸张的手法将其威严和智勇比作七金山与十三披箭，数字七与十三的修辞使用又可与数字的象征形成互文。由此可见，数字的象征对于史诗有内容和形式的双重意义。

数字是藏族历史、文化的重要组成部分，是藏民族重要的精神象征，蕴含着藏民族文化传统、政治经济、民族心理、审美心理、宗教信仰等深层因素。深入分析《格萨尔》史诗中数字的应用，实际是对史诗本质的、诗性的认知过程。

---

① 居麦图旦降央扎巴整理：《赛马七珍宝》，坚赞才让译，选自《格萨尔文库》第 4 卷，上海古籍出版社 2018 年版，第 593 页。

第三节 语义、宗教、神力、动物的象征

《格萨尔》史诗作为藏民族文化的集大成者，在发展流变过程之中，经历了非物质形态向物质形态的交融与转化。这是文化自我生成与实践的普遍现象，也是《格萨尔》史诗蓬勃内在生命力的显示，而作为象征系统存在的抽象符号，也在这一文化转型之中具有了物质维度与现实意义。在千百年的史诗传唱过程之中，史诗文化的象征不仅为信仰"附魅"，而且在现实维度以物质化形态重铸了史诗的文化根基，进一步加深了史诗中的文化认同与信仰崇拜现象。

在构成史诗文化根基的各种象征符号之中，最为醒目的是对英雄格萨尔这一语义符号的信仰与崇拜。英雄格萨尔不仅是一个内涵宏富的文化象征符号，也成为一个似乎真实存在的文化实体。对此，有必要对"格萨尔"加以词源学上的考察。对格萨尔词义的见解大致有三类，第一类为"英雄"之义，作"英雄或战场上的常胜者，无敌英雄"解。① 这也是最广泛，认可度最高的解释。第二类是作"花蕊"之义，"格萨尔，梵语借词，意为花蕊，红花、花冠"②。藏族地区为莲花，而格萨尔为花中之蕊，是整个藏族民族的代表。昂欠多杰指出："格萨尔是他的别名。……取得上部印度却宗城之后，印度王玛哈拉扎的颂词中称为'格萨若'，译成藏语，其意为'莲花的花蕊'。"③ 第三类词义为"智慧"之义。实际上，格萨尔一词兼有多义，这三种词义在用法上常常互相混同。如洛珠加措指出："格萨尔是智慧新绽、智慧突增的意思。……花蕊的名字也叫格萨拉或格萨尔……另外，学者们对战场上的常胜者，无敌英雄也称格萨尔。"④ 徐国琼对不同身世的格萨尔进行了资料学的考证，无论是岭·格萨尔、祝姑·格萨尔、霍尔·格萨尔、昌·格萨尔，还是阿尼·格萨尔，其格萨尔之含义都有"英雄、军王、国王"之义。⑤ 在具体的史诗章节中，也可印证格萨尔的词义用法，如"如若不认识我这个人，我是天界派来一神子，我是中

---

① 毛继祖：《再谈"格萨尔"的词义》，《青海民族学院学报》1985 年第 3 期。
② 《格西曲扎大辞典》，民族出版社 1955 年版，第 122 页。
③ 昂欠多杰：《岭·格萨尔王传的传说》，《青海民族学院学报》1985 年第 1 期。
④ 洛珠加措：《格萨尔王是历史上的藏族英雄》，《西南民族学院学报》1984 年第 1 期。
⑤ 徐国琼：《徐国琼学术文选——〈格萨尔〉史诗求索》，云南人民出版社 2015 年版，第 183—197 页。

界念神之后裔,是顶宝龙王的外孙子。降生人世取名叫角如,天神给我取了两个名,一个叫作赡部洲圣人,一个叫作制敌格萨尔,雄狮大王是我自称名。"①可见,格萨尔这一象征符号与称王后的英雄进行了词义上的联结,从而变成了英雄的专用称谓。

那么,譬如格萨尔这样的语义象征是如何转化为具有现实意义的物质维度的,这需要深入到史诗发生的历史现场中考察。格萨尔的语义发生具有史的维度,其内涵的接洽和改造同样具有历史性。首先《格萨尔》流传的地域集中于游牧地带,根据俄国学者罗列赫的考察,《格萨尔》史诗"存在于青海湖的巴纳(或'黑帐篷')部落间,以及广大果洛与东部霍尔巴之中。……由遥远的西方到南方,史诗流传于广袤的游牧地区羌塘或称之为大藏北高原;也流传于锡金、不丹的游牧部落之间;并且遍布于西藏的西部(凯拉萨地区,鲁布苏,拉合尔,噶尔萨,斯比提,桑噶尔和拉达克)。在西部霍尔(在那曲之北,唐古拉山脉附近),史诗也十分流行于信仰苯教的霍尔部落之中。我亲眼得见一个头人收藏的一部十六卷缮写漂亮的《格萨尔王传》。在遥远的西方,史诗也流传于大湖地区的'江巴'(北人)之中,该地位于外喜马拉雅山的北麓(纳如、那仓与邦热地区)"②。高原牧区地带自然环境较为恶劣,自然资源不甚丰富,导致了部落时期的掠夺与战争成为正当的营生手段。恩格斯认为,掠夺战争或部落战争,成为一种"经常性的职业","各个小民族,为了占有最好的土地,也为了掠夺战利品,进行着不断的战争,以俘虏充作奴隶,已成为公认的制度"③。而格萨尔这种在部落战争中诞生的英雄形象,就成为部落的精神图腾与信仰标准。部落先民将物质资料的渴求寄托于格萨尔发动的各种战事之中,在后世的艺人传唱中多有体现,如《米努绸缎宗》是对布绸的渴求,《阿里黄金宗》《大食财宗》是对财富的渴求,《马拉雅药宗》是对药材的渴求……诸如此类不再一一列举。《格萨尔》史诗诞生的历史维度与现实维度使得史诗中洋

---

① 《格萨尔文库》第4册,上海古籍出版社2018年版,第625页。
② 罗列赫:《岭格萨尔史诗》,载赵秉理编:《格萨尔学集成》第一卷,甘肃民族出版社1990年版,第220页。
③ 〔德〕恩格斯:《家庭、私有制和国家的起源》,载《马克思恩格斯选集》第4卷,人民出版社1972年版,第160、100页。

溢着一种强烈的现实主义倾向，表现为对战争英雄的信仰和对物质的崇拜。可以说藏民族对格萨尔的信仰与崇拜，也是建立在对现实美好生活的遐想与追求之上，具有现实意义和物质色彩，这也使得格萨尔这一语义象征符号固定下来，具有了信仰价值和神性色彩。正如周爱明所指出的："格萨尔的这种语义上和哲学上的英雄象征，英雄认同，在藏族牧区的部落社会中，日渐孕育出一种格萨尔—英雄情结，这就是崇尚格萨尔的英雄行为，歌唱格萨尔的英雄事迹，并将自己的日常生活与格萨尔联结起来，让自己的周围充满格萨尔的'神迹'，从而使自己生活在一种'格萨尔—英雄'情境中。"[1]

对格萨尔的信仰不仅出自集体无意识的偶像崇拜，更重要的是宗教色彩的附魅，在史诗流传与演变的过程中，宗教以及僧人扮演了重要角色，如"伏藏"文本就是宁玛派僧人整理和传承下来的，具有浓厚的宗教色彩。从原始苯教到佛教再到苯佛融合的藏传佛教的信仰传承中，《格萨尔》史诗不可避免地成为宗教文化斗争与传播的载体和再现。而藏传佛教的普遍信仰和重要地位，使得《格萨尔》史诗中的某些象征系统不可避免地接受了宗教的影响与改造，格萨尔的形象也经历了一个宗教化的漫长过程。

在早期藏文文献的记载中，格萨尔只是地方的军王，不具备神化属性。在相传为松赞干布所著的《国王遗训》中是这样记载格萨尔王的："北方乃是格萨尔军王。强力射箭立靶在四方，同时射中四靶者为王。"[2] 这里的记载只突出了格萨尔的武力高强和技艺的高超。同样在《嘛尼宝训》中记载了格萨尔作为军王的形象："大唐皇帝的王子说：'吐蕃杀了我们的弟兄，削弱了我们的军队，所以是我们的敌人，公主不能嫁往吐蕃。格萨尔军王英武善战，国家如遇危险，可请他来援救。所以应把公主嫁给格萨尔军王。'……吐蕃使臣说：'我吐蕃最早来到此地求娶公主，所以公主应嫁往吐蕃。'霍尔使臣说：'如果不把公主许嫁我主格萨尔，我等将发大兵。'"[3] 而在另一部藏文文献《五部遗教》

---

[1] 周爱明：《非物质文化〈格萨尔〉的物质化》，《西南民族大学学报》2003年第6期。
[2] 译自《国王遗训》，拉萨木刻本第19页。转引自降边嘉措：《格萨尔论》，内蒙古大学出版社1999年版，第418页。
[3] 译自《嘛尼宝训》，拉萨木刻本。转引自降边嘉措：《格萨尔论》，内蒙古大学出版社1999年版，第419页。

中,格萨尔也以军王的形象出现:"在北方七星升起的天空之下,所谓仲地之内有格萨尔军王。"① 从这几部最早记载格萨尔的藏文文献中可知,格萨尔是一个英勇过人的人间英雄形象,此时尚未受到宗教色彩的熏染,格萨尔是一个仍可通过考证确定历史真实身份的将领或者军王。而在后期宗教的发展与壮大中,《格萨尔》史诗成为弘扬宗教思想的理想载体,格萨尔的身份一再被拔高、神化,在《莱隆·协白多吉全集》中,莱隆·协白多吉从宗教视点出发,将格萨尔认定为观世音的化身。在史诗原本的设定中,格萨尔是莲花生的化身,而在藏传佛教的解释下,藏区作为观世音的教化之地,莲花生大师自然被认定为观世音的化身。由此,格萨尔的形象完成了从人到神的迁跃。

在宗教的推力作用下,格萨尔从一个史诗英雄升华为佛教的护法神,其身份形象自然具有了宗教的象征意义。对于格萨尔的信仰不再是纯粹的英雄崇拜,而是附上了宗教式的虔诚。在佛教化的史诗文本中,格萨尔的言行举止都符合宗教的仪轨和象征体系,从而进入了藏传佛教的信仰系统。在佛教化逐渐加强的后世,格萨尔甚至脱离原有的部落英雄形象,变成一个佛教专有的象征符号,导致了格萨尔人物性格的单一化以及《格萨尔》史诗思想的宗教化,这也引起部分学者对于《格萨尔》史诗保护和发展的隐忧。② 总之,在提起格萨尔以及《格萨尔》史诗时,不能不考察其作为宗教象征的意义与价值。

宗教的附魅和英雄的崇拜使得《格萨尔》脱离了一般的史诗文本,上升到具有神力和信仰色彩的宗教象征物,史诗文本从而拥有了影响现实、交涉现实的物质力量。这种力量并非通过改造物理空间来实现,而是在心理空间施加力量,通过与信众的精神交涉从而最终影响现实。这种看似虚幻的只在心理领域存在的力量,我们可称之为"神力",而神力也成为《格萨尔》史诗丰富的象征系统中不可或缺的部分。可以说,《格萨尔》史诗的神圣性很大程度上是由这种在信众间确证的神力所塑造的,正是因为这种神力的加持,《格萨尔》史诗的文本及其说唱与听讲带上了神圣色彩,正如周爱明所认为的:"格萨尔的

---

① 译自《五部遗教》,藏文木刻本第 6 页。转引自降边嘉措:《格萨尔论》,内蒙古大学出版社 1999 年版,第 419 页。
② 参见诺布旺丹:《艺人、文本和语境:文化批评视野下的格萨尔史诗传统》,青海人民出版社 2013 年版,第 212—220 页。

语义和宗教象征，既为他赋予了英雄主义色彩，又给他披上了护法神—佛的袈裟，从而赋予讲述格萨尔故事的史诗《格萨尔》神圣意义，这就使得说、唱、听《格萨尔》也变成了一桩神圣的事情。"①

《格萨尔》作为神力象征的实现通过具体的宗教仪轨与信仰诠释来进行。首先，《格萨尔》史诗的文本及其附属载体具有了神力象征。徐国琼在实地调查中发现，在高原牧区，尤其是康巴地带，藏民家中总要保存一两部《格萨尔》史诗的手抄本，用以禳灾祈福。"藏族人民对史诗视如珍宝，有的把抄本密藏在夹墙里，永远保存，作为传家之宝，代代相传，以至家喻户晓。传说四川甘孜地区有一人存有三部抄本，别人用15头牦牛来与他交换他还不换。"②而作为《格萨尔》史诗附属载体——格萨尔唐卡，在牧民中也拥有同等的供奉地位。格萨尔唐卡本是说唱艺人为取得更好的说唱效果，增强艺术感染力，用直观的格萨尔人物画或故事画来辅助说唱的道具。由于图像的直观性和具象性，格萨尔唐卡或图画成为理想的信仰载体和供奉对象，具有了神力的象征，在牧区的藏族人家中常被用以供奉。白玛次仁在德格地区考察时就发现："关于格萨尔画像，在德格格萨尔被奉为战神。在这个地区十分崇拜格萨尔。几乎家家都有格萨尔的塑像和画像。"③而徐国琼在四川藏族聚居区也发现了供奉格萨尔画像现象很常见。"这种画像在康区及安多地区流传甚广，尤其在德格地区人们视其为神像，几乎每家都有供奉。"④其次，《格萨尔》史诗神力的象征通过说唱仪式和宗教仪轨来体现，前文所述，由于《格萨尔》史诗的神圣化，其相关的一切活动都附上了神圣色彩，最为典型的是《格萨尔》的说唱活动。《格萨尔》史诗的说唱具有一套繁杂和严谨的仪式要求，具体包括"煨桑请神"和"托帽说唱"以及一些因人而异的说唱禁忌。在这些动作性的仪式当中，《格萨尔》的神力象征体现得淋漓尽致。最后，《格萨尔》的神力象征还体现在说唱《格萨尔》所达到的具体愿望中，藏族民众对神力的崇拜和对格萨尔

---

① 周爱明：《非物质文化〈格萨尔〉的物质化》，《西南民族大学学报》2003年第6期。
② 徐国琼：《藏族史诗〈格萨尔王传〉》，载赵秉理编：《格萨尔学集成》第二卷，甘肃民族出版社1990年版，第682页。
③ 参见徐国琼：《〈格萨尔〉考察纪实》，云南人民出版社1993年版，第220—221页。
④ 徐国琼：《〈格萨尔〉考察纪实》，云南人民出版社1993年版，第220页。

信仰的虔诚就通过祈愿和呼唤体现出来。学者们发现:"随着《格萨尔》史诗的流传和演变,在传播较密集的草原上举行赛马大会就唱《赛马称王》,遇到喜庆日子或贵族、头人家生孩子,就请艺人说唱《天界篇》、《英雄诞生》。商人外出经商就说唱《大食财宗》、《汉地茶宗》、《雪山水晶宗》等……"[①] 从这种对特定愿望的追求中可以看出,《格萨尔》的神力象征在藏民族文化心理中的重要地位。

在《格萨尔》史诗中还反映了动物作为象征系统的存在,体现为原始先民的动物崇拜与动物神话。史诗是人类生产力初级阶段的产物,这时期人类与动物的依附关系更加紧密,加上动物具备人类不曾有的生物属性,结合原始时期人类诗性想象的延续,动物成为人化和神化的象征意象,人类对每一类动物都倾注了不同的价值观念,赋予了各异的象征含义,《格萨尔》史诗中出现的各种动物得以组成一个完整的象征体系,在这些动物象征中,可以揭示先民的生存状态和价值偏好。

《格萨尔》中出现的动物形象种类繁多,均具有不同的象征意味,体现了藏族先民不同的价值倾向,以下仅试举几例以供分析。首先是作为神话中的人类始祖——猿猴,在《英雄诞生》部的开篇,介绍了藏族的创生神话,人类是由一位猴子菩萨与一个女罗刹结合诞生的,而且此时的猴子具有了神性,是一位潜心修炼的菩萨形象,它一开始拒绝了女罗刹的求爱,说道:"我是猴子之身,臀部拖着尾巴,身上长着兽毛,脸上堆着皱纹,我不愿作你丈夫,供你情欲所用,最好你去找一个比我更好一些的男罗刹满足你的欲望好了;再则,我已在普陀山观世音菩萨之前受了出家人之戒律,一个人一生不能有两个身子呵。"[②] 最后在观音菩萨的指点下,猴子菩萨与女罗刹结合,生下了许多孩子,从而构成了藏民族的主体。这里的猴子形象消弭了动物的兽性特征代之以菩萨的神性,表明了神话编制者很早就认识到了猿猴与人类的种属关系的亲近。在《格萨尔》其他篇目中,猴子又以具有现实动物性的特征形象出现,《丹玛青稞宗》中的一只猴子"白色毛尖金光闪闪,圆形长尾左摆右动,双眼机敏东张西

---

① 丹增诺布:《〈格萨尔〉史诗的神圣性与演唱仪式》,《西藏艺术研究》2012 年第 3 期。
② 青海省民研会编译《英雄诞生》,果洛手抄本。

望，十分精通各种戏法：能在小小圈子之中钻来钻去，可在细细木桩之尖盘腿而坐。做人之不能做，戏人之不能所戏。夏日使大家忍俊不禁，秋夜令群众奇传不断。围观者不思饮食沉湎于热闹场面，赶路人放弃要事停下脚观看表演。惊奇谈论充满山沟，美妙猴戏难以尽述"①。这里的猴子被赋予了其他动物所不及的智慧和特征，何峰认为《格萨尔》中对猴戏的描述是人类和猴类祖源关系的曲折反映。②

除了猴子以外，雄狮也是《格萨尔》史诗中最为标志性的动物象征，格萨尔王的尊号就叫作"雄狮大王"。在藏语中，格萨尔的名字前冠有"桑钦"二字，意为雄狮，甚至有时格萨尔的本名会省略掉，直接称之为"桑钦嘉沃"（雄狮大王）。狮子是动物界的万兽之王，也在人类构建的象征界具有统领者至高无上的地位。狮子的勇猛强力以及睥睨四方的霸主气质，契合了人间统治者的精神象征需求，雄狮成为格萨尔王的专属象征符号。狮子也成为图腾崇拜的对象之一，如格萨尔出身的小支奔巴部落就是以狮子为图腾，格萨尔的寄魂动物也是雄狮。动物也常以守护神的形象出现，在格萨尔降生之际，九种畏尔玛战神皆是以动物形象出现的，如：

> 红色火神公老虎，它能摇身再变化，
> 变成雌虎威尔玛。还有五行木界的，
> 风神大鹏金翅鸟，它能摇身再变化，
> 变成白雕威尔玛。水界风神青玉龙，
> 复变金鱼威尔玛。金界风神大雄狮，
> 复变白狮威尔玛。能劈火海渡河水，
> 能防魔器伤身体。八种风神威尔玛，
> 请到神子身上来结集！能够盘绕的黄金蛇，
> 健壮的食神大青狼，飞行在先的白螺鹉，
> 三威尔玛能把剧毒防。白天放哨的白头鹰，

---

① 觉巴顿珠：《索洛·格萨尔文学语言辞典（藏文）》，民族出版社1996年版，第288—289页。
② 参见何峰：《从史诗〈格萨尔〉看藏族的动物观》，《青海民族学院学报》2002年第4期。

> 夜晚站岗的黄枭鸟，心智灵敏的白背熊，
> 智慧成明的白玉兔，除病威尔玛黑老雕，
> 还有魔绳也难捉的，风力威尔玛野驴等。
> 以上的九种威尔玛，是除昼夜晦气的神……①

以上示例表明，不仅狮子成为被圣化的神力象征，其他动物也进入了藏民族的象征空间，成为藏民族的价值情感的投射载体。

最后值得研究的是《格萨尔》史诗中的龙形象。龙的象征性意味更加浓厚，因为它形象的虚幻与不具体使得各民族多以想象来填充其细节。龙的生物性的特征已无从考证，只能在后人的诗性想象和神话象征中完善其形象，有学者所言："龙作为远古大型爬行动物及卵生动物留在人们意识深处的记忆，很大程度上已转化成神话性的了……"② 一方面，龙的生物性是模糊的，据相传由苯教祖师辛绕弥波口授的苯教经典《十三万龙经》记载："龙是生活在江、河、湖、海中的一种动物，它的同类有蛇、蛙、鱼、蟹、蝌蚪等。龙的形象比较奇特，其中有人身龙头、人身蛇头、人身狮头、人身熊头、人身虎头、人身鼠头、人身羊头、人身豹头、人身猪头、人身鹿头、人身孔雀头等各种类型。"③ 这里的龙形象是各种动物特征的组装与混合，龙的"真身"是模糊和不清晰的。而另一方面，龙在各民族文化想象中的真实性和重要地位却毋庸置疑，这与其形象的模糊性似乎相悖。但正是具体特征的不确定性给予了后人想象的空间，使得龙的形象在各民族文化均以不同的面相呈现。在《格萨尔》史诗文化圈中，龙大致以这样几种形象出现，首先是作为神灵、一方统治者的身份出现，史诗的世界观认为，世界分为三界，"上界是天神的住处，中界住的是念神，水下是龙族的家园。他们分别主宰着天、地、水三分世界"④。龙正是作为下界的统治者而存在。其次是作为英雄的婚配对象的形象出现，如嘉洛部落的头领顿巴坚赞就娶了嘉陵湖龙王的女儿为妻。最后，龙还作为善神和恶神的形

---

① 《格萨尔文库》第 2 册，上海古籍出版社 2018 年版，第 101 页。
② 孙林、保罗：《〈格萨尔〉中的三元象征观念解析》，《西藏大学学报》1996 年第 1 期。
③ 转引自何天慧：《〈格萨尔〉与藏族龙文化》，《西北民族学院学报》1997 年第 4 期。
④ 何天慧：《〈格萨尔〉与藏族龙文化》，《西北民族学院学报》1997 年第 4 期。

象出现，前者庇护格萨尔所带领的岭军的战斗，而后者则作为格萨尔的对立面恶魔而存在，如《降魔篇》中的鲁赞，就是一个以食人为生的龙魔。总之，龙的形象富于多变，在不同时期均有所变异，具有丰富的象征意味。

第四节　三元关系的象征

以上我们列举并详解了《格萨尔》史诗中常见的象征符号及其象征意味，语义、宗教、神力以及动物的象征分别在史诗象征系统中承担了不同的功能和意向，这四类常见的象征符号支撑起了《格萨尔》意象建构而成的大厦。而对此象征系统总体的观照和解读方面国内学者鲜有尝试，在1996年，孙林、保罗进入到《格萨尔》的象征体系之中，对其进行了总体的观照和把握，综合解析了《格萨尔》中的种种象征观念，提出了"三元象征模式"[1]，其对《格萨尔》象征系统的把握是纵深的和历史的，从对早期印欧民族三元观念的考察推导至藏族史诗之中，同时考虑了宗教的历史性影响，并且肯定了自身民族化的重要主体作用，最终将芜杂的象征意象和观念划分为三元结构，为学界呈现了一个用以归类和解析意象的三元象征结构。

所谓三元象征观念，孙林、保罗是这样解释的："这种象征手法所具备的象征主题是很固定的，它是通过种种不同的事物来象征人类社会通常所具有的三大社会功能，或者说是人类社会不可缺少的三种需要：权势（统治力量）、勇武（守卫力量）、财富（繁衍生育力量）。"[2] 权势，即对人类意识深层的权力追求、统治占有欲望的概括，也指一种既有的稳定秩序；勇武，是对保卫权势或获取财富行动的概括，偏向于指征动态性的行动或事件；而财富既指物质财富，也指精神财富，是一种对可追求的珍贵事物的隐喻。三元象征模式起源于人类社会发展中的深层的物质欲望和精神需求，在物质方面，"权势"的争取之中隐含着物质财富的渴求，"勇武"所代表的守卫力量也意味着对权势、财

---

[1] 孙林、保罗：《〈格萨尔〉中的三元象征观念解析》，《西藏大学学报》1996年第1期。笔者在这一部分的论述中，援引了孙林、保罗二位学者的部分观点和材料，特此说明并致谢忱！

[2] 孙林、保罗：《〈格萨尔〉中的三元象征观念解析》，《西藏大学学报》1996年第1期。

富的保障。三元模式在这里指向的"财富"更多的指向实体的财产和宝物。而在精神方面，权势、勇武以及财富三元均可指向虚拟化的意识层面，表现了一个民族或个体在精神上的冒险与奋进。

在史诗具体的章节文本中，三元模式所指的既有物质层面较明显的象征，也有意识层面较晦涩的隐喻，如贯穿史诗全文的格萨尔的征服行动，可以划归为象征意味较明显的三元模式中：格萨尔所代表的神界及岭国这一正义阵营象征了"权势"；格萨尔带领岭军进行的大大小小的战争象征了"勇武"；而格萨尔在战争胜利后取得的财富宝物，就归为"财富"一元。在不易觉察的三元象征模式中，德格林仓版《天界篇》中的神子降生就是一个很好的例子：神子闻喜[1]的出生由法界普贤如来用绿光金刚杵射入天子德却迦布心中，虚空界自在母将红色莲花射入天妃居摩德孜心中，天子和天妃因此现变为马头明王和金刚亥母，二者双身和合后生出闻喜。闻喜出生后，毗卢舍那大佛、不动佛、宝生佛、阿弥陀佛以及不空成就佛一一为之加持，使之"会具四方一切如来的身密加持力""获三摩地宝藏""会一切如来及福报加持力""掌管利生事业"。[2]在闻喜出生以及灌顶的仪式过程中，可以看出三元模式潜隐的影响，孙林等认为，毗卢舍那佛的白色八幅轮，是佛法之象征，意味着力量与永恒，它被注入闻喜的头颅之中，代表了闻喜获取了"权势"，掌握了对人间的统治权；不动佛与宝生佛的金刚钻与火炎宝珠，可以变化出各种需要之物，可为闻喜带来财富；阿弥陀佛与不空成就佛的黄色五股金刚杵与十字金刚架是佛教中的进攻性法器，赋予了闻喜保卫财富和权势的勇武之力。[3]这里的三元象征模式是隐于具体物象的阐释之中，需要一定的宗教文化知识才能窥见其隐含的象征意味。

循着以上两种或明晰或隐晦的分类思路，我们可以发现三元象征结构在史诗的象征系统中比比皆是，按被象征对象的类别属性的差异，可大致分为以下几类。首先是人物三元结构，《格萨尔》史诗人物的塑造深刻践行了三元结构模式，通过不同类别人物的形构体现出对宇宙间三元秩序的认同。三元象征秩

---

[1] 德格林仓版《天界篇》中格萨尔在天界时的名字。
[2] 《格萨尔王传·天界篇》，刘立千译，西藏人民出版社1986年版。
[3] 参见孙林、保罗：《〈格萨尔〉中的三元象征观念解析》，《西藏大学学报》1996年第1期。

序从何而来？孙林等认为崇尚三元秩序的苯教文化是其起源①，之后又被藏传佛教所挪用，最终这一观念模式的偏好成为史诗创作的参考模式。从历史上看，印欧等地的先民也有着类似的三元结构，但并非是与藏民族相互之间的借鉴和挪用，而是各民族成长阶段中对同一文化现象的发现与认可。可以说，三元象征结构已然成为普遍存在于各民族文化心理中的、作为集体无意识的表征组合和象征模型。关于人物的三元象征结构往往隐含着创作者的道德价值判断，作为主人公的格萨尔一方的人物体系与反面角色人物体系的三元象征结构迥然相异。在格萨尔一方，格萨尔本人及其神界的神佛是"权势"一方的代表，格萨尔麾下的岭国三十英雄就是作为"勇武"象征的护卫者而存在，而四方魔王则成为被征讨的对象和被掠取的财富。在这一正面的三元象征体系中，隐含着三元归一的循环模式，即作为权势一方的格萨尔与其作为勇力象征的岭国英雄，必然打败作为财富象征的魔王，最终这三元汇于格萨尔这一最高象征之中。因此在这一正面模式或孙林所说的"主流模式"中，故事的走向是可以预见的，"这种主流模式及其衍变模式在史诗中可以被当作预言来看待，它们以不同的方式出现，已暗示了故事的趋势与结果。"②而这一结果是史诗创造者的价值判断所促成的。此外，作为反面人物的三元象征结构是"衍变模式性的，或者插入一些不合主流的功能规范来显示敌人的力量以及必然失败的命运"③。

其次是典型物象的三元结构。如在前文所述的在德格林仓版《天界篇》中，神子降生时接受的佛法灌顶和法力加持中，其三元象征模式的载体就是各宗教法器。承载三元象征模式的物象必须是民族文化中常见的、具有固定的象征意味的典型物象，如史诗中常用须弥山象征地位和权力，用"无边海"象征无际的财富，用红绫绢象征吉祥与安全。如单部本《赛马称王》中，神医贡嘎尼玛为觉如诊脉，惊奇地发现："这小伶仃父脉如同须弥山一派做大首领的气势，母脉好似无边海，一派做大财东的气象，风脉就如红绫绢，一派无往而不利的劲头儿，他血脉、精脉和中脉，法身、报身、化身在其中……"④在这里，

---

① 参见孙林：《藏族苯教神话的象征思维及其固有模式概述》，《西北民族学院学报》1993年第2期。
② 孙林、保罗：《〈格萨尔〉中的三元象征观念解析》，《西藏大学学报》1996年第1期。
③ 孙林、保罗：《〈格萨尔〉中的三元象征观念解析》，《西藏大学学报》1996年第1期。
④ 黄文焕编译：《格萨尔王与嫔妃》，西藏人民出版社1988年版，第92页。

须弥山与无边海是权势与勇武的象征，而红绫绢如同藏文化中的哈达一样，表示吉祥与安全，成为建立在权势与勇武力量之上的守护财富象征。与之类似，在《格萨尔》史诗中，三元象征各自所代表的典型物象经常以现实中具有一定辨识度和影响力的物质形象出现，如权势所代表的统治力量常以"中心宝帐、宝座、摩尼珠、中心城堡、佛像、喇嘛、雪山狮子等事物象征；勇武及守卫力量用兵器、经典、头盔、边缘城堡、护身结、勇士、鹰、虎等事物象征；财富则多以宝瓶、黄金筒、奇珍异宝、宝箱、如意轮、地下青龙、嫔妃、牦牛、金眼鱼等事物象征"①。典型物象所涉及的象征对象众多，这里仅举《格萨尔》史诗较为典型的建筑物象用以说明。《格萨尔》中有一段关于格萨尔王宫的描述：

> 这里地处瞻部洲北方，藏土十八福运地中心，
> 玛康大山跟前幸福土，快乐好像是在天国中。
> 王宫城廓宏伟又高大，僧珠达孜宫是它名字。
> 三尖城堡上方有金顶，看去好像大鹏展双翅。
> 金顶上方金瓦铺三层，好像日月宝珠作顶饰，
> 尤芒闪闪驱除四方暗。桯柳女墙上面雍仲图，
> 十五黄金胜幢作装饰，好像苍龙头上彩明珠，
> 伴有风声雷鸣传耳里。城堡顶端直插蓝天上，
> 似有神童散下鲜花雨。王宫上部白螺建造成，
> 松石巴扎装饰窗户孔，就像雪狮欲把鬃毛夸，
> 里外洁白如月放光明。其中三宝神殿供养物，
> 加持力像云团罩上空。等同现喜佛土具威德，
> 成就之雨哗哗时降临。王宫中层是用黄金造，
> 黄金巴扎装饰窗户孔。就像猛虎毛纹已丰满，
> 光彩闪耀如虹升天空。内装福命宝珠伏藏运，
> 财宝绸缎盔甲兵器等，如同北方财神宝库房，
> 能把如意宝树穗诞生。王宫下层四方玉石筑，

---

① 孙林、保罗：《〈格萨尔〉中的三元象征观念解析》，《西藏大学学报》1996年第1期。

> 铁梨硬木做成四大门。就像须弥山王南边天，
> 莹莹湛蓝似海光自闪。世界各地五谷精华运，
> 无穷无尽食物受用品，如同无热湖水滚波涛，
> 浩浩荡荡福运无止境。宫基直达无热龙宫殿，
> 处处都有龙童游乐园。三道城廓内里庭院中……①

我们可以从以上这段对格萨尔王宫的描写中发现，格萨尔的王宫也被划为三元结构，藏民族将秩序归类的无意识渴望以建筑形态加以固定，进而生成了建筑的三元象征模式。其中，王宫的结构形态是三元合一的，是三层结构、供养了"三宝神殿"的"三尖城堡"。王宫的上层由白螺所建，由松石巴扎所饰，体现了王宫主人的尊贵与威严，唱段中将王宫上层的样式比作雪狮，而雪狮是格萨尔王的专属象征，因此，王宫上层成为统治中心，象征了权势与地位；王宫的中层由黄金所饰，喻作猛虎，内藏的"财宝绸缎盔甲兵器"成为勇武与守卫力量的象征；而王宫的下层由玉石所筑，内有世界各地的五谷精华、无穷无尽的食物以及受用品，明显可以看出这是财富的象征。

最后值得一提的是《格萨尔》史诗中的动物三元象征结构。前文所述，《格萨尔》史诗具有极为丰富的动物象征体系②，而这动物象征体系也有着三元分化的象征结构，如：典型动物形象雄狮，象征了格萨尔王的本体及其权势；青龙在藏族文化中象征了财富；而猛虎是作为格萨尔部将的象征形象出现的，代表了勇力。因此，青龙、猛虎以及雄狮三种动物意象组成了完整的三元象征体系。除此之外在三元象征观念下的种种现象在史诗《格萨尔》中多有呈现，本节限于篇幅仅举以上几例，希望能引起学者对《格萨尔》中丰富的象征体系总体特征的观照和思考。

《格萨尔》是一部内容宏富、卷帙浩繁的巨著，其间蕴含的象征意象远不止这些。笔者拨冗举隅这些象征意象，以期勾勒一个象征系统，为史诗的多层面、多视角研究提供一种可资借鉴的视域，也同时为发掘史诗的潜在价值提供可能。

---

① 《格萨尔文库》第 5 册，上海古籍出版社 2018 年版，第 200—201 页。
② 详见本章第三节"语义、宗教、神力、动物的象征"。

第六章 《格萨尔》史诗的仪式性

《格萨尔》史诗是一部描述居住在雪域高原的远古部落藏族先民生活的百科全书。《格萨尔》史诗展现了一个复杂而神秘的世界，任何人进入这个世界都会依据自己的理解得到不同的阐释结果，但又都不能宣布自己的阐释是一种最终的结论。近年来学者们运用历史、宗教、哲学、心理学、人类学、文化、艺术等学科方法来进行探讨，愈加深入地揭示出《格萨尔》史诗的深层意蕴，从中发现"宇宙的永恒憧憬"，窥视到"家园的梦魇"和从"人类遗留的原始蛮性"中发现史诗的"原始崇拜"。笔者每一次捧读史诗，都受到心灵的感动和精神的启发。笔者认为，近年来学界的研究还停留在史学和宗教学的层面，这些研究似乎只是把史诗当作一种历史遗存来阐释，而在不同程度上轻视或忽视了史诗首先是一种文学文本，或者说没有开宗明义地来揭示出史诗在本体意义上的文学性，即史诗的文学人类学特质。学界对《格萨尔》史诗的研究，还有待于进一步的深入开掘，以全面彰显《格萨尔》史诗的文化人类学价值。本章试图运用神话—原型的批评方法来探讨《格萨尔》史诗的仪式性及其内在关系。

第一节 仪式：从世俗上升到宗教

英国著名女学者哈里森（Jane Ellen Harrison）在其《古代艺术与仪式》中，考察了盛行原始希腊的各种春季仪式（spring rites），并根据希腊剧作家埃斯库罗斯、索福克勒斯、欧里庇得斯以及哲学家柏拉图、亚里士多德提供的线索，作了一个意义深远的结论：希腊悲剧是从一种春季仪式——酒神仪式移位而来的。①

仪式活动是人类生活的重要内容。我国台湾著名人类学家李亦园先生将人类的行为分成三个范畴：一是实用行为（practical behavior），指为了达到某种现实目的而采取的应用行为，如为了解渴而举杯喝水；二是沟通行为（communication behavior），指没有实用目的的示意性行为，如举一下茶杯示意客人该离开了（所谓端茶送客）；三是巫术行为（magic behavior）或崇奉行为（worship behavior），如向神像举杯表示敬意。李亦园先生认为，在这三种行为中，后两种都属于"仪式行为"。②因此，仪式是人与人之间（沟通行为）、人与"神"（自然）之间（崇奉行为）相互沟通的重要手段。而在所有的仪式行为中，祭祀仪式最具有普遍性和影响力，在古代就有"国之大事，在祀与戎"③"礼有五经，莫重于祭"④的说法，直到今天，各种不同的祭祀仪式还在被人们广泛地使用着。《格萨尔》史诗是一部充满浓郁的宗教神话色彩的作品，史诗中有大量的祭祀仪式活动描写，作者（说唱艺人）有时还将其当作重要的艺术手法借以表达自己的见解，这就为我们通过这一文化行为来透视史诗的价值提供了巨大的可能性。

英国学者詹姆斯·乔治·弗雷泽的《金枝》系统研究了传说、神话中的巫术、宗教、禁忌等，他对巫术的仪式性研究开启了文学作品研究仪式的先河，这也成为《格萨尔》史诗仪式性研究可资借鉴的理论之一。弗雷泽区分了巫术思想中的两个原则：第一是同类相生或果必同因；第二是物体一经互相接触，在中断实体接触后还会继续远距离地互相作用。前者可称之为相似律，后者可称作接触律或触染律。⑤从本质上看，巫术是人类原始思维的体现，是一种伪科学，一种没有任何实际效果的技艺。在这种区分的原则上，弗雷泽将巫术分为顺势巫术和接触巫术，前者是根据相似律建立的，即事件发生遵循着同

---

① 〔英〕哈里森：《古代艺术与仪式》，刘宗迪译，生活·读书·新知三联书店2008年版。
② 李亦园：《人类的视野》，上海文艺出版社1996年版，第178—179页。
③ 《十三经注疏》，中华书局1980年版，第1911页。
④ 《十三经注疏》，中华书局1980年版，第1602页。
⑤ 参见〔英〕弗雷泽：《金枝》，李兰兰译，煤炭工业出版社2016年版，第14页。

类相生或果必同因的原则；后者是根据接触律建立的，即物体或生命遵循着互相接触（分为直接接触和间接接触）的原则。更进一步，弗雷泽从理论和应用两个维度将巫术分为两类：理论巫术和应用巫术。理论巫术作为一种伪科学，而应用巫术是一种伪技能。作为伪技能的应用巫术又可以分为"积极巫术"和"消极巫术及禁忌"两类。① 弗雷泽这本著作所讨论的是巫术和宗教之间的关系。首先，巫术和宗教之间的分野并不是泾渭分明的，而是形成了彼此渗透的关系。其次，巫术是一种原始思维，表现了人类开始征服自然的决心，一旦他们遇到了超出自身能力和认知水平的力量，就会用伪科学的巫术对其进行征服。而宗教是一种比较系统的思维关系和思维体系，与信仰、仪轨、救赎等相关。

哈里森在《古代艺术与仪式》中指出："艺术作为它动力和主泉的，不是那种想复制自然的愿望，也不是想改进自然的愿望——黑柯尔印第安人把精力花在这样无结果的努力上，并非无的放矢——而是一种艺术与仪式同享的冲动，是想通过再现，通过创造或丰富所希望的实物或行动来说出、表现出强烈的内心感情或愿望。"② 艺术与仪式在本质上都是人类情感的表达，两者有着共同的情感来源和情感要素。艺术和仪式在一开始就无法得到清晰的区分，有些仪式天然就带有艺术的雏形，有些艺术则脱胎于仪式。仪式不仅仅在文学作品中表征得十分充分，而且，在日常生活中，仪式也是随处可见。譬如，婚丧嫁娶完成的过程就是一种仪式；在《格萨尔》史诗中，格萨尔王出征前，会煨桑、祭祀战神，这些充满巫术色彩的仪式寄托着部落成员渴望胜利、满载而归的愿望。

程金城在其专著《原型批判与重释》中，在第七章"原型批评的理论与实践"中专辟一节来论述仪式与原型批评的关系，综述了不同学者对文学作品中仪式的研究。在此基础上，程金城先生指出："在这些有关仪式与文艺规律的理论中，已经暗含着一个与原型理论相关的观点，就是通过对艺术现象的考察分析，揭示它的背后所潜藏的人类情感的深层模式，揭示艺术史历时性变化中的共时性特质。"③ 无论是仪式，还是巫术，抑或宗教，都是人类共通情感表达

---

① 参见〔英〕弗雷泽：《金枝》，李兰兰译，煤炭工业出版社2016年版，第23页。
② 转引自叶舒宪选编：《神话—原型批评》，陕西师范大学出版社1987年版，第79页。
③ 程金城：《原型批判与重释》，甘肃人民美术出版社2008年版，第95页。

的载体,其深层都包含着人类的情感。高宁曾指出:"巫术乃是属于一种对超自然力的信仰,并凭借它的力量来控制周围世界的一种原始文化活动。它作为一种文化现象,在世界各地的各民族中普遍存在,而且延续至今。"[1] 虽然在不同的历史时期、不同的国家、不同的地域文化中,巫术活动的形式、内涵以及作用方式都不尽相同,但是巫术表征了人类原始思维的具象化和抽象化,是人类对自然认知的表达方式之一。在《格萨尔》这部伟大的藏民族史诗中,不仅有着丰富的巫术元素,而且这种巫术发挥着仪式性的作用。作为仪式的巫术经历了从世俗性、民间性、原始性向宗教性、集体性演变的过程。

第二节 《格萨尔》中的巫术文化

《格萨尔》史诗中的巫术文化丰富多彩,史诗呈现出亦真亦幻的文化景观。《格萨尔》巫术文化根植于藏族神秘的苯教,加之史诗流布地区的民俗等熔铸进史诗之中,史诗浓郁的巫术文化气息扑面而来。《格萨尔》巫术文化可分为两种:一种是史诗文本中的巫术文化,另一种是史诗演述艺人所携带的巫术文化印迹。从文本的内部来看,史诗巫术文化又可以分为不同类型,比如梦的寄托和神授等蕴含的巫术文化,还有各式各样的占卜所反映的巫术文化等,从《格萨尔》演述艺人的装扮、所使用的道具到演述之前的祷告仪式等,无一不与藏文化地区的巫术文化有关。《格萨尔》中的巫术文化与灵魂观念相联系,是藏族先民对未知世界的认知和解释,在现代科学看来,这种解释未必完全正确,然而,这是藏族先民诗性智慧和隐喻思维的生动体现。因此,解读史诗中许许多多的巫术活动,解构其巫术文化的内涵是《格萨尔》原型研究必不可少的一部分。

巫术是艺术的雏形,也是孕育艺术的母体,巫术与艺术的关系折射出原始宗教活动与艺术的关系。就《格萨尔》史诗来说,藏族的原始宗教苯教离不开

---

[1] 高宁:《浅析〈格萨尔〉史诗中的巫术文化》,《西北民族学院学报(哲学社会科学版)》2000年第3期。

巫术活动，而史诗中的巫术活动又是对苯教教义、仪轨的反映和折射。巫术本质上是藏族先民的直观经验和生活感知，是他们调用自身的想象对世界的观察和解释。《格萨尔》史诗文本中巫术类型丰富多样，有幻变类型、有占卜类型、有梦境类型等。有学者指出："关于梦、占卜、巫术的描写，不但加强了史诗的艺术表现手段，增强了时代氛围、神秘色彩和艺术魅力，同时也有很高的学术价值和认识价值，为我们了解藏族先民的思维方式、信仰心理和巫术活动，提供了珍贵的形象化的思想资料。"[1]《格萨尔》中大量关于梦的描写都是藏族原始巫术文化的生动再现，是史诗与巫术文化的交融。藏族《格萨尔》前三部《天岭卜巫九藏》中的第二章"总管召集岭部说梦境，弥钦解梦预言降圣人"就是讲述格萨尔诞生之前戎擦查根总管王的梦，而梦是史诗中巫术的体现。戎擦查根是岭地三十名英雄、三十名头目和三十名有权势者的总管王。他做了一个奇特的梦："梦见东方玛杰奔热山顶上，升起一轮金色的太阳，阳光照亮了整个藏区。梦见在太阳的正中间出现一柄金色的金刚杵，降落到岭地中部的吉杰达日神山上，藏地的山神都到达隆滩上集会。梦见门朗山头升起银色的月亮，在金山上还有群星闪烁着光芒。梦见格卓山上有彩虹相连，玛旁湖上光芒四射。又梦见他的弟弟僧伦王手中拿着一把宝伞，白绸子做顶，绿绸子镶边，黄绸子做流苏，黄金做伞柄。西达大食的邦霍山，东至汉地的瞻亭山，南到天竺的麻麻格，北抵霍尔的雍赤湾，都被覆盖在这把大伞下面。还梦见西南方的天空中飞起一片云彩，云头上有位头戴莲花冠的喇嘛，骑着一头白狮子，右手拿着金刚杵、左手握着天杖，由一位身穿红衣衫、头戴骨饰的女子引路，来到他的面前，二人同声说道：'总管王别睡快起身！天已黎明东方亮，太阳已照普陀山。若想阳光照岭地，庸人贪睡没好处。我有话说请你听！'"[2] 从戎擦查根的梦中可以看出，格萨尔的诞生有着明显的巫术文化印迹，他的出生充满奇特想象。格萨尔是一位亦人亦神的英雄形象，其诞生的过程必然是巫术文化作用的产物。在《格萨尔》史诗中，戎擦查根的梦一方面起到预示的作用，另一方面发挥着引领全文的作用，也就

---

[1] 降边嘉措：《格萨尔论》，内蒙古大学出版社1999年版，第237页。
[2] 《格萨尔文库》第1册，上海古籍出版社2018年版，第121页。

是说，这个梦有着重要的结构意义。史诗通过戎擦查根的梦将天界与人间联结起来，这预示着格萨尔的出场，也为他降服四魔、南征北战、造福百姓奠定了情节基础。从原型批评的理论视角出发才能揭示戎擦查根梦境中的巫术文化含义，类似戎擦查根的梦在《格萨尔》史诗中频频出现，无论是做梦还是释梦，都带有原始巫术文化的特征。史诗中英雄人物做的梦不只是个人的精神活动，更具有神授的意味，梦成为推动史诗发展的情节和仪式，梦不是史诗创作者天马行空的虚构，而是经过历史性地沉积，反映出史诗诞生年代藏族先民的思维方式和信仰归宿等。奥地利心理学家西格蒙德·弗洛伊德指出："亚里士多德以前的古人并不将梦看作是心灵做梦的产物，而认为梦源于神灵的启示。这两种截然相反的思潮，那时候就已经形成，并且影响着历史上的每个阶段对梦生活的看法。人们将真实的、有价值的梦与虚荣的、欺人的及无价值的梦区分开来。前者给做梦者带来警示或预知未来；后者则使做梦者误入歧途或者将做梦者引向毁灭。"① 《格萨尔》史诗中类似戎擦查根的梦就是"源于神灵的启示"，戎擦查根做的梦就是一种预知和启示，它预示着格萨尔的诞生，也成为格萨尔一生事业的开端。

除了对梦境进行还原，对梦进行复述也是其巫术文化发挥内涵的重要方式，在史诗中，戎擦查根总管王亲自向部落民众讲述梦的具体内容：

> 在这光明梦境中，有位喇嘛骑雄狮，
> 头上戴着莲花冠，手执天杖金刚杵。
> 空行红女走在前，佩戴骨饰作装饰，
> 手持钺刀天灵盖，同来对我做授记：
> "孟夏四月初八日，黎明梦兆很吉利。
> 自初八到十五日，召集白岭六部落，
> 前去玛域拉康滩，供神招福做烟祭。
> 青年唱歌跳舞蹈，热烈庆祝酬神喜。"
> 这样匆匆叮咛后，消失西南天空去。

---

① 〔奥〕西格蒙德·弗洛伊德：《梦的解析》，闵捷译，四川人民出版社2018年版，第2页。

>   梦兆是否有准信？若有还应再求祈！[①]

《格萨尔》中戎擦查根总管王的梦起到了连接上下文的作用。史诗充满了活态的民间文化和浓厚的巫术文化色彩，其形成经历了漫长的过程，这和其他文学作品的创作不尽相同，一般的文学作品由一人或几人创作而成，而《格萨尔》则是由藏族人民共同创作的民族史诗，这也就决定了其结构的庞杂性。为了使得史诗的结构浑然一体，史诗的演述人和文本创作者利用藏族民众喜闻乐见的巫术活动（即梦）贯通史诗前后。史诗中关于梦的情节不胜枚举，这些梦都指向了原始巫术文化的内涵和特征，因此将梦作为藏族先民精神世界的表征来研究具有十分重要的学术价值。

占卜是《格萨尔》史诗巫术文化的另一种表现形式。史诗中与"格萨尔"的名字相关的占卜方式有很多种，比如"格萨尔六鸟卦""格萨尔抛石绳卦""格萨尔镜卦""格萨尔骰卦""格萨尔箭卦"，其中"格萨尔箭卦"是出现次数最多、流传最广的占卜方式之一。《格萨尔》史诗对这类占卜的形式进行了详尽的描写，占卜不仅对史诗情节发展、结构安排发挥着作用，而且是藏族先民对未知的探寻方式，有着天然的、原始的巫术文化印迹。《格萨尔》里关于占卜的描写同有关文献记载的内容十分相似。实际上，史诗中格萨尔运用占卜的方式来预测部落战争之间的胜负，这种行为与部落的狩猎、司祭、征战等相关联。占卜通过占卜师或者亦神亦人的格萨尔以"通灵"的方式进行，他们是神灵的代表，可以解读神灵的意志，完成神灵的昭告。细读《格萨尔》就会发现，史诗中无论采取哪一种占卜方式，其基本的作用和目的都是相同的，即预测吉凶祸福，并决定自己的行动和对策。占卜活动的一个重要特点是观察事物前期现象并从中找出某种规律性的东西，尽可能准确地掌握事物发展的趋势，以便趋利避害，争取成功，这其中蕴藏着巫术文化的影响。史诗描写了莲花生大师以占卜的形式预测格萨尔王的生母龙女该在何处诞生。莲花生大师占卜以后，看看卦象的缘起，决定龙女该到哪里去。《格萨尔》详细描述了莲花生大师占卜的过程，他把自己的帽子取下，抛向天空。

[①] 《格萨尔文库》第 1 册，上海古籍出版社 2018 年版，第 132 页。

那帽子带着彩虹的光团,径直降落到了果部落嘉洛顿巴坚赞的帐篷顶上。嘉洛顿巴坚赞见了,认为可能是一件吉祥物,把它捡回去供奉起来。莲花生凭借神通,知道他的僧帽落在了嘉洛顿巴坚赞家中,随后便向嘉洛顿巴坚赞的帐房走来。史诗详细地描述了藏族先民对占卜术的理解,他们以己观物,以巫术的方式连通天地神人四方。《格萨尔》史诗中的占卜活动有着不可忽略的社会功能:其一,占卜是对部落的兴盛衰落等重大问题做出预判;其二,占卜起到了让部落成员凝气聚力的作用,当部落面临决策分歧和外来侵袭的时候,部落的统领以占卜的方式号召成员共同抵御外敌;其三,当部落成员心存异想、意志动摇的时候,统领以占卜的方式宣布"天意",有统一意志、坚定信念的作用,即使遇到挫折、遭受祸殃,也能使社会成员有精神准备,能够承受,消除忧虑、恐惧、不安和不满情绪,有利于保持社会的稳定。《格萨尔》以大量的实例反映出了藏族先民的观念,即凡是要成功地达到某个目的,做出某个事情,就要遵从神灵的意愿,而神灵意愿则是通过占卜等巫术活动来传递的,如果不遵照神灵的意志,战争就会失败,这是早期人们对社会规律和自然现象认识不足导致的。

  《格萨尔》中关于巫术文化、巫术活动、巫师等的描写丰富多样。占卜术和巫术活动在藏族社会难以绝对性地区分开来,史诗中的格萨尔王既掌握着大量的占卜术,也精通各种巫术。占卜和巫术在很大程度上是类似的,但是其功能又不尽相同,两者之间的区别在于:占卜通过观察事物发展的规律、寻找事情成败的根源,而巫术建立在占卜的基础上,不仅寻找现象的规律还寻求解决的办法,以此禳灾祈福,通过巫术活动干预事件的发展。在《格萨尔》史诗中,占卜依赖占卜者个人的智慧和经验,巫术则有很强的可操作性,有一套运作程式。占卜通常是个体活动,而巫术则是群体活动,要念咒、施法术,靠一两个人是不行的,要很多人参加,才能形成气势,由此产生了最初的巫术音乐和巫术舞蹈。巫师边说边唱边舞蹈的形式,使我们感到其与《格萨尔》艺人的说唱形式也有某种渊源关系。因此,巫术活动与藏族先民的宗教信仰、文化艺术的发展,以及史诗《格萨尔》本身的流传有着密切联系。

  具体而言,在《格萨尔》史诗中有不同的巫术类型,史诗中的巫术活动大多与战争相关,这也与史诗的主题契合,即格萨尔王征战一生、造福藏族百姓、弘扬佛教文化的主题。从巫术的用途和实现方式看，攻击巫术、变幻巫术、隐身术、搬运术是史诗中最常见的巫术。史诗描写格萨尔赛马称王、降服四魔时，他使用攻击巫术进攻，与之相对的敌方则使用防守巫术。在史诗的开端，格萨尔的叔叔超同预感到格萨尔会降生到岭国，并且统治岭国，所以超同便想借象雄巫师贡巴惹杂的法力谋害格萨尔。贡巴惹杂自恃法术高强，又有八部魔神相助，能勾夺他人魂魄，在接受厚礼后，欣然答应。可他的法术在格萨尔面前，一点也不灵验。格萨尔王以高超的巫术打败了贡巴惹杂，这也是格萨尔诞生后，第一次以巫术对巫术，与危害百姓、无恶不作，企图谋害自己的巫师进行较量，最后取得胜利，也保护了老百姓。① 史诗中也有诸多变幻巫术，在战争对峙时，为了击败对方而变幻出多种不一样的样貌，迷惑对方。《格萨尔》部本中，《米努绸缎宗》就是一部典型的变幻巫术较量的故事。《米努绸缎宗》里讲了格萨尔与米努国的巫师斗法术的故事。岭军进攻米努国，但米努国力量强大，加上他们的巫师具有非凡的法术，一时攻打不下。可以说，在征服米努国的过程中，巫术发挥了十分重要的作用，格萨尔与巫师的较量全然以巫术的形式展开，两者巫术水平的高低决定了战争的胜负。仔细考察《格萨尔》中的变幻巫术的类型，有自然的拟人化变幻，有人的拟物化变幻，也有人自身的变幻等。第一种变幻，即自然的拟人化变幻是自然界中的物变幻为人的现象，比如格萨尔王征服霍尔王的过程中，霍尔王的黑老鸹变幻为使者的身份打探情报。它有着动物的形体，但是其思想和行为方式却完全是人格化的，这种亦人亦物存在则是通过变幻巫术得以实现的。第二种类型的变幻是人的拟物，即人变幻为动物或者自然界的物体，这种类型的变幻主要体现在战争中。第三种类型的变幻是人自身的变幻，比如格萨尔为了试探珠牡对他是否真心相爱，第一次变成一个面目可憎的强盗，第二次变成了印度王子，是一个翩翩美少年。此外，《格萨尔》史诗中也有大量关于隐身术、搬运术的描写，这都从各个方面证明了巫术文化在藏族地区的广泛流布和盛行。

---

① 甘肃省《格萨尔》工作领导小组办公室、西北民族学院《格萨尔》研究所编纂：《格萨尔文库》第一卷第一册，甘肃民族出版社 1996 年版，第 110 页。

第三节 《格萨尔》史诗巫术文化内涵

上一节讨论了《格萨尔》史诗中巫术活动的类型，要清楚地把握史诗的巫术文化内涵，还要深入史诗发生的历史背景、文化环境和时代情景中，探析史诗巫术文化的含义。巫术与巫师产生在原始氏族社会，是原始宗教的重要组成部分。当时的人们秉持着万物有灵的观念，他们幻想自然界与人、神之间存在着某种奇妙的关联，幻想着可以通过神灵的力量为自己达到某种目的，在他们看来，自然界和人受到神灵意志的支配和影响。巫师是人类社会早期人与神灵交流的中介，他们一方面代表着人的意志，另一方面又代表着神灵的意志，可以说，他们是神灵的代言人。《格萨尔》中的巫术活动以及演述史诗的艺人都明显受到巫术文化的影响，《格萨尔》神授类说唱艺人在说唱时表现出巫术性的行为，他们似乎也是巫师的化身，在替神灵言说。《格萨尔》史诗中的巫术与流布在藏族地区的苯教和佛教等宗教之间有着密切的关系，巫术活动表现出宗教文化的特点，显而易见，巫术观念也被认为是代表着宗教进化中的一个阶段。《格萨尔》巫术文化受到苯教和佛教的双重影响，但其巫术活动更多的是苯教在史诗中的投射。史诗中巫术文化不是史诗创作者和艺人凭空想象而成的，而是一定历史时期苯教和佛教意识在史诗中的再现和反映。《格萨尔》巫术文化与苯教文化和佛教文化相互融合、彼此渗透，进而形成互动的活态文化样态。

一、巫术与宗教文化的融通

《格萨尔》史诗塑造了一位能征善战、本领超强的英雄格萨尔形象，史诗寄托了藏族人民对美好生活的期望。《格萨尔》是巫术文化与苯教文化以及佛教文化长期斗争和交融的产物，受到历史故事、历史文化的影响，也具有传说、神话的色彩。史诗反映了部落之间的战争与交流，生动地塑造了格萨尔王等一大批英雄形象。巫术文化根源于藏族先民的图腾崇拜、自然崇拜、英雄崇拜和神灵崇拜，在原始宗教的影响下，史诗逐渐成为弘扬宗教仪轨和思想的载体。藏族人民在格萨尔身上寄托了民族的精神和期望。史诗中，格萨尔被冠以神佛之子、菩萨化身、无敌于天下的雄狮大王的称号，既把他塑造成具有很强法力，集帝王与巫师为一身，又使他成为一个具有解民于苦海的佛教圣人的形象。格萨尔身上集中体现了巫术文化与苯教文化、佛教文化的融合，格萨尔王本身会多种巫术，而巫术也是他战胜敌人的有力法宝，他变化多端，能够使用巫术击败敌人。在这个层面上说，格萨尔是一个"巫师"，这是苯教对史诗最直接的影响，也是格萨尔王得到藏族人民广泛喜爱的原因之一。更多的时候，格萨尔隐匿自己的巫术本性，反而在张扬佛教文化，他每次击败敌人以后，都要在当地弘扬佛法，使得当地人民成为佛教的信徒。史诗中格萨尔自始至终显露出他与佛教的密宗有千丝万缕的联系。他身上流着佛祖的血，在天界是白梵天王的亲生子。在人间，格萨尔是密教徒，每当他组织一场大的战争之前，都要先闭关修密宗。他也经常向苯教的战神、家神等求助。可是在关键时刻，他靠的还是佛神的护佑。密宗始祖莲花生在史诗里具有崇高的地位。从岭国主要人物的物质生活到精神生活、宗教信仰，多散发出佛教文化的气氛。正面英雄人物才是一部史诗的主导力量，从他们的倾向才能判断作品的文化性质。因此，《格萨尔》既是以佛教文化占主导地位的史诗，同时也保留了一定的巫术文化。

仔细考辨巫术与宗教的关系，我们可以发现，宗教产生之前就有类似于宗教信仰活动的巫术，巫术活动是原始宗教形成的基础，当诸如苯教等原始宗教形成以后，巫术活动和巫术文化就逐渐融入宗教之中，成为宗教的一部分。《格萨尔》史诗所表现的巫术文化与宗教文化的倾向是复杂的，史诗中既有信奉苯教的自然神，又有信仰佛教的神灵，他们与史诗中的变幻等巫术文化紧密相关。在一种训诫与修行、信仰与恐惧纠缠在一起的结构中，无法把"巫术"与"宗教"这两种抽象出来的东西划一条适当的分界线。正如弗雷泽指出的："巫术的施行者必然会在对他们的故弄玄虚深信不疑的社会中成为举足轻重的有影响的人物。他们当中的某些人，靠着他们所享有的声望和人们对他们的畏惧，攫取到最高权力，从而高踞于那些易于轻信的同胞之上，这是不足为怪的。事实上，巫师们似乎常常发展为酋长或国王。"[①]《格萨尔》史诗中的巫术

---

① 〔英〕弗雷泽：《金枝》上册，徐育新等译，大众文艺出版社1998年版，第79页。

行为和巫术文化潜藏在每一位英雄人物的身上，格萨尔就是一位有超能力的强人，也是最早的巫师。史诗中的佛教文化浸染了很多苯教文化的色彩，而苯教文化与巫术文化又存在着渊源关系，因此，佛教文化就借助巫术文化和苯教文化的"外衣"来宣扬自身，这种方式让百姓乐于接受。因此，《格萨尔》史诗中关于佛教文化的描写夹杂着苯教和巫术文化的印迹，格萨尔成为巫术、苯教和佛教三种文化的代表。

就《格萨尔》来说，它与宗教的关系主要有以下五种类型：一是"抑苯扬佛"，即对苯教文化持有贬低而对佛教文化抱有肯定的态度；二是史诗中有格萨尔向自己的天父桑巴请求"赐给我战胜佛陀的利剑"等言词以及一些情节、细节，说明《格萨尔》史诗是反对佛教的；三是依据史诗中大量的原始信仰的情节与细节描写，认为《格萨尔》脱胎于原始宗教；四是认为史诗是从 10 世纪开始的藏族社会的产物，它不能摆脱确切地标志着这个社会特点的佛教的影响，而且也无法与它分开；五是认为《格萨尔》反映了整个藏族社会由原始社会至奴隶社会再到封建农奴制社会的整个历史进程，因而它也反映了"你中有我，我中有你"的苯教与佛教的融合，即藏传佛教的形成过程。因此，我们可以说，《格萨尔》中的巫术文化与苯教文化、佛教文化是彼此渗透、相互作用的关系。

二、巫术是原始文学艺术的萌芽

《格萨尔》史诗中所描写的巫术活动和巫术文化，脱离了巫术世俗的功用，已经不是反映藏族先民的原始信仰，而是将巫术纳入当时的历史文化传统中，成为群体共同秉持的观念。这种观念逐渐和人们的意识活动相关联，当史诗中的英雄人物面临难以克服的问题时，他们就会调动自己的巫术力量来解决这一问题。巫术的思维方式和行动策略成为史诗塑造艺术形象、情节故事必不可少的文化资源，由原始的宗教信仰转换为巫术文化心态与巫术艺术，创造出仍带有宗教氛围的文学作品。

巫术当中的原始舞蹈、歌唱、仪式等都成为《格萨尔》史诗的艺术源泉，因此可以说巫术是《格萨尔》文学艺术的萌芽。首先，巫术表现为藏族先民的原始信仰。原始信仰作为藏族先民的思维观念，被"万物有灵"观念所支配，所有的自然事物和自然力量被神化，曲折地反映原始经济生活，体现藏族先民原始心理结构和思维，以及不自觉的艺术加工（神话化）的原始初民对自然界和人类自身的认识。原始信仰具有传承性，会沉淀在各民族的"集体无意识"里。它一般蕴含并体现在千百年流传下来的神话、传说、史诗、风俗习惯、民族禁忌、审美观以及原始宗教的义理、仪轨、巫术等等之中。而所谓"原始精神"，乃是体现原始信仰内在的人类自我意识，即原始初民用想象和借助想象——虚构的超自然力量，以征服自然力、支配自然力抵御异族（包括别的部落）侵扰的愿望和意志。这些原始精神和原始信仰同巫术结合起来，共同形塑了《格萨尔》史诗的艺术形态，成为史诗文学艺术的来源。

《格萨尔》中有许多基于原始信仰所表现的原始精神的描写，它主要反映在对人物形象的塑造，敌对双方施行法术、呼风唤雨、征服自然、相互攻伐等等的情节与细节的描述，以及一些祈祷词、赞词之中。这方面的描写透露出古代人类企图征服自然、主宰自己命运的强烈自我意识，具有普遍的意义。

三、巫术体现了藏族先民想要征服自然的意志

用马克思主义的历史唯物论史观来看，在人类的早期，形象地说就是"童年期"，他们还没有形成完备的世界观和方法论，也没有形成认识世界的科学观点。人们生产力水平低下，面对着复杂的自然现象，他们以感性的、直观的、类比的思维认知世界。巫术活动正是在这样的生产实践和文化背景下产生的，人们对于巫术的创造和使用，一方面是想要解释世界，另一方面是想要征服自然。《格萨尔》史诗中巫术的描写突出地表现了藏族先民企图征服自然和主宰自己命运的强烈愿望。

《格萨尔》史诗中随处可见的巫术集中体现了藏族先民想要消除自然灾害、征服自然的愿望，草原英雄们以各种各样的形式表达着这一愿望，他们以巫术的形式呼风唤雨，降服暴虐的部落首领，征服邪恶的妖魔，试图利用超越个人和自然的力量来改变世界，对抗自然界中的恐怖力量。无论是史诗中带有巫术色彩的咒语，还是舞蹈仪式，都离不开语言，都是以语言的方式表达着巫

术活动的内涵,在藏族先民看来,语言具有神奇的力量,可以沟通神灵。在史诗中,岭国的诸多将领,格萨尔、超同等,他们都会使用巫术击败敌人,而魔王等敌人也会以巫术的形式对抗。《霍岭大战》《卡切玉宗》《米努绸缎宗》等部本中对巫术的使用都有详细的描述,如《卡切玉宗》中的却巴嘎惹(曲巴嘎热)咒术师用修法术和念咒语的方式对付敌方,霍尔王的苯教巫师古如也是用恶咒治服对手。藏族先民将自己的希望当作力量,并企图以自己的意志和语言去控制自然、改造自然、征服自然。高尔基曾评价这种行为说:"古代劳动者们渴望减轻自己的劳动,增加他们的生产率,防御四脚和两脚的敌人,以及用语言的力量,'魔术'和'咒语'的手段以控制自发的、害人的自然现象。最后这点特别重要,因为它表明人们是怎样深刻地相信自己语言的力量,而且这种相信,可以从组织人们的社会关系和劳动过程的语言的显明的完全现实的用处上得到说明。"[1] 因此,《格萨尔》史诗中的巫术活动和巫术文化,突出表现了藏族先民企图征服自然、主宰自己命运的强烈愿望。

四、史诗说唱艺人的巫性

《格萨尔》史诗说唱艺人既是史诗的创作者也是史诗的表演者,他们说唱时的准备、艺术灵感的来源、说唱时的神态、唱词等都具有巫术文化的特点。

艺人在说唱之前不需要准备文稿,而是默诵祷词,静坐片刻,等自己的情绪稳定下来,一旦进入说唱的角色以后,便可以滔滔不绝地说唱下去。有的《格萨尔》史诗说唱艺人在说唱之前需要斟上一杯酒,用右手无名指蘸杯中的酒,向空中弹洒三次,请求三界之神的佑护,而后自己喝上一口酒,便开始说唱。青海果洛,西藏那曲、昌都的艺人都是如此。土族艺人酒敬神的方式与藏族艺人相同。对于大多数神授艺人来说,他们在说唱之前要拨动佛珠,诚心祈祷,然后开始说唱。具体而言,祈祷有两种不同的情况:一种是在心中默想,请求神佛、格萨尔大王护佑说唱;另一种是艺人把祈祷词说出来,作为《格萨

---

[1] 转引自〔苏联〕穆拉托娃:《高尔基与苏联文学》,谭得伶等译,广西人民出版社1986年版,第68页。

尔》说唱的开场白。随着史诗的传唱和被记录，说唱前的祈祷渐渐融入了史诗的说唱之中，并在史诗的抄本中占有了一席之地。我们今天看到的口头记录本，以及手抄本、木刻本，其中不少章、部的开头，都有向诸神祈祷、顶礼膜拜并请求加持护佑、祝愿诸事吉祥的词句。这一祈祷实际上是说唱前的准备，或说是仪式的一部分，千篇一律，与史诗该部的正文并无必然的联系。由于它被安排在正文之前，久而久之，便被人们作为史诗的一个组成部分，记录在史诗正文之前。蒙古族艺人说唱前要虔诚地默念一段祈祷词，内容是请求格斯尔（格萨尔）大王同意今天的说唱，告知欲说唱的章部，并声明，如有说得不对的地方请大王原谅。此外，个别艺人尚有一些独特的仪式。据艺人苏鲁丰嘎介绍，在说唱格斯尔出征之前，还要先算一下时辰和出征的方向，只有出征的方向和八卦算出的方向对得上，才能说唱，如两者方向不符，就只得改变格斯尔的出征方向。在他们看来，妖魔的方位是变幻无常的，只要正确确定格斯尔的出征方向，那么必然会取得胜利。计算时有固定的唱词，如"欲知格斯尔出征方向，八卦图上可以算清。天干地支要配合好，东方甲乙木，南方丙丁火，中央戊己土，西方庚辛铁（金），北方壬癸水"。据说只要记住这些口诀，便可算出时辰和方向。

烟祭是大多数艺人说唱前必做的事情。人们在院中，或在家门口的香炉中煨上桑（焚香，用柏树枝叶、艾蒿、石南香等香草叶子，上边放上或糌粑或五谷，然后再洒上几滴水点燃，使其慢慢地燃起浓烟）。土族人的院中都有一个用砖垒起来的香炉，凡有重大事情或说唱《格萨尔》时，都要焚香。在有些交通发达的地区，为了方便起见，人们直接采用焚烧长炷香的方式。云南迪庆藏族自治州的百姓家中，专门点香供奉格萨尔的画像，或点香供奉《格萨尔》的抄本。人们对于格萨尔的崇拜发展到对于史诗的抄本、刻本也极为珍视，视其为圣物。甘南藏族自治州夏河、青海玉树等地区的不少百姓，不论识字与否，甚至不惜花费一头牛的代价（旧社会）来购买一本《格萨尔》的书，供奉家中，逢年节时焚香以求得人畜平安，招财纳福。

无论是说唱之前的诵念祷词，还是煨桑、计算说唱时间等，都有着明显的巫术文化痕迹。因为说唱艺人具有巫术文化的特点，其创作出来的史诗便具有了巫术文化的属性，《格萨尔》的某些情节就是在巫术观念基础上被创作出来的。这就说明史诗创作者不但懂得巫术而且通晓巫术的使用，因此，史诗才会呈现出复杂的巫术文化内涵。俄国学者阿·布尔杜科夫曾经推测说："史诗演唱，就是人们歌颂英雄祖先建立的功勋的一种特殊的祖先祭祀。我想，卫拉特—卡尔梅克史诗艺人，当初可能就是从这里产生出来的。"① 桑杰耶夫在研究布里亚特英雄史诗作品以后指出，史诗演唱者只不过是一种特殊形式的萨满。② 杨恩洪先生在其所著的《民间诗神——格萨尔艺人研究》一书中，曾论述史诗说唱艺人及仪式中保留或体现的原始苯教的仪轨和习俗。"巫师被认为是神和人之间交往的媒介，是神的代言人。这种原始巫师一方面出现在宗教场合，被看作是精神领袖；另一方面他们出现在娱乐场合，又是民族文化的保存者、传播者。因此他们之间在形式及心理上的相似之处就不难理解了。"③ 目前，巫师兼说唱艺人的情况已不多见，但是采用巫师的降神仪式而达到传播史诗目的的艺人至今尚可看到。大部分"神授"艺人就是采取降神的方式来说唱史诗的。④

《格萨尔》史诗中遍布巫术活动的印迹，而这些巫术活动又具有深刻的内涵，巫术活动反映了藏族先民的精神和意愿。在史诗产生初期，是藏族先民的"孩童时期"，史诗中沉积了他们对时代的认知、对宇宙的观察、对未知的恐惧以及对人生的解释，这种认知、观察、恐惧和解释带有明显的巫术文化的印迹。这与当时的历史文化条件紧密相关，体现出藏族先民的原始的、诗性的智慧。

本章第一节主要论述了从世俗上升到宗教的仪式，援引不同理论家的论述阐释仪式从世俗的实践中脱离出来成为一种宗教的仪式。第二节讨论了《格萨尔》史诗中的巫术文化，分析了史诗文本中的巫术类型，以梦和占卜术为重

---

① 转引自高宁：《浅析〈格萨尔〉史诗中的巫术文化》，《西北民族学院学报（哲学社会科学版）》2000年第3期。
② 转引自〔俄〕射·尤·涅克留多夫：《蒙古人民的史诗》，徐昌汉等译，内蒙古大学出版社1991年版，第26页。
③ 高宁：《浅析〈格萨尔〉史诗中的巫术文化》，《西北民族学院学报（哲学社会科学版）》2000年第3期。
④ 参见杨恩洪：《民间诗神——格萨尔艺人研究》（增订版），中国社会科学出版社2017年版，第91页。

点，阐释史诗中对以梦和占卜的形式表现出的巫术文化印迹。第三节分析了史诗中巫术活动所蕴含的巫术文化内涵，其一，巫术与宗教文化的融通，《格萨尔》中巫术文化与苯教文化和佛教文化紧密相关，三者共同构成了史诗的宗教文化景观；其二，巫术是原始文学艺术的萌芽，其促进了藏族长篇叙事类英雄史诗《格萨尔》的诞生；其三，巫术体现了藏族先民想要征服自然的意志，表现了他们不屈的斗争精神；其四，史诗说唱艺人具有巫性，说唱前的准备活动和说唱艺人的精神状态都反映了他们在一定程度上掌握着巫术文化，践行着巫术文化。总之，《格萨尔》史诗呈现出复杂而多彩的巫术文化印迹，具有丰富而深刻的巫术文化内涵。

第七章 《格萨尔》史诗的文学意义

《格萨尔》是一部活形态的史诗，也是一部体现了"历史透视意识"的编年史，一部反映了"民族记忆"的"部落纪事"。《格萨尔》凝聚着藏族人民的智慧和创造才能，是藏族人民智慧的结晶、知识的宝库。《格萨尔》记述了古代藏族社会怎样从氏族社会、从各不同统属的部落发展为部落联盟，最终建立起国家政权。《格萨尔》自从诞生以来就不断地被传唱，有人说每一个藏民心中都有一部《格萨尔》。这就说明《格萨尔》自从产生以来，一直受到藏族人民的喜爱。

1983年，《格萨尔》被定为文学学科的国家重点科研项目之一，我们国家开始高度重视少数民族文化遗产，大力宣传少数民族文学。这对于发展格萨尔学，以及藏族文学有着重要的意义。对于整个中国文学史、中国文化史来说，《格萨尔》史诗的发掘也有着不平凡的意义。

中华文明不同于其他文明的独特性在于，中华文明传承五千年，从未出现过"中断"的现象。同时，中华文明显示出强大的包容性和丰富性，它是由多民族共同创造的多元、丰富、共存、交融的文明。中华文明自古以来就重视传承和创新、包容和开放，中华文明天人合一、美美与共的大同理念经久不息，在当下依然烛照着中华儿女。《格萨尔》史诗是藏族人民集体创作的英雄史诗。首先，它体现了藏族人民的创新精神。《格萨尔》史诗是建基在格萨尔王的历史史实之上的，但只有历史史实是成为不了史诗的，藏族人民在史实的基础上，对其进行了神话化的艺术加工，这一过程是历史神话化。神话化了的历史还不是史诗，藏族人民发挥了他们的艺术创造力，在神话的基础上增加了艺术性的元素，譬如结构特征、隐喻、象征、宗教等，这一过程是神话艺术化。

《格萨尔》史诗的两个发展阶段,都体现了藏族人民的创新精神。其次,《格萨尔》史诗表现出藏族人民的包容精神。《格萨尔》史诗不仅仅反映了藏族的文化、历史和艺术,还广泛吸纳了其他文明的形式,成为一部跨学科、跨地域、跨国界、跨语种、跨文化的史诗。从《格萨尔》史诗的诞生来看,它诞生在中国的西藏地区,这是一个土地广袤、江河纵横的壮美之境。在这块崛起的世界屋脊之上,高山文明的雄浑壮阔,境内的江河源流又哺育出逐水草而居的游牧文明。江河源文明是古丝绸之路的一侧,藏族和蒙古族栖居在这里,形成了文明交融共生的文明形态。《格萨尔》史诗诞生的意义在于,它使中国位列世界民族史诗之林,并且成为璀璨耀眼的那一颗。将《格萨尔》史诗与世界史诗进行比较,我们会发现,公元前的一千年,荷马史诗是最伟大的史诗,在公元后的一千年,印度史诗是最伟大的史诗,而在公元后的两千年,历史和时间会证明,《格萨尔》史诗会成为这一时期最伟大的史诗。[①]《格萨尔》史诗最突出的审美要素就是文学审美,《格萨尔》史诗的文学价值和意义是中国文学和中国文化不可分割的一部分。杨义曾提出"重绘中国文学地图"[②],就是从中华民族整体的文化史、文学史的角度提出的,中国少数民族的文学艺术创作应该在中国文学史上占据一定的地位。

无论是在中国少数民族文学史,还是在藏族文学史上,《格萨尔》史诗的地位是毋庸置疑的。对《格萨尔》史诗自身的文学性研究是一种多面向的研究,对其叙事策略进行研究要援引叙事学理论,对其韵文部分的研究要征用音韵学理论,对其结构进行研究要借鉴结构主义理论,对其语言文字进行研究要挪借语言学理论,凡此研究,不一而足。韦勒克、沃伦将文学研究区分为内部研究和外部研究,《格萨尔》史诗的文学研究就要统摄其内部研究和外部研究,将文学研究作为一个整体,阐释史诗的文学意义。本章从《格萨尔》史诗对民间文学艺术创作的影响、对当代文学创作的影响以及与世界著名史诗相比的意义和价值等三个方面进行研究,力图全面分析《格萨尔》史诗的文学价值和意义。

---

① 参见杨义的访谈,载徐建委:《走进西藏七:世界大文化背景下的〈格萨尔〉》,《中国民族文学网》2006年12月6日。

② 杨义:《重绘中国文学地图》,《文学遗产》2003年第5期。

第一节　对民间文学艺术创作的影响

《格萨尔》不仅是一部反映民族成长的英雄史诗，而且是一部伟大的民间文学作品。就其诞生形式而言，《格萨尔》史诗不同于官方文化自上而下的"命题式"创作，而是汇聚了民间智慧的集体创作，充溢着民间文化特有的丰富性、多样性、异质性以及狂欢性。扎西东珠指出，《格萨尔》"从内容到形式，全面而充分地汲取了藏族古代神话、传说、故事、谚语、格言、折嘎、古尔鲁、山歌、喇嘛嘛呢、歌舞、戏剧以及绘画、音乐的丰富营养"[①]。《格萨尔》浓厚的民间气质，在承载其时代丰富的民间文化资源的同时，也极大地影响着后世民间文艺创作的发展。

藏族的很多神话、故事和传说都源于《格萨尔》，或者就是《格萨尔》的风物传说。譬如，在西藏拉萨和昌都地区流传的《七兄弟星的故事》，这则本来讲述七兄弟为人们盖房的神话故事，有意添加了格萨尔王的成分，却也浑然一体、相映成趣。[②] 又如，在甘肃甘南藏族自治州玛曲县欧拉乡有座被当地藏民称作"珠牡山"的草山，传说格萨尔的爱妃僧姜珠牡幼年时曾在这座山上牧羊，与格萨尔相爱定情。这座山上的青草每年都比周围山上的草早发芽，那是因为珠牡生的美丽、善良，所以青草每年早发芽，先和她见面。还有，在青海黄南藏族自治州同仁县保安乡有一座山，靠近山尖的斜坡上有一个如同被箭射掉的缺口，当地人称作"箭口山"。传说格萨尔王在这里与敌人作战，敌人埋伏在山后，格萨尔便一箭把山射缺，用利箭射杀了敌人。在四川松潘和若尔盖接壤处有一座琅架岭，这里流传着"马蹄子"的故事。传说当年格萨尔领兵从岭下过，到了夜晚，马无厩，人无房，更无粮草，饥困不堪。格萨尔一急之下，手指草坪画了一个圆圈，泉水当即汩汩而出，绕圈流成一座水城，形同马蹄。于是大军放马城中，搭帐篷于城门口，人马均得安息。[③] 在藏

[①] 扎西东珠：《〈格萨尔〉的艺术改编及〈格〉对民间文艺和文学艺术家创作的影响》，《西藏艺术研究》2003 年第 2 期。
[②] 参见中央民族学院少数民族语言文学系藏语文教研室藏族文学小组编：《藏族民间故事选》（汉文版），上海文艺出版社出版 1980 年版，第 51 页。
[③] 参见《四川民间文学论丛》第二辑，第 37 页。

族的各地区都流传着很多有关格萨尔王的故事,这些故事浸染着藏族人民的心灵。

有许多民间谚语,更是以《格萨尔》为题材。如:

> 对敌要复仇,对友要敬酒,
> 对病人需药救。①

> 有仇不报是死人,取食不报是强盗。②

> 事已做完,后悔何益?!③

> 鹫鹰吃饱肉,自会凌空飞。④

这些谚语都保持着社会上流传的原有格式。在《格萨尔》中,还有一些被改造成多段体民歌形式的谚语。如:

> 虽饿不食烂糠,乃是白唇野马本性;
> 虽渴不饮沟水,乃是凶猛野马本性;
> 虽苦不抛眼泪,乃是英雄男儿本性。⑤

> 三峰高山若无雪,山下怎得聚玉湖。
> 山下若无聚玉湖,奔腾江河从何来。
> 白岭若不征门国,以前仇恨怎得报。⑥

---

① 《征服霍尔》藏文版,第88页。
② 《赛马称王》藏文版,第141页。
③ 《大食财宗》藏文版,第50页。
④ 《松岭大战》藏文版,第32页。
⑤ 《霍尔入侵》藏文版,第522页。
⑥ 《门岭大战》藏文版,第202页。

春三月若不播种,秋三月难收六谷;
冬三月若不喂牛,春三月难挤牛奶;
骏马若不常饲养,临战逢敌难驰骋。①

直到现在,还有很多谚语,不但《格萨尔》说唱艺人继续说唱着,而且藏族人民群众也仍然广泛地使用着。如:

对敌人要比老虎更凶猛,对亲友要比绸缎更柔软。②

男丁死尽妇女顶,牙齿落尽上颚顶。③

真理与河谷深且远,谎言和鼠尾细又短。④

可以说,《格萨尔》是藏族民间谚语的宝库。翻开任何一部《格萨尔》,都会发现很多这样经典的藏族谚语,给你带来心灵的启迪。也因为这些谚语的存在,客观上提升了史诗的趣味性和阅读价值。现在藏族人民中间流传的民间谚语,都与《格萨尔》有着或多或少的关联,由此可以窥见《格萨尔》对藏族民间谚语文化的影响。

藏族的很多民歌也明显地受《格萨尔》的影响。如《格萨尔》中有这样民歌特征的唱段:

高高雪山不留要远走,丢下洁白母狮住哪里?
广阔大海不留要远走,丢下金眼小鱼住哪里?
青青草山不留要远走,丢下梅花牝鹿住哪里?
......

---

① 《赛马称王》藏文版,第91页。
② 《姜岭大战》藏文版,第268页。
③ 《门岭大战》藏文版,第261页。
④ 《卡契玉宗》藏文版,第71页。

> 岭国大王不留要远走，丢下珠牡姑娘依靠谁？①

在藏戏《囊萨姑娘》中，当囊萨要出家修行时，她的儿子对她唱了一段歌，其比喻部分，尤其是比喻方式和上面所举之例大致相同。

再如，流传在西藏地区的一首民歌，就是以格萨尔王和他的妻子珠牡为主人公的：

> 今天是十五吉祥日，明天剪羊毛就开始。
> 剪羊毛的是格萨尔王，助手就是王妃僧姜珠牡。
> 铺好绣着五龙凤的坐垫，准备下内地产的羊毛剪刀，
> 还有上等蘸水磨石也放好。
> 左肩顺着左肩来看时，好像北方牧民运货去南方。
> 右肩顺着右肩来看时，好像南方农民运货到北方。
> 看一眼剪好的羊毛堆，好像白色母鸡生的蛋。
> 看一眼捆好的羊毛驮，好像回民缠好的白头巾。②

上面这首民歌将格萨尔王夫妇劳动的场景呈现了出来，颂扬了藏族牧民热爱劳动的优良品格。格萨尔王的形象书写也是藏族歌谣中的重要题材，如下面这首"岭国雄狮大王的光辉"之歌：

> 岭国雄狮大王右肩上，有男神协嘎拉脱神。
> 左肩膀的肩头上，有五通自现度母神。
> 额头发辫分际间，有着自现"阿"字文。
> 因此得名岭国雄狮王；烈性骏马右边肩胛骨，
> 有疾速如风的战斗神，左肩胛骨的坛城上，
> 有猛烈如火的战斗神。

---

① 《降魔》藏文版，第44页。
② 《藏族民歌选》藏文版，民族出版社1981年版，第209页。

在马脊背的法轮上,有红色马鸣的神变物,
因此得名千里赤兔马;黄金灿烂宝马鞍,
前鞍鞯是大白梵天堡,后鞍鞯是绿色度母城,
鞍鞯中央是持金刚堡,鞍鞯里是青龙盘旋城,
鞍座乃是鸟王大鹏城,因此得名黄金宝马鞍。①

此外,在藏族民间还流传着很多《格萨尔》中英雄人物的画像、雕塑以及以故事情节为依据的连环图画或壁画等。很多《格萨尔》说唱艺人都有连环画轴或格萨尔王及其他英雄人物的单人画像,在演唱时挂起来,边用竹竿指点画像边唱故事内容。另外,在《格萨尔》一些部本中往往有彩色插图,给人以形象化感觉。

第二节　对当代文学创作的影响

《格萨尔》对藏族当代作家文学创作的影响无疑是巨大的。"它的宏伟结构、深刻主题、创作方法、说唱形式、语言锤炼、人物塑造、接受群众检验、不断向前发展等成功经验,都在潜移默化地影响和引导着藏族其它文学品种的创作实践,并且出现了一系列有生命力、为社会公认、为人民赞许的作品,呈现出一马当先、万马奔腾的藏族文学新局面。"②

《格萨尔》并非一人一时之作,而是一个民族长年累月的集体创作,浸染了历史的厚重底色。因此,《格萨尔》实际上成为包含藏民族各类知识的"文化容器",在影响藏族民众日常行为的同时,也深刻塑造了他们的思维模式和文化习惯。藏族作家的文学创作自然渗透了《格萨尔》的文化影响,于他们而言,《格萨尔》不仅是阅读和接受的直接范本,也是藏族民众进行文化体认的通道。"作为流传千年不断注入民间的营养,又不断地给民间输入营养的这么

---

① 《藏族歌谣》藏文版,第61页。
② 耿予方:《论〈格萨尔〉和〈阿古登巴〉》,载赵秉理编:《格萨尔学集成》第四卷,甘肃民族出版社1994年版,第3069页。

一个过程中产物的《格萨尔》，它势必会对这个民族的每个作家形成强大的引力场。只要生活在这个民族中，就无法逃避这个民族的文化。"①《格萨尔》所构建的文化引力场深刻影响着当地作家的书写法则和创作模式，在作家们阅读和创作的过程中，《格萨尔》所提供的文化资源最终完成了交换与传承。

《格萨尔》历经千年，形成了藏族文学的典范。"它的确有许多成功的创作经验，值得藏族当代作家去进行科学地总结，很好地借鉴，这种总结和借鉴，应根据目前的藏族文学实际，加以创造性地运用……努力运用《格萨尔》这一藏族文学奇葩的各种长处，来丰富和提高今日藏族作家的创作思想和创作手段，把藏族当代文学推向一个新的高峰。"② 耿予方先生明确地指出了《格萨尔》对藏族当代文学的影响意义，同时也殷切地期望藏族当代作家们通过吸收和借鉴史诗的优点，从而创作出更加有价值的作品来。

《格萨尔》无疑是藏族文学的经典文本，它的艺术成就是多元的。它对藏族当代文学的影响也是多方面的。从思想内容来说，《格萨尔》丰富繁多。史诗既从纵的方面颂扬了格萨尔一生的英雄业绩，又从横的方面叙述了岭国与周围各部族的相互关系，既有政治、军事方面分裂统一，战争与和平场面的粗略勾勒，又有经济和文化方面、物质生活和精神生活的细致描写，可以说，《格萨尔》所构建的世界带有浓郁的酥油糌粑味，它反映了藏族奴隶社会和封建农奴社会时期错综复杂的历史画面，代表了藏族人民最美好的愿望，是一种进步思潮的体现。

《格萨尔》对藏族当代文学的影响是全方位的，可以说每个藏族当代作家都接受过史诗的沐浴，在思想理念和精神方面都受到过洗礼。有的作家，其本身就是《格萨尔》研究专家，譬如降边嘉措、尕藏才旦、扎西东珠等人。当代著名诗人伊丹才让在他的一首题为《答辩》的诗中，直言不讳地说出了以《格萨尔》为代表的藏族文化之母对自己的哺育，并要"把生母的乳汁化作我谱写史诗的智慧"！他之所以胸中充满"亚马逊河鼓起印第安古歌的壮伟""尼罗河聚起《一千零一夜》的星辉"般的自信与豪迈，正是"因为黄河长江把《格

---

① 徐建委：《走进西藏七：世界大文化背景下的〈格萨尔〉》，《中国民族文学网》2006年12月6日。
② 耿予方：《〈格萨尔〉和藏族当代文学》，载赵秉理编：《格萨尔学集成》第四卷，甘肃民族出版社1994年版，第2412页。

萨尔》捧给群星灿烂的世界"。①他豪壮的诗语道出了当代藏族作家们的心声。《雪山集》是伊丹的代表作,收入了他1958年至1965年间的大部分诗作。这些作品,从不同的角度反映了藏族人民的生活,描绘了雪山草原神奇壮丽的景色,抒写了翻身农奴的欢乐和憧憬。像《致雪山》《尕海组诗》《草原人马》《飞向太阳的家乡》《金色的大海》《幸福的金桥》《捧送阳光的人》《母亲心授的歌》等,这些诗作感情激越、气势豪迈。纵观伊丹才让的诗歌,无论从艺术表现手法,还是意境的营造、意象的采撷,都明显地烙有《格萨尔》的印痕。

降边嘉措是格萨尔学学界著名的学者,他同时也是一位藏族知名作家。他在1980年出版的《格桑梅朵》是当代文坛上第一位藏族作家创作的长篇小说。1985年,他的长篇历史小说《十三世达赖喇嘛》又相继出版。《格桑梅朵》以50年代初期解放军进藏使西藏发生翻天覆地的变化为背景,再现了百万农奴的觉醒和藏族命运的历史性转折。小说叙述了一支解放军小分队进军拉萨的全过程,这个由藏汉指战员组成的小分队,从金沙江天险到拉萨,在庄园、兵站等地,进行了艰苦而巧妙的斗争,终于胜利到达目的地。作品描绘了西藏独特的民俗风情,巧妙运用了民族神话传说故事,语言生动凝练,富于质感。②降边嘉措的小说,从语言上来讲,明显地受《格萨尔》的影响。另外,小说有意插入一些民族神话传说故事,既提升了小说的趣味性,又附丽上神秘色彩的光环,这也是借鉴《格萨尔》的体现。

丹珠昂奔也是一位格萨尔学专家,他同时也是藏族文化及文学的著名学者。可以说,他是饮着《格萨尔》的乳汁成长起来的。他的小说创作无疑也受到《格萨尔》的潜移默化的影响。他的作品主要有长篇历史小说《吐蕃史演义》,中短篇小说《雨中的花瓣》《草原上的传说》《失落的吉祥结》《小银马!小银马!》《白雪山,红雪山》等。《白雪山,红雪山》是丹珠昂奔的代表作。小说写的是:改革开放后,草原上的青年人都去寻找致富的门路。诺尔吾也去挖金子,但他回到自己的牧场时,所爱的姑娘颖喜错己已被靠歪门邪道发家的诺尔桑娶走。颖喜错己和利欲熏心的诺尔桑生活并不幸福,她赶着羊群到草原

---

① 伊丹才让:《雪域集·伊丹才让七行诗选》,四川民族出版社1992年版,第5页。
② 降边嘉措:《格桑梅朵》,人民文学出版社1980年版。

深处放牧，与同样来牧羊的诺尔吾在雪灾中相遇。诺尔吾救了生病的颖喜错己，辛辛苦苦把她从雪地里送到一座寺院，却遇到了已经倾家荡产、到寺院出家的诺尔桑。诺尔吾深为震惊，留下颖喜错己，独自走入大雪深山。① 小说成功地塑造了三个带有传奇色彩的当代藏族人物，描绘了奇异而逼真的雪景，并运用散文诗般的语言，叙述自由而手法新颖。小说中所渗透着的浪漫主义和英雄主义，是和《格萨尔》一脉相承的。这也是作者有意无意借鉴《格萨尔》创作手法的表现。

此外，藏族作家益希单增（代表作是《幸存的人》，主要作品还有《迷茫的大地》《菩萨的圣地》等）、扎西达娃（代表作是《西藏，系在皮绳扣上的魂》，主要作品还有《江那边》《没有星光的夜》《世纪之邀》《白杨树、花环、梦》《西藏，隐秘岁月》等）、阿来（代表作是《尘埃落定》）、意西泽仁（代表作是《大雁落脚的地方》）、尕藏才旦（小说集《半阴半阳回旋曲》）等，他们的创作或显在或潜在，都受到《格萨尔》史诗的影响。可以说，《格萨尔》作为一种文化精神，已经深入到作家们的灵魂深处。

第三节 与世界著名史诗相比的意义和价值

在世界范围内，影响最深远、流传最久远、艺术价值认可最高的史诗是《伊利亚特》和《奥德赛》，也即我们熟知的"荷马史诗"。这两部史诗描述了公元前12世纪末发生在希腊半岛南部的战争故事，在历代传播的过程中，这些英雄事迹又同神话传说交织在一起，形成了奇幻大胆、富有张力的史诗风格。荷马史诗不仅是欧洲最早的文学经典，也是人类共同的文明遗产。与荷马史诗齐名的还有印度史诗《罗摩衍那》和《摩诃婆罗多》。《罗摩衍那》由民间口头创作而成，后被印度诗人蚁垤编写成定本。与《罗摩衍那》并称为印度两大史诗的《摩诃婆罗多》，相传为毗耶娑（广博仙人）所作，但实际上它与世界其他民族史诗一样，都是各民族历代加工和积累的集体产物。在《格萨尔》

---

① 丹珠昂奔：《丹珠文存》（卷四），中央民族大学出版社2013年版，第219—269页。

未被发掘问世之前,《摩诃婆罗多》被认为是世界上最长的史诗,共有18篇,约10万颂,20多万诗行。《格萨尔》史诗的发现,不仅打破了中国没有史诗的偏见,而且它自身的独特价值也使其跻身于世界史诗前列。就体量上来看,《格萨尔》史诗比上述所有史诗的总和都多,堪称世界史诗之最。[①] 从篇章结构上来看,不同于上述史诗,《格萨尔》有着严整的规模和完整的结构。按学界认可的说法,《天界篇》《英雄诞生》《赛马称王》等分部本构成了《格萨尔》的序篇,主体部分是《魔岭大战》《霍岭大战》《姜岭大战》和《门岭大战》四部征战史,此外穿插了十八大宗、十八中宗、十八小宗等部,最后是《地狱救母》《安定三界》作为史诗全篇的收束部分。可以用民间说唱艺人总结的三句话概括《格萨尔》的主要内容,即"上方天界遣使下凡,中间世上各种纷争,下面地狱完成业果"[②]。

《格萨尔》最引人瞩目的不仅是其惊人的篇幅体量,还有其鲜明的主题思想。正如降边嘉措所言:"《格萨尔》这部英雄史诗,通过主人公格萨尔一生不畏强暴、不怕艰难险阻,以惊人的毅力和神奇的力量征战四方的英雄业绩,热情讴歌了正义战胜邪恶、光明战胜黑暗的斗争。降妖伏魔、惩恶扬善、除暴安良、抑强扶弱、维护公理、主持公道、消除苦难、造福百姓、铲除人间不平、伸张社会正义的主题思想,像一根红线,贯穿了整部史诗。"[③] 如前所述,《格萨尔》并非官方文化自上而下的规制,而是民间思想文化的集大成之作,深切地反映了底层劳动人民的生活疾苦,表达了他们对于美好生活的向往与热爱,因而能够在历代藏族民众中引发强烈的共鸣。这也是《格萨尔》流传至今仍经久不衰的重要魅力所在。

除了主题思想的独特性之外,《格萨尔》还有这样一些特点,使其赫然区别于其他世界史诗。首先,《格萨尔》由生活在青藏高原上的藏族民众所创造,因此具有鲜明的地域特征,一定程度上揭示出藏民族真实的生存环境,反映出青藏高原多山多湖的地貌特征等。其次,学界普遍认为,《格萨尔》所反映的

---

① 降边嘉措:《〈格萨尔〉:一部震撼人心的伟大史诗》,《中国民族报》2018年4月6日。
② 马学良、恰白·次旦平措、仲锦华:《藏族文学史》,四川民族出版社1985年版,第177页。
③ 降边嘉措访谈,载徐建委:《走进西藏七:世界大文化背景下的〈格萨尔〉》,《中国民族文学网》2006年12月6日。

时期处于原始社会末期、奴隶社会早期。这一时期的民族生活以部落战争为主要内容。因此，《格萨尔》所呈现的是藏民族史前文化的内容，揭示出一个史前民族的成长历程。在语言形式上，《格萨尔》以藏语为主要载体，其说唱与传诵也完全采用藏语的音韵形式。最后，《格萨尔》的说唱艺人也有其特殊性。一是艺人种类众多，杨恩洪经过对艺人类型的系统研究，将其分为五类：神授艺人、闻知艺人、掘藏艺人、吟诵艺人以及圆光艺人。二是不同类型艺人的说唱形式也存在很大差异。如最为神秘的圆光艺人是借助铜镜来完成史诗的抄写和说唱，而吟诵艺人只能通过阅读史诗文本才能说唱，因此只能是"据书而诵、照本宣科"。① 这种说唱形式间的巨大差异在其他史诗中是很难发现的。总之，《格萨尔》的独特性不仅在于其体量篇幅的宏大，它是世界上最长的史诗，在世界范围内都拥有一定的影响力，而且对于创造它的藏民族来说，《格萨尔》是他们记录历史、民俗、文学等各类文化知识的载体，是名副其实的"藏民族的百科全书"。《格萨尔》是藏民族的文化财富，也是我国乃至世界文化宝库中的奇葩与瑰宝。

与其他著名史诗相比，《格萨尔》蕴含了独特的审美艺术价值。首先，《格萨尔》反映的是藏族民族波澜壮阔的社会历史生活，较为完善地保留了藏族社会不同历史阶段的文化状况。其次，《格萨尔》拥有宏大而完整的有机结构，这点从已发掘出的两百多个部本的篇章设计中可见一斑。再次，《格萨尔》的语言艺术令人叫绝，其中积淀了大量民间语言的艺术精华。例如史诗所引用的民间警句、格言以及谚语等，有力地呈现出《格萨尔》对民间语言文化的吸收与汲取。王兴先就从谚语入手，探讨了《格萨尔》中谚语内容的丰富性、体裁的多样性以及思想的深刻性。② 此外，《格萨尔》中塑造了大量各具特色的人物形象，这些人物形象的生动性和丰富性在古今中外名著中也属罕见。最后，《格萨尔》最主要的艺术风格是现实主义与浪漫主义的有机结合。史诗一方面立足于广阔的社会现实，揭示出现实运行的逻辑和规律，另一方面又以奇幻大胆的想象自行构筑了一个天界与地狱并置、人神魔并存的史诗世界，这使得整

---

① 杨恩洪：《民间诗神：格萨尔艺人研究》（增订本），中国社会科学院出版社 2017 年版，第 61 页。
② 王兴先：《〈格萨尔〉谚语试评》，《西北民族学院学报（哲学社会科学版）》1984 年第 2 期。

个史诗都洋溢着奇异的神话色彩，从而更加生动地表现主题。

从哲学层面审视《格萨尔》史诗，可以发现《格萨尔》的美学价值主要体现为藏族先民朴素的唯物史观。史诗体现了藏民族对于自我由来以及自然万物生成的朴素观念，如猕猴变人说，也隐隐契合了进化论的科学观念。同时，《格萨尔》也包含了原始苯教的哲学思想，如"上祀天神，下镇鬼怪，中兴人宅"的价值观念，以及对自然山水的原始崇拜等等。史诗中渗透的哲学观念和价值观念无疑影响了后世的藏族文学创作。

另外，《格萨尔》史诗在叙事上有着鲜明的特色，即散韵结合。史诗以说唱为主，唱词多采用鲁体民歌格式或自由体格律，并运用对偶整齐的民谚和酒赞、帽赞、箭赞、剑赞、马赞等赞词，生动活泼，有浓郁的民族风格。《格萨尔》作为人类至今发现最长的史诗，不仅它的长度超过了世界上五大史诗的总和，而且在史诗形态上和这些史诗相比也有着明显的不同。"像荷马史诗是一种海洋城邦史诗跨海作战，印度的史诗是森林史诗，而《格萨尔》是高原史诗、草原史诗，它展示了世界屋脊非常绚丽的雪域风光和人文景象。比如说，通过赛马就能够得到王位，就能够娶最好、最漂亮的妃子，这跟宗法社会婚姻制度和王位的继承制度是有很大不同的。比如说，它这种高原的气势使整个史诗出现了一种崇高感，高山上的那种原始性、神秘性、神奇性以及他们对神山、神湖的崇拜都使它带有一种高山的性格。"[①]《格萨尔》是一部有别于海洋史诗、森林史诗的高原史诗，它带有高原民族的鲜明印记，表现了藏族人民的历史想象。

总之，《格萨尔》作为一部英雄史诗，文学性是其首要特性。史诗首先是一部文学文本，在这部内涵丰富的文本中，其文学意义是彰显它价值的重要途径。

---

① 参见杨义的访谈，载徐建委：《走进西藏七：世界文化大背景下的〈格萨尔〉》，《中国民族文学网》2006年12月6日。

附 录

《格萨尔》史诗的音乐解读[①]

音乐化是诗与口耳传承民间艺术的极致追求。所有具有诗的内质和口耳传承民间艺术的美学价值的文化载体，都有旋律分析的可能性，并必然遵循一定的音乐技巧，而任何方式的音乐技巧又都源于节奏这个母体。伊·夫·涅斯齐耶夫在谈到"怎样理解音乐"时说："在节奏之外，任何一个旋律都是不存在的"。[②]这说明节奏和旋律是紧密联系的，是内含音乐美载体的两个方面。

一、《格萨尔》史诗的节奏方式

《格萨尔》由朗诵剧情的解说部分和人物独咏的歌唱部分组成。朗诵部分是剧情的解说文字，语句较为自然流畅，有规律的节奏往往按一定的语调饱含深情地进行诵说。这种诵读性解说文字的内质要求咬字清楚，句读分明，明快而流畅，使听众能随着朗诵而渐入佳境。

（一）重复

《格萨尔》是诗与史的结晶体，作为说唱艺术的典型，它还是富于音乐性的载体，是各种各样重复关系的综合。重复为《格萨尔》史诗带来了统一中的变化、变化中的统一，形成一种能被人们强烈感知的节奏与旋律结构、主题的昭现、意象的回合、思想的共鸣和情调的和声。正是通过结构和谐的伸展，

[①] 本文曾发表于《青海民族学院学报》2003年第2期。
[②] 薛良：《音乐手册》，中国文联出版公司1988年版，第33页。

《格萨尔》才获得精致而驳杂的音形结构,提升了史诗的美学品格,深化了史诗的主旨。

在《格萨尔》史诗中,重复体现在各部的各级语言层面上,大到句段,小到字词。在同一部的不同章节中往往大量重复着意象、场景以及人物的内心情态。如《门岭大战之部》第一章中有这样的语段:

> 世界大王格萨尔,天神未曾来指示,
> 怎会指示超同你?岭国三个大喇嘛,
> 天神没有来指示,怎会指示超同你?
> 巴拉、丹玛、丞代三个大英雄,
> 天神未曾来指示,怎会指示超同你?
> 岭国父叔总管、僧伦和顿巴,
> 天神未曾来指示,怎会指示超同你?①

一般而言,重复总是能够产生出强烈的抒情效果、多样化的节奏形式和起伏有致的旋律结构。词句的重复往往凝结为音乐美的共振,意象的重复往往幻化出不同感觉的丰富体验,人物的内心情态的重复往往折射出呼之欲出的情感火花。在《格萨尔》史诗中,重复的使用俯拾皆是。如在王沂暖、贺文宣翻译的《辛丹相争之部》《丹玛抢马之部》中,几乎每一段唱词都以这两句开头:

> 歌子开头唱阿拉,曲调引出用塔拉。

在王沂暖、上官剑璧翻译的《卡切玉宗之部》中,每一段唱词都这样开头:

> 唵嘛呢吧咪吽,我唱阿拉阿拉塔拉,
> 塔拉塔拉是歌曲的唱法。

---

① 《门岭大战之部》,王沂暖、余希贤译,甘肃人民出版社1986年版,第90页。

在王沂暖、余希贤译的《门岭大战之部》中，往往每段唱词这样开头：

> 唵嘛呢叭咪吽，我唱阿拉拉毛阿拉曲，
> 我唱塔拉拉毛塔拉歌。

以上举例表明，重复往往形成规律性的节奏。重复是变化着的动态的重复，主要表现为扩延和紧缩。变化是持续中的断裂，模式中的意外，凝固中的流动。变化激发节奏的活力，形成广义的韵律。用音乐术语来说，它们是有些变化的复奏。复奏具有勾起听众回忆，增强抒情的力度的作用。由于史诗具有诗歌语言的凝练性，极小的变化都会产生明显的效果，给史诗带来了流动的感觉和新奇的韵味。

(二) 对比

《格萨尔》史诗中隐含着另外一种重复——对比，其中有着各种各样的呼应和对比关系。比如，珠牡叙述自己的人生变化——从幸福、自由的公主到黑暗的深渊，受老鸦的讥讽。这个过程犹如一节上行旋律，令人惊悸。但珠牡的独白，同时又意味着精神的下滑，以至她如嘶地发微：

> 我这身躯失大王，立即抛弃才舒服。
> 左边头发不纷乱，压着四眼白璁玉，
> 它是大王亲手踢，如今将它施舍时，
> 也是为他而施舍，献给东方金刚勇识。
> 右边头发不纷乱，压着红鸟头小玉石，
> 它是大王亲手赐，如今我将它施舍时，
> 也要为他而施舍，献给南方的宝生佛。
> 脑后头发更整齐，压着八对金发卡，
> 它是大王亲手赐，如今将它施舍时，
> 也要为他而施舍，献给西方阿弥陀佛。
> 头顶秀发不飘起，压着大象傲踞金首饰，

>它是大王亲手赐，如今我将它施舍时，
>也要为他而施舍，献给北方不空成就佛。①

一般来说，重复分为两类，即隐性重复和显性重复。显性重复包括排比、对偶、同义扩延、缩减、音韵呼应、穿插、迭句等外在韵律。隐性重复则包括对比、省略、并置、变形、发展以及由它们构成的内在韵律。准确地说，隐性重复是意味最广义上的反复、再现或重现，是最隐蔽的呼应、最微妙的对比，形成广义的韵律。需要特别指出的是，隐性的重复里往往内含着显性的重复，从而使诗行又以某种方式保持与原来旋律结构的联系。

二、《格萨尔》史诗的旋律结构

重复、变化和对比是重复的三种基本手法。在《格萨尔》史诗中，按照对比原则展开的各种程度的变化以及变化之间的内在联系总能产生更复杂、更有表现力的节奏单位——旋律结构。一个旋律结构经过与各种可能次序相结合，从而产生一个更大的音乐结构，最终形成交响乐式的复合结构，使叙述逼近音乐。

旋律是音乐的灵魂。按照作曲家兼小说家昆德拉的说法，旋律一般属于简单结构，适应于一个明显和简单的形式。如果以这种理念考察《格萨尔》史诗，所谓一个简单的旋律结构就是数个诗句融合成一个片段，凝聚着音韵旋律之美。史诗的各章节、各段落都隐隐约约地契合变奏、赋格段、回旋曲、复调等旋律结构。这也许正是《格萨尔》史诗作为说唱艺术的天然禀赋。

（一）变奏 (variation)

所谓变奏，就是始终围绕一个素材（可能是一个中心乐思，也可能是一个节奏原型）而变化。变奏在史诗中的巧妙而强势地介入，把史诗引向更丰富、更驳杂的世界。例如：

---

① 甘肃省《格萨尔》工作领导小组办公室、西北民族学院《格萨尔》研究所编纂：《格萨尔文库》第一卷第二册，甘肃民族出版社2000年版，第430—431页。

夜间猫头鹰发笑，这个现象很正常；
倘若白天也这样，就是恶兆不吉祥。
三夏杜鹃声声啼，这个现象很正常；
倘若秋冬也鸣叫，就是恶兆不吉祥。
其他地方信佛法，那里传教很正常；
来到霍尔把教传，就是恶兆不正常。
黑头藏人信佛法，那里灌顶很正常；
霍尔人若求灌顶，就是恶兆不吉祥。
……

无能的喇嘛衣食好，临下地狱有戏看；
无功的喇嘛经络痛，死到临头有戏看；
霍尔人似要信佛法，灌顶结束有戏看；
……①

辛巴梅乳孜看到霍尔人虔诚地聆听喇嘛灌顶时的这段唱词，透着沉沉的感觉，仿佛是绝望的音响。

一个变奏式的乐段，也许没有明显的反复，但在乐思和情调上结为一个连续的整体。在这个整体中，往往由一个关键词或意象，相当于一个基调（keynote）统一着彼此的关系。例如：

我从天界用歌供，歌供一千零二天魔神！
我从半空用歌供，歌供三百六十念魔神！
我在大地用歌供，歌供一百零二龙魔神！
平日经常来供奉，紧要时刻请能速降临！②

---

① 甘肃省《格萨尔》工作领导小组办公室、西北民族学院《格萨尔》研究所编纂：《格萨尔文库》第一卷第二册，甘肃民族出版社2000年版，第401—402页。
② 甘肃省《格萨尔》工作领导小组办公室、西北民族学院《格萨尔》研究所编纂：《格萨尔文库》第一卷第二册，甘肃民族出版社2000年版，第735页。

古拉托杰的这段打问情况的唱词的旋律结构就是一种自由式的变奏曲：以一个短句"我从……歌供……"是全曲的基础乐思，由它裂变、繁衍、扩延出丰富的主题旋律群，富有旋律的音响以激烈之势萦绕不绝。

总之，变奏就是采用了迂回、插入、延长、收缩等形式，把一个关键词或一个意象的内涵发展为一个乐段，乃至一个具有内在关系的复合结构。

（二）赋格段式 (fugue)

赋格是用对位法写成的一个"较扩展的单位"或作品部分，它引申于一个叫作主句（subject）的主题。一首赋格曲或一个赋格段通常包括三个部分：现示部、发展部和结束部——结束部一般都会回到现示部的主题上去。在这个内部，一系列乐段都采用多种多样的模仿的手法强化和丰富主题。

> 好心肠的王妃啊，用心听我把歌唱！
> 自从世界形成来，这种帽子不曾有。
> ……
> 帽子两边缝帽耳，形似玛康擦瓦岗，
> 四水六岗形成状。帽子上面绣鹏鸟，
> 标志三界能收降；鹏鸟身上有六翼，
> 标志能镇三世间；帽子上面缀宝镜，
> ……
> 插着一根枭鸟翎，标志观修能入定；
> 插着一根黑雕翎，标志正行获法力；
> ……①

戴青头巾的宗巴的这大段唱词，充满强烈的跳动的变化。纵观这段唱词，或是严格的重复，或是修饰性的扩延，或是强调性状的伸展，或是引入新的发

---

① 甘肃省《格萨尔》工作领导小组办公室、西北民族学院《格萨尔》研究所编纂：《格萨尔文库》第一卷第二册，甘肃民族出版社2000年版，第435—438页。

展素材，或是数种变化的集合。无论何种形式的变化，都表现出密集、交错有致的倾向，给人的感觉是：节奏彼此追赶，互相靠近。主句和答句往往紧密结合，情调上彼此应和，产生出逐渐紧张的节奏效果——这也正是赋格的本质特点，我们仿佛听到了史诗节奏翻滚的纯音。史诗往往以变化扩展主旨的意义，在重复中完成节奏的循环、情调的回合和思想的对话。几次变化化为盘旋上升的旋律，凸显出人物情感流动的激越与复杂。从整体形式意义而言，上例对主旨做了密集式的对位陈述之后，展开部分收束于一个充满回响的和弦，起到卒章显志的美学效果。

（三）回旋 (rondo)

回旋就是在一个乐章之内或较大的旋律结构内部，主题旋律一次又一次地重复出现，往往在每次反复之间插入对比的素材加以分割。例如：

> 高高夜空升圆月，清明皓洁放光芒；
> 其他小星难相比，珠牡容貌赛月亮。
> 水塘里面出莲花，花枝招展生光华；
> 其他花朵难相比，珠牡娇艳赛莲花。
> 森林中间长檀香，清香悠悠飘四方；
> 普通森林难相比，珠牡芳体赛檀香。
> 珠宝当中有水晶，洁净无瑕又透明；
> 其他珠宝比不上，珠牡心地如水晶。
> ……
> 打从今年开始起，由我珠牡来带头；
> 请求归服白帐王，苦乐全由你做主。
> 世人共慕白岭部，年年给霍尔纳贡赋；
> 珠牡主婢四个人，愿去霍尔作人质！[①]

[①] 甘肃省《格萨尔》工作领导小组办公室、西北民族学院《格萨尔》研究所编纂：《格萨尔文库》第一卷第二册，甘肃民族出版社 2000 年版，第 273—275 页。

在珠牡这段荡气回肠的唱词中，回旋曲携着"迭句"奏响主题旋律铿锵之音。间隔性重复和复现的主题旋律有规律地插入，产生出循环往复的节奏美感，为史诗带来意想不到的含义上的升华。

交替是所有回旋构思的结构原则的基础。"交替"本来就是诗歌节奏的一种本能。在史诗中我们到处都能发现这类旋律的结构。它的发展部分就掺入了回旋曲手法来扩展、深化这一旋律素材。在整部史诗旋律结构的运作中有两种形式：一种是以一圈圈的句子重复形成旋律的循环；另一种是介入对比的插入句，旋律在断裂中合拢，形成回旋曲的性质。

（四）复调 (polyphony)

纯粹音乐意义上的复调，即把旋律叠加起来，使人"同时听到两个或两个以上的旋律"[①]。《格萨尔》史诗中的许多情节都具有明显的复调叙述的特征。事实上，史诗说唱属性惯用的叙述策略本能地将史诗纳入复调叙述的语境。例如：

> 第一授灌顶，愿山上大鹿自解脱！
> 第二授灌顶，愿林中老虎自解脱！
> 最后授灌顶，愿辛巴现在自解脱！
> ……
> 我给火焰来灌顶，使它温暖永不冷。
> 三宝温晚扣火焰，愿能吸引霍尔人！
> 我给大山做灌顶，愿白帐王像座山，
> 永远静止不走动！我给大河做灌顶，
> 但愿珠牡像条河，永远流淌不停顿！
> 我给阿钦滩灌顶，愿霍尔上空无人！
> 我给大风做灌顶，愿霍尔人的思绪，
> 难以捕捉像股风！[②]

[①] 薛良：《音乐手册》，中国文联出版公司1988年版，第169页。
[②] 甘肃省《格萨尔》工作领导小组办公室、西北民族学院《格萨尔》研究所编纂：《格萨尔文库》第一卷第二册，甘肃民族出版社2000年版，第407页。

金冠喇嘛的这段唱词，以"但""愿""使"几个词构成可以辨认的旋律叠加关系。堂而皇之的理由和神秘莫测的动机叠加在一段迭句般的旋律之内，声音获得了丰富的含义。复调的魅力之一在于：它把额外的意义留给读者。读者需要综合上下文来解读话中之音、音外之话，穷尽想象之力。缘于此，在语言简洁凝练、以说唱为主的《格萨尔》史诗中，复调的巧妙运用无疑是最为高明的手段。重复和变化互为依托，交相辉映，形成节奏活力的放达和音乐美感的同一。

三、节奏意义

口耳传承的说唱本《格萨尔》史诗，其内含的本真特质规定了音乐节奏的精神向度——发展强化史诗的内在意义与引导受众深刻体悟史诗的内蕴。换言之，节奏是史诗意义存在的方式。

节奏和意义是统一体的两个方面，是不可分割的。人们往往把注意力集中在节奏的感性层面上，即声响形式。然而，如果想要在更深层次上获得节奏的完整性意义，则需直抵节奏的理性内容——情感色彩和情感流程。事实上，卷帙浩繁的说唱体《格萨尔》史诗，也就是一部有节奏的情感表达史。在情感起伏跌宕，刚柔相济之间自有一种和谐的律动。情感运动的千姿百态要求节奏模式随之繁复多变。史诗的节奏模式（或称节奏律动）是史诗中人物情感形态的模拟和隐喻。每一种情绪都在充盈的语汇的辐射下，把爱、恨、情、仇、欢乐、悲、苦推向表达的极致。

节奏模式的律动往往是由速度来表现的。就像作曲家在创作乐谱时在乐谱上标上诸如 vivace（活泼的、生动的）、adagio（缓慢的、从容的）等符号，告知演奏家用什么样的速度演奏他的作品，事实上也就是指示演奏家以什么样的情感风格解释作品的内涵。一定的速度总是拟构或暗示着一定性质的感情。

速度的内涵是双面性的，同一速度的节奏有时能引发截然相反的情感联想。通常情况下，缓慢系列的节奏产生出恬静、感伤、柔情或单调、沉闷、低落、阴暗的印象；快速系列的节奏总是与激动不安的情绪有关，如嗔怒、恐惧、狂喜等。这在《格萨尔》史诗里随处可见。例如王妃珠牡的出场节奏往往是恬静、柔情、感伤的；英雄格萨尔的出场节奏多为激越、狂放、昂扬的。这种节奏的速度性往往从另一视野层面预示人物的出场。

（一）慢节奏意义

在《格萨尔》史诗中，"力挽狂澜式的英雄气概"的意象构成了史诗主旨的基础背景。例如，描绘珠牡困惑时的唱词：

> 在此给我解闷者，只有你这花喜鹊，
> 请你细听珠牡我，来唱心头烦闷歌！
> 你若要想寻食物，就到北方姜玛滩，
> 那里雄狮格萨尔，刚把野牛射杀完。
> 牛肉堆积如城堡，牛血横流汇成湖，
> 珠牡有信送给他，肉食让你尽饱吃。
> 薄命女子珠牡我，唱歌原因给你说：
> 昨天大王捎信来，说他就要来霍尔，
> 珠牡看了心中乐，可是信中说的话，
> 现在变成一场空，就像棉花挂刺头，
> 纠缠半路未动身，铁石心肠格萨尔，
> 不知珠牡受孤苦，即便不愿来霍尔，
> 也得早归白岭地！①

时间的变化和季节的更替已经对珠牡失去意义，这种慢节奏绝妙地凸显出人物当时困惑不安的情形。在史诗中缓慢的节奏往往象征着死寂（失去活力）的状态。近乎板滞的缓慢叙述，为史诗的悲剧之美镶嵌上耀眼的辉光，为凝固的生活节奏找寻幻美的答案。

---

① 甘肃省《格萨尔》工作领导小组办公室、西北民族学院《格萨尔》研究所编纂：《格萨尔文库》第一卷第二册，甘肃民族出版社 2000 年版，第 348 页。

（二）快节奏意义

通常情况下，快节奏往往引发人们积极、昂扬的联想。按照尼采的观点，快节奏是思想的节奏。当思想以其本性呈现时，它犹如急流、闪电、光的舞动。在心醉神迷的速度中，人获得"神性的丰富"。

史诗中多选择狂热急促的节奏来展现英雄的气概。例如格萨尔看到喜鹊送来珠牡的信时，唱道：

> 岭国大王格萨尔，到这边荒魔地来，
> 射杀鲁赞魔王后，现在此滩招魔财。
> 阿达拉茂做妻子，牛肉堆积知城堡，
> 牛血汇集成湖海，正唱小调自取乐，
> 灾鸟为何飞这里？此地雄鹰不敢来，
> 你竟飞来把肉吃！①

排比和迭句积聚了异常强烈的感情能量，而密集性的重复震撼着史诗描绘的生活世界的超强节奏。

（三）对比速度意义

史诗的叙述速度不是一成不变的。叙述速度的变化往往随着情境的变化而不断适时地变化。史诗的每一章节往往选择一个基调性的节奏模式来统一叙述的速度，同时围绕基本速度展开渐变和对比性的变化。例如《降霍篇》第二十二章"珠牡三次送信催王归，大王化身商人会父面"中，就有很好的例释。

从最慢的节奏到最快的节奏，或从最快的节奏到最慢的节奏，或快节奏与慢节奏对比出现，节奏之美使听众获得了丰富的联想和纯美的心理效应。速度的变化意味着某种变故的发生并带来了情调的变动。例如，用回旋迭句来配合

---

① 甘肃省《格萨尔》工作领导小组办公室、西北民族学院《格萨尔》研究所编纂：《格萨尔文库》第一卷第二册，甘肃民族出版社2000年版，第348页。

白帐王狂躁的性格和恨忧交加的心情；而在写珠牡充满灵魂的自白时，节奏迅速地从一种速度滑向另一种速度，充分地表现了一颗绝望、破碎的心灵情感的强度和变化。有唱词为证：

> 狐狸姐姐毛好看，请听珠牡伤心曲：
> 急急忙忙去何方？若是要到北方去，
> 在那北地姜玛滩，夫君世界雄狮王，
> 射杀野牛堆成山，牛血汇集成湖泊，
> 请带书信和戒指，交给大王格萨尔！
> 就说薄命珠牡女，写信根由是如此：
> 一是大王行动慢，二是珠牡久受苦，
> 三是雅孜城头上，挂着嘉擦的头颅，
> 它被常人当玩物，看见叫人不忍睹。
> 大王心中没有我，珠牡只好去寻死。
> 把信交给格萨尔，肉脂会让饱饱吃。①

对比破坏了原有平衡，造成了一种相似中的不似，扩大了节奏的柔韧性和敏感度。节奏的速度反映情绪的强度和性质，快慢节奏的结合（对比）总能够产生出情调细腻、意义丰富的旋律。《格萨尔》史诗成功地驾驭这一音乐美学理想，为史诗的纯美注入了鲜活的血液。

---

① 甘肃省《格萨尔》工作领导小组办公室、西北民族学院《格萨尔》研究所编纂：《格萨尔文库》第一卷第二册，甘肃民族出版社 2000 年版，第 349 页。

《格萨尔》生命美学思想论[①]

《格萨尔》是一部卷帙浩繁、博大宏富的藏民族的大百科全书，是史与诗的结晶体，是沉潜在藏族人民心灵深处的精神图腾，是人类英雄史诗的瑰宝。同时《格萨尔》也是一部历史悠久，流布广泛的英雄史诗。在原始社会末期和阶级社会初期，人们对"英雄"的崇拜是它无法抹去的印痕，整部史诗烙上了"英雄时代"的特征。史诗以生命美学思想极致地描绘了艺术化的生活内容，再现了人类生命的存在，凸显出藏族人民对生命和人类生存的讴歌之情。生命和生存成为史诗的美学底蕴。透过史诗丰富驳杂的表象，生命的雄浑、生命的激情振聋发聩。人的生命才是人类一切活动最古老、最本质、最坚实、最有力的。礼赞人的生命，解读生命的神话构成了英雄史诗《格萨尔》的基本美学思想。歌颂英雄、宣传英雄主义，是史诗的美学基调和价值向度。人的自然生命和精神生命的融和、升华，是对史诗"天人合一"理想境界的美好实践，是对史诗人性神话的最好诠释。

一、礼赞人的生命，解读生命的神话是《格萨尔》史诗的基本美学思想

规模宏大、内涵宏富的《格萨尔》作为史诗性文学作品，其中蕴藏着未被开掘的丰富的生命美学思想。礼赞人的生命，解读生命的神话是《格萨尔》史诗的基本美学思想。人类生命的存在成为其审美理想的既成对象。史诗生命美学的构建是历史环境和民族文化心理共同影响和长期发展的产物。通常而言，

[①] 本文曾发表于《中国藏学》2008年第2期。部分内容有改动。

人有三重生命——肉体生命、精神生命和社会生命，因而人的审美也具有上述三个维度，客观世界的美也就具有了三重品格。①《格萨尔》史诗中的三重生命美的既成对象，自始至终都是以感性直观介入的方式呈现在人们面前的。古代藏族的审美观念管窥一见。

就人的肉体生命而言，审美首先有生物生命的维度。史诗《格萨尔》对美的追求，首先是表现在满足人们对生物生命品格的凸现性追求层面上。诸如，喜欢各种颜色，喜欢欣赏人体、描写人之美，特别是英雄、勇士和异性美的描写，谋求感官刺激等都属于这个维度。例如，在《赛马篇》中，通过对各匹马的描写体现了人们对五彩缤纷的颜色的喜爱和追求。珠牡在介绍赛马的情况时，唱道：

> 跨下坐骑那骏马，玉鸟青驹美名传。
> 他所骑的那匹马，朱砂火焰是美名。
> 他所骑的那匹马，黑鸦千旋是美名。
> 他所骑的那匹马，雪山腾飞是美名。
> 随后跟的那个人，骑着鹅黄金卵马。
> 随后跟的那个人，骑着黑鹏腾飞马。
> 随后跟的那个人，骑着豺狗黑尾马。②

对于颜色并不艳丽的马来说，能有如此丰富的描写，这恐怕是多姿多彩的颜色在人的生命中的折射吧？

在《格萨尔》中，对人体美有着多种多样的具体描写。这些描绘既包含着古代藏族同古代英雄主义相适应的形体美的标准，也体现出创造者的生命美学观。人的形体特征经过口耳传承性民间说唱的极度夸张后被描绘成浪漫主义英雄的形象，甚至被赋予一定的神话色彩，把古代藏族对人肉体美的形体尺度把握和审美观念展现在直观与具体形象之中。先看珠牡去玛麦迎角如时，碰到由

---

① 封孝伦：《审美的根底在人的生命》，《学术月刊》2000 年第 11 期。
② 甘肃省《格萨尔》工作领导小组办公室、西北民族学院《格萨尔》研究所编纂：《格萨尔文库》第一卷第一册，甘肃民族出版社 1996 年版，第 223—224 页。

角如所变的英俊少年是怎样的模样："珠牡走近一看，为首的那位少年，容貌与众不同。他服饰艳丽，英俊潇洒，肤色白净，双颊红润，容光焕发，好像神童下凡一般……"①

再看珠牡心中的格萨尔是怎样的形象：

> 他脸面好像十五螺月白生生，他双颊好像放光红珊瑚，
> 他两眼好像破晓启明星。他牙齿洁白好像珍珠串，
> 他身躯魁伟好像须弥峰，他心地仁慈好像白绸绢，
> 他语音美妙好像玉笛声。他坐在千瓣红莲花宝座上，
> 好像白梵天王坐天宫，……②

还有，作为英雄的格萨尔出征时的形象，则描写得更加细致入微，以近乎夸张的手法展示了格萨尔的体态形象和着装打扮，反映了藏民族对美的追求。史诗中是这样描写的：

> 他上体端庄，既像是雄狮蹲踞，又像是玉鬃丰满的雪狮；腰身端直，既像是金刚杵，又像是金刚杵用丝绸装饰；下肢既像孔雀站立，又像是孔雀夸耀羽毛；面容就像十五的皓月，洁白俊美；眼睛就像东方的启明星，闪闪发光；头发像厚厚的乌云，发辫盖过上半身。他身段俊美，就像彩虹升起；语言动听，就像寻香天女弹奏琵琶；心意不乱，具备了法身意趣。他上身穿着红色水绸内衣，下身穿着迦希白布的裤子，打着九褶的裤边；外套是云纹红花的褐子大氅，装饰着水龙皮的压边；胡椒色的绸绫腰带上，压着金粉作装饰；刻有八吉祥图案的腰盆上，缀着水晶把柄小刀子；九股银丝编织的银链上，用五种珍宝作流苏；刻有水纹的腰刀上，镶着黄金巴扎作装饰；九重彩虹纹的朝靴上，系着九股彩线的靴带子。头上缠着红曼芷的头巾，上面又戴着黄金天冠；纯金作的耳环上，镶嵌着蓝宝石；

---

① 甘肃省《格萨尔》工作领导小组办公室、西北民族学院《格萨尔》研究所编纂：《格萨尔文库》第一卷第一册，甘肃民族出版社1996年版，第182页。
② 《格萨尔王传·降伏妖魔之部》，王沂暖译，甘肃省人民出版社1980年版，第64页。

手里拿着红宝石做成的念珠,手指上戴着金刚石磨制的戒指。①

以上通过格萨尔的形象告诉我们,对于男性,不但要有魁伟的身躯、端庄的体态、红润的双颊,还要饰以各种色彩、各种颜色的装饰品,而且还要心地仁慈。这种形体与巨大的力量和善良仁慈联系在一起,称为人之美,这也是藏民族从事畜牧业和适应战乱争斗,部族繁衍必不可少的基本条件。那么,女性是怎样的美呢?请看《赛马篇》中对珠牡的描写:

且说僧姜珠牡,她本是白度母的化身,出身高贵,为人正直,言而有信,聪明睿智,坚强果断,知足知耻,忠贞不渝。她身段窈窕,如像软藤;面部白净,如同皓月;双颊红润,如涂朱砂;头发乌亮,千线编织一般;一双大眼,明珠闪亮;小小红唇,犹如珊瑚;一口洁齿,白如珍珠;肌肤细嫩,柳腰柔肢;声音美妙,能言善语;说话和气,待人和睦……②

再看格萨尔心中的女性是怎样的美。他在见到珠牡时曾这样唱道:

像你这样年轻俊俏的人,一百个姑娘中难得一。
即使偶然有一个,容貌也难比上你。
你是白度母下凡来,并非一般凡家女。
你右转好像风摆柳,左转好似彩虹飘。
你前走一步价值百骏马,好像半空中空行在舞蹈。
你后退一步价值百紫骡,好像天上的仙女在舞蹈。
你眼眉含情价值百犏牛,人人都为你倾倒。③

通过以上对珠牡的描写,我们不难看出藏民族心目中女性美的标准:苗

---

① 甘肃省《格萨尔》工作领导小组办公室、西北民族学院《格萨尔》研究所编纂:《格萨尔文库》第一卷第一册,甘肃民族出版社1996年版,第277页。
② 甘肃省《格萨尔》工作领导小组办公室、西北民族学院《格萨尔》研究所编纂:《格萨尔文库》第一卷第一册,甘肃民族出版社1996年版,第179页。
③ 《格萨尔王传·降伏妖魔之部》,王沂暖译,甘肃省人民出版社1980年版,第41—42页。

条的身段、细嫩的肌肤、乌黑的秀发、白净的面庞、明亮的眼睛、洁白的牙齿等。单是这样的美还觉得不够，还要着上多姿多彩的饰物。然而，这样的女性还不够完美，还要为人正直，聪明睿智，心胸开阔，心地豁亮等。至此，藏民族对美的追求被表现得淋漓尽致。

《格萨尔》史诗所描绘的格萨尔、珠牡等形象的形体及其尺度也就可以看作是藏族社会普通的人体美的标准。《格萨尔》通过这些形象告诉人们：人是美的，这种美是可以具体把握的，可以度量的，而且男性与女性有着不同的标准。不过，也有一些共同之处。比如，对于衣着和饰物，人们有着共同的爱好。有人说这是由于他们的生活环境和生活相对单调，因而表现出对衣着和饰物的强烈兴趣。这不正说明他们对美的执着追求，对生命的热切珍爱吗？对反面人物的猥琐形象描绘，既烘托出格萨尔等英雄的形体之美，又凸显出对外形丑陋的反感与厌恶，同时对众多英雄、勇士以及猛兽、猛禽进行艺术化类比，这也是史诗《格萨尔》中塑造英雄人物形象及其性格的重要创作手段，也是其表现人体美的一种美学风格。

其次是注意满足人对精神生命的追求。在审美活动中，每一个欣赏者都对审美对象提供着博大的精神时空和丰富的生活内容，尤其是那些能和审美主体的现实生活体验在本质上一致而在表现形式上却不一致的生活内容，以满足由于现实时空中难以体验到而人们往往又充满期盼的生命。每个民族在自己独特的社会生产、生活方式中都有因历史人文积淀而形成的精神生命和心理素质。在表现英雄、勇士对精神生命的追求时，藏族人民有着悠久的艺术传统。随着人类的形成和人造工具的出现，史前人类产生了像孪生兄弟一样的两种心理倾向：一是征服欲，即对外部世界进行能动的认识、改造和利用，从而取得相对满足的心理要求。在《格萨尔》所描绘的降伏四魔、十八大宗、十八小宗等无数次的战争中，无论是对妖魔鬼怪的降伏还是对邪恶势力的打击，所体现出的都是一种征服欲。格萨尔所到之处，不仅要把妖魔鬼怪和邪恶势力彻底消灭，还要使佛法广为弘扬。例如，在《格萨尔·加岭传奇》中，格萨尔前往加地时唱道：

在那东方加地天空界，日月星星被关进监牢里，所有人类和生灵，全被黑法笼罩着。

加帝忧愁坐在黑房里，皇后妖尸等我去焚化，
加地法门要我去开启，我要把加地变成正法地。[1]

对于格萨尔去加地"焚尸"，并把加地变成"正法地"，我们不能简单地看作是"征服"，但其征服欲的表象性显现却是无法掩盖的。

二是崇仰心理，即因无知或出于某种意愿而产生的对某一对象的盲目。史诗中所描绘的对格萨尔和其他英雄的崇拜就是这种崇仰心理的反映。

史诗的世界明显地烙有这两种心理倾向。这两种相对的心理倾向，构成相反相成的互补关系，从而使史诗世界的人物在同外部世界的关系中保持着心理上的平衡。"在战争频繁的时代，部落里理想的战士就成为男人的理想了。……当然，那些富有经验的德高望重的氏族首领，更会受到人们的敬仰。"[2] 格萨尔大王作为藏族部落的大英雄理所当然成为藏族人民的精神领袖。直到今天，格萨尔大王仍然是藏族人民的精神图腾。恩格斯曾以深刻而幽默的笔调写道："文明国家的一个最微不足道的警察，都拥有比氏族社会的全部机关加在一起还要大的'权威'；但是，文明时代最有势力的王公和最伟大的国家要人或统帅，也可能要羡慕最平凡的氏族首长所享有的，不是用强迫手段获得的，无可争辩的尊敬。后者是站在社会之中，而前者却不得不企图成为一种处于社会之外和社会之上的东西。"[3] 在史诗的世界里，藏族先民们所崇仰的是像格萨尔大王这样征服欲的集中体现者和杰出实践者。这也正是史诗礼赞人的生命、张扬人的强悍的精神所在。史诗《格萨尔》中有关人的生命活动中肉体与精神关系的互动的描绘，是史诗精神沉潜的旨归。

最后是能够满足人对社会生命的追求。古往今来，每个人都追求社会价值，渴望为社会做出贡献，得到社会的承认，要为历史留下可以纪念的东西。

---

[1] 阿图、徐国琼、解世毅翻译整理：《格萨尔·加岭传奇之部》，中国民间文艺出版社 1984 年版，第 17—18 页。

[2] 邓福星：《艺术前的艺术》，山东文艺出版社 1987 年版，第 116—117 页。

[3] 《马克思恩格斯全集》第 4 卷，人民出版社 1995 年版，第 160 页。

因此，在为能够获得社会认同的价值观驱使下，不但有许许多多人去为之奋斗，而且为能够得到社会的广泛认同而产生美感。在人的社会生命这一维度上，社会原则、阶级原则、真善美原则都能够予以充分体现。例如，格萨尔在见到珠牡时曾这样唱道：

> 你身腰苗条恰如竹临风，你胸怀开阔真像鹰展翅。
> 你心地豁亮一似明镜明，你思想锐敏胜过子弹利。①

格萨尔还说道："女人的胸怀应该比阿钦滩还要宽广，心意应该像剑杆一样正直"②，这里，格萨尔心目中女性美的原则正是真善美原则的很好体现，也是女性所追求的社会价值的反映。

史诗中经常写道：男人（女人）分上中下三等，上等男人（女人）……，中等男人（女人）……，下等男人（女人）……这是人们价值观的直接体现，也是社会原则的直接表述。例如，姜王子玉拉托居尔在劝说木古的援兵后退时唱道：

> 世上一切男子汉，上中与下分三等；
> 两个上等男子遇一起，就像日月升高天。
> 不仅光辉照自己，还能给人增温暖。
> 两个中等男子遇一起，就像狮虎住窝里。
> 不仅自己有安乐，还能对人有利益。
> 两个下等男子遇一起，会拿本部落送人情。
> 虽然这是对人好，自己却要受苦痛。
> 我看这样傻作法，属荒唐无大用。③

---

① 《格萨尔王传·降伏妖魔之部》，王沂暖译，甘肃省人民出版社1980年版，第42页。
② 阿图、徐国琼、解世毅翻译整理：《格萨尔·加岭传奇之部》，中国民间文艺出版社1984年版，第13页。
③ 《格萨尔王传·木古骡宗之部》，王沂暖、何天慧译，甘肃人民出版社1988年版，第422页。

史诗以明确的态度表明何者为上等人，何者为中、下等人。这是人们的价值趋向和当时社会原则的体现，也是人们对社会生命追求的折射。

史诗《格萨尔》中的英雄、勇士、格萨尔、珠牡等人也好，其他人也好，他们有爱情，有友谊，有复仇活动，有暴虐表现，这都是生命个体本能的凸现，也是特定历史阶段人的社会生命在现实生活中的反映。史诗《格萨尔》中并不遮掩人性的任何一方面，人的形象是丰富的、完整的，在英雄身上有对体态、对力的渲染、夸大，却少有对人性扭曲的描写。对于英雄格萨尔，他被以浪漫主义和极度夸张的手法描绘成战无不胜、无所不能、近乎是神的英雄形象，可他仍然具有人的本性，有人所共有的七情六欲。例如，在格萨尔降魔启程时，珠牡极力挽留，想让格萨尔留在她身边。面对珠牡的深情挽留，他心中也有离别时的忧伤和痛苦：

> 终身伴侣生别离，心痛如同百针刺。
> 心中想起珠牡你，吃饭无味像嚼石。
> 口喝鲜奶像饮水，走路不稳难直立。①

后来，虽依照姑母贡曼婕姆的授记让珠牡返回，但他对珠牡的留恋与爱惜之情且更加真切，更让人感动：

> 我为降魔到荒野，荒野把妻往回遣。
> 太阳已落西山顶，北风呼呼刺骨寒。
> 珠牡衣单如薄绫，风雪莫冻她打颤！
>
> 在无人沼泽荒原上，母鹿别嘶惊着她！
> 在高岩石峰山近旁，野牛别吼吓着她！
> 在猛兽出没狭路上，仓狼别驰威胁她！

---

① 甘肃省《格萨尔》工作领导小组办公室、西北民族学院《格萨尔》研究所编纂：《格萨尔文库》第一卷第二册，甘肃民族出版社 2000 年版，第 27—28 页。

在对面无人空谷中，无形鬼怪丑精灵，
别发怪声恐吓她！狐狸莫要乱叫唤，
盗匪莫要拦劫她！①

寥寥数语，就把格萨尔对珠牡的一片真情以及此时此刻他对珠牡的爱恋、怜惜和他自己在别离后的惆怅与忧伤描写得淋漓尽致。这种富于人性化的描写把格萨尔塑造成独具特色的"半人半神"的英雄形象，从而使格萨尔这一英雄形象更加生动形象，鲜活饱满。这是对生命和人性美的呼唤与追求，也是人的社会生命在现实生活中的折射。

二、歌颂英雄、宣扬英雄主义，构成了《格萨尔》的美学追求

所谓英雄主义，是一种为国家、为民族利益不惜牺牲生命的人的高尚精神。谢选骏在《神话与民族精神》一书中谈到史诗与英雄崇拜时说："史诗，大抵有一个超越家族系统的民族神话英雄，作为其中核心人物。他能行奇事，他能激发全民的热情和崇拜，他为整个民族献身，而不仅是某个家族或王朝的保护之神，或某个特定家族的'祖先'。"②人类社会的生存是平等的，故而每个社会成员其生存的权利都应当平等。但人类的智慧、能力是不同的，他们担负的社会责任也无法相同。农业社会或者是在宗教寺庙，或在书斋私塾培养谦谦君子；而游牧社会却是在战斗中培养勇武英雄，英雄是最能体现生命的俊杰，英雄继承了人类在几千年中积累起来的心理禀赋，他们可以攻坚，可以冲破铁桶般的封闭，可以砸碎任何坚硬的旧制序，可以创建自己理想的家园，这是美的催生、美的创造。没有一代又一代的英雄对美的追求的鼓励，今天人类也许仍然还在茹毛饮血，刀耕火种。

英雄形象在人类社会历史上存在的时间最长，也最鲜活，它已渗透到人类的无意识层面、潜意识深处。人们既本能地对英雄形象心生敬意，努力效法，

---

① 甘肃省《格萨尔》工作领导小组办公室、西北民族学院《格萨尔》研究所编纂：《格萨尔文库》第一卷第二册，甘肃民族出版社2000年版，第31—32页。

② 谢选骏：《神话与民族精神》，山东文艺出版社1986年版，第406页。

又对自己或凸显或模糊的英雄行为倍加珍惜。史诗《格萨尔》中，英雄就是和战争紧密相连的，没有战争就显示不出英雄本色，没有战争英雄也就失去社会价值，自然也就失去了美的意义。《格萨尔》表明，英雄构成了战争的主体，战争是英雄、英雄主义的诞生地、运动场。英雄的数量越多，战争的光彩越耀眼。《格萨尔》是一部描绘战争的长篇英雄史诗，它成功地塑造了众多的英雄形象。

第一，史诗《格萨尔》中的英雄形象大多神勇威猛，视死如归。文学作品中的神话人物或英雄形象经历了"空间崇高""时间崇高""力之崇高"和"精神崇高"的发展阶段。史诗《格萨尔》中的英雄形象已经跨越了"空间崇高"和"时间崇高"的初级阶段，并由"力之崇高"向"精神崇高"的阶段迈进。史诗在塑造英雄形象时，从形体上看，并没有巨人的影子。即使是半人半神、人神合一的格萨尔，仍具有普通人那种健壮的身躯，只不过，作为征战的英雄，他们大多是神勇威猛之士，从不惧怕出征。为赢得英雄称号，为维护勇士的尊严、部族的尊严，《格萨尔》中的勇士们神勇凛然、勇往直前。例如，面对霍尔兵马大军压境的情况，嘉擦协嘎唱道：

> 因此在我心中想：不把白帐王头砍断，
> 嘉擦我就不罢战；不消灭霍尔十二部，
> 嘉擦我就不手软；最后的胜利看不到，
> 我也决不会心甘。要让敌尸盖山冈，
> 要让敌血洒沟川，黄河清清东流水，
> 也要鲜血把它染。决心苦战三年整，
> 看能不能保江山？嘉擦为了保国土，
> 愿在沙场把身献。①

大军压境，嘉擦协嘎毫不畏惧，誓死消灭敌人，保卫家园，即使献身疆场

---

① 甘肃省《格萨尔》工作领导小组办公室、西北民族学院《格萨尔》研究所编纂：《格萨尔文库》第一卷第二册，甘肃民族出版社 2000 年版，第 175 页。

也在所不惜。一位神勇威猛、视死如归的英雄形象跃然纸上。

第二，史诗《格萨尔》中的英雄形象还体现出机巧和睿智。这些英雄们不只是凭着自己勇猛的力量和敌人死打硬拼，而是运用各种战术，巧夺智取，充分体现了英雄们的机巧和睿智。他们或者趁敌人不备之时偷袭敌营，或者布下阵来诱敌深入，或者调集兵马分兵合击，或者借英雄威名恐吓敌人……他们在战争中总结了丰富的经验，处处闪现着智慧的火花。例如，在岭国收到灾鸟的十二根大尾翎后，在谈到巡逻的经验时唱道：

前去放哨与巡逻，三个诀窍不可违：
路经山冈侧旁时，敏捷要如疾风吹；
巡查平原大滩时，勇猛要如鹞鹰追；
环视山川湖畔时，机警要如狼觅食。
只要勇敢和机智，巡逻不难就容易。①

寥寥数语，就把巡逻时不同情况下的处置原则表达得清清楚楚。再如，当丹玛要出去巡逻时，珠牡向他饯行时唱道：

出门行劫进发时，要像母狼般有力；
抢劫取胜回归时，要像公狼般迅速。

出征人注意三件事：人不贵剽悍贵潇洒，
马不贵迅速贵稳健，刀不贵锐利贵鞘美。
回营人也要三注意，人不贵潇洒贵剽悍，
马不贵稳健贵迅速，刀不贵鞘美贵锐利。②

---

① 甘肃省《格萨尔》工作领导小组办公室、西北民族学院《格萨尔》研究所编纂：《格萨尔文库》第一卷第二册，甘肃民族出版社 2000 年版，第 83 页。
② 甘肃省《格萨尔》工作领导小组办公室、西北民族学院《格萨尔》研究所编纂：《格萨尔文库》第一卷第二册，甘肃民族出版社 2000 年版，第 85 页。

就连妇女们都懂得出征进发时要勇猛有力，以威严的气势震慑敌人，而取胜后要速战速决，可见这种闪耀着智慧光环的战事经验已深入人心。

第三，史诗《格萨尔》中的英雄形象大多具有崇高的思想。这也是英雄人物"精神崇高"的体现。格萨尔的出生就是为了消除雪域藏土境内的妖魔鬼怪，救民众于灾难之中，这本身就是一种崇高的思想。格萨尔出生后，虽历经磨难，但他心中时刻想着为民除害，拯救万民。在应对了超同对他的陷害后，又降伏了阿乜贡巴，后来又收服了澜沧、长江两处的所有无形鬼怪，为他日后降妖伏魔做准备。在他被逐出岭部后，他还始终想着自己肩负的重任，竭尽所能治理好自己所辖的玛域。在岭地降雪后求救于他时，他不计前嫌，将自己的领地分给他人。他身上体现出的这种心胸宽广、大公无私的英雄本色已经被传为"神话"，镌刻在人们的记忆深处。然而，这只是为他实现自己的崇高目标所做的准备。等他设法登上王位后，便踏上了自己铲除强暴，为民谋幸福的征程。请听他在登上王位后的宣言：

> 雄狮宝珠制敌我，用兵打仗是事业。
> 谋求众生得幸福，同时协助来昌佛。
> 判断调处民是非，十善正法作准则。
> 那些黑魔王臣们，讲说正法听不懂，
> 指教因果不遵行，不用武理力去讨伐，
> 善行感化不可那。为把黑魔全歼灭，
> 我作军王来统兵。①

这样大公无私、胸怀大志的宣言，不正是英雄崇高思想的体现吗？在此后降妖伏魔的过程中，格萨尔以切实的行动实践着他的这种为民除害、拯救万民的崇高思想。史诗中的其他英雄形象也是如此，他们以部落利益为重，以战死疆场，为国捐躯为荣，很少为自己个人的得失和生命考虑。

---

① 甘肃省《格萨尔》工作领导小组办公室、西北民族学院《格萨尔》研究所编纂：《格萨尔文库》第一卷第一册，甘肃民族出版社 1996 年版，第 246 页。

《格萨尔》在战争中表现出来的英雄主义、英雄崇拜思想是古代藏民族的光辉耀斑。从史诗对英雄崇拜思想的表现形态来看,主要表现在两个方面:首先,思想意识上崇尚英雄。例如,在命名时,霍尔众将之中,像多庆查巴尔、歇庆邦科尔等,都是大力士之意;辛巴是屠夫的意思,自然是凶悍、勇猛、征服的象征。霍尔将帅级别中辛巴是最高一级,是英雄豪杰的代名词,说明当时将英雄称号或者征服行为作为一种荣耀予以褒扬。其次,行为中崇尚英雄。纵观《霍岭大战》全书,每当两军对阵,双方将领总要述说自己的英雄业绩和英武技能,以震慑对方,瓦解仇敌斗志。如霍尔名将梅乳泽和岭国的丹玛第一次相遇时,梅乳泽告诉丹玛:

刚满三岁学武艺,学拉木弓射木箭。
箭到天上飞鸟落,射杀地鼠是随便。

待到年满五岁时,能弯角弓射竹箭,
箭头指向绿草地,只只大鹿全倒下。
箭头指向花石山,头头野牛都害怕。

到了七岁艺超群,手持铁箭弯铁弓,
寺院殿堂作目标,射杀本僧九百人。

但我年满十二师,黑姜前来犯边境。
大军十万我指挥,入侵姜人全杀尽。
帝角辛巴梅乳我,就是这般大英雄。①

战争是游牧社会的核心内容,人们考虑的是战争,议论的也是战争,英雄时刻在准备着战争。战争成为凝聚英雄主义的强大场域。作为当时主要的口头

---

① 甘肃省《格萨尔》工作领导小组办公室、西北民族学院《格萨尔》研究所编纂:《格萨尔文库》第一卷第二册,甘肃民族出版社 2000 年版,第 99 页。

文学形式的史诗，《格萨尔》以塑造英雄为主要内容。既然是塑造，说唱中就增加了许多理想的色彩。史诗中的英雄当然也就高于生活中的英雄，史诗中的英雄自然成为人们效仿的楷模。英雄这个人类美好的理想模式就成了全社会的奋斗目标。游牧社会、草原文化之所以会生机勃勃，其重要原因是英雄主义如同磁石一般对人的精神趋势形成一种吸引力，在整个社会形成一个巨大而永恒的磁场。崇拜英雄，学习英雄，以英雄为榜样是人的高尚品德的体现，这无疑也是一种人格美，是生命美的体现。

三、创造满足人的生命的自然美，构成《格萨尔》"天人合一"的理想境界

社会存在于自然环境之中，这就构成了人生存的自然界，同时也就构成了社会的自然界。人是自然的人，又生存于社会之中，具有社会的性质，因而自然界是人的对象存在。人与自然的关系历来是美学界所关注的一个基本问题，最初从康德开始把美学的基本问题确定为人与自然的关系，也就是感性与理性的关系问题。这种关系也是人的生命或生存的基本问题。人是从自然中生成的并且始终属于自然界，因此，"人对自然的观赏，或曰自然美，也就是人与自然关系的直接见证"[①]。

人的生存环境——自然之所以美，是因为它能够满足人的生命追求。与此相对立的另一自然之所以丑，是因为这些自然不仅不能满足人的生命追求，有时还压抑人的生命需求，甚至毁灭人的生命。马克思指出："动物只能按照它所属的那个种的尺度和需要来建造，而人却懂得按照任何一种尺度来进行生产，并且懂得怎样处处都把内在的尺度运用到对象上去；因此，人也按照美的规律来建造。"[②] 人与自然的统一是指人能依照自然规律，全面地感觉、感受或享有多姿多彩的感性生活，又能自由地理解和思考，拥有广大而深邃的理性空间；既能发展自己的个性，为自己营造一块独特的天地，又能将自己融入群类

[①] 阎国忠：《人与自然的统一》，《浙江师大学报》2001 年第 3 期。
[②] 〔德〕马克思：《1844 年经济学哲学手稿》，《马克思恩格斯全集》第 42 卷，人民出版社 1979 年版，第 97 页。

之中，融入整个自然界。

　　人以生命的忘情状态投入到对象世界，对象世界以忘情状态投入到人的怀抱，这是人与自然关系和谐统一的反映，也是生命所追求的审美理想状态。史诗《格萨尔》描绘了许多静谧祥和、自然秀美的生存环境，这正是人们审美理想状态的直观呈现。请看《格萨尔》中所描绘的藏民族的生存环境：

　　　　在那圣地天竺的北方，一个清凉雪山环绕的胜地，……在上部高原地方，有刺入云霄的雪山，似长寿五天女的宫殿。有绵延无际的石山，岩羊成群出没。有曼荼罗般的草山，鲜花镶嵌其上；野牛野马群游，花鹿黄羊并跑；是医病药草宝库，到处弥漫着芬芳香气。这里有牧民十二万户，夏日上山游牧，冬季盆地定居；搭起大小帐房，处处牦牛抵角，处处牦牛啼鸣，处处小犊戏乐，处处羊群放牧，处处马群奔腾，处处牧笛鸣奏，处处犬守畜群，使人看了真是心旷神怡。①

　　如此美妙的环境，实乃人间仙境。藏民族对他们所处环境的赞美与欣赏之情溢于言表，他们对生存环境之美的极致追求、人与自然融洽和谐的亲密关系由此可见，史诗所追求的"天人合一"的理想审美境界亦可窥一斑。再看《降霍篇》中所描绘的草原：

　　　　滩中央是一片草原，牧草上结着草籽；四边长满林木，嫩枝上开着朵朵鲜花，老枝上垂着累累果实；布谷鸟婉转啼鸣，蜜蜂儿嗡嗡飞翔；树枝上的枝叶轻轻挥手，草尖上的露珠闪闪烁烁，河里的清水潺潺流淌。山头上野牛徜徉盘走，原野上大鹿尽情欢跑。……再看那背水的人就像群鸟飞翔，拾柴的人就像冰雹降落……②

　　显然，这里环境的美是由大自然中一切有生命的物体巧妙组合而成。这里

---

　　① 《格萨尔王传·辛丹相争之部》，王沂暖、贺文宣译，甘肃民族出版社1993年版，第1页。
　　② 甘肃省《格萨尔》工作领导小组办公室、西北民族学院《格萨尔》研究所编纂：《格萨尔文库》第一卷第二册，甘肃民族出版社2000年版，第445页。

的生命不只是静态的高原雪山、花草树木，还有动态的生命，诸如小鸟蜜蜂、野牛花鹿、群羊奔马等，更重要的是由于人的介入才使得整个环境充满生机，充满活力。所有的这一切都是那样的自然、和谐，尤其是没有把人同自然分开，把人也看作自然的一部分，与自然万物同生同长。这便是藏民族所追求的理想的审美状态——"天人合一"。

"天人合一"是中华传统文化之精神内核，是中华传统审美文化的灵魂。它在历史的长河中凝聚为中华审美文化精神之发展的一种支配力量与文化底蕴，可以说，它几乎无时不在、无处不有。这是我国古往今来生命美学创造的审美境界。史诗《格萨尔》所表现出的对自然的无上崇拜和人与自然的和谐一致是这一思想的美好实践，也是《格萨尔》生命美学境界的又一追求。

史诗中表现出的这种"天人合一"的理想状态，最初是一种自然崇拜的流露。正是由于最初的自然崇拜思想，才出现后来的人与自然和谐的状态，进而发展成"天人合一"的理想状态。因此，史诗中的自然崇拜也是其"天人合一"的理想审美状态的底蕴。

史诗描绘出的人们对自然的崇拜首先表现在对天地及其神灵的崇拜。在整部史诗中，时时处处都有天神的出现。在史诗的开头，当大慈大悲的观世音菩萨看到"南瞻部洲大地，特别是雪域藏土境内，到处战乱纷起，民众灾难横生，心中不能忍受，便向西方极乐世界的主宰阿弥陀佛祈请"①，希望能让众生解脱。此后，从格萨尔的出生、成长、称王到降妖伏魔等无不得到天神的指点和点化。每当格萨尔做完一件事情以后，便会有天母南曼婕姆，或者空行母囊门尕尔姆以及莲花生大师等天神授意他该降伏下一妖魔。在他遇到困难时会得到这些天神的帮助，打仗时会得到战神的帮助。例如，在《格萨尔王传·霍岭大战》中，格萨尔请战神助战时唱道：

> 此外十万畏尔玛战神，善业神的十万名战神，
> 诸神依怙十万名战神，黄念神的十万名战神，

---

① 甘肃省《格萨尔》工作领导小组办公室、西北民族学院《格萨尔》研究所编纂：《格萨尔文库》第一卷第一册，甘肃民族出版社1996年版，第1页。

> 围绕神变十万名战神，身具威势十万名战神，
> 上路护身十万名战神，家增财富十万名战神，
> 保己英雄十万名战神，自具胆略十万名战神，
> 降伏敌军十万名战神，所想如愿十万名战神，
> 无数战神无数畏尔玛，今日当观上方霍尔土，
> 请帮我把魔土来征服！北疆紫色沙山山脚下，
> 外姜有个神算巫术师，正在把霍尔魔来极护，
> 请助我把紫沙山摧毁！①

与此相对应，史诗中还有各种神山神湖中的神灵。例如，在岭地中部有吉杰达日神山，在东方有玛沁奔热神山等。在《格萨尔王传·霍岭大战》中就有霍尔人马要去"烟祭供赞"玛沁奔热山神的描述。②

《格萨尔》史诗中反映出的这种对天地及其神灵的崇拜实质上也是人们对自然的崇拜。这种崇拜无论是基于对自然中风雨雷电等自然现象的不理解而认为天地间有神灵，还是基于感激大自然提供给人们赖以生存的物质条件而认为天地间的神灵值得崇拜，都是以大自然为基础的崇拜，因而，其实质也是对大自然的崇拜。

其次是人们对动物和动物神的崇拜。格萨尔被冠以"雄狮大王"的威名，表明了人们想让他以雄狮的威武和勇猛来震慑天下，降伏妖魔。他手下有鹞、雕、狼等勇猛威武之大将。格萨尔居住的宫殿被称为"森周达泽"，意为"狮、龙、虎荟萃聚集"。史诗《格萨尔》中多处反映出将灵魂依附在动物图腾上，于是便有"×××人的命根动物"或"×××人的寄魂动物"。例如，在《格萨尔王传·霍岭大战》中，辛巴曾经唱道：

> 骑紫马的岭国娃，你再来听我的话！

---

① 甘肃省《格萨尔》工作领导小组办公室、西北民族学院《格萨尔》研究所编纂：《格萨尔文库》第一卷第二册，甘肃民族出版社2000年版，第419页。
② 甘肃省《格萨尔》工作领导小组办公室、西北民族学院《格萨尔》研究所编纂：《格萨尔文库》第一卷第二册，甘肃民族出版社2000年版，第165页。

> 白马群中有匹马，毛色纯白像螺卵，
> 它是白帐王寄魂马……
> 黄马群中有匹马，毛色纯黄像金卵，
> 它是黄帐王寄魂马……①

类似这种寄魂于动物或请动物图腾作保护神等的描写在史诗《格萨尔》中比比皆是，这充分地表明了人们对动物和动物神的崇拜。

人们对天地、动物的崇拜表明自然界的万事万物在人们心中的崇高地位，人们因此而不敢冒犯天地万物，这在反映藏族人民曾经由于对自然认识的局限而产生的一种图腾崇拜的同时，也反映了他们未将自然万物与人对立起来，把自然万物看作是与人息息相关的、同等的、有生命的物体。人与自然的这种和谐一致也就油然而生。史诗《格萨尔》所构建的"天人合一"的理想境界正是生命美学思想的集中体现。这一人化的自然其实就是人类自身再生产自然的表现，也是生产自然界的表现。"神人以和"是中华远古"天人合一"审美文化之魂的原始形态，具有列维—布留尔所谓"神秘互渗"②的文化性格。雄狮大王格萨尔就是这一"天人合一"的理想化身。

四、结束语

《格萨尔》史诗的生命美学思想，是其博大精深、意蕴宏富的不朽源流。史诗以生命美学的观点，艺术地再现了藏民族丰富的生活内容，为人们提供了一幅藏民族对人类生存热忱讴歌之图。笔者以美学的视野、美学的精神尝试着解读英雄史诗《格萨尔》，并以生命美学的价值指向叩问沉潜在史诗底层的人

---

① 甘肃省《格萨尔》工作领导小组办公室、西北民族学院《格萨尔》研究所编纂：《格萨尔文库》第一卷第二册，甘肃民族出版社 2000 年版，第 104 页。

② 〔法〕列维—布留尔：《原始思维》，丁由译，商务印书馆 1981 年版，第 62—98 页。列维—布留尔提出，"原始思维服从于互渗律"，并解释说："在原始人的思维的集体表象中，客体、存在物、现象能够以我们不可思议的方式同时是它们自身，又是其他什么东西。它们也以差不多同样不可思议的方式发出和接受那些在它们之外被感觉的、继续留在它们里面的神秘的力量、能力、性质、作用。"

类生命灵魂。歌颂英雄，宣扬英雄主义，是史诗的美学基调和价值向度。满足人的生命的自然创造的勾勒，构成了史诗对"天人合一"理想境界的美好实践。

史的构建与精神文化的巡礼[①]
——评《〈格萨尔〉学史稿》

随着《格萨尔》史诗搜集、整理、发掘工作的不断深入、细化,《格萨尔》研究逐渐走向规范化、学术化。新时期以来,《格萨尔》学逐渐受到中外研究者们的重视,成为一门显学。《格萨尔》学得以建立,是几代学人不懈努力的结果。因此,对《格萨尔》学进行史学视野研究,撰写《格萨尔》学史就显得尤为迫切。西北民族大学格萨尔研究院的扎西东珠、王兴先二位学者所著的《〈格萨尔〉学史稿》(甘肃民族出版社2002年版)及时填补了这一学科缺憾,实为学界一大幸事。二位学者的论著,将已经成为学界一门显学的《格萨尔》研究引向了一个更为深沉广阔的理性思维空间。王兴先先生主编的《格萨尔文库》和赵秉理先生编纂的《格萨尔学集成》等,让我们领略了《格萨尔》史诗博大深厚的文本世界和多维视野研究的累累硕果,之后,王兴先的《格萨尔》学奠基之作——《〈格萨尔〉论要》的好评如潮,有其更深层次的原因。但最让笔者心仪的是,捧在手里的这本厚厚的五十多万字的《〈格萨尔〉学史稿》(以下简称《史稿》)。这本著作标举史的学理,材料翔实,鞭辟入里,厚积薄发。二位学者将《格萨尔》研究作为藏族人民最重要的精神文化现象给予全方位、多层面、多角度、立体式的梳理与辨析,再现了《格萨尔》学史的全貌。

《格萨尔》是藏族人民集体创作的一部历史悠久、流传广泛、内容丰富、规模宏大、场景壮阔、人物众多、技艺精湛、卷帙浩繁、伟大而优美的英雄史诗。它具有相当高的文学欣赏价值和学术研究价值。作为一部大百科全书式的

[①] 本文曾发表于《中国藏学》2004年第4期。部分内容有改动。

鸿篇巨制，文化研究的视角无疑是极为重要的。二位学者深谙此道，文化进入他们探究和表现的视野，化为极其宏阔深邃的命题，举凡对《格萨尔》学研究有益的材料、理论和方法，以及一切与之相关的有审美价值的精神文化现象都是他们关注的对象。他们极为理性地审视着史诗及其研究成果，把多少年来对《格萨尔》的传唱、搜集整理、研究都视为藏族奇特而殊异的精神文化现象，或精神文化现象的投影。沿着这一视角关照史诗，著者将《史稿》分为四编。第一编，搜集、整理与抢救。在这里，著者为我们勾勒出史诗的流布概况以及搜集、整理与抢救的历史原貌。土、撒拉、裕固等民族地区传唱的《格萨尔》开始受到研究者们的关注，普米、纳西、白等民族地区关于《格萨尔》遗迹、遗物与风物传说的故事，得以进一步发掘。因此读者可以领略到史诗研究的最新动态，也可以从更开阔的视角中去研究史诗中沉潜的精神文化现象，在更深层次上去理解史诗。第二编，译介与编纂、出版。著者以时间为经，以历史上对《格萨尔》的译介、编纂和出版为纬，构建了一个立体的史学世界。第三编，多学科研究。著者之一的王兴先研究员是这一方面的身体力行者，他极力倡导并推进多学科研究。他带领他的研究生团队在多学科建设方面，已经取得了较为显著的科研成果。《史稿》以对史诗基本理论的研究情形的阐释为切入点，对史诗的文学研究、史学研究、语言学研究、民俗学研究等作了史学性形态分析。第四编，人物与成果。著者向我们较为全面地介绍了藏族、蒙古族和土族《格萨尔》优秀艺人及其说唱部本。同时，对国内外代表性研究者及其成果给予概述，为后辈研究者踩着"巨人的肩膀"拓进作好铺垫。值得一提的是，《史稿》的绪论——"建设有中国特色的'格萨尔学'学科"，为研究者全面地展示了"格学"学科"缘起与建立""体系与意义"以及"现状与前景"，是"格学"学科建设的纲领。《史稿》以上述四编详尽地勾勒出《格萨尔》学研究的全貌，是一部真正意义上的《格萨尔》学史。

扎西东珠、王兴先二位学者将《格萨尔》说唱文本和它的研究的历史进程叠加在一起，构建起自己独具特色的《格萨尔》学史。作为藏族人民历史流程中最为重要的精神文化现象，《格萨尔》研究不仅在藏族文化史、学术史上，而且在世界史诗研究中都扮演着极为重要的角色。可以说，格萨尔是藏族人民的精神图腾，藏族的社会科学工作者都是在"格萨尔乳汁"哺育下逐步走向成熟，谱写出各自心灵的华章的。二位学者的《史稿》从标立"格学"学科入手，宏观上描述作为藏民族历史流程中精神文化现象的"格学"的发展史，又从学术哲学的高度反思"格学"研究中的认知逻辑、思维方式和学术范型等等，但充盈全书的，始终离不开一个个研究者，一部部、一篇篇研究成果。对不同时段、不同背景、不同语境中的研究成果，二位学者都牢牢把握精神文化现象这一基点，不仅在原材料的取舍上丰俭有度，而且力戒主观随意性，代之以客观公允，严谨真实，解释得体，量度准确。可以这样说，一部《格萨尔》在某种程度上就是一部藏民族的精神传承史。《格萨尔》在传唱的过程中，不断融进藏族人民新的生活体验，不断丰富和发展着史诗的历史容量。《格萨尔》本体与藏族人民、与"格学"研究者之间不断背离又不断契合。"格学"研究者所探寻的问题，所传达出的心音又岂止是他们自己的灵魂投影，它折射出"格学"研究历史中多个层面的人的精神史和心灵史，同格萨尔精神一脉相承，更丰富了史诗的精神文化现象。《史稿》以16世纪为时间切入点，开始对史诗的勘探和搜集整理进行评点；从曾任四世班禅经师的洛桑促辰（约16世纪时人）在《印度八大法王传》中对格萨尔王其人的考察入笔，开始对格萨尔王与佛教的亲缘关系进行疏证。显然，宗教与格萨尔王形象有着千丝万缕的联系，格萨尔王在传承中其原型意象及其置换变形有着鲜明的神话色彩。但是，《史稿》并没有囿于这一层面，而是以科学审慎的态度，拨开《格萨尔》学研究的历史迷雾，充分肯定了以往对《格萨尔》具有某种科学意义的研究。例如：18世纪时，松巴·益西班觉尔（1704—1788）在1779年之前两次回答了六世班禅提出的有关《格萨尔》的问题。二位学者充分肯定其可贵的学理见识，认为松巴·益西班觉尔对《格萨尔》研究有着重要的贡献。二位学者将几个世纪以来的《格萨尔》学研究成果，融入《格萨尔》史诗作为藏族人民精神文化现象的精要去思考，确使《史稿》获得了一种客观、明晰而独特的研究视角。

　　笔者之所以特别看好《史稿》对史诗沉潜的藏民族文化精神现象的深刻发掘，很重要的一点在于二位著者本人及其著作同样也是一种精神文化现象。当然，要写好这样一部《〈格萨尔〉学史稿》需要有史识，需要多样性的、多极化的思辨能力。一部好的学术史少不了"史识"这个灵魂，它的鲜活与否、深刻与否、新颖与否，决定着一部学术史的生命与品级。史家面对的"史料"不是一堆物质性的凝固物，而是主客体化合的结晶，是一种灵魂的存在形式，是一种能激活的生命体。这些"史料"虽然是历史的客观遗存，但作为人的主体创作却表现出生命的活跃性和流动感，这也就是说，其中凝结着历史主客体的合规律性与合目的性的双重内涵。这就决定了学术史的写作实质上是史家主体与对象主体的对话，是当代学者的学术灵魂与历史上的审美灵魂的沟通，是一个完整的灵魂去叩问另一个完整的灵魂。当然，史家灵魂要获得一种圆融独到的"史识"，必须借助于主体思维的超越性和创造性、适应性与整合性，必须以完整体悟与通达理解的姿态去感受、发现对象灵魂，使研究主体的灵魂与对象主体的灵魂相对应、相契合。著者内心涌动着强烈的"史识"意识，优秀地实践着这些史的美学原则。这部书始终较好地贯穿着思想逻辑与历史逻辑的辩证统一，这种历史的、思想的逻辑统一性就体现为《史稿》生命的整体感和有机感。著者在灵魂的多重矛盾中整合出审美历史的本质与规律，也就是以独到的潜在深刻的"史识"作为建构《史稿》的"史魂"。因此，它很好地激活了《史稿》的生命，提升了《史稿》的品级。

  二位学者的《史稿》以格萨尔研究中学理化的问题为核心，以学理精神的生发、初步建立、有效拓展、遭遇挫折、再次复兴和全面升华等构建起全书的骨架，但充填进去"血肉"却是研究者和再研究者的主体精神状态及其丰实的原材料，使之成为一部血肉充盈的"性情之作"，一部研究者与研究对象心心相印的性情之作。构建一个如此庞大的系统工程，先要找到一个支撑点，才能获得整合力。藏族人民精神文化的巡礼就是《史稿》的支撑点和制高点。二位学者自己就是为《格萨尔》研究而生活而工作，尤其是王兴先研究员，他将自己的一生都献给了《格萨尔》。他主编的厚厚的几大卷《格萨尔文库》是"格学"研究界的最佳蓝本，他在"格学"研究方面承继和拓展性的贡献是有目共睹的，是令人景仰的。他首开格萨尔研究学理化的道路，尝试以多维的视野和多元化的方法研究《格萨尔》，这是极富开创意义的。二位学者把《格萨尔》史诗看作是藏族人民的一道最具代表性、最辉煌灿烂的精神文化奇迹之一。他们从心灵深处敬佩这些真诚的研究者，特别是新时期以来《格萨尔》研究领域的佼佼者，和他们在心灵上取得了强烈的共鸣。二位学者抓住了他们并通过他们抓住了研究者群体的精神脉搏,在取与舍、褒与贬,甚至在择取再研究的切入点上都用心良苦,既突出学理精神,又焕发出感情色彩。在新时期"格学"研究学理精神的重振、反思与升华中,著者有意突出多学科性这一特征。《史稿》压轴之编第三编就辟为多学科研究,分为文学研究、史学研究、语言学研究、艺术研究、宗教研究、民族学研究、民俗学研究、比较研究、艺人研究等。我们透过《史稿》所提供的这种多学科视域,强烈地感受到著者的生命体验的激情和热血浸润的涌动。二位学者从多学科视野充分肯定了研究者的不朽成果,在给予高度评价的同时,不忘从精神文化现象的角度,指出他们的超越性。因此笔者以为这部著作不是一般意义上的《史稿》,而是作为藏民族精神文化现象的格萨尔其人、《格萨尔》其文与《格萨尔》学研究工作者和《格萨尔》学史的研究者,构成了相互独立又相互重叠的三种精神文化现象。这也是这部《史稿》成功和独异的重要原因。

当然,一部50多万字的《〈格萨尔〉学史稿》也存在着不尽如人意之处,这是难免的。对20世纪上半叶的"格学"研究成果,可能由于历史沉潜太深,阐释和评价显得不够深入、不够血肉丰满。二位学者试图以撒网式的打捞方法,把"格学"研究的"大海"尽收网中,结果一些有着代表性的研究成果没有被给予足够的重视,整部《史稿》的学术脉络不够清晰。笔者期待着著者在以后的修订中能够弥补。另外,《格萨尔》史诗作为一部广泛流布于民间的口传文学作品,它的真正栖居地是广阔的民间大地,民间才是它生命的源泉。其实,活的《格萨尔》更多地存在于民间,民间有很多优秀的说唱艺人。这些艺人对《格萨尔》有着切身的领悟,对格萨尔形象有着自己独特的理解,因此,他们对格萨尔感性的认识、粗浅的研究,事实上是一笔宝贵的研究资料。而且不同的历史时期,藏族人民对格萨尔的理解也不完全一样。著者如果能将这些问题收入《史稿》,也许会使《史稿》更趋完备。

论《格萨尔》史诗语言的美学特征

历史悠久、流传广远的《格萨尔》史诗是口述活态史诗，由题名、程式、范型等向度相同或相近的本文共同构成，以语言为主要艺术手段塑造艺术形象，反映岭国的社会生活以及英雄格萨尔的经历与事迹，在不断发展的过程中形成了系统、独特的艺术模式。高尔基在《和青年作家谈话》中提出："文学的第一要素是语言。语言是文学的主要工具，它和各种事、生活确定现象一起，构成了文学的材料。"[①] 语言兼具实用与审美双重功能，作为主体观照的审美对象又具备内容与形式两个层面的美感。从美学视野出发，对《格萨尔》史诗语言予以审美观照，从其个性的语言和奇特的内容中可发现语言表现出音乐的、形式的、意义的美学特征。通过对史诗语言的审美把握可促使主体的人对艺术形象及其塑造过程的领会，有助于进一步挖掘《格萨尔》史诗中蕴含的思想及意义。

一、和谐的音乐美

《格萨尔》史诗是藏族语言艺术的璀璨明珠，其文学性语言表现出言辞精炼、错落有致的特点，既有"清水出芙蓉，天然去雕饰"的自然清新美感，又不失气势恢宏的历史厚重。从存在方式来看《格萨尔》史诗是时空艺术，而从物化形式来看则呈现典型的动态性，体现在艺术表达上又凸显为说唱艺术特

---

① 〔俄〕高尔基：《和青年作家谈话》，载高尔基：《论文学》，孟昌等译，人民文学出版社1983年版，第332页。

征。从《格萨尔》散文与诗歌相结合的史诗文本中，可感知到其丰富生动、音韵和谐的音乐之美。

第一，《格萨尔》史诗语言体现出平仄相交的音韵美。

《格萨尔》史诗的语言虽具有口语化和大众化特性，但与日常用语的平庸无奇不同，史诗中诗意化的语言鲜活生动，灵活而富于音乐节奏与韵律美感。具体到史诗文本，以《天岭卜巫九藏》第二章"总管召集岭部说梦境，弥钦解梦预言降圣人"为例，戎擦查根总管王在叙述自己梦中得到的授记时唱道：

> 阿拉是歌儿的唱法，塔拉是曲调的引子。
> 佛陀佛法贤圣僧，三宝请把歌头引！
> 如法成就我愿心！
> 今日天空星辰好，金色太阳暖烘烘，
> 地上吉时因缘会，吉祥座位具威仪。
>
> 这是啥歌若不知，是伯父幸福长久歌。
> 三夏太阳温暖长，白岭六部落长久乐。
> 总管歌曲悦耳长，因此取名叫长久歌。
>
> 如果不知这个地方名，三谷沟脑雪山作装饰，
> 神灵面容因此而白净。三座山腰花岩作装饰，
> 六大部落因此而昌盛。三河谷中草坪作装饰，
> 牛羊马群因此才繁生。①

以上诗歌唱词典型地表现出《格萨尔》语言的独特之美，以更迭的句式、顿挫的节奏，"诗中有画，画中有诗"，声画兼备地描述了岭地部落的昌盛之景。变化的句式增强了语言的音乐美感，图像化的内容赋予了语言以感知力。选文开篇使用"阿拉""塔拉"等词作为起句词，不仅指出了所唱之歌的唱法、

---

① 《格萨尔文库》第 1 册，上海古籍出版社 2018 年版，第 131 页。

曲调，也赋予了诗歌鲜明的音乐性与节奏感。"阿拉""阿拉拉毛唱阿拉"等唱词衬句的使用在《格萨尔》史诗中具有标识作用，其突出的个性与独特的风格外在地标志着诗歌情感的爆发，内在地凸显了史诗独有的神秘之感。

从诗歌句式来说，选文中句式多样、各有不同，表现为每段句数不一，既有偶数句也有奇数句；每句字数不一，分别有七字、八字、九字等几类句子。从诗歌声韵而言，选文中出现明显的押韵，甚至是以相同的字作为韵脚，为诗歌增添了鲜明的节奏感，吟唱起来朗朗上口。从诗歌节奏划分来看，选文诗歌唱词的节奏抑扬顿挫、韵味独特。以选文第二段为例具体划分节奏，则可划分为："这是/啥歌/若不知，是/伯父/幸福/长久歌。三夏/太阳/温暖长，白岭/六部落/长久乐。总管/歌曲/悦耳长，因此/取名/叫/长久歌。"本段三句诗歌唱词中，上半句节奏相同，而下半句却呈现出不同的节奏变化，表达了韵律之美。此外，第三段中雪山、花岩、草坪相呼应，颇有韵文铺陈排比之格。

扎西达杰在论述史诗音乐时指出："《格萨尔》中发现了一个特别的音乐现象，即曲子的仪仗性问题。从一些描述可以看出，唱曲需要具备一种宏伟的仪仗条件、场面，以寻求感觉上的一种协调，以显示曲子的庄严性、隆重性，达到渲染、衬托音乐气氛和效果之目的。"① 《格萨尔》诗歌唱词中反复出现的词语或者关键词的重叠，在审美的延宕中起到突出与强调作用，增加了史诗的音乐美。综上而言，可见《格萨尔》史诗具有音韵和谐之美。

第二，《格萨尔》史诗语言体现出雅俗交融的唱词美。

《格萨尔》史诗由民间说唱艺人演唱、传播，说唱艺人们以各自独特的表演方式，在唱腔及叙事等方面各有不同，但总体上都呈现出大众化倾向。这种大众化、通俗化的特征从表层来看是由说唱艺人们成就的。说唱艺人以悦耳、生动的曲调叙述格萨尔的英雄故事，在语句、语词的选用上向当时的大众所用之语靠近，这决定了其朴素且通俗的特性，口语化的语言使史诗明白易懂，便于大众听者欣赏理解。从深层而言，这种通俗化、口语化的特征由《格萨尔》史诗独有的风格与气质决定。作为民间艺术的典范，《格萨尔》史诗以文学反

---

① 扎西达杰：《〈格萨尔〉的音乐性——史诗文字对其音乐的表述之研究》，《中国藏学》1993年第2期。

映藏族的社会生活，内容上体现为对现实的再现，自然在表达形式上就向人民靠近，具有大众化、通俗化的特征。《格萨尔》史诗中形象化的语言塑造了生动、丰富、典型的人物、事物、景物以及政治、经济、文化、宗教、艺术等社会生活诸多方面。表现在文本唱词中，则体现为对生活意象、日常器物、日常语言的借用。

例如在描述总管王戎擦查根时，用语是"这位总管王他平日行动迟缓，就像是大象迈步；说话缓慢，就像那大江流水；性情温和，犹如春天的太阳；处事稳重，犹如须弥山峰；胸怀宽广，如同无垠的大地。今天不知为啥，竟像老山羊一样咩咩地叫，又像老狗一样汪汪地吠。"① 此段选文中的老山羊叫、老狗吠等通俗之辞形容戎擦查根的心切、急躁，以口语化的语言直白地描述了他在得到格萨尔诞生预言时的迫切心情。由此选文还可看出史诗虽具有口语化的倾向，但也不失典雅。文中以大江流水、春日太阳、须弥山峰、无垠大地等意象形容总管王为人稳重、心胸宽广，颇具文雅之风。

二、独特的形式美

从文体角度看，《格萨尔》史诗主要表现为散文与诗歌两类。普遍意义而言，散文与诗歌以语言塑造了反映社会生活、包含思想感情的艺术形象，以主观情感的强烈性与想象的丰富性集中反映客观现实生活。散文自由灵活，诗歌感情充沛，两者相结合在《格萨尔》史诗中体现为表现手法的多样性与结构的自由性，史诗语言能够凝练、精准地言说社会生活事件，集中、真切地表达思想情感。

《格萨尔》史诗语言具有明丽而奔放、壮丽而深刻的抒情性，体现出一种充满想象的艺术张力。史诗中散文叙事以简洁的语言介绍了故事的背景与情节，并以倒叙、插叙等灵活的叙述方式引出诗歌唱词部分，推进了故事的向前发展。需要强调的是，此类文本内容并非单一乏味的陈述，而是以对白等多种样式表达史诗中人物浓烈真挚的感情，极具表现力与感染力。与此相应，《格萨

---

① 《格萨尔文库》第 1 册，上海古籍出版社 2018 年版，第 123 页。

尔》史诗中的抒情式诗歌也以生动的语言丰富了故事情节，以歌唱的形式补充、深化了故事细节，描摹、细化了人物形象，极大拓展了散文叙事的未尽之意。

《格萨尔》史诗中的语言美感也与修辞密切相关，多种修辞手法的使用凸显了语言之美，营造了藏族独有的艺术气息。对史诗文本予以观照，可以发现《格萨尔》史诗中比喻、拟人、夸张、排比等多样修辞手法的使用共同建构了宏伟又不失灵动的场景。具体到文内内容，以《天岭卜巫九藏》第一章童子回答罗刹大臣的唱词为例：

> 无事天涯任漂泊，那是自己寻灾难；
> 没有痛苦去跳崖，等于性命被鬼牵。
> 富人若是仗权势，是想自找把亏吃。
> 强者挑衅招是非，是想声望自贬低。
> 乞丐吹牛说大话，是想口福自断去。①

该选段诗歌唱词以排比的修辞手法分别列举了富人、强者、乞丐若行为越界必会招致灾祸，以此来强调童子自己登门造访是事出有因。一连串排比句的使用颇具气势，内容上层次分明，形式上节奏感强，具有强调的功能，表现出了《格萨尔》史诗的语言之美。再以《诞生花花岭地》卷第一章中岭部落人在果地遇到龙女果萨拉姆的散文叙述为例："他们发现这位姑娘，容貌像荷花开放，双目像蜂儿飞转，体态像玉立的翠竹，皮肤似汉地的白绸，头发犹如下垂的丝线，俊俏多姿，叫人百看不厌。"② 此处用比喻的修辞手法，表达了《格萨尔》史诗的艺术想象与感性直观，特色鲜明的明喻式语言，将诸如开放的荷花、飞转的蜜蜂、挺立的翠竹、汉地的白绸、下垂的丝线等美好意象用以形容龙女的容貌昳丽、身姿妙曼，刻画了鲜明、生动的人物形象，表现出史诗的语言美感。

什克洛夫斯基论述日常事物与艺术对象关系时指出："为了把对象变成艺

---

① 《格萨尔文库》第 1 册，上海古籍出版社 2018 年版，第 105 页。
② 《格萨尔文库》第 2 册，上海古籍出版社 2018 年版，第 86 页。

术事实，就应该从生活事实中抽取对象。……诗人使用的是多种形象——譬喻、对比。……诗人以此实现语义的发展，他把概念从它所寓的意义系列抽取出来，并借助于词（比喻）把它掺杂到另一个意义系列中去，使我们耳目为之一新。"① 表现在《格萨尔》史诗《霍岭大战》中，"阿钦滩上出现不祥兆，大王变作卦师占邪卦"一章里，化作卦师的格萨尔王对十个石子卦象的解读道出霍尔王的身份、品格与行事，简单明了地叙述了霍尔王到岭国掳掠珠牡的前因、过程以及可预见的结果。尤其在卦师回答珠牡为霍尔王的占卜时道："不可言传！你们黄霍尔大王号称古仰天子，实际徒有虚名。卦象显示：他面孔上部像猴子，又像丑猴在发怒；面孔中部像狗脸，又像癞狗被石赶；面孔下部像山羊，又像山羊被雨赶；整个身体像旱獭，又像旱獭被虫咬。"② 以丑猴发怒、被石赶的癞狗、被雨赶的山羊、被虫咬的旱獭等意象刻画了霍尔王的丑态，反映了民族喜好以及审美趣味。这种对霍尔王的丑化是一种对比手法的应用，衬托出格萨尔英勇、聪慧、狡黠的形象。陌生化的语言延长了日常器物、人物的审美距离，实现了艺术的升华，这是史诗语言美感的另一表现。

《格萨尔》史诗独特的叙事结构同样暗含着语言的美感。以《格萨尔》史诗中的诗歌唱词为例，诗歌韵律灵活，并无确定的模式，但仍能从中窥得一些常用的稳定结构，表现出形式美感。史诗中诗歌一般分为开头、正文、结尾三部分。开头部分大多由诵经祈祷、介绍人物的背景与身世、交代歌者神态与唱词曲目等内容组成，该部分层次丰富且语言简洁。正文部分是主要内容，在整段诗歌中所占比重最大，叙述具体的故事情节，该部分内容翔实。结尾部分简短明了，点出诗歌的劝诫引导功能。这样的结构错落有致，尤其在正文部分更是层次分明，体现出立体的空间，是语言美感的具体表现。

三、深刻的意蕴美

《格萨尔》史诗作为中国民间文学的典范，在语言运用方面造诣颇高。如

---

① 〔俄〕什克洛夫斯基：《故事和小说的结构》，载于什克洛夫斯基等：《俄国形式主义文论选》，方珊等译，生活·读书·新知三联书店1989年版，第19页。
② 《格萨尔文库》第7册，上海古籍出版社2018年版，第551页。

英伽登论述语言与意义关系时所称:"活语言是一个有一定结构的意义系统,其意义在形式和材料方面处于确定的关系之中而且在更为复杂的意群,特别是句子中发挥着各种功能"①。《格萨尔》史诗正是一个复杂的意义系统,它以独特的语言描绘藏族社会各层面的细节,表现了史诗艺人对藏族生活敏锐的观察以及切身体验与感知,还被赋予了藏族独特的文化气息。反映在史诗文本中,则指向《格萨尔》的论述常涉及哲学、宗教、文化等命题,体现为对于社会、人生、生命本真意义的追寻。

意义由语言的表征产生,因此探寻《格萨尔》史诗的意义可以将其语言的运用作为切入点。语言是我们观看并了解藏族生活、文化、精神的工具,"语言能使用符号去象征、代表或指称所谓'现实'的世界中的各种物、人及事。但它们也能指称各种想象的事物和幻想的世界,或者指称就任何明显的意义而言都不属于我们物质世界组成部分的各种抽象观念"②。体现在《格萨尔》史诗中,语言不仅用于描摹现实存在,还用于想象神话性的世界。以"赛马称王"一节为例,煨桑、设神坛、扬风幡、吹海螺等仪式的描写,观看赛马诸人身份及神态的记录等等是对赛马盛况的再现,而天神们观看比赛、赛马途中降妖等情节属于艺术的想象,通过虚实相间的写法,不仅凸显了史诗中人物鲜明的形象,还为史诗赋予了神秘性与趣味性,语言成为表征《格萨尔》史诗意义的载体。金姆·科恩在论述语言的意义生产时提出:"既然身为人类就是一个难免被语言束缚的状态,我们可以推论,语言性就是它所获得的秩序"③。从这一观点中我们可以获知语言与人类秩序的关联性,那么以此论述为基点进一步延伸,我们也可以说语言或语言性的表象中蕴含着人类的认知与意愿等深层指涉,《格萨尔》史诗语言中蕴含着深刻的意义与价值。考斯特在论述声音艺术时对自然提出一种对立的二分法,他认为:"大自然不是被当作是无关紧要而

---

① 〔波〕罗曼·英伽登:《对文学的艺术作品的认识》,陈燕谷译,中国文联出版公司1988年版,第28页。
② 〔英〕斯图尔特·霍尔:《表征:文化表征与意指实践》,徐亮、陆兴华译,商务印书馆2013年版,第40页。
③ Seth Kim-Cohen, *In the Blink of an Ear: Toward a Non-Cochlear Sonic Art*, New York: Continuum Press, 2009, p. 112.

被抛弃，就是被认为是一种文化投射、一种社会的建构。"① 这一观点过于聚焦自然的割裂状态，而忽视了蕴含的通融态势，即人与自然的和谐性。自然既是不容忽视的客观存在，又包含了居于其间的人赋予的文化意味，反映在《格萨尔》史诗的语言运用上，体现为对于自然的描写中往往包含人的感情与价值判断，史诗中对于岭的自然描写往往是草木茂盛、花团似锦，而对于魔地的自然描写则是枯木凋零，这背后包含了人的喜好之情，更深层而言，包含着藏族的审美情趣与审美理想。

《格萨尔》史诗中的想象性叙事突显了所蕴含意义的广度。就《格萨尔》史诗中的预言或谶语而言，显示了史诗高远的、包含万事万物的灵性之美，反映在本质上，表征了史诗对诸多事物的预见性以及涵括性。以《霍岭大战》"格萨大王独身征霍尔，边寨守敌各个用计破"一章为例，格萨尔王在兄长嘉擦协嘎遗体火化的石台旁祈祷与兄长梦中相见而未得神迹，在第八天的时天母贡曼杰姆在他梦中预示：

> 这里住的大力士，是我侄儿雄狮王，
> 你在明天路途上，会遇敌人把路拦，
> 你要警惕莫上当。
> 一是霍尔长臂汉，眼中所见手能擒；
> 一是霍尔千里眼，三月路程能看见；
> 还有一个大力士，被他捉住脱身难。
> 他们巡逻在山头，善飞毒箭似雷霆，
> 呼请神灵射出去，神剑自会治他们。

格萨尔按照天母预言对善飞毒箭祈拜后，神迹显现。"远远听见有隆隆的声音传来……三人一起被神箭带到天空中，被抛进波涛汹涌的黄河里淹死了。"② 通过这一情节，不仅可以看出预言赋予事物、人物、事件灵性的神秘美

---

① 〔英〕克里斯多夫·考斯特：《超越表象与指涉：迈向声音唯物主义》，谢仲其译，载姚大钧：《听觉维度》，中国美术学院出版社 2019 年版，第 39 页。

② 《格萨尔文库》第 7 册，上海古籍出版社 2018 年版，第 481 页。

感，还可以发现预言在《格萨尔》史诗中的重要性以及其对故事走向的预示。更为关键的是，寓于预言背后的藏族文化及精神得以显现。

《格萨尔》史诗的宏大叙事使其具有崇高之美，蕴含着意义的广度与深度。一方面，史诗具有深厚的宗教文化，这种宗教的庄严肃穆，透过语言传递出来，反映出藏传佛教对社会、文化、生活的深远影响。另一方面，史诗语言构建了岭这一广阔的审美空间，不仅在于以语言讲述了格萨尔从天上到人间再到地狱多个地域空间的英雄事迹，而且以语言构筑了一个寄寓精神的文化空间。从美学的角度审视《格萨尔》史诗，可以发现其音乐美、形式美、意义美的典型美学特征，从这些向度具体分析史诗，有益于《格萨尔》史诗意义的显现。

历史真理与理性差序：《格萨尔》学术史写作问题

  《格萨尔》学术史写作应该遵循《格萨尔》学术历史事实、学术发展的历史规律，以及学术历史意义。《格萨尔》学术史写作是以学术发展的历史史料为基础，是对这些史料的甄别和重新发现。《格萨尔》学术史写作要强调多维视野和多种理解范式，要对《格萨尔》的搜集、整理、翻译、出版和研究进行较为全面、系统和科学的归纳和总结。《格萨尔》学术史的构成是多元的，这与《格萨尔》本身的"史诗性"品格、"大百科全书式"内涵有着重要的关联性。《格萨尔》史诗的丰富性、复杂性，以及融涵性，共同决定了《格萨尔》学术史写作思路和方式。《格萨尔》学术史的写作应该强调"历史叙事"的真实性，应该秉持中国传统史家的"实录"精神，应该从各种史料和证据中进行客观还原，应该在《格萨尔》各学科中寻找史料和证据的"可验证性"。我们可以从自然时间、社会时间和心灵时间三个量度对《格萨尔》史诗研究的学术历史规律、学术历史事实和学术历史意义进行实证性分析和理论性阐释，实现《格萨尔》学术史研究的客观性、真实性和价值性，从而达成对《格萨尔》史诗学术研究历史的科学、合理、有效、完整理解的写作目的。由于人类理性差序，不同历史阶段的格萨尔学研究都会受到具体历史条件和时代语境的限制，每位《格萨尔》研究者个人所获得的"历史真理"都具有相对性，是带有一定主观认识色彩的相对真理。《格萨尔》学术史的写作就是扬弃"历史真理"的相对性和人类理性差序的具体性，从而构建起真正的"真实的""客观的"史实、史观和史论。

一、史实与真理：《格萨尔》学术史写作的两个维度

在《格萨尔》学术史的写作和研究中，史实和真理是两个重要的思考维度。学术史写作中的"史实"不是历史叙事中的"实情"，也不是学者学术历史的还原，而是对学术历史的"绝对真理"把握。我们可以通过对这些学术研究史料的梳理和勘探来构建学术史实，这在《格萨尔》学术史的研究中表现得尤为突出。《格萨尔》研究起步早，但起点低，高质量、系统性、理论性的研究不够，也较为零散，这就为《格萨尔》学术史的写作和研究带来一定的困难。如何弥补《格萨尔》学术历史的"碎片化"，如何从这些"碎片化"的学术历史中淘洗出有价值有意义的东西，是我们必须直面的问题，也是进一步推动《格萨尔》学术研究的意义旨归。

对《格萨尔》进行学术史研究，我们既可以采取中国古代史家所主张的"实录"，也可以取用西方史家对"事实"进行阐释的做法。不同历史时期，《格萨尔》学术研究成果的侧重点有所不同，即便同一历史时期，学术成果的代表性、标志性、典型性也有所区别。这也就是皮尔斯所说的"具体的事实一定是发生在某种条件下的描述中"[①]，譬如早期的《格萨尔》研究就以搜集、整理为主。降边嘉措认为，《格萨尔》"手抄本的大量出现，是在11世纪前后，随着后弘期佛教的发展，得到广泛流传，这就是所谓'伏藏'本《格萨尔》故事。藏语叫'德仲'的那些被称作'掘藏大师'的僧侣文人，对于手抄本的撰写和传播，曾经做出过重大贡献……他们可能就是藏族历史上最早从事《格萨尔》搜集、整理的僧侣文人"[②]。新中国成立初期对《格萨尔》进行了较大范围的调查、搜集与整理。如西北民族学院翻译科和藏文教研室组织人员深入甘南、青海、四川藏区，从民间搜集、整理到的《天岭》《诞生》《赛马》《降魔》《八十英雄传》《姜岭》《象雄宗》《朱古兵器宗》《大食财宗》《世界公桑》《香香药宗》《松巴犏牛宗》等20多部。1979年之后进行了有组织、有计划、大规模的抢救性搜集、整理工作，"到1997年6月，全国共搜集到藏文手抄本、木

[①] Charles S. Peirce, "The Law of Mind", *The Monist*, vol. 2, no. 4 (July 1892), p. 555.

[②] 降边嘉措：《扎巴老人说唱本与木刻本〈天界篇〉之比较研究》，《民族文学研究》1997年第4期。

刻本289部,除去异文本,约100部"①。直至1997年召开的第五次全国《格萨尔》工作会议才明确提出,《格萨尔》工作重点由抢救性的搜集、整理逐渐转向以记录、整理、翻译、编纂、出版、研究为中心的综合性工作。当然,这一时期也有一些重要的学术论著产生。代表性的著作有降边嘉措的《格萨尔初探》《〈格萨尔〉与藏族文化》,杨恩洪的《民间诗神——格萨尔艺术研究》,王兴先的《〈格萨尔〉论要》,赵秉理的《格学散论》,何峰的《〈格萨尔〉与藏族部落》,角巴东主的《〈格萨尔〉疑难新论》等。这些著作从不同层面对《格萨尔》史诗进行了开拓性研究,其代表性、标志性、典型性也有所不同。譬如降边嘉措的《格萨尔初探》、王兴先的《〈格萨尔〉论要》是综合性研究,是格萨尔学科建设的奠基性著作,可以当作教材来使用。

在《格萨尔》学术史的研究中,我们也明白,史实不等同于客观事实,不是绝对真理。我们只有通过构建史实,以一种历史叙事的方式"客观还原"。当然,在这种"客观还原"中也会或隐或显地夹杂着论者的某种价值判断。如何将这种"真理"与"真实"贯穿于《格萨尔》学术史的写作中,是我们必须要考虑的问题。一是有效缝合"碎片化"的研究史料,从而建构起客观历史史实的阐释体系。研究资料是"碎片化"的,即便是标志性的学术论著,也由于《格萨尔》史诗本身的博大和丰富性决定了研究的多层面多角度性。这些从不同层面和不同角度对《格萨尔》史诗的研究,统摄在学术史的视野中就会获得差异性判断。此外,《格萨尔》史诗研究史料众多,"时至今日,没有哪位历史学家掌握了与其课题有关的全部资料"②。有记载的整理研究从公元11世纪至今,《格萨尔》史诗说唱部本和写本较多,仅西北民族大学就编纂出版《格萨尔文库》30卷(上海古籍出版社2018年版)。国外格萨尔研究史料,由于语言和翻译的限制,一些较有学术价值的文献亦难以穷尽。当然,就我们现在收集到的研究史料来说,"从其中纳入自己的概念之中、从而纳入自己的认识之中的东西,与他必须舍弃的东西相比,简直是极其微不足道的"③。对已有的研

---

① 扎西东珠、王兴先编著:《〈格萨尔〉学史稿》,甘肃民族出版社2002年版,第97页。

② 〔英〕波特:《新编剑桥世界近代史(第1卷)——文艺复兴:1493—1520》,中国社会科学院世界历史研究所译,中国社会科学出版社2018年版。

③ 〔德〕亨里希·李凯尔特:《李凯尔特的历史哲学》,涂纪亮译,北京大学出版社2007年版,第38页。

究史料进行学术甄别、归纳和抽象,从而得出合乎逻辑的结论,其意义和价值也是不言而喻的。

二是对《格萨尔》史诗研究史料中"共性"和"类性"问题的研究,既是方法论的凸显,也是对"事物异质性原理"的深刻揭示。所谓"方法论的凸显"是指这些"共性"和"类性"问题,是对大量《格萨尔》史诗研究史料的综合、归纳、类比和抽象,是一种透过"材料"对"本质"的揭示。当然,"史学家所运用的研究方法在理论上都存在缺陷,我们只能选择较合理和较好的方法。毕竟,一切事物除了异质性外,还具有共性和类性"①。共性和类性也是我们进行《格萨尔》学术史研究的逻辑基础。我们通过对《格萨尔》文学研究、语言学研究、史学研究、民族学研究、宗教学研究、民俗学研究、艺术研究、艺人研究,以及比较研究等的文献史料疏证,发现《格萨尔》学术史的研究还可以从这些方面拓展,即《格萨尔》发展史、《格萨尔》搜集整理史、《格萨尔》艺术史、《格萨尔》翻译史、《格萨尔》艺人成长史、《格萨尔》版本史、《格萨尔》多学科研究史等。我们在对《格萨尔》研究史料的综合、归纳、类比时,生成了一些新的《格萨尔》学术史研究论域。这些论域的深入探讨,又从共性和类性方面丰富和发展了《格萨尔》学术史。

三是学术史与其他学科的"融合"与"互动",从而在更为深广的层面上激活《格萨尔》学术史。《格萨尔》学术史包含的内容丰富,却又涉及门类较广,文学、语言、文献、版本、民俗、民族、文化、史学、艺术、宗教、军事、社会、比较等学科都在《格萨尔》研究中有着深度融合。《格萨尔》史诗与这些学科的跨界融合与对话,又构建起了新的《格萨尔》学术史体系。譬如《格萨尔》版本学研究,"我们首先应该从版本学的角度理顺各种文本之间的关系,才能较全面、系统地整理、翻译、研究《格萨尔》。对《格萨尔》版本的整理、翻译、研究,首先应该区分早期版本和现代艺人的版本"②。《格萨尔》版本众多,仅曼秀·仁青道吉"共搜集到四百多部《格萨尔》藏文原著,其中铅印本有较早期的版本(包括木刻本、手抄本、掘藏本,以及它们的铅印

---

① 马俊亚:《史实的构建:历史真理与理性差序》,《历史研究》2016年第2期。
② 曼秀·仁青道吉:《格萨尔文库》第1卷,前言,上海古籍出版社2018年版,第1页。

本）二百二十五部，现代艺人说唱记录整理本一百多部，以及其他版本一百多部"①。可见，对《格萨尔》史诗进行版本学研究很有必要。如果没有《格萨尔》版本学的纵深化研究，就会给《格萨尔》学术史的写作带来诸多困惑和问题。

四是辩证地看待"史实与真理"。"史实与真理"既是辨证的，又是互为一体的。对于《格萨尔》学术史写作，我们不能只把它看作是史诗观念和知识体系来描述，而更应该将其置于藏族民族历史文化发展的长河之中，用"民族宗教"和"历史文化"来把握，这样方能理解作为民族史诗的《格萨尔》，也才能将史诗学术研究重床叠架的"学问"之下的"诗意""温情"与"想象力"表达出来。真理具有时间性，也是相对的。在一定时间段，对《格萨尔》史诗学术研究史料、史实的认知具有"真理性"，而超过这一时间段，认知就会发生很大的变化，甚至会出现后来的认知颠覆了前面的认知。恩格斯说，"谁要在这里猎取最后的终极的真理，猎取真正的、根本不变的真理，那么他是不会有什么收获的，除非是一些陈词滥调和老生常谈"②。人的认知是有限的，是相对的。人的认知往往受时代、个体经历、地域文化，还有教育背景等因素的影响，可以说，任何人都不可能达到至高真理，"因为一旦把真理凝定起来，认识就会陷入死胡同"③。面对丰富驳杂的《格萨尔》研究史料，只有"通过我们的有限性、我们存在的特殊性，才在我们所在的真理方向上开辟了无限的对话"④。"对话"既是一种研究姿态，也是一种研究方法。同时，只有"对话"才能有效激活"史实"与"真理"，才能将"史实"与"真理"辩证统一于《格萨尔》学术史研究之中。

二、历史与理性：《格萨尔》学术史写作的人类理性差序

人类的理性存在着明显的差序。这里的差序是指按照一定的次序或关系所产生的级差。费孝通说，"这个人和人往来所构成的网络中的纲纪，就是一个差序，也就是伦。'伦'的本意，'共同表示的是条理，类别，秩序的一番意

---

① 曼秀·仁青道吉：《格萨尔文库》第1卷，前言，上海古籍出版社2018年版，第1页。
② 《马克思恩格斯全集》第26卷，人民出版社2014年版，第94页。
③ 李咏吟：《解释与真理》，上海译文出版社2004年版，第27页。
④ 〔德〕伽达默尔：《哲学解释学》，夏镇平等译，上海译文出版社1994年版，第16页。

思'"①。每个格萨尔学研究者,由于认识水平、个体道德、政治主张,以及社会利益等方面的差异,其学术研究成果也会或多或少烙上印记。具体而言,这些差序体现在历史认知、资料真伪和历史编纂几个方面。历史认知是《格萨尔》研究者因主观原因造成的个体差异。这些原因主要有主观偏差、有意歪曲、对研究对象的不客观对待,以及先入为主的民族自我认同等。主观偏差是指《格萨尔》研究者对"研究历史""研究史料"等作出有失客观的历史解释。曹丕曾言:"常人贵远贱近,向声背实,又患闇于自见,谓己为贤,夫文本同而末异。"②面对同一文本对象,常有"贵远贱近"之嫌。譬如,《格萨尔》研究界普遍认为,王沂暖等老一代学者翻译的《格萨尔》部本是比较好的版本。事实上,《格萨尔》史诗是活态的史诗,是在不断地传唱中丰富和发展的。今天的《格萨尔》艺人和扎巴、玉梅、阿旺嘉措、阿达尔等艺人的生存环境发生了很大的变化,一些时代元素加入了说唱部本。如果比较一下20世纪80年代出版的《格萨尔》部本和2018年版30卷《格萨尔文库》,其潜在的变化可见一斑。再有谈到《格萨尔》研究,就言必称法国学者石泰安的《藏族格萨尔王传与演唱艺人研究》(1959年)、《格萨尔和他的祭祀》(1970年)、《格萨尔史诗》(1980年),还有在国内出版的《西藏史诗和说唱艺人》(石泰安著、耿昇译、陈庆英校订,中国藏学出版社2012年第2版)。作为学术研究史料,石泰安的学术著作,包括他译成法文的《岭地喇嘛教版藏族〈格萨尔〉王传译本》《格萨尔生平的西藏画卷》等都有一定的参考价值。但问题是,我们如何以一种"问题意识"来面对这些学术史料?如何让这些学术史料在当代生发出应有的意义和价值来?同时,我们也要避免过分强调"当代性"或者"时代性"。一时代有一时代的学术,我们既不能"厚古薄今",也不可"厚今薄古"。《格萨尔》学术史的研究要克服主观谬偏,要将个性与风格有机地融通于学术史的研究中,要"盖文疑则阙,贵信使也"。在《格萨尔》史诗研究中,有意歪曲的情况较少,但也存在对研究对象的不客观对待现象,尤其是先入为主的民族自我认同问题更为明显。在一段时期,"《格萨尔》被定为'大毒草',禁止说

---

① 费孝通:《费孝通自选集》,首都师范大学出版社2008年版,第323页。
② 萧统编:《六臣注文选》卷52,中华书局2012年版,第967页下。

唱、搜集、出版、发行，一些民间艺人与格萨尔工作者受到残酷迫害"①。《格萨尔》被誉为藏民族的"心灵史""文化史""大百科全书"，先入为主的民族自我认同问题，是和《格萨尔》在藏族人民心目中的位置有着密切关系的。

《格萨尔》既是"民族共同体"，也是"政治共同体"和"道德共同体"。在《格萨尔》研究中，"民族""政治""道德"就成为三个有效的研究视角。关于"共同体"，鲍曼有一个诗意的描述："'共同体'意味着的并不是一种我们可以获得和享受的世界，而是一种我们将热切希望栖息、希望重新拥有的世界"②。我们套用鲍曼的说法，可以这样表达，作为"民族、政治、道德共同体"的《格萨尔》意味着的并不是我们已经拓展了《格萨尔》研究空间和获得了《格萨尔》研究成绩，而是我们将热切希望重新拥有一种整体性视野，拓宽研究思路，超越"单向层面"与"整体视阈"之间的矛盾。这三个维度，或者说是三重视阈，"出发点不同，阐发的概念不同，建立的理论不同，进而实现的理论诉求不同"③。正是这样不同的层面和维度，才能够为《格萨尔》学术史研究提供"整体性"学理依据。当然，由于人类认识的理性差序，我们对《格萨尔》学术史的把握也存在着一定的相对性和有限性。

从"民族共同体"的维度对《格萨尔》进行学术研究的成果较多，但往往也存在历史认知、历史编纂、历史资料方面的差序。譬如20世纪五六十年代对《格萨尔》的民族学研究和20世纪80年代对《格萨尔》的民族学研究就存在很大的认知偏差问题。当然，新世纪以来的《格萨尔》民族学研究和20世纪的《格萨尔》民族学研究也存在一定的认知偏差。在学术研究中，我们强调回到历史文化语境，就是"为了达到我们的目的，通过观察历史的视觉呈现能够最具启发性地阐明古典秩序"④。这种"古典秩序"的阐明事实上就是一种以回归的方式进行对话而由次序和关系所产生的级差，也即"差序"。《格萨尔》史诗虽然原初形成于藏族社会和藏族文化，但在"北传"的流布过程中，进入

---

① 降边嘉措：《扎巴老人说唱本与木刻本〈天界篇〉之比较研究》，《民族文学研究》1997年第4期。
② 〔英〕鲍曼：《共同体》，欧阳景根译，江苏人民出版社2007年版，第4页。
③ 郭剑仁：《奥康纳学术共同体和福斯特学术共同体论战的几个焦点问题》，《马克思主义与现实》2011年第5期。
④ 〔澳〕拉塞尔·韦斯特·巴甫洛夫：《时间性》，辛明尚、史可悦译，北京大学出版社2020年版，第73页。

了蒙古族、裕固族、土族等北方民族地区，甚至远传到西伯利亚地区；在《格萨尔》史诗"南传"过程中，进入了白族、纳西族，以及喜马拉雅南麓各民族地区。可以说，从中亚到东北亚都有《格萨尔》史诗在传唱。而对《格萨尔》史诗的学术研究和考察，可以上溯到公元9至13世纪以"赞颂歌"形式对其进行的讨论。当然这种讨论和我们今天所谈及的学术研究相差甚远。国外对《格萨尔》史诗进行学术研究较早的代表性成果主要有：1957年蒙古国学者策·达木丁苏伦的副博士论文《"格斯尔"的历史源流》；1959年法国学者石泰安的博士论文《西藏史诗和说唱艺人》。国内国外研究的语境和视角有着较大的差异，得出的研究结论也不尽相同。可以说在《格萨尔》史诗学术研究的历史叙事中，存在着民族、地域、国家和人类理性差序。

在英国史学家迈克尔·奥克肖特看来，历史包含两种要素：（1）在特定时间内发生的各种事件；（2）人的头脑中收集起来的这些事件。历史既是过去的事实又是现在的档案。档案的真实性依赖于过去事实的真实性。① 在特定时间内发生的各种事件，需要借助证据才能具体认识，是一种"历史的事实"。由人的头脑收集起来的这些事件，是主体的直接感知和体验，是一种"现在的事实"。历史与现在，在时间的隧道中共振，生成"历史的真实"与"真实的历史"。关于《格萨尔》学的知识资料"在我国20世纪前的大约700多年时间里，约有40多种藏文史书典籍记载了不同身世的历史（或传说）人物——格萨尔的活动"②。如何对这些文献资料进行梳理、甄别，既要有当下的学术眼光，同时也要从"真实性"和"学术性"两个维度，对这些"过去的事实""现在的档案"进行学术考察。《格萨尔》研究资料丰富，这只是一个举例。《格萨尔》研究者众多，但研究者的水平参差不齐，差别较大，况且每个研究者由于所处的时代不同，政治认知、社会利益、个人道德、学养水平等差异较大，不同学者的研究成果其价值区别也较大。这实际上就是人类理性存在着差异的折射。就《格萨尔》研究资料来看，这种差序主要体现在历史文献资料的真伪、历史认知和历史编纂方面。

---

① 〔英〕迈克尔·奥克肖特：《历史是什么》，王加丰、周旭东译，上海财经大学出版社2009年版，第26—27页。

② 降边嘉措：《扎巴老人说唱本与木刻本〈天界篇〉之比较研究》，《民族文学研究》1997年第4期。

《格萨尔》研究历史文献资料的真伪，既有研究者主观意图的原因，也有客观历史因素。具体而言，一是《格萨尔》流传久远，有一个不断接受、认可，最终神圣化的过程。对《格萨尔》源流性问题的研究，就有很多说法。任乃强对"藏三国"进行了考辨，可参见《〈藏三国〉的初步介绍》《关于〈藏三国〉》《关于格萨尔到中国的事》①。在徐国琼看来，"格萨尔王故事的来源，有一部分可能在格萨尔生存的年代，人们就以集体创作和口头说唱的方式在民间流传"②。在流传过程中，一方面是说唱艺人的活态传承，另一方面是文人的记录、加工、整理和再创作。由此，在民间产生和流传着各种各样的不同抄本。比较有代表性的版本有：西藏人民出版社1986年出版的刘立千《格萨尔王传》；甘肃人民出版社1981年出版的王沂暖、华甲《格萨尔王——贵德分章本》；宝文堂书店1987年出版的降边嘉措、吴伟《格萨尔王全传（上、中、下）》；甘肃民族出版社1996年出版的王兴先主编《格萨尔文库》；高等教育出版社2011年出版的角巴东主《格萨尔王传》；西藏藏文古籍出版社2010—2019年出版的《〈格萨尔〉艺人桑珠说唱本丛书（藏译汉本）》；上海古籍出版社2018年出版的西北民族大学格萨尔研究院编纂的30册《格萨尔文库》。此外，还有西藏社科院出版的说唱本，青海文联出版的精选本，中国社会科学院出版的精选本等，以及国内关于《格萨尔》史诗的汉译、民译、外译、回译等多种版本。不同的研究者，阅读的版本不同，形成的阅读接受、体验、判断和认知也不同。研究者的学术研究在某种程度上说，依赖于这些"文本"所承载的信息。但我们也要明白，历史在发展，时代在进步，一个时代有一个时代的学术研究。这里所说的学术研究的时代性，主要指的是符合时代学术研究的新观念、新思维和新的表达方式。这也是影响人类理性差序的时代性因素。

二是格萨尔是英雄的化身，《格萨尔》史诗本身承载着"人民要求和平统一、社会安定的美好愿望"。降边嘉措在谈到藏族先民的社会理想与美好愿

---

① 任乃强：《〈藏三国〉的初步介绍》，《边政公论》1944年第四卷第四、五、六期，《关于〈藏三国〉》，《康导月刊》1945年第六卷第九、十期，《关于格萨尔到中国的事》，《康藏研究月刊》1947年9月第12期。

② 徐国琼：《藏族史诗〈格萨尔王传〉》，载赵秉理编：《格萨尔学集成》第二卷，甘肃民族出版社1990年版，第677—678页，原文刊于《文学评论》1959年第6期。

望时说,"真、善、美与假、恶、丑之间的斗争,像一条红线,贯穿了《格萨尔》;对真、善、美的热烈向往和执着追求,成为整部史诗的主旋律"①。这正是格萨尔时代。在尕藏才旦看来,"格萨尔时代是'神授王权''天子下凡'的时代,它体现的正是原始社会开始解体、奴隶制国家开始萌芽的特殊历史阶段"②。这一时代,生产力低下,物质匮乏,是母系社会向父系社会过渡时期,母权制痕迹明显。在《格萨尔》史诗中,"缺乏宗教色彩,只有神话色彩,图腾拜物很明显"③。研究者往往对史诗产生的历史语境了解得不深入,尤其是一些初入史诗研究的学人,其研究成果和史诗所承载的历史及时代内涵有着明显的差序,这就影响了研究成果的真实性、可靠性和科学性。在进行学术史料的梳理时,既需要"祛蔽存真",也需要"解蔽"和敞开。人类认知差序,既有客观理性的因素,也有主观自我的原因。重新回到《格萨尔》史诗本身,回到《格萨尔》史诗生成和流变的历史语境,站在新时代的高度重新审视《格萨尔》史诗研究,才能真正做到"正本清源、守正创新"。

三是西方理论和方法的借鉴、运用,既有"别求新声于异邦"的拿来主义,也出现了对这些理论和方法的生吞活剥,尤其是在后现代主义、解构主义思潮下,学术研究相对化、碎片化和虚无化。新时期以来,《格萨尔》史诗研究受西方理论和方法的影响,出现了一批以西方理论为轴心范式的研究成果。在今天看来,这些成果一方面拓展了《格萨尔》史诗的研究空间,打开了一些"尘封"的意义世界,另一方面这些新理论、新方法、新视角遮蔽了《格萨尔》史诗中蕴含的民族的、文化的、历史的东西。当然,研究者个人兴趣与经历也往往影响着学术研究和学术判断。在《格萨尔》学术史研究中,我们要努力做到"格物致知,信而有证"。在聂珍钊看来,"这种学术史研究的视角避免了研究者个人的主观局限性"④。要辩证地看待他人的研究成果、学术观点,对这些成果和观点进行有机融通和吸收借鉴,做到真正的学术创新。

总之,《格萨尔》学术史的研究就是要追求"客观真理"。当然这种追求

---

① 降边嘉措:《格萨尔论》,内蒙古大学出版社1999年版,第280页。
② 尕藏才旦编著:《史前社会与格萨尔时代》,甘肃民族出版社2001年版,第71页。
③ 尕藏才旦编著:《史前社会与格萨尔时代》,甘肃民族出版社2001年版,第81页。
④ 聂珍钊:《外国文学学术史研究工程的理论及方法论价值》,《外国文学动态研究》2020年第3期。

一定要以"史实"为基本依据，要做到"凡研究一个时代思潮，必须把前头的时代略为认清，才能知道那来龙去脉"①。对历史和传统进行重新认知、判断和评价，这也是学术史研究的题中之意。以一种更具问题意识的方式，对《格萨尔》史诗进行学术史和学科史研究，是一种避免形式主义和低水平重复研究的有效之法。王学典认为，"历史研究有两大任务，一是发现和清理事实，二是说明和解释事实"②。可以说，在《格萨尔》学术史研究中，也有两大任务：一是发现和清理《格萨尔》学术研究事实，二是说明和解释这些学术事实。如何做好这两大任务，是《格萨尔》学术史研究重点考虑的问题。笔者以为，我们可以从三个方面来着手：一是从《格萨尔》学术史流变的视角来确立《格萨尔》学术史研究的研究范畴、基本问题和理论依据。二是《格萨尔》学术史研究应该包含史料谱系、问题谱系、方法谱系和价值谱系，并且这四个方面是内在的、共生的和互动的关系。三是从《格萨尔》史诗本身出发，思考《格萨尔》学术史研究在整个《格萨尔》学科体系建构过程中的意义和价值。当然，由于研究者的理性制约和《格萨尔》学科发展的规律，每个阶段的研究成果都允许被质疑和批评，这样才能在扬弃中走向建构。

---

① 梁启超：《中国近三百年学术史》，商务印书馆 2011 年版，第 2 页。
② 王学典：《历史研究为什么需要"理论"？——与青年学生谈治学》，《思想战线》2019 年第 5 期。

国外《格萨尔》研究

弘扬中华优秀传统文化，促进中华文化与世界文明的交流互鉴，是推动人类文明进步的重要动力。习近平总书记在2014年文艺座谈会上论及"实现中华民族伟大复兴需要中华文化繁荣兴盛"这一问题时指出，包括《格萨尔王传》《玛纳斯》与《江格尔》史诗在内的文艺精品"不仅为中华民族提供了丰厚滋养，而且为世界文明贡献了华彩篇章"①。在2018年第十三届全国人民代表大会第一次会议上的讲话中，习近平总书记再次提出《格萨尔王传》《玛纳斯》和《江格尔》三部史诗是"震撼人心的伟大史诗"②，是中国人民伟大创造的体现，激励中华各族儿女传承与发展中华优秀传统文化。《格萨尔》作为我国三大史诗之一，于2006年被列入第一批国家级非物质文化遗产名录，其内涵丰富、情节跌宕、结构恢宏，是目前为止世界上篇幅最长、流传最广的活态史诗，被翻译成多种文字在海外传播，在世界不同地区形成了各异的研究传统。

国外对《格萨尔》史诗的关注及研究早于国内，早在18世纪帕拉斯的游记中就提及格萨尔，直至现今，国外学者从未停止对《格萨尔》史诗的整理与探究。概而述之，国外《格萨尔》研究对我国早期《格萨尔》史诗学建设具有重要意义，尤其是在1959年之前，国外研究为国内史诗研究提供了文献收集、研究方法、批评理论等方面的借鉴。1959年3月，中共中央宣传部把《格萨尔王传》的抢救工作作为迎接国庆10周年的一项重要内容，国内《格萨尔》研究迅速发展。1959年之后，国外《格萨尔》研究虽然在一定意义上对我国《格

---

① 中共中央宣传部编：《习近平总书记在文艺工作座谈会上的重要讲话学习读本》，学习出版社2015年，第5页。
② 习近平：《在第十三届全国人民代表大会第一次会议上的讲话》，《人民日报》2018年3月21日。

萨尔》史诗学建设有拓展之效，但实质发生了转变。尤其是1984年，我国成立了全国《格萨尔》工作领导小组，既标志着《格萨尔》抢救与保护工作的顺利进行，也意味着国外《格萨尔》研究的引导性功能转变为并行性的补充与丰富。

众多致力于《格萨尔》研究的学者对国外《格萨尔》研究已有较为翔实的整理与概述，其内容纷繁复杂、分类体系兼备，尤以20世纪80年代之前的国外研究为甚。相较而言，对80年代之后的国外研究述评存在视点偏差、批评僵化等不足。本文在已有研究基础上，对国外《格萨尔》研究的论述主要聚焦于20世纪80年代至今的文献与材料，但亦有参考部分早期文献资料。

总体而言，近年国外关于《格萨尔》的研究呈现出多元化、多视野的特征，就态势而言体现为一种由内部研究向外部研究、由史诗研究向文化研究动态辐射、扩散的过程，表现为三点：其一，从《格萨尔》史诗中的人物形象研究扩展到对格萨尔相关的人物历史考究以及对《格萨尔》说唱艺人的研究。其二，对《格萨尔》史诗的研究不再拘泥于文学或宗教层面的研究，而是扩大为探究《格萨尔》史诗与政治、经济、文化的相互影响与促进。其三，在研究方法上也有所变化，从对《格萨尔》史诗文本的考校与分析向外发散为对史诗的艺术、媒介、技术等多维研究。具体而言，20世纪80年代以来的国外研究有对之前研究的继承与发展，也有新研究向度的生成。大致集中于《格萨尔》史诗中人物形象及经历的探究，《格萨尔》史诗起源、考释、校勘与分析，《格萨尔》史诗题材、结构、表达形式研究，《格萨尔》史诗中神话、信仰与藏族原始文化之间联系的探析，《格萨尔》史诗与藏族社会中制度、习俗、文化、经济等层面关系的剖析，《格萨尔》史诗说唱艺人的处境与演述特征研究，《格萨尔》史诗跨文化研究以及《格萨尔》史诗传播与影响探究等八个方面。下文将具体分析这几方面的研究典型，既期望为我国《格萨尔》研究文献的丰富尽微薄之力，也盼望为我国《格萨尔》研究如何产生更深远、广泛的传播及影响提供一些个人思考。

第一，关于《格萨尔》史诗中人物形象及经历的探究。

格萨尔的形象与身份考辨是《格萨尔》史诗研究的重要部分，前期研究中，对于格萨尔身份问题诸学者持不同观点。波塔宁娜夫人载于《论文汇编》

的文章《在东部西伯利亚蒙古、西藏与中原地区的旅行》（1895）认为格萨尔是布利亚特主要神灵的儿子，贝利（H. W. Bailey）发表的《龟兹研究》（1952）则指出于阗文文献里记有"格萨尔王子"，此类文章是早期研究中对格萨尔身份的辨别与表述，是以父系血缘关系为依据的一种追溯，试图为格萨尔赋予一种神性或高贵的出身，以此与史诗中的描述相适配。1905年伦敦版的《拉萨及其秘密》记有达赖喇嘛是格萨尔的化身，斯文·赫定的《亚洲腹地旅行记》（1931）则提到格萨尔属于苯教的时代，都是从宗教归属视角辨析格萨尔的身份问题。1899年香港出版的《藏文、拉丁文、法文字典》记载岭国格萨尔与军王格萨尔的区别，1957年莫斯科版的《格萨尔王传的历史源流》考证了格萨尔就是11世纪的宋代青唐吐蕃首领唃厮啰，都是从历史实证角度着手将格萨尔认定为历史人物。

可见以风物遗迹、文献典籍、民间传说等依据探究格萨尔的身份原型是《格萨尔》史诗研究的传统，且此传统延续不断，逐渐被赋予更多、更复杂的意义。就如诺伊·廷格斯坦的《拉达克的歌曲、文化表征与混杂》①（2013）一文，他在文中探讨了拉达克歌曲何以通过音乐、文本和视觉来表达其文化隐喻。文章在"格萨尔史诗与泛西藏价值"一节中指出格萨尔王的泛藏族史诗描绘了"天遣国王"的前佛教原型，在拉达克具有重要地位。在拉达克的史诗演唱中，曲目被称为"gying-glu"（优美的歌曲），格萨尔被演绎为超人类的典型英雄，起初格萨尔的形象是一个武艺高强、力大无穷、狡黠聪慧的具有魔法的君主，随着演变，《格萨尔》史诗被赋予佛教宗教意味，格萨尔或被塑造为佛或菩萨的化身。诺伊·廷格斯坦不再将格萨尔定位为历史人物原型或赋予其不同社会身份，而是以《格萨尔》史诗为基点，通过论述格萨尔形象的演变，并对格萨尔君主与前佛教双重形象做了描述。

格萨尔形象的变化是通过对史诗叙事具体分析凝练而来，因而观照《格萨尔》史诗中格萨尔本人的人生经历也是对其形象与身份的一种探析。布鲁诺·J.里奇菲尔德的文章《蒙古族格萨尔史诗中英雄的出生和青年时期（中国

---

① Noe Dinnerstein, "Songs, Cultural Representation and Hybridity in Ladakh", HIMALAYA, *The Journal of the Association for Nepal and Himalayan Studies*, 32.1 (2013), p. 16.

青海省)》对格萨尔的幼年和青年时期做了阐释。萨姆滕·G.卡尔梅《藏族史诗的理论基础,参照格萨尔史诗中各个情节的"时间顺序"》①(1993)一文在行文时以时间顺序梳理了格萨尔的经历,并绘制了方位图。他提出,尽管在口头传统中吟游诗人们可以按照任何顺序讲述故事的任何部分,史诗的读者们也可以选择任何部分,但《格萨尔》史诗绝对有正确的情节顺序;并指出以西藏文化为基础的《格萨尔》史诗的阐释处于进行状态,永远没有结束。道格拉斯·潘尼克的著作《光明之桥上的十字路口:岭·格萨尔王穿越生死界前往香巴拉时的歌声和事迹》②(2009)中叙述了英雄格萨尔王发现他的母亲陷入地狱的煎熬,骑着他的神马穿越所有存在的幻觉去解救她的故事。道格拉斯认为格萨尔的地狱之行为众生建立了一条觉醒之路。马修·卡普斯坦等人的著作《岭·格萨尔史诗:格萨尔的神奇诞生、成长及加冕》(2014)③是《格萨尔》史诗开头部分的翻译,涵盖了从格萨尔的神圣孕育到他的人类出生和调皮的童年再到他加冕为灵王的所有事件。伊戈尔·德·拉切维尔茨的著作《觉如的青年:蒙古族史诗格萨尔汗的第一部分》④(2017)对青年格萨尔予以关照。这些对格萨尔人生不同时期的研究有助于我们理解《格萨尔》史诗的内涵,也是进一步深入研究的基础。

第二,关于《格萨尔》史诗起源、考释、校勘与分析的研究。

起源性问题的探究是史诗基本的研究方式,也是早期《格萨尔》史诗非常重要的研究之一。例如载于《皇家亚洲学会孟加拉分会》期刊的《岭地格萨尔王传》(1942)一文指出《格萨尔》英雄史诗叙述了藏族和突厥族之间的战争,是从历史史实与民族关系的角度考据格萨尔的起源问题。虽对格萨尔身份及其来源问题的讨论主要集中于早期《格萨尔》研究中,但随着研究的深入,这一

---

① Samten G. Karmay, "The Theoretical Basis of the Tibetan Epic, with Reference to a 'Chronological Order' of the Various Episodes in the Gesar Epic", *Bulletin of the School of Oriental and African Studies*, University of London, 56, no. 2 (1993).

② D. J. Penick, *Crossings on a Bridge of Light: The Songs and Deeds of Gesar, King of Ling As He Travels to Shambhala Through the Realms of Life and Death*, Hillcrest Publishing Group, 2009.

③ Matthew Kapstein, et al., *The Epic of Gesar of Ling: Gesar's Magical Birth, Early Years and Coronation as King*, 2014.

④ Igor de Rachewiltz and Li Narangoa, *Joro's Youth: The First Part of the Mongolian Epic of Geser Khan*, ANU Press, 2017.

问题仍然不断被重新讨论，至今依旧是一个研究视角，且相较而言，20 世纪 80 年代后期的缘起性问题研究更为全面，也深入到对史诗的文学性考察。比如罗尔夫·阿尔弗雷德·斯坦因（石泰安）在《格萨尔史诗简介》①（1981）中阐释了《格萨尔》史诗的不同版本中共有的故事脉络与时间顺序，还分析了史诗表演时的方式与使用的仲夏帽等器物。值得注意的是，石泰安在此文中详细论述了目前格萨尔来源的主要观点，提出"格萨"最初是希腊语，后来是土耳其语的凯撒等观点。石泰安认为《格萨尔》史诗中不同元素在不同时间的使用，暗示了不同的起源。同是对《格萨尔》起源的探究，石泰安的观点较早期研究而言，不再拘泥于格萨尔本人身世及归属等问题，而是在综述关于格萨尔身份多重论述的基础上将研究重心放在史诗本身，概括了《格萨尔》史诗的起源、发展、演变。

《格萨尔》史诗演变还体现在对不同国家、区域之间版本的梳理与对比。德瓦胡提的《凯撒史诗》②（1987）一文论述了格萨尔史诗的近代发展，指出印度史诗与《格萨尔传奇》在藏文、拉达克文和蒙古文不同版本的相似性，文中还阐释了格萨尔与印度神佛、中国关公的形象关联。所罗门·乔治·菲茨赫伯特的《格鲁格萨尔：18 至 20 世纪藏传佛教中的中国战神关帝》（2020）也对此做了探讨。道格拉斯·潘尼克的《格萨尔王的战士之歌》③（1996）是北美格萨尔研究重要译本，沿袭了《格萨尔》史诗传统，展现了格萨尔从年轻时的艰难困苦到与四方魔敌的伟大战斗的传奇人生。道格拉斯·潘尼克以其智慧、想象力和幽默感传达了格萨尔的故事和他的力量。这个不断发展的史诗传统继续激励着不同社会的人们，不屈不挠的精神之旅是世俗生活的组成部分，这种追求与实现真正的社会和谐密不可分。就文本而言，该书保持了传统的亚洲史诗体裁和惯例，同时又将其转化为完全现代的表达载体，并非对《格萨尔》传奇的重述，而是对史诗的承袭，又以新的方式提供给现代读者。

罗伯塔·雷恩的《世界最长史诗西藏的岭·格萨尔的翻译与改编》、所罗

---

① R. A. Stein, "Introduction to the Ge-Sar Epic", *The Tibet Journal*, 6, no. 1 (1981), pp. 3-13.
② Devahuti, "The Kesar Epic", *The Tibet Journal*, 12, no. 2 (1987), pp. 16-24.
③ D. J. Penick, *The Warrior Song of King Gesar*, Wisdom Publications, 1996.

门·乔治·菲茨赫伯特的《格萨尔降生的现代版本》①等文章则是对《格萨尔》史诗在现代流传中产生的新版本的梳理。娜塔莎·L.米克尔斯的文章《体裁的力量与世俗化工程：当代中国格萨尔史诗的出版》（2019）研究了已出版的《格萨尔》史诗中描述格萨尔生活片段的文学分类情况。②她指出《格萨尔》史诗在国内外的出版有所不同。在国外，使用明确的佛教术语"解脱的故事"和"实现的表达"对史诗叙述进行分类，更具宗教倾向。在中国，则将史诗叙事称为"故事"，更具文学倾向。此研究是对国内外《格萨尔》史诗出版情况及版本意涵的横向对比。而简·霍斯《恶魔的驯服：来自格萨尔史诗》（2021）一书是《格萨尔》史诗第四卷的首个英译本，收录了格萨尔成为岭国国王后的故事。③本卷重点讲述了格萨尔王抵御恶魔和解放敌人的战斗，是对他超人的战斗力的暴力描述，其中蕴含的道德箴言至今仍在影响着西藏文化。这是对《格萨尔》史诗本身版本之间进行了纵向对比，深掘其意义与影响。

此外还有载于库尔特斯·R.谢弗等人的著作《西藏传统之源》中《格萨尔王史诗》（2013）一文，是第三辑"寺院和贵族霸权的时代，西藏文化的蓬勃发展"中第十章"阐述西藏古代的叙事"的一节。④西藏从11世纪和12世纪开始，到14世纪达到顶峰，人们对过去的看法越来越神话化，对古代伟大人物的传说进行了编纂。以14世纪的《朗氏族谱》记载为依据，格萨尔史诗在当时已初具规模。本文辨析了格萨尔称呼的不同版本，并讨论了"岭国"的位置，此外还梳理了史诗中格萨尔出生的拉达克版本。唐丽园（Karen L. Thornber）《中国剧本界的众多剧本，格萨尔王史诗和世界文学》（2016）则概述了中国历史上重要时期的语言和文字之争，在此基础上阐述了格萨尔的背景和故事，讨论了格萨尔出现在东亚和西方的几种主要语言和文字，提出随着不同民族、语言和版本的迁移，史诗发生了很大变化，在世界文学中具有重要

---

① Solomon George FitzHerbert, "A Modern Version of the Birth of Gesar", *Tibetan Studies: An Anthology*, PIATS (2006), pp. 215-254.

② Natasha L. Mikles, "The Power of Genres and the Project of Secularisation: Publishing the Gesar Epic in Contemporary China", *Culture and Religion*, vol. 20, no. 3, 2019, pp. 322-350.

③ J. Hawes, et al., *The Taming of the Demons: From the Epic of Gesar*, Shambhala, 2021.

④ K. R. Schaeffer, et al., "The Epic King Gesar", *Sources of Tibetan Tradition*, Columbia University Press, 2013.

地位。①伊戈尔·德·拉切维尔茨的著作《觉如的青年：蒙古族史诗格萨尔汗的第一部分》（2017）②辨析了西藏、蒙古《格萨尔》史诗的不同版本，阐释了《格萨尔》演变和不断丰富的过程，论述了《格萨尔》史诗在不同国家、地区的传播。此类文章是从语言、称谓等为切入，以此辨析不同版本的《格萨尔》史诗，以及其在不同地区、不同语言中的发展概况。

第三，关于《格萨尔》史诗程式、结构、表达形式研究。

程式及结构等层面的研究是以"帕里—洛德口头程式理论"为依据，程式的内涵及延伸是该理论的核心，不同版本的同一史诗本文中会呈现出相似的主题与程式，而应用于创作的相同程式需要通过观察史诗表演才能体现出来。用该理论分析《格萨尔》史诗需要关注史诗本文，需以一种实证、分析的研究方式分析史诗，探究其"传统的""稳定的"诗学特征。因此将程式作为切入点，探究《格萨尔》史诗结构及叙事单位，是对史诗整体性、完整性的关照。

对《格萨尔》史诗程式的具体分析是国外研究中不可忽略的一部分，杰弗里·塞缪尔评论了赫尔曼斯著作《拉达克的〈格萨尔〉史诗》（1995）③，指出赫尔曼记录了十二名《格萨尔》史诗表演者的表演，重点比较对《格萨尔》史诗故事的包含以及不同版本之间的差异，从当代人类学角度出发，从重复的主题中提供一个相当复杂的结构。在该评论中，杰弗里·塞缪尔还提出赫尔曼斯对变奏的详细分析，为了解表演者在叙事层面的差异提供了重要参考。所罗门·乔治·菲茨赫伯特在论述《格萨尔》史诗表演的叙事方式时指出，除了小部分固定的特性修饰语和程式化短语外，大多数的程式都是艺人自己独有的。这些固定语句的使用表明了《格萨尔》史诗的本文特征，反映了其传统的程式，而每个说唱艺人不同形式的表演则是个人风格及《格萨尔》表演艺术多样化的体现。

这种对《格萨尔》史诗表演风格与形态的关注，正体现了"帕里—洛德

---

① K. L. Thornber, "The Many Scripts of the Chinese Scriptworld, the Epic of King Gesar, and World Literature", *Journal of World Literature*, 1(2016), pp. 212-225.

② Igor de Rachewiltz and Li Narangoa, *Joro's Youth: The First Part of the Mongolian Epic of Geser Khan*, ANU Press, 2017.

③ Geoffrey Samuel, "Kesar-Versionen aus Ladakh [Versions of the Gesar Epic from Ladakh]", *Asian Folklore Studies*, 54, no. 1 (1995).

口头程式理论"对史诗表演的强调。德瓦胡提《凯撒史诗》（1987）[①]一文论述了《格萨尔》史诗的演唱方式及曲调进行分析。亚历山大·费多托夫在文章《岭·格萨尔史诗的韵律》（1994）[②]中指出《格萨尔》史诗是一部融合不同部落史诗和歌曲的游牧史诗，包含了散文和诗句。从整体发展而言，《格萨尔》史诗的散文叙事较短，其作用是将演唱歌曲连接在一起，这些歌曲有一定的旋律和曲调，应用于不同场景，表达不同的情绪。文章还在节奏和结构上分析了《格萨尔》史诗，提出史诗演唱中常有重复甚至三倍的音节，这些音节虽然没有词汇意义，但可以用来描述特定的场景，例如用拟声词描述天气与环境。娜塔莎·L.米克尔斯《帽子何时是山？格萨尔游吟诗人的帽子的物质宗教》（2020）[③]一文则研究了西藏玉树和果洛州的《格萨尔》史诗吟游诗人所使用的"仲夏"帽制作仪式，分析了用于表演舞台的"仲夏"帽是如何将史诗叙事、地方观念和佛教机构的权威结合在一起的。娜塔莎认为"仲夏"是宗教想象的一个缩影，影响并塑造了观众和吟游诗人的自我理解。西尔克·赫尔曼在《拉达克格萨尔王史诗的生平与历史》（2011）[④]一文指出尽管《格萨尔》史诗在西藏、蒙古、拉达克、不丹、尼泊尔等地区和国家广为流传，但对其研究仍有诸多不足。该文梳理了具有里程碑式的西藏史诗出版物，指出《格萨尔》史诗是活的口头史诗，并记录了拉达克《格萨尔》史诗四个核心的组成部分。此外，赫尔曼还分析了《格萨尔》史诗表演特征是歌曲与叙事相交织，叙事相对自由，而歌曲的诗句则被限制一定数量的音节，且歌曲与所要表达的情绪相关。

史诗程式的"同一"实则反映的是史诗相同的母题与原型，有许多国外《格萨尔》研究对此做了总结。西格伯特·胡梅尔和威廉·R.拉弗勒《藏族〈格萨尔〉史诗中的水晶山主题》（1971）[⑤]一文通过对"水晶山"主题的考察，

[①] Devahuti, "The Kesar Epic", *The Tibet Journal*, 12, no. 2 (1987), pp. 16-24.
[②] Alexander Fedotov, "Versification in the Epic of Gesar of Ling", *The Tibet Journal*, 19, no. 1 (1994), pp. 17-23.
[③] Natasha L. Mikles, "When is a Hat a Mountain? The Material Religion of Gesar Bards' Hats", *Material Religion*, 16.2 (2020), pp. 187-212.
[④] Herrmann Silke, "The Life and History of the Epic King Gesar in Ladakh", L. Honko, *Religion, Myth and Folklore in the World's Epics: The Kalevala and Its Predecessors*, De Gruyter, 2011, pp. 485-503.
[⑤] Siegbert Hummel, and William R. La Fleur, "The Motif of the Crystal Mountain in the Tibetan Gesar Epic", *History of Religions*, 10, no. 3 (1971).

指出各地区传说的相似之处并非偶然,而是原始经验的集体潜意识,《格萨尔》史诗对"水晶山"主题的演化,既能反映出外部文化对史诗发展的影响,也体现出了《格萨尔》史诗结构的复杂性。所罗门·乔治·菲茨赫伯特和马修·卡普斯坦的研究立足于文献,分别以《格萨尔》史诗中的母题"天神降世"和"救母"为例进行探讨。所罗门·乔治·菲茨赫伯特的文章《藏蒙格萨尔史诗中的神话基质与文化嬗变:论格萨尔天神降世的母题》(2016)①发表于《美国民俗学刊》"中国和内亚活形态史诗"专号,旨在通过对《格萨尔》史诗中"天神降世"这一母题的梳理与分析,考察《格萨尔》史诗的"神性基质",以及格萨尔这一人物文化核心要素的多样性所带来的广泛的宗教影响。马修·卡普斯坦在《雪域的目连与地狱的格萨尔王——汉语传说中的救母主题在藏语叙事中的转化》一文中认为,汉语叙事传统中的目连传说对藏语叙事传统产生了较大影响,这种影响尤其体现在藏语本土叙事《格萨尔》史诗中。目连化身为"格萨尔",在藏族说唱文学中践行着"父母死亡"和"不幸重生"的母题,这也进一步引发我们思考汉文佛教典籍与藏传佛教形成之间的关系。

第四,关于《格萨尔》史诗中神话、信仰与藏族原始文化之间联系的探析。

《格萨尔》史诗是流传久远的活态口头史诗,必然蕴含着丰厚的藏族文化。分析《格萨尔》史诗本文,从中挖掘史诗中神话、信仰、宗教观点反映出的藏族原始文化,探究藏族对格萨尔的宗教崇拜,有助于我们更进一步探究《格萨尔》史诗之于藏族乃至其他民族的深远影响。

唐纳德·S.洛佩兹主编的《亚洲宗教实践:简介》一书中收录了其《西藏的宗教实践》(1999)②一文,他借格萨尔之例论述了灵魂在西藏宗教的重要地位。文章指出灵魂(la)可以追溯到古代,是西藏宗教的重要组成部分,文章援引了西藏史诗英雄格萨尔的故事,格萨尔在征服恶魔时虽然砍倒了恶魔的灵魂之树,抽干恶魔的灵魂之湖,但都未能杀死恶魔,因为没有杀死恶魔

---

① Solomon George FitzHerbert, "Constitutional Mythologies and Entangled Cultures in the Tibeto-Mongolian Gesar Epic: The Motif of Gesar's Celestial Descent", *The Journal of American Folklore*, 129, no. 513 (2016), pp. 297-326.

② Donald S. Lopez, "Religions of Tibet in Practice", in *Asian Religions in Practice: An Introduction*, edited by Donald S. Lopez, Princeton University Press, 1999, pp. 123-153.

的灵魂之羊。贝尔塔·阿塞维斯在《岭·格萨尔藏族史诗中恶魔的性质和起源》(2012)①一文中对《格萨尔》史诗中的恶魔的存在进行研究，提出藏族口传史诗《格萨尔》中的冲突是英雄格萨尔与恶魔的对抗，格萨尔对恶魔的征服是佛教传入西藏的目的之一。格雷戈里·福戈斯《格萨尔实践研究的材料》(2011)②一文中指出格萨尔与驱魔、净化仪式、占卜等多种实践方式有关联。这类研究还有杰弗里·塞缪尔的文章《格萨尔王的一些藏族仪式文本》。从这些叙述中可以看出《格萨尔》史诗所表现的英雄与恶魔的关系、灵魂与实体的关联以及驱魔、净化等宗教实践之于西藏文化、信仰的影响力。唐纳德·S.洛佩兹主编的另一著作《西藏的宗教实践》中，作者罗宾·科恩曼在所著《部落的历史》(2007)③一文中指出西藏的神具有地方性，是受天意指引而与神灵缔约，其宗教实践是有别于佛教冥想实践的西藏本土仪式，此种仪式是西藏本土元素的核心，将佛教教义反向同化为本土信仰。文章还探讨了《格萨尔》史诗中神的特征以及对神灵日常生活的描述，指出圣人的诞生不是由佛教的神宣布的，而是由隐形的诗人讲述的。

同样是论述《格萨尔》史诗中的宗教因素，沙夫卡特·侯赛因和西瓦拉马克里希南的《雪豹与山羊：西部喜马拉雅山的保护政策》(2019)④一书"驯化景观"一章中则提及西藏藏传佛教苯波教是扩展到蒙古、西伯利亚和中国东北地区的泛西藏宗教，该教派认为自然界是有生命的且具有流动性，动物不仅有意识和能动性，还可以变换形状。苯波教信仰以凯撒（Kaser）史诗为核心，该史诗围绕凯撒的冒险历程和政治活动展开，为西藏建立了一个公平、世俗且繁荣的王国。凯撒的故事充满寓言特性，虽然作为宗教信仰，但凯撒并不是一个完全依循道德引导的伦理人物，他可以在人和动物间转换形

---

① Bertha Aceves, "Nature and Origin of Demons in Tibetan Epic of Gesar of Ling", *Acta poética*, 33.2 (2012), pp. 181-208.
② G. F. Wiener, Zeitschrift Für Die Kunde Südasiens, *Vienna Journal of South Asian Studies*, 54 (2011), pp. 206-207.
③ Robin Kamman, "A Tribal History", in *Religions of Tibet in Practice: Abridged Edition*, edited by Donald S. Lopez, ABR-Abridged., Princeton University Press, 2007, pp. 47-67.
④ Shafqat Hussain and K. Siveramakrishnan, "Domesticating Landscapes", in *The Snow Leopard and the Goat: Politics of Conservation in the Western Himalayas*, University of Washington Press, 2019, pp. 89-106.

态,以达到目的。此文中出现的凯撒(Kaser)根据文献原意,即应指格萨尔(Gesar),文章以《格萨尔》史诗为范式,表达了史诗对该地自然态度形成的影响。娜塔莎·L.米克尔斯的《泪如落叶:格萨尔地狱之旅中的业力怨恨与感官》(2019)[①]一文认为故事本质上是工具,是心灵的话语技术,佛教徒们通过故事思考、推理和制定宗教教义,为忽视故事意义的趋势提供了不同的可能阐释。同时她指出格萨尔地狱归来的故事通过宗教教诲和对地狱磨难的刻画,使因果报应的宗教教义更加真实,这无疑为《格萨尔》史诗赋予了宗教意义。所罗门·乔治·菲茨赫伯特的《藏传佛教与格萨尔史诗》一文也是此类研究,阐释了史诗与宗教的关联。大卫·夏皮罗在著作《岭·格萨尔:来自西藏雪域的吟游诗人故事》(2019)[②]中,通过充满西藏古老民间智慧和佛教思想的谚语、散文和诗句等,讲述了格萨尔出生的史诗般的故事。大卫·霍特怀恩在书评中说这本非常具有可读性的书不仅具有娱乐性和信息性,而且还提供体验一个充满魔力的世界的机会。

国外相关研究在探究神话、信仰与藏族原始文化关联时,在宗教与神话传说之外,还关注了史诗对家族等社会结构的影响。罗宾·科恩曼是著名格萨尔研究学者,他在《岭的格萨尔》(2005)[③]一文提出英雄格萨尔运用军事和领导能力的同时,以独特、讽刺、幽默、粗暴、广阔的宇宙的角度观察事物,使他具有独特的战胜敌人的技巧,并以佛教的慈悲和智慧为基础创造文明。文章阐释史诗与藏传佛教之间的关联之外,还指出《格萨尔》史诗并不是简单的以血统为核心的家族史诗,而是构建了一种藏区理想的社会结构。

第五,关于《格萨尔》史诗与藏族社会的制度、习俗、文化、经济等层面的关系的剖析。

马克思在论述希腊神话的作用与影响时提出希腊神话既是艺术的武库也是它的土壤,可见神话对一个民族气质的凝结以及对民族社会各层面可能产生的

---

① Natasha L. Mikles, "Tears Like Fluttering Leaves: Karmic Resentment and the Senses in Gesar's Journey Through Hell", *Revue d'Etudes Tibétaines*, No. 50, June 2019, pp. 212-234.

② D. Shapiro and J. Hawes, *Gesar of Ling: A Bardic Tale from the Snow Land of Tibet*, Balboa Press, 2019.

③ Kornman Robin, "Gesar of Ling", in *Hawaii Reader in Traditional Chinese Culture*, edited by Victor H. Mair, Nancy S. Steinhardt, and Paul R. Goldin, University of Hawaii Press, 2005, pp. 574-602.

深远影响。而史诗的发展中包含着大量且丰富的神话素材，在为史诗赋予浓厚神话色彩的同时，也使史诗暗含了对社会各层面的作用力。作为史诗的《格萨尔》具备此种普适性，首先作为藏族的古老传统，《格萨尔》史诗便是藏族文学、艺术取之不尽的武库与长久发展的土壤，对藏族各种艺术形式的生成、发展具有促进作用。其次，《格萨尔》史诗是藏族气质凝聚的实体化产物，反映了该民族独特的精神面貌。再次，《格萨尔》史诗在藏族中具有广泛且深远的影响力，与藏族社会制度、习俗、文化等层面有密切关系。最后，藏族社会生活的方方面面又反过来影响着《格萨尔》这一活态史诗的发展，为史诗赋予不断增长的新活力。

所罗门·乔治·菲茨赫伯特《法律与〈格萨尔〉史诗》（2017）[1]一文载于《外地人杂志》第 26 卷《法律与佛教：前现代西藏的原则与实践》之中，对传统口传史诗《岭格萨尔》可能给藏族文化理解和对法律的态度带来的启示进行了研究。口传文学《格萨尔》史诗传统中，法律的主题很普遍，一些重要的藏文文献中提到了《格萨尔》与法律之间的联系，这表明《格萨尔》史诗有关的材料可以为了解西藏社会对法律的普遍看法提供有价值的借鉴。文章指出格萨尔被认为是正义或理想统治和法律本身的象征，起着反映理想化社会的作用，可以作为价值观念和规范准则的基础。以史诗相关的资料为基础，《格萨尔》史诗经常被描述为法律、修饰和理想统治的象征，这种讨论本质上仍是文学性的文化研究。

吉莉安·谭《硝烟弥漫的关系：超越青藏高原的实质二分法》（2020）[2]一文载于菲利普·肖尔奇的《探索人类学及其他领域的物质性和连接性》一书，参照贝勒兹扎的《上西藏地区灵媒的礼仪和神谕：他们的布桑仪式简介》、所罗门·乔治·菲茨赫伯特的《一部早期的藏文格萨尔布桑文本》等文献，指明了煨桑在藏民宗教信仰中的作用。熏香的净化仪式在西藏游牧民族中有多重功能，可以取悦神祇、解脱精神，并起到净化作用。藏民燃烧的芳香烟雾对维持

---

[1] Solomon George FitzHerbert, "Law and the Gesar Epic", *Cahiers d'Extrême-Asie*, 26 (2017), pp. 61-86.

[2] Gillian G. Tan, "Smoky Relations: Beyond Dichotomies of Substance on the Tibetan Plateau", in *Exploring Materiality and Connectivity in Anthropology and Beyond*, edited by Philipp Schorch, Martin Saxer, and Marlen Elders, UCL Press, 2020, pp. 145-161.

和重建西藏牧民、世俗神灵和所处环境之间的关系至关重要。《西藏的宗教实践》一书第 21 章纳兰达翻译委员会撰写的《烟雾净化之歌》（2007）[①]一文论述了烟熏净化在西藏宗教仪式中的重要价值，文章指出"烟雾净化之歌"的重要作用是颂神，西藏的战神、岭的格萨尔被邀请沿着烟雾降下赐予祝福，该文还节选了煨桑仪式的祈神曲，曲中吟唱了格萨尔的英勇。此外，塔西·顿珠的《史诗〈格萨尔〉对藏族民间信仰的影响》（2007）一文论述了《格萨尔》对藏族信仰的影响。

1939 年芝加哥出版的《甘肃—藏族边区的文化联系》中，艾克瓦尔记载了格萨尔遗迹。萨姆滕·G. 卡尔梅《格萨尔史诗中岭的社会组织和"Phu-Nu"一词》（1995）[②]一文则讨论了藏族史诗文学赖以建立的理论基础，指出藏族史诗在其发展过程中反映的社会组织原则以及"时间顺序"，如果没有这个理论基础，藏族史诗文学就是不断地复杂化的材料堆砌。"Phu-Nu"一词在史诗的早期阶段强调血缘关系，随着岭国的扩张，该词涵括范围扩大，在血缘关系之外还指向亲缘关系以及岭国社会新的部落联盟成员，维系此社会组织的是荣誉和忠诚。这是以《格萨尔》史诗反映特定时期的西藏社会及其社会组织与社会结构的变化。杰弗里·塞缪尔在《藏族的史诗和民族主义》一文中阐释了《格萨尔》史诗是一种西藏社会中关于民族和国家的话语形式。而阿济兹·白巴拉《在藏族社会中的家世与住地的观念》一文则概述了藏族社会结构与家庭关系。由以上文献梳理可见，探究《格萨尔》史诗与藏族社会各层面之间的关系非常必要，有助于更深层次剖析史诗的发展与影响力。

第六，对说唱艺人的处境与演述特征等内容开展研究。

《格萨尔》作为流传久远的口头活态史诗，广泛在民间尤其是藏族地区传播。在很长时间内，《格萨尔》是以史诗艺人演述的方式存在，并没有系统整理、汇总的收集文本。这种依赖于说唱艺人的史诗流传方式具有隔断、模糊、消逝等多种不确定性因素，尤其是优秀史诗说唱艺人的逝世这类不可避免的因

[①] Nālandā Translation Committee, "A Smoke Purification Song", in *Religions of Tibet in Practice: Abridged Edition*, edited by Donald S. Lopez, ABR-Abridged, Princeton University Press, 2007, pp. 307-312.

[②] Samten G. Karmay, "The Social Organization of Ling and the Term 'Phu-Nu' in the Gesar Epic", *Bulletin of the School of Oriental and African Studies*, vol. 58, no. 2, 1995, pp. 303-313.

素，致使大量珍贵的文物古籍、说唱资料就此散佚，不利于《格萨尔》史诗的保存与传播，消减了其作用和影响。因而有组织、有系统地进行搜集整理不同版本、不同演唱诗人的《格萨尔》史诗，关注优秀史诗说唱艺人独特的演述并进行重点跟踪调查对于《格萨尔》史诗的保存、传播、发展具有重要意义。

在这个层面而言，早期对史学和起源的重视在很大程度上让位于对《格萨尔》史诗的表演、发展和文化重要性的关注。具体运作时，以个别艺人为研究对象，探究艺人如何获得讲述史诗的能力、说唱艺人演述史诗的特征、说唱艺人的处境等问题。值得注意的是，国内对《格萨尔》史诗的保存与传播高度重视，因而有不少学者或学术团体、文艺组织长期跟踪调查说唱艺人，并将他们的说唱通过现代媒介录制、保存，并在此基础上加以研究。这种在文化政策、距离位置等因素上的优势使得国内对于说唱艺人演述特征、说唱艺人个人身份与说唱程式等方面的研究比之国外更具优势。但国外研究在此方面也做出了贡献。

1942年载于《皇家亚洲学会孟加拉分会》期刊的《岭地格萨尔王传》一文记载了有关说唱艺人的资料。降边嘉措《昔日乞丐　今日国宝——谈"格萨尔"说唱艺人社会地位的历史性变化》(2008)，杰姆·达帕尔·拉雅·姆措的文章《格萨尔王史诗歌手》(2011)[①] 载于《世界史诗中的宗教、神话和民间传说》一书，他在该文指出《格萨尔王》是藏族和蒙古族共同创作的一部伟大的英雄史诗，是在古代藏族民间文学基础上产生和发展的，一经传入蒙古族地区，就迅速传播，并开始融入蒙古族传统文化，表现出不同民族之间复杂的关系和统一的过程，展示了社会历史发展的必然性。同时，他还提出《格萨尔王》结构宏伟、内容丰富，其重要的特点之一是在人民中经久不衰，这得益于史诗传播过程中史诗演唱歌手的贡献。在此观点之上，杰姆·达帕尔·拉雅·姆措指出《格萨尔王》史诗演唱歌手演出方式多样、表演灵活，还进一步指明这些吟游诗人大多来源于农民、牧民等贫困家庭，社会地位较低。除了对史诗歌手来源及表演模式的探讨之外，他还注意到了史诗演唱时焚香、

---

① Jam-dpal Rgyal-mtsho, "The Singers of the King Gesar Epic", in *Religion, Myth and Folklore in the World's Epics: The Kalevala and its Predecessors*, edited by Lauri Honko, Berlin, New York: De Gruyter, 2011, pp. 471-484.

供奉格萨尔等人画像、戴"仲夏"说唱帽、使用礼仪镜子等一些特定形式。此外，他还关注了扎巴、玉梅等说唱歌手。

王国明《土族格萨尔史诗：表演与歌手》(2010)① 一文由李祥霆翻译发表于《口头传承》（*Oral Tradition*）杂志，文中表明不同少数民族有不同版本的《格萨尔》史诗，它们的形式在内容、结构、人物、事件和实际表演等方面各有不同。王国明考察了土族格萨尔的结构、程序和演奏规则，对比了其与藏族格萨尔的不同，指出了土族格萨尔的创造性，并对土族史诗表演者王永福的身世背景、表演程式做了分析。

第七，关于《格萨尔》史诗跨文化研究。

随着《格萨尔》史诗研究的不断深入，对史诗的文化观照超越了对其具体文本的内部研究而被凸显出来。亚历山德拉·大卫—尼尔是法国的著名藏学家，她的著作《岭·格萨尔王的超人一生》(1934)② 对格萨尔的经历予以论述，她指出格萨尔代表着理想的战士，是全胜的信心原则。作为理智的中心力量，征服了所有的敌人，即四方的邪恶势力，格萨尔使人们的思想有可能达到最终的自我实现的教义。对此，约翰·布洛菲德的书评《关于亚历山德拉·大卫—尼尔〈岭·格萨尔王的超人一生〉的一些思考》(1982)③ 探讨了翻译的学术性和诗性，进而指出亚历山德拉·大卫—尼尔通过诗意语言的描述唤起了对格萨尔的想象。该文还简述了亚历山德拉·大卫—尼尔的人生经历，探究了她被西藏和《格萨尔》史诗吸引的根本原因是此地远离喧嚣的现代世界。文章指出亚历山德拉·大卫—尼尔的著作描述了西藏宗教实践，但更多关注于宗教的神秘性，而缺乏关于宗教深层意义的发掘。休斯顿的文章《格萨尔：当代学术的记录》(1980)④ 指出研究《格萨尔》史诗有口头传统、文学传统两种路径，该文梳理了格萨尔起源的各种版本，阐释了格萨尔这一名称的演变与形成，分析了石泰安对格萨尔史诗的简述、利盖蒂对《格萨尔》史诗的研究、弗兰克对史诗

---

① Wang Guoming, "The Tuzu Gesar Epic: Performance and Singers", translated by Li Xianting, *Oral Tradition*, 25.2 (2010).
② A. David-Neel, *The Superhuman Life of Gesar of Ling*, Claude Kendall, 1934.
③ John Blofeld, "Review of Some Thoughts Relating to Alexandra David-Neel's 'The Superhuman Life of Gesar of Ling'", *The Tibet Journal*, 7, no. 4 (1982), pp. 94-97.
④ G. W. Houston, "Gesar: A Note on Current Scholarship", *The Tibet Journal*, 5, no. 4 (1980), pp. 3-8.

口头传统方面的记录。

苏尼蒂·库马尔·帕塔克《〈格萨尔〉史诗中观察所得的人类行为模式》（1999）① 一文则指出尽管《格萨尔》史诗有多个版本，章节划分并不统一，但其主题在本质上相同，反映出人类普遍存在的文化模式。卡蒂亚·巴菲特里尔：《"愿新的事物从古老中诞生！愿古人为现在服务！"玛沁县的格萨尔节日（安多2002）》（2009）② 一文围绕2002年举行的庆祝《格萨尔》史诗创作的千年纪念日展开论述，文章阐述了格萨尔与阿尼玛卿山的守护关系，以此说明玛沁县举办庆祝活动的深层文化缘由，在此基础上进一步论述了《格萨尔》史诗在多个层面符合联合国教科文组织审核周年纪念日的标准，以此表明《格萨尔》史诗的重要性及传播与影响。此外，该文还详细描述、分析了纪念活动中的仪式、史诗表演、格萨尔海报等细节，为进一步研究格萨尔现代发展与当下意义提供了参考意见。马修·卡普斯坦和查尔斯·兰博的著作《岭·格萨尔的多样面孔。向罗尔夫·斯坦因致敬》（2015）③ 从历史、文化和文学多方面对《格萨尔》史诗进行研究。

美国学者陶音魁的研究《超越吟游诗人的藏族〈格萨尔〉史诗：世界屋脊上的体裁生态系统》（2019）超越了传统的史诗认识论，在传统的文本和吟游诗人之外来考察《格萨尔》史诗，借由与格萨尔相关的谚语和本土化微观叙事，提出《格萨尔》体裁生态系统，是《格萨尔》史诗研究转向《格萨尔》文化研究的体现。他的另一篇文章《评估〈格萨尔〉史诗在中国西北地区的可持续性，源自玉树藏族自治州的思考》（2019）④ 一文则使用辉伯·西博斯和凯瑟琳·格兰特音乐文化的五个领域理论来评估文化的可持续性，并在玉树藏族自治州进行民族志田野调查，从教学系统、音乐家和社区、背景和构造、法规和

---

① Suniti Kumar Pathak, "Human Behaviour-Patterns As Observed in the Gesar Epic", *The Tibet Journal*, 24, no. 3 (1999), pp. 3-9.

② Katia Buffetrille, "'May the New Emerge from the Ancient! May the Ancient Serve the Present!' The Gesar Festival of Rma Chen (A Mdo 2002)", *The Tibet Journal*, 34/35, no. 3/2 (2009), pp. 23-24.

③ Matthew Kapstein and Charles Ramble, "The Many Faces of Ling Gesar. A Tribute to Rolf A. Stein", *La lettre du Collège de France*, 9 (2015), p. 44.

④ Timothy Thurston, "Assessing the Sustainability of the Gesar Epic in Northwest China, Thoughts from Yul shul (Yushu) Tibetan Autonomous Prefecture", *Cultural Analysis*, Volume 17.2, 2019.

基础设施、音乐和音乐产业的角度研究了西藏《格萨尔》史诗的目前活力和前景，同时指出史诗长期可持续发展仍存在结构性问题，是对《格萨尔》史诗的跨文化研究。杰弗里·塞缪尔的文章《格萨尔史诗中的音乐和萨满力量》，也是音乐视角的文化研究。

瓦伦蒂娜·蓬齐的《故事的互文性和社会权威问题》（2020）①一文载于《亚洲民族学》刊物，以德里达的体裁参与概念、布里格斯和鲍曼的体裁互文理论为基点，重新定义了"Sgrung"叙事的内在与外延之意，将其归类为一种与历史辩证对立的藏族互文体裁。文章分析了社会群体和文化生产之间的相互依存关系，文章指出散文和诗歌互换的形式结构在《格萨尔》史诗中有所体现，此种叙述有助于记忆。艾米丽的《害虫、重要物种和饥饿的幽灵：格萨尔史诗和青藏高原人与鼠兔关系》（2021）②一文研究了《格萨尔》史诗对藏族游牧社会文化、生态环境的影响，文章将自然环境中的鼠兔灾害与西藏习俗中喂养饥饿的灵魂、安抚领土神的信仰相结合进行思考，探讨了不同本体论之下的合作与冲突的实践。

第八，关于《格萨尔》史诗传播及其影响探究。

拉维纳·阿格瓦尔的专著《控制线之外：印度拉达克争议边界上的表现和政治》第四章《荣誉之歌，血统之线》（2004）③中指出了《格萨尔》史诗对拉达克"gying-glu"（优美的歌曲）的影响，该类歌曲灵感来自史诗英雄格萨尔的事迹，将勇敢的领袖和士兵比作强大的格萨尔，以此歌颂英雄和战士。此外该文还指出在拉达克的景观中充满格萨尔的印记，《格萨尔》史诗影响着拉达克的社会、文化秩序。由此可见，《格萨尔》史诗对周边地区的深远影响。丹妮尔·班农等人合著的《翻译与探索：从格萨尔的镜头看布里亚特文化史》（2013）、乔纳森·拉特克利夫的著作《成为格萨尔人，成为布里亚特人：口头史诗和政治引发的四重身份危机》（2019）等文侧面印证了《格萨尔》史诗的

---

① Valentina Punzi, "The Intertextuality of Sgrung and the Question of Social Authority", *Asian Ethnology*, 79, no. 2 (2020), pp. 259-278.

② E. T. Yeh and Gaerrang. "Pests, Keystone Species, and Hungry Ghosts: The Gesar Epic and Human-Pika Relations on the Tibetan Plateau", *Cultural Geographies*, vol. 28, no. 3, 2021, pp. 461-478.

③ Ravina Aggarwal, "Songs of Honor, Lines of Descent", in *Beyond Lines of Control: Performance and Politics on the Disputed Borders of Ladakh*, India, Duke University Press, 2004, pp. 149-178.

传播影响。

萨特基所作的再版序言《一个藏族艺术家雕塑的格萨尔与珠牡的泥像》附一块图版两幅图像。陈美珍的《多元语境下〈格萨尔〉唐卡的现代变革》(2019)①一文发表在《文学与艺术研究杂志》，指出《格萨尔》史诗的产生和传播使唐卡在藏区的社会历史进程中经历着复杂的变化。随着市场经济的兴起，以及对非物质文化遗产的保护，"格萨尔"唐卡获得了创作的活力，呈现出世俗化、神圣化和艺术化的审美特征。藏族作家杰姆·达帕尔·拉雅·姆措和潘丽的著作《英雄格萨尔》(2021)②在海外出版，通过100幅唐卡画，阐述了英雄格萨尔王从天而降，征服其他部落的魔鬼，最后在完成其神圣使命后返回天国，以独特的西藏卷轴画形式生动地展示了西藏民间艺术格萨尔王，通过唐卡的特殊艺术作品，生动地展示了世界上最长的史诗。以上研究分别是对唐卡等格萨尔图像、格萨尔石刻等艺术形式进行的研究。

葛浩文和夫人林丽君翻译了阿来"重述神话"著作之一《格萨尔王》(2013英译本)③，由坎农格特出版公司出版，该英译本注重叙述故事性，使之更为契合英语阅读者的审美需求，但在内容上对原文有所删减，呈现出简化文本、文化的特征。这种方式虽在一定程度上对《格萨尔》史诗内容及深度有所减损，但从更广泛的意义而言，有利于史诗的传播，对我们探究如何讲好中国故事，如何传播《格萨尔》史诗，如何弘扬中华文化与精神具有启迪意义。

综上八个层面的研究，《格萨尔》史诗国外研究内容丰富、视野宽广，既对史诗文本、演述等做了较翔实的总结归纳，为《格萨尔》史诗的传承与传播提供启示，但也存在不足之处。虽然对于格萨尔的独立研究较丰富，但将其与其他史诗并置，从整体上探究《格萨尔》史诗对史诗文学程式、特征的丰富与补充的研究较少。且很多域外格萨尔研究是在已有史诗理论的支撑下将其套用

---

① M. Chen, "The Modern Changes of 'Gesar' Thangka Under Multiple Contexts", *Journal of Literature and Art Studies*, July 2019, Vol. 9, No. 7, pp. 797-802.

② Jam-dpal-rgya-mtsho and Xiaoli Pan, *The Epic of King Gesar*, Royal Collins Publishing Company, 2021.

③ Alai, *The Song of King Gesar*, translated by Howard Goldblatt and Sylvia Li-chun Lin, Canongate Books Ltd., 2013.

在《格萨尔》史诗的研究上，在研究方法及路径上沿袭了以往对其他几大史诗的研究思路，并未突出《格萨尔》的特性及其对史诗理论的贡献。既有研究仍局限于史诗内部的研究，虽然已有部分研究尝试探究《格萨尔》史诗与藏族乃至中国的政治、经济等的关系问题，但是观点相对局限、片面，没有意识到中国的民族特征，未以整体的、发展的逻辑观照《格萨尔》史诗。

《格萨尔》研究重要文献目录

一、中文著作

安柯钦夫：《中国少数民族三大英雄史诗论稿》，敦煌文艺出版社1991年版。

巴雅尔图：《〈格斯尔〉研究》，内蒙古教育出版社2006年版。

曹娅丽：《史诗、戏剧与表演——〈格萨尔〉口头叙事表演的民族志研究》，上海大学出版社2015年版。

朝戈金、冯文开：《中国史诗学读本》，中国社会科学出版社2012年版。

朝戈金：《史诗学论集》，中国社会科学出版社2016年版。

丹曲：《〈格萨尔〉中的山水寄魂观念与古代藏族的自然观》，中国社会科学出版社2014年版。

丹曲：《藏族史诗〈格萨尔〉论稿》，中国社会科学出版社2016年版。

丹珍草：《格萨尔史诗当代传承实践及其文化表征》，中国社会科学出版社2019年版。

邓珠拉姆：《论珠牡》，四川省《格萨尔》工作领导小组1994年版。

冯文开：《中国史诗学史论（1840—2010）》，中国社会科学出版社2016年版。

冯文开：《新时期中国少数民族史诗研究史论（1978—2012）》，中国社会科学出版社2017年版。

尕藏才旦：《史前社会与格萨尔时代》，甘肃民族出版社2001年版。

岗·坚赞才让、伦珠旺姆：《格萨尔文化研究》，甘肃民族出版社2010年版。

何峰：《〈格萨尔〉与藏族部落》，青海民族出版社1995年版。

黄文焕：《格萨尔王与嫔妃》，西藏人民出版社1987年版。

加央平措：《关帝信仰与格萨尔崇拜：以藏传佛教为视域的文化现象解

析》，社会科学文献出版社 2016 年版。

降边嘉措：《格萨尔初探》，青海人民出版社 1986 年版。

降边嘉措：《〈格萨尔〉的历史命运》，四川民族出版社 1989 年版。

降边嘉措：《〈格萨尔〉与藏族文化》，内蒙古大学出版社 1994 年版。

降边嘉措：《格萨尔论》，内蒙古大学出版社 1999 年版。

降边嘉措：《中国〈格萨尔〉事业的奋斗历程》，社会科学文献出版社 2012 年版。

降边嘉措：《〈格萨尔〉大辞典》，海豚出版社 2017 年版。

角巴东主、恰嘎·旦正：《〈格萨尔〉新探》（藏文），青海民族出版社 1994 年版。

角巴东主：《〈格萨尔〉疑难新论（藏文）》，中国藏学出版社 2000 年版。

角巴东主：《藏区格萨尔说唱艺人普查与研究（藏文）》，西藏人民出版社 2013 年版。

李措毛、牟英琼、桑杰：《〈格萨尔〉乐舞神韵——史诗〈格萨尔〉"口述"乐舞研究》，民族出版社 2018 年版。

李连荣：《格萨尔学刍论》，中国藏学出版社 2008 年版。

李连荣：《〈格萨尔〉手抄本、木刻本解题目录：1958—2000》，中国社会科学出版社 2017 年版。

刘立千：《〈格萨尔〉论稿》，四川省《格萨尔》工作领导小组办公室 1994 年版。

诺布旺丹：《艺人、文本和语境——文化批评视野下的格萨尔史诗传统》，青海人民出版社 2013 年版。

平措：《〈格萨尔〉的宗教文化研究》，西藏人民出版社 2009 年版。

恰嘎·旦正：《〈格萨尔〉研究集锦（藏文）》，青海民族出版社 2002 年版。

潜明兹：《史诗探幽》，中国民间文艺出版社 1986 年版。

青海省《格萨尔》史诗研究所：《格萨尔研究》，青海省《格萨尔》编辑部 2001 年版。

却日勒扎布：《蒙古格斯尔研究》，内蒙古教育出版社 1992 年版。

索穷：《〈格萨尔王传〉及其说唱艺人》，西藏人民出版社 2003 年版。

佟锦华：《〈格萨尔〉研究》，四川省《格萨尔》工作领导小组办公室1995年版。

土登尼玛：《格萨尔词典》，四川民族出版社1989年版。

王国明：《土族〈格萨尔〉语言研究》，甘肃民族出版社2004年版。

王军涛：《裕固族〈格萨尔〉故事类型研究》，西藏人民出版社2017年版。

王兴先：《〈格萨尔〉论要》（增订本），甘肃民族出版社2002年版。

王沂暖：《论〈格萨尔〉》，四川省《格萨尔》工作领导小组办公室2013年版。

王沂暖：《格萨尔研究论集》，中国藏学出版社2017年版。

王治国：《集体记忆的千年传唱：〈格萨尔〉翻译与传播研究》，民族出版社2018年版。

乌·新巴雅尔：《蒙古格斯尔探究（蒙文）》，内蒙古教育出版社2002年版。

乌力吉：《蒙藏〈格斯（萨）尔〉的关系》，民族出版社1991年版。

吴伟：《〈格萨尔〉人物研究》，海豚出版社2012年版。

徐斌：《走进神殿的格萨尔——格萨尔史诗图像功能研究》，吉林人民出版社2006年版。

徐国琼：《〈格萨尔〉考察纪实》，云南人民出版社1993年版。

徐国琼：《格萨尔论谭》，四川省《格萨尔》工作领导小组办公室1996年版。

徐国琼：《〈格萨尔〉史诗求索》，云南民族出版社2007年版。

徐国琼：《〈格萨尔史诗〉谈薮》，云南民族出版社2010年版。

央吉卓玛：《〈格萨尔王传〉史诗歌手研究：基于青海玉树地区史诗歌手的田野调查》，中国社会科学出版社2015年版。

杨恩洪：《中国少数民族英雄史诗〈格萨尔〉》，浙江教育出版社1990年版。

杨恩洪：《人在旅途：藏族史诗〈格萨尔王传〉说唱艺人寻访散记》，广西人民出版社2007年版。

杨恩洪：《民间诗神——格萨尔艺人研究》（增订本），中国社会科学出版社2017年版。

尹虎彬：《古代经典与口头传统》，中国社会科学出版社2002年版。

于静、王景迁：《〈格萨尔〉史诗当代传播研究》，人民出版社2015年版。

扎西东珠、何罗哲、曼秀·仁青道吉：《〈格萨尔〉文学翻译论》，人民出版社 2012 年版。

扎西东珠、王兴先：《〈格萨尔〉学史稿》，甘肃民族出版社 2003 年版。

赵秉理：《格学散论》，甘肃民族出版社 1990 年版。

赵秉理编：《格萨尔学集成》（全五卷），甘肃民族出版社 1990—1998 年版。

二、译著

〔法〕艾尔费：《藏族〈格萨尔·赛马篇〉歌曲研究》，陈宗祥、王建民、方浚川译，四川民族出版社 2004 年版。

〔法〕大卫·尼尔：《岭超人格萨尔王传》，陈宗祥译，西南民族学院民族研究所 1984 年版。

〔法〕石泰安：《西藏的文明》，耿昇译，中国藏学出版社 2005 年版。

〔法〕石泰安：《西藏史诗和说唱艺人》，耿昇译，中国藏学出版社 2012 年版。

〔美〕阿尔伯特·贝茨·洛德：《故事的歌手》，尹虎彬译，中华书局 2004 年版。

〔美〕约翰·迈尔斯·弗里：《口头诗学：帕里—洛德理论》，朝戈金译，社会科学文献出版社 2000 年版。

〔蒙古〕策·达木丁苏伦：《〈格萨尔传〉的历史根源》，北京俄语学院译，青海省民间文学研究会 1960 年版。

三、中文期刊论文

〔保加利亚〕亚历山大·费多代夫：《岭·格萨尔史诗的诗律》，谢继胜译，《民族文学研究》1992 年第 3 期。

〔德〕克劳斯·萨加斯特尔：《史诗〈格萨尔传〉在巴尔底斯坦》，那·哈斯巴特尔译，《民族文学研究》1988 年第 1 期。

阿旺、余万治：《〈朗氏家族史灵犀宝卷〉与〈格萨尔〉》，《西南民族学院学报（哲学社会科学版）》1985 年第 3 期。

阿旺：《〈格萨尔王传〉中的格萨尔》，《西南民族学院学报（哲学社会科学版）》1983 年第 1 期。

巴莫曲布嫫：《中国史诗研究的学科化及其实践路径》，《西北民族研究》2017年第4期。

白庚胜：《〈格萨尔〉精选本编纂与西部民族文化建设》，《中国藏学》2000年第4期。

保罗：《从史籍及〈格萨尔〉看丝绸之路与西藏的关系》，《西藏研究》2016年第2期。

边多：《论藏族英雄史诗〈格萨尔〉说唱音乐的历史演变及其艺术特色》，《西藏艺术研究》1991年第3期。

边多：《浅谈〈格萨尔〉说唱音乐艺术》，《西藏研究》2002年第4期。

才旦：《探析〈格萨尔〉中与"岭"相关的名称》，《西藏研究》2016年第2期。

仓央拉姆：《藏族史诗〈格萨尔〉的说与唱》，《西北民族大学学报（哲学社会科学版）》2004年第2期。

苍王·耿登丹巴、夏吾李加：《探寻岭·格萨尔及其诸将相城堡遗址》，《西藏研究》2015年第6期。

曹娅丽：《迈向戏剧与文化表演事件的诗学——以藏族〈格萨尔〉史诗为例》，《四川戏剧》2013年第7期。

曹娅丽、邱莎若拉：《论"格萨尔"藏戏表演的审美特征——以青海果洛地区格萨尔藏戏表演为例》，《江苏社会科学》2016年第4期。

朝戈金、尹虎彬、巴莫曲布嫫：《中国史诗传统文化多样性与民族精神的"博物馆"》，《国际博物馆（中文版）》2010年第1期。

朝戈金：《朝向21世纪的中国史诗学》，《国际博物馆（中文版）》2010年第1期。

朝戈金：《国际史诗学若干热点问题评析》，《民族艺术》2013年第1期。

车得驷：《〈格萨尔〉曲牌的创作艺术》，《西北民族学院学报（哲学社会科学版）》1994年第4期。

陈岗龙：《评〈格萨尔史诗和说唱艺人的研究〉》，《中国藏学》1996年第2期。

陈晓红：《格萨尔与江格尔形象探异》，《中央民族学院学报》1991年第4期。

陈志兰：《多元文化视域下〈格萨尔〉史诗传译的SWOT分析》，《西藏研究》2015 年第 5 期。

陈宗祥：《试论格萨尔与不弄（白兰）部落的关系》，《西南民族学院学报（哲学社会科学版）》1981 年第 4 期。

陈宗祥：《隋唐婢药（附国）历史研究 —— 兼论该国为〈格萨尔王传〉重要史料来源之一》，《中国藏学》2008 年第 3 期。

次旺俊美：《西藏〈格萨尔〉抢救工作及其研究前瞻概述》，《西藏研究》2002 年第 4 期。

次央、德吉央宗：《史诗〈格萨尔〉专家系列访谈（一）：降边嘉措与他的〈格萨尔〉事业》，《西藏研究》2019 年第 1 期。

次央、巴桑次仁：《史诗〈格萨尔〉专家系列访谈（二）杨恩洪：做史诗历史的见证者、记录者》，《西藏研究》2019 年第 3 期。

次央：《史诗〈格萨尔〉专家系列访谈（四）李连荣：〈格萨尔〉研究路漫漫其修远》，《西藏研究》2019 年第 5 期。

丹曲：《〈格萨尔〉所体现的古代藏族山水为喻的审美特征》，《西藏研究》2004 年第 3 期。

丹曲：《〈格萨尔〉与藏族绘画》，《西藏研究》1997 年第 1 期。

丹珍：《从〈格萨尔王传〉看神巫文化与藏民族人格心理的关系》，《民族文学研究》2001 年第 1 期。

丹珍草：《从口头传说到小说文本 —— 小说〈格萨尔王〉的个性化"重述"》，《民族文学研究》2011 年第 5 期。

丹珍草：《〈格萨尔〉文本的多样性流变》，《民间文化论坛》2016 年第 4 期。

丹珍草：《〈格萨尔〉史诗的当代传承及其文化表现形式的多样性》，《西北民族研究》2017 年第 3 期。

丹珍草：《〈格萨尔〉史诗说唱与藏族文化传承方式》，《中国藏学》2018 年第 3 期。

丹珍草：《岁月失语，惟石能言 —— 当代语境下格萨尔石刻传承及其文化表征》，《西南民族大学学报（人文社会科学版）》2018 第 10 期。

丹珍草：《格萨尔藏戏传承实践及文化表征》，《民族学刊》2019 年第 1 期。

丹珍草：《回到声音：听觉文化视角的〈格萨尔〉说唱音乐传承实践》，

《西藏研究》2019 年第 1 期。

丹珠昂奔：《〈格萨尔王传〉的神灵系统——兼论相关的宗教问题》，《民族文学研究》1992 年第 1 期。

顿珠：《神奇的〈格萨尔〉艺人》，《西藏研究》1988 年第 2 期。

冯文开：《多重标识：史诗演述中歌手的身体语言》，《民族文学研究》2010 年第 1 期。

赴远文：《试论〈格萨尔王传〉的艺术成就》，《西藏研究》1994 年第 3 期。

嘎玛拉姆：《史诗〈格萨尔〉中的占卜术考略》，《中国藏学》2013 年第 3 期。

尕藏：《〈格萨尔王传〉与格萨尔》，《青海民族学院学报（社会科学版）》1990 年第 2 期。

尕藏才旦：《〈格萨尔〉在学科建设中的世界意义》，《西北民族大学学报（哲学社会科学版）》2004 年第 4 期。

岗·坚赞才让：《〈格萨尔〉翻译中不可丢失的文化层面》，《西北民族大学学报（哲学社会科学版）》2004 年第 4 期。

岗·坚赞才让：《西北民族大学〈格萨尔〉研究的回顾与展望》，《西北民族大学学报（哲学社会科学版）》2005 年第 4 期。

岗·坚赞才让：《格萨尔文化遗产的保护与发展思路》，《西藏研究》2009 年第 3 期。

高晨、靳明全：《他者向现代性主体的转变——论重述语境下的格萨尔王和晋美形象》，《当代文坛》2011 年第 6 期。

高宁：《试论〈格萨尔王传·赛马称王〉中的"集体无意识"痕迹》，《青海民族学院学报（社会科学版）》1994 年第 2 期。

高宁：《〈格萨尔〉艺人"神授"之谜》，《西藏研究》1997 年第 4 期。

格桑达吉、昂巴：《史诗〈格萨尔〉中经济思想初探》，《中央民族大学学报》1994 年第 5 期。

公保才让：《格萨尔石刻文化的人类学解读——论康区宁玛派与格萨尔文化的渊源关系》，《青海社会科学》2010 年第 3 期。

古今：《〈格萨尔〉和〈摩诃婆罗多〉的对比研究》，《青海社会科学》1992 年第 5 期。

古今:《从人的七情六欲这一角度来探讨〈格萨尔〉中的人物塑造》,《青海社会科学》1995 年第 2 期。

古今:《〈格萨尔〉与〈罗摩衍那〉比较研究》,《西北民族学院学报(哲学社会科学版)》1996 年第 2 期。

古正熙、古今:《对众多〈格萨尔〉分章本的比较研究》,《青海社会科学》1991 年第 3 期。

郭建勋:《〈格萨尔〉说唱艺人阿尼生存现状调查》,《民间文化论坛》2005 年第 4 期。

郭晓虹:《藏族史诗〈格萨尔〉说唱音乐源流初考》,《西藏研究》2014 年第 2 期。

韩伟:《〈格萨尔〉史诗原型的独特内涵》,《中国人民大学学报》2005 年第 3 期。

韩伟:《论〈格萨尔〉史诗的仪式性》,《西藏研究》2009 年第 6 期。

韩伟:《数字:〈格萨尔〉史诗象征系统的一个典型》,《青海社会科学》2010 年第 4 期。

韩伟:《原型与〈格萨尔〉传唱》,《中国藏学》2010 年第 4 期。

韩伟:《原型与〈格萨尔〉文本》,《青海社会科学》2011 年第 2 期。

韩伟、李雄飞:《〈格萨尔〉史诗的文学意义》,《民族文学研究》2008 年第 2 期。

韩伟、庞泽华:《〈格萨尔〉生命美学思想论》,《中国藏学》2008 年第 2 期。

韩伟、赵闻彦:《论〈格萨尔〉史诗的巫术文化内涵》,《西藏研究》2009 年第 2 期。

韩喜玉:《〈格萨尔〉史诗流布格局分析》,《青海民族研究》2007 年第 3 期。

何峰:《从〈格萨尔王传〉看古代藏族游牧部落》,《青海社会科学》1993 年第 2 期。

何峰:《从史诗〈格萨尔〉看藏族部落的武器装备》,《西北民族研究》1993 年第 2 期。

何峰:《从史诗〈格萨尔〉看藏族部落战争》,《青海民族学院学报(社会科学版)》1993 年第 4 期。

何天慧：《平易·细腻·深刻——〈格萨尔王传〉语言艺术之一》，《西北民族学院学报（哲学社会科学版）》1987年第4期。

何天慧：《〈格萨尔王传〉中藏汉关系的艺术再现》，《西北民族研究》1988年第1期。

何天慧：《豪放 生动 传神——〈格萨尔王传〉的语言艺术之二》，《西北民族学院学报（哲学社会科学版）》1988年第2期。

何天慧：《藏文〈格萨尔〉分部本浅论》，《兰州大学学报（社会科学版）》1990年第4期。

何天慧：《试论〈格萨尔〉诸多分部本产生的原因》，《西北民族学院学报（哲学社会科学版）》1990年第4期。

何天慧：《格萨尔历史溯源》，《西北民族研究》1991年第1期。

何天慧：《〈格萨尔〉史诗产生和形成时代之我见》，《甘肃社会科学》1991年第4期。

何天慧：《〈格萨尔〉史诗中的藏族婚姻浅析》，《西北民族学院学报（哲学社会科学版）》1992年第3期。

何天慧：《〈格萨尔〉产生历史年代考》，《西北民族研究》1993年第1期。

何天慧：《〈格萨尔〉与藏族神话》，《西北民族学院学报（哲学社会科学版）》1993年第4期。

何天慧：《〈格萨尔〉说唱艺人探秘》，《西北民族学院学报（哲学社会科学版）》1994年第2期。

何天慧：《试谈〈格萨尔〉中的藏密文化特征》，《西北民族学院学报（哲学社会科学版）》1995年第2期。

何天慧：《〈格萨尔〉中的苯教文化特征》，《西北民族学院学报（哲学社会科学版）》1995年第4期。

何天慧：《论〈格萨尔〉所反映的藏族牛文化》，《中国藏学》1998年第1期。

何炜：《密索思的呼唤：文学人类学样本〈格萨尔王〉》，《当代文坛》2012年第4期。

和建华：《藏文史籍中的"格萨尔"与史诗〈格萨尔〉》，《中国藏学》1997年第3期。

加央平措：《关帝信仰与格萨尔崇拜——以拉萨帕玛日格萨尔拉康为中心的讨论》，《中国社会科学》2010 年第 2 期。

甲央齐珍：《略论〈格萨尔〉在德格地区的流传》，《西藏研究》2016 年第 1 期。

贾曼：《浅谈〈格萨尔·岭众煨燊祈国福〉中的民俗文化意蕴》，《西藏研究》2008 年第 2 期。

贾芝：《中国史诗〈格萨尔〉发掘名世的回顾》，《西北民族研究》2012 年第 4 期。

塞莉：《少数民族文化资源产业化的路径探析——以"格萨尔"史诗产业化发展为例》，《西南民族大学学报（人文社会科学版）》2018 年第 7 期。

健白平措、何天慧：《关于〈格萨尔王传〉的几个问题》，《西北民族学院学报（哲学社会科学版）》1982 年第 4 期。

降边嘉措：《杰出的民间艺术家——浅谈〈格萨尔〉说唱艺人》，《西藏研究》1984 年第 4 期。

降边嘉措：《关于蒙藏〈格萨尔〉的关系》，《内蒙古社会科学》1985 年第 2 期。

降边嘉措：《关于〈格萨尔〉的产生时代》，《青海社会科学》1985 年第 6 期。

降边嘉措：《〈格萨尔〉的结构艺术》，《西藏民族学院学报（社会科学版）》1986 年第 1 期。

降边嘉措：《浅析〈格萨尔〉与宗教的关系（一）》，《西藏研究》1986 年第 2 期。

降边嘉措：《格萨尔名字探析》，《民族文学研究》1986 年第 3 期。

降边嘉措：《浅析〈格萨尔〉与宗教的关系（二）》，《西藏研究》1986 年第 3 期。

降边嘉措：《关于格萨尔的传说和遗迹》，《西北民族学院学报（哲学社会科学版）》1987 年第 1 期。

降边嘉措：《〈格萨尔王传〉与藏族文化》，《民族文学研究》1989 年第 6 期。

降边嘉措：《〈格萨尔〉与苯教文化》，《民族文学研究》1993 年第 3 期。

降边嘉措：《当代荷马——〈格萨尔〉说唱家》，《中国藏学》1994 年第 1 期。

降边嘉措：《整理研究藏族传统文化的巨大系统工程——关于藏文〈格萨尔〉精选本的编纂工作》，《中国藏学》2000 年第 4 期。

降边嘉措：《献给〈格萨尔〉千周年纪念的一份厚礼——谈丹巴莫斯卡〈格萨尔〉岭国人物石刻发掘整理的重大意义》，《西南民族大学学报（人文社会科学版）》2003 年第 6 期。

角巴东主、才项多杰：《关于"格萨尔"是否历史人物之我见》，《青海社会科学》2010 年第 3 期。

角巴东主：《〈格萨尔〉神授说唱艺人研究》，《青海社会科学》2011 年第 2 期。

开斗山、丹珠昂奔：《〈格萨尔王传〉研究之管见》，《中央民族学院学报》1983 年第 4 期。

郎樱：《贵德分章本〈格萨尔王传〉与突厥史诗之比较——一组古老母题的比较研究》，《民族文学研究》1997 年第 2 期。

朗吉：《坚持唯物史观，深化〈格萨尔〉研究》，《西藏研究》2002 年第 4 期。

雷廷梓：《简论〈格萨尔〉的人民性》，《青海社会科学》1985 年第 2 期。

李黛岚、白林：《生态美学下的藏族史诗〈格萨尔王传〉研究》，《贵州民族研究》2014 年第 11 期。

李郊：《从〈格萨尔王传〉与〈罗摩衍那〉的比较看东方史诗的发展》，《四川师范大学学报（社会科学版）》1994 年第 2 期。

李瑾：《阿拉伯的"玛卡梅"与中国的"格萨尔"说唱比较研究》，《青海社会科学》2011 年第 2 期。

李连荣：《我国早期〈格萨尔〉史诗学的理论建设》，《民族文学研究》2001 年第 4 期。

李连荣：《传统与革命——中国〈格萨尔〉史诗学兴起之初的资料学建设》，《中国藏学》2002 年第 4 期。

李连荣：《简述〈格萨尔〉史诗在传统藏族社会中的发展》，《民族文学研究》2002 年第 4 期。

李连荣：《国外学者对〈格萨尔〉的搜集与研究》，《西藏研究》2003 年第 3 期。

李连荣:《中国史诗历史研究法初探——以〈格萨尔〉的产生年代论为例》,《民族文学研究》2003年第4期。

李连荣:《论〈格萨尔〉史诗情节基干的形成与发展》,《西藏研究》2008年第1期。

李连荣:《〈格萨尔〉拉达克本与贵德分章本情节结构之比较》,《中国藏学》2010年第1期。

李连荣:《神山信仰与神话创造——试论〈格萨尔〉史诗与昆仑山的关系》,《中国藏学》2014年第3期。

李连荣:《安多地区〈格萨尔〉史诗传承的类型特点》,《西藏研究》2015年第5期。

李连荣:《四川博物院藏11幅格萨尔唐卡画的初步研究——关于绘制时间问题》,《民间文化论坛》2016年第4期。

李连荣:《四川博物院藏11幅格萨尔唐卡画的初步研究——关于〈格萨尔〉史诗的故事系统》,《西藏研究》2016年第6期。

李连荣:《〈格萨尔〉手抄本和木刻本的传承与文本特点》,《中国藏学》2017年第1期。

李连荣:《百年"格萨尔学"的发展历程》,《西北民族研究》2017年第3期。

李连荣:《试论〈格萨尔·英雄诞生篇〉情节结构的演变特点》,《西藏研究》2018年第1期。

李梅花:《试析〈格萨尔王传〉中王妃珠毛的形象》,《青海民族学院学报(社会科学版)》1985年第3期。

李学琴:《〈格萨尔〉史诗中的姻婚与家庭》,《民族文学研究》1989年第6期。

李学琴:《从〈格萨尔〉看古代藏族部落社会的伦理道德》,《西藏研究》1992年第4期。

李学琴:《浅谈〈格萨尔〉中的夸张》,《西南民族学院学报(哲学社会科学版)》1992年第2期。

李沅:《普米族与藏族〈格萨尔〉比较研究》,《民族文学研究》1989年第5期。

李志松：《〈格萨尔王传〉的艺术特色略论》，《湖南师范大学社会科学学报》1993年第5期。

李缵绪：《古代歌颂藏汉友谊的不朽诗篇——读〈格萨尔王传·加岭传奇〉》，《云南社会科学》1997年第3期。

梁庭望：《鲜花与沃土——评〈民间诗神——格萨尔艺人研究〉》，《民族文学研究》1998年第2期。

凌霄：《〈格萨尔王传〉比〈摩诃婆罗多〉还长》，《外国文学研究》1978年第2期。

刘彭恺：《跨文化语境下藏族史诗〈格萨尔〉英译比较研究》，《贵州民族研究》2017年第2期。

刘新利：《传播学视域下〈格萨尔〉史诗的传播与保护》，《西藏研究》2016年第6期。

龙仕平、李建平：《〈格萨尔〉史诗中苯教巫术文化与东巴教巫术文化之比较》，《西南民族大学学报（人文社会科学版）》2011年第4期。

卢国文：《史诗〈格萨尔〉说唱音乐的艺术性与社会功能》，《中央民族大学学报》1994年第3期。

伦珠多吉：《试析更庆寺格萨尔唐卡》，《西藏研究》2015年第1期。

伦珠旺姆：《史诗〈格萨尔王传〉的禁忌民俗》，《西藏研究》1996年第3期。

伦珠旺姆（宁梅）：《〈格萨尔〉圆光艺人才智的图像文本》，《文化遗产研究》2015年第1期。

伦珠旺姆：《丝路非遗：〈格萨尔〉文化的多样性》，《中外文化与文论》2015年第4期。

伦珠旺姆、黄敏：《藏传佛教"众生平等"与传统女权主义"男女平等"之比较——以藏族〈格萨尔〉为例》，《青海社会科学》2016年第6期。

伦珠旺姆、胡学炜：《〈格萨尔〉对"层累说"的补充价值》，《西北民族研究》2017年第1期。

罗文敏：《纵聚向与横组合：〈格萨尔王传〉与〈荷马史诗〉整体结构之异》，《中南民族大学学报（人文社会科学版）》2009年第5期。

罗文敏：《组材：集与散——〈伊利亚特〉与〈格萨尔〉的情节结构》，

《青海社会科学》2015 年第 4 期。

罗文敏、郭郁烈：《比喻：〈伊利亚特〉与〈格萨尔〉的共性修辞》，《西藏研究》2012 年第 2 期。

罗文敏、郭郁烈：《从"文库本"看〈格萨尔〉螺旋式情节脉络——兼与〈伊利亚特〉比较》，《西藏研究》2013 年第 6 期。

洛珠加措、曲江才让：《格萨尔王是历史上的藏族英雄》，《西南民族学院学报（哲学社会科学版）》1984 年第 1 期。

洛珠加措、曲江才让：《岭·格萨尔王真人真事及其它》，《西藏研究》1986 年第 2 期。

洛珠加措：《关于〈格萨尔王传〉的整理和翻译中的一些想法》，《西藏研究》1993 年第 4 期。

吕学琴：《自然神话的当代再现——现代视野下的〈格萨尔王〉》，《中华文化论坛》2011 年第 4 期。

马成俊：《〈格萨尔王传〉摭谈》，《文艺理论与批评》2001 年第 1 期。

马都尕吉：《从史诗〈格萨尔〉看藏族盟誓习俗》，《西北民族大学学报（哲学社会科学版）》2004 年第 2 期。

马光星：《土族格萨尔故事述评》，《青海民族学院学报（社会科学版）》1985 年第 2 期。

马进武：《谈谈〈格萨尔〉的整理和翻译问题》，《西北民族学院学报（哲学社会科学版）》1993 年第 2 期。

马学仁：《〈征服霍尔〉与〈格萨尔王传〉的产生时代》，《青海民族学院学报（社会科学版）》1993 年第 2 期。

曼秀·仁青道吉：《传统〈格萨尔〉早期版本梳理概况》，《中国藏学》2010 年第 1 期。

毛继祖：《从"格萨尔"的词义说起》，《青海民族学院学报（社会科学版）》1984 年第 1 期。

毛继祖：《试论〈岭·格萨尔王传〉主题的变异》，《青海社会科学》1985 年第 5 期。

孟慧英：《〈格萨尔〉与萨满文化》，《青海社会科学》1994 年第 2 期。

诺布旺丹：《〈格萨尔〉伏藏文本中的"智态化"叙事模式——丹增扎巴文本解析》，《西藏研究》2009年第6期。

诺布旺丹：《灵动的诗性智慧——一位〈格萨尔〉艺人的精神图谱》，《国际博物馆（中文版）》2010年第1期。

诺布旺丹：《艺人、文本和语境——〈格萨尔〉的话语形态分析》，《民族文学研究》2013年第3期。

诺布旺丹：《叙事与话语建构：〈格萨尔〉史诗的文本化路径阐释》，《西藏研究》2015年第4期。

诺布旺丹：《〈格萨尔〉向何处去？——后现代语境下的〈格萨尔〉史诗演述歌手》，《西藏研究》2016年第3期。

诺布旺丹：《〈格萨尔〉学术史的理论与实践反思》，《民间文化论坛》2016年第4期。

诺布旺丹：《〈格萨尔〉史诗的集体记忆及其现代性阐释》，《西北民族研究》2017年第3期。

诺布旺丹：《〈格萨尔〉史诗的个体记忆形态及其建构》，《民族文学研究》2019年第5期。

七美多吉：《藏族史诗〈格萨尔王传〉初探》，《西南民族学院学报（哲学社会科学版）》1981年第2期。

祁顺来：《试谈〈格萨尔王传〉（藏文）》，《青海民族学院学报（社会科学版）》1979年第1期。

钱光胜：《试论〈目连救母变文〉与〈格萨尔〉"地狱救妻"、"地狱救母"的关系》，《西藏研究》2008年第5期。

潜明兹：《〈格萨尔王传〉的宗教幻想与艺术真实》，《文学遗产》1983年第1期。

乔克·东知才让：《溯源·层累递进·移情——"格萨尔"信仰事象研究》，《西藏艺术研究》2012年第4期。

曲江才让：《藏族英雄史诗〈格萨尔〉审美价值的思考》，《青海社会科学》1991年第3期。

仁钦东珠、兰却加：《文化人类学视角下的格萨尔石刻艺术》，《中央民族大学学报（哲学社会科学版）》2015年第3期。

仁增：《从〈格萨尔王传〉的发掘整理看藏族民间传统文化的发展》，《西藏研究》2000年第2期。

桑吉扎西：《当关羽遇上格萨尔——雪域拉萨的关帝庙》，《中国宗教》2010年第3期。

桑杰措：《〈吉尔伽美什〉与〈格萨尔王传〉之比较研究》，《西北民族大学学报（哲学社会科学版）》2005年第6期。

桑子文、金元浦：《中国文化生态保护实验区保护传承理论创新——以格萨尔文化（果洛）生态保护实验区为中心》，《福建论坛（人文社会科学版）》2018年第4期。

上官剑璧：《史诗〈格萨尔王传〉及其研究》，《西藏研究》1982年第1期。

孙林、保罗：《"玛桑格萨尔王"及其相关氏族杂考——〈格萨尔〉古氏族研究之一》，《中国藏学》1996年第4期。

孙林、保罗：《〈格萨尔〉中的三元象征观念解析》，《西藏研究》1997年第2期。

孙明光：《活形态史诗的档案连接——兼评格萨尔说唱艺人的记忆之谜》，《档案与建设》2005年第2期。

索代：《试论〈格萨尔王传〉产生的背景及倾向》，《西藏研究》1989年第1期。

索代：《谈〈格萨尔王传〉的文化价值》，《西北民族学院学报（哲学社会科学版）》1990年第4期。

索南措：《〈格萨尔〉说唱艺人表演程式的外部影响》，《青海民族研究》2010年第3期。

索南措：《〈格萨尔〉说唱艺人表演程式内部成因》，《青海社会科学》2010年第6期。

索南措：《〈格萨尔王传〉传播媒介对藏民族崇拜心理的影响》，《青海社会科学》2012年第5期。

索南卓玛：《浅析〈格萨尔王传〉中的婚俗事象》，《青海民族学院学报（社会科学版）》1994年第2期。

索南卓玛：《浅谈〈格萨尔〉藏戏》，《西藏研究》2008年第3期。

谈士杰：《史诗〈格萨尔〉与藏族民间故事》，《青海社会科学》1993年第1期。

谈士杰：《〈格萨尔〉谚语与一般藏族谚语的比较研究》，《青海民族学院学报（社会科学版）》1993年第4期。

谈士杰：《〈格萨尔王传〉与藏族民歌》，《青海民族学院学报（社会科学版）》1996年第1期。

谈士杰：《〈格萨尔〉与藏族神话》，《青海社会科学》1999年第6期。

谭玉良：《格萨尔实有其人考》，《西藏研究》1992年第4期。

万雯雯、孔建平：《〈格萨尔〉中蕴含的审美思想研究》，《贵州民族研究》2017年第2期。

王蓓：《"格萨尔"与敌国子民后裔——浅析地方性格萨尔传说中一种特殊族群认同现象》，《西藏研究》2014年第6期。

王国明：《土族〈格萨尔〉中土族语与藏语词汇的变异形式及其特点》，《西北民族大学学报（哲学社会科学版）》2005年第2期。

王国明：《土族〈格萨尔〉的抢救与保护面临的问题及其对策研究》，《西北民族大学学报（哲学社会科学版）》2006年第3期。

王国明：《土族〈格萨尔〉中的语言特点及其学术价值》，《西北民族大学学报（哲学社会科学版）》2007年第6期。

王国明：《土族〈格萨尔〉及其研究状况探析》，《中国藏学》2009年第1期。

王恒来：《〈格萨尔〉与印度两大史诗的言语模式比较》，《西藏研究》2010年第4期。

王恒来、倪新兵：《文化背景语域下史诗人物的思维模式及命运解析——以〈格萨尔〉与〈罗摩衍那〉为例》，《中国藏学》2011年第2期。

王宏印、王治国：《集体记忆的千年传唱：藏蒙史诗〈格萨尔〉的翻译与传播研究》，《中国翻译》2011年第2期。

王景迁、蒋盼、于静：《文化解读与史诗英译——以藏族英雄史诗〈格萨尔〉国外英文译本为研究中心》，《烟台大学学报（哲学社会科学版）》2012年第3期。

王景迁、于静：《福利文化视角的〈格萨尔〉史诗研究》，《西藏研究》2015年第6期。

王克勤：《三年来〈格萨尔〉工作概述》，《民族文学研究》1986年第3期。

王力、张春梅：《浅析〈格萨尔〉说唱音乐的吟诵性特征》，《中央民族大学学报》2005年第4期。

王兴先：《〈格萨尔〉谚语试评》，《西北民族学院学报（哲学社会科学版）》1984年第2期。

王兴先：《试析〈格萨尔王传·卡切玉宗之部〉"抑本扬佛"的思想倾向》，《西北民族学院学报（哲学社会科学版）》1985年第1期。

王兴先：《〈格萨尔〉民俗特征浅析》，《西北民族学院学报（哲学社会科学版）》1988年第4期。

王兴先：《〈格萨尔〉在裕固族地区》，《民族文学研究》1988年第4期。

王兴先：《藏、土、裕固族〈格萨尔〉比较研究》，《西北民族研究》1990年第1期。

王兴先：《〈格萨尔〉中的古代藏族社会及其文化》，《西北民族研究》1992年第2期。

王兴先：《关于建立"格萨尔学"科学体系的初步构想》，《西北民族学院学报（哲学社会科学版）》1993年第2期。

王兴先：《再论当代艺人说唱的藏语口传本〈格萨尔〉语言研究的科学价值》，《西北民族学院学报（哲学社会科学版）》1997年第4期。

王兴先：《高不可及的伟大诗人和人民艺术家——论〈格萨尔〉说唱艺人》，《西北民族大学学报（哲学社会科学版）》2004年第6期。

王兴先：《从藏族〈格萨尔〉等多民族史诗解析"荷马问题"》，《西北民族大学学报（哲学社会科学版）》2006年第4期。

王兴先：《解析土族〈格萨尔〉源于藏族〈格萨尔〉史诗的事实依据》，《西北民族大学学报（哲学社会科学版）》2007年第6期。

王沂暖：《〈格萨尔王传〉中的格萨尔》，《西北民族学院学报（哲学社会科学版）》1979年第1期。

王沂暖：《藏族史诗〈格萨尔王传〉》，《中央民族学院学报》1981年第3期。

王沂暖：《〈格萨尔〉是世界最长的伟大英雄史诗》，《西南民族学院学报（哲学社会科学版）》1984年第3期。

王沂暖：《蒙文〈岭格萨尔〉的翻译与藏文原本》，《西藏研究》1987年第2期。

王沂暖：《关于藏文〈格萨尔王传〉的分章本》，《西北民族研究》1988年第1期。

王沂暖：《我对〈格萨尔〉的一些浅见》，《民族文学研究》1989年第6期。

王沂暖：《格萨尔与岭》，《西北民族研究》1990年第1期。

王沂暖：《藏族史诗〈格萨尔〉的部数与行数》，《中国藏学》1990年第2期。

王映川：《"格萨尔史诗"的神话传统与宗教关系》，《西藏研究》1982年第2期。

王云：《文学作品中的灵魂外寄现象探析——以〈哈利·波特〉与〈格萨尔王全传〉为例》，《兰州大学学报（社会科学版）》2016年第6期。

王哲一：《谈谈〈格萨尔〉时代精神的不可超越性》，《民族文学研究》1989年第6期。

王治国：《〈格萨尔〉史诗传承的媒介变迁与数字传播》，《西藏研究》2015年第2期。

王治国：《〈格萨尔〉史诗文本传承的互文性解读》，《西北民族研究》2015年第2期。

王治国：《〈格萨尔〉域外传播的翻译转换与话语体系》，《青海社会科学》2016年第4期。

王治国：《北美藏学与〈格萨尔〉域外传播的语境解析》，《西藏研究》2016年第4期。

王治国：《〈格萨尔〉史诗艺术改编与跨媒介传播探赜》，《民族艺术》2017年第5期。

王治国：《〈格萨尔〉传承语境与媒介嬗变重释》，《文化遗产》2018年第1期。

魏英邦：《国外学者研究〈格萨尔〉史诗若干成果述评》，《青海社会科学》1986年第5期。

魏英邦：《关于史诗〈格萨尔〉研究中的几个问题》，《青海社会科学》1987年第4期。

乌·纳钦：《史诗演述的常态与非常态：作为语境的前事件及其阐析》，《民族艺术》2018年第5期。

吴均：《岭·格萨尔论》，《民族文学研究》1984年第1期。

吴均：《〈岭·格萨尔〉史诗研究中一些提法的商榷》，《青海师范大学学报（社会科学版）》1986年第3期。

吴均：《〈格萨尔〉"抑佛扬本"论者之根据分析》，《中国藏学》1990年第4期。

吴伟：《〈格萨尔〉人物梅乳泽论》，《民族文学研究》1986年第3期。

吴伟：《论少年格萨尔——觉如》，《青海社会科学》1987年第4期。

吴伟：《嘉察论——〈格萨尔〉人物散论之一》，《青海社会科学》1988年第2期。

吴伟：《论〈格萨尔〉的人物原型》，《民族文学研究》1988年第6期。

吴伟：《论〈格萨尔〉的人物性格》，《中国藏学》1991年第4期。

吴子林：《"安尼玛的吟唱"——〈格萨尔〉神授艺人的多维阐释》，《小说评论》2013年第5期。

武文：《裕固族〈格萨尔故事〉内涵及其原型》，《民族文学研究》1991年第1期。

武文：《格萨尔原型断想——从裕固族〈格萨尔故事〉看格萨尔其人》，《民族文学研究》1992年第3期。

肖燕姣：《美学视域下的〈荷马史诗〉与〈格萨尔〉的文化解读》，《贵州民族研究》2018年第2期。

谢发财：《〈格萨尔王传〉的审美价值》，《青海社会科学》1995年第2期。

谢继胜：《战神杂考——据格萨尔史诗和战神祀文对战神、威尔玛、十三战神和风马的研究》，《中国藏学》1991年第4期。

徐斌：《格萨尔史诗说唱仪式的文化背景分析》，《西南民族大学学报（人文社会科学版）》2006年第8期。

徐国琼：《藏族史诗〈格萨尔王传〉》，《文学评论》1959年第6期。

徐国琼：《论〈格萨尔〉史诗的神话色彩》，《西藏研究》1986年第1期。

徐国琼：《论〈格萨尔〉与〈格斯尔〉"同源分流"的关系》，《青海社会科学》1986年第3期。

徐国琼：《论岭·格萨尔的生年及〈格萨尔〉史诗产生的时代》，《西藏民族学院学报（社会科学版）》1986年第3期。

徐国琼：《论〈格萨尔〉史诗中岭国王室的渊源和繁衍》，《青海社会科学》1988年第2期。

徐国琼：《论〈格萨尔〉史诗中的藏汉友谊》，《云南社会科学》1989年第6期。

徐国琼：《论普米族〈支萨·甲布〉与藏族〈格萨尔〉的关系》，《西藏民族学院学报（社会科学版）》1990年第2期。

徐国琼：《也谈史诗〈昌·格萨尔〉与〈岭·格萨尔〉的渊源关系》，《青海民族学院学报（社会科学版）》1990年第2期。

徐国琼：《西藏〈格萨尔〉与巴尔底斯坦〈盖瑟尔〉的比较》，《民族文学研究》1990年第3期。

徐国琼：《论〈格萨尔〉史诗中"十三"数词的象征内涵》，《西藏研究》1991年第4期。

徐国琼：《论英雄史诗的"母题结构"及〈格萨尔〉中的"幻变母题"》，《西藏研究》1996年第4期。

徐其超：《历史实在性、神话传奇性、社会全景性——〈格萨尔王传〉与〈伊里亚特〉和〈奥德赛〉情节比较观》，《西南民族大学学报（人文社会科学版）》2013年第11期。

徐其超：《〈格萨尔王传〉英雄形象性格的经典性——基于与〈伊里亚特〉和〈奥德赛〉的比较》，《西南民族大学学报（人文社会科学版）》2015年第2期。

徐其超：《〈格萨尔王传〉对文艺语体的开拓创新——基于与荷马史诗的比较》，《西南民族大学学报（人文社科版）》2016年第10期。

徐新建、王艳：《格萨尔：文学生活的世代相承》，《民族艺术》2017年第6期。

许荣生：《从〈伊里亚特〉和〈格萨尔〉的比较研究试论史诗的基本特

征》,《青海师范大学学报(社会科学版)》1989 年第 3 期。

许英国:《略论格萨尔艺术形象的时代意义》,《青海社会科学》1984 年第 1 期。

许英国:《略论〈格萨尔王传〉的演唱形式与唐代变文的关系》,《青海社会科学》1985 年第 2 期。

许英国:《〈格萨尔王传〉的军事思想研究》,《青海民族学院学报(社会科学版)》1993 年第 4 期。

阎振中:《〈格萨尔王传〉说唱艺人神授说浅析》,《西藏研究》1987 年第 1 期。

央吉卓玛:《〈格萨尔王传〉史诗歌手展演的仪式及信仰》,《青海社会科学》2011 年第 2 期。

央吉卓玛:《〈格萨尔王传〉史诗歌手展演的仪式及信仰》,《青海社会科学》2011 年第 2 期。

央吉卓玛:《藏族文献结集传统与格萨尔史诗目录本的生成与赓续》,《民族文学研究》2019 年第 2 期。

央金卓嘎:《联邦德国学者白玛次仁谈格萨尔研究》,《民族文学研究》1987 年第 1 期。

央金卓嘎:《从〈格萨尔王传〉管窥藏族宗教信仰及民俗》,《民族文学研究》1989 年第 5 期。

杨恩洪:《〈格萨尔〉艺人论析》,《民族文学研究》1988 年第 4 期。

杨恩洪:《略论〈格萨尔王传〉的流布》,《民族文学研究》1989 年第 5 期。

杨恩洪:《生活的写照,历史的画卷——从〈格萨尔王传〉看古代藏族社会与宗教》,《民族文学研究》1990 年第 3 期。

杨恩洪:《〈格萨尔〉说唱形式与苯教》,《西藏研究》1991 年第 3 期。

杨恩洪:《〈格萨尔〉说唱艺人的社会地位及贡献》,《西北民族研究》1992 年第 2 期。

杨恩洪:《史诗与民间文化传统——果洛藏区〈格萨尔王传〉的实地考察》,《民族文学研究》1997 年第 2 期。

杨恩洪:《果洛的神山与〈格萨尔王传〉》,《中国藏学》1998 年第 2 期。

杨恩洪：《史诗〈格萨尔〉说唱艺人的抢救与保护》，《西北民族研究》2005年第2期。

杨恩洪：《超越时空的艺术传承——揭开〈格萨尔王传〉说唱艺人田野调查的新篇章》，《艺术评论》2008年第6期。

杨恩洪：《传唱千年的藏族英雄史诗〈格萨尔王传〉》，《国际博物馆（中文版）》2010年第1期。

杨恩洪：《格萨尔口头传承与民族文化保护》，《青海社会科学》2012年第1期。

杨福泉：《〈格萨尔〉所反映的纳藏关系考略》，《西藏研究》2009年第6期。

杨环：《格萨尔文化体系论要》，《西南民族大学学报（人文社会科学版）》2006年第12期。

杨环：《试论莫斯卡格萨尔石刻文化特性》，《西藏研究》2014年第3期。

杨茂森：《〈格萨尔王传〉研究资料索引》，《西藏研究》1990年第3期。

杨亭：《〈格萨尔王传〉中生态伦理传统的现代阐释》，《黑龙江民族丛刊》2007年第4期。

杨霞：《藏文〈格萨尔〉精选本介绍》，《民族文学研究》2001年第1期。

姚慧：《摘下"自我"的眼镜——对藏族〈格萨尔〉神授艺人斯塔多吉采访个案的反思》，《中国音乐学》2015年第3期。

弋睿仙、李萌：《〈格萨尔〉史诗1927年英译本的描述性翻译研究》，《西藏研究》2017年第6期。

意娜：《论当代〈格萨尔〉研究的局限与超越》，《西北民族研究》2017年第3期。

尹虎彬：《中国少数民族史诗研究三十年》，《中国社会科学院研究生院学报》2009年第3期。

尹虎彬：《作为体裁的史诗以及史诗传统存在的先决条件》，《民族文学研究》2018年第2期。

余希贤：《〈格萨尔〉版本初析》，《民族文学研究》1987年第4期。

郁丹：《英雄、神话和隐喻：格萨尔王作为藏族民间认同和佛教原型》，《西北民族研究》2009年第2期。

元旦：《论〈格萨尔〉史诗中的过渡礼仪及其仪式原型——以〈赛马称王〉为例》，《民族文学研究》2009 年第 4 期。

袁爱中、杨静：《媒介变迁与西藏传统文化传播研究——以〈格萨尔王传〉史诗为例》，《西藏大学学报（社会科学版）》2016 年第 1 期。

云公保太：《从德格岭仓〈天界篇〉谈〈格萨尔〉与宁玛巴》，《青海民族学院学报（社会科学版）》1992 年第 1 期。

臧学运：《〈格萨尔〉中朴素生态文化伦理的当代思考》，《湖南社会科学》2013 年第 3 期。

臧学运：《〈格萨尔〉中宗教文化负载词的英译研究》，《贵州民族研究》2014 年第 6 期。

增宝当周：《审美视阈下藏族当代小说中的格萨尔史诗元素》，《青海社会科学》2019 年第 1 期。

扎拉嘎：《〈格斯尔〉与〈格萨尔〉——关于三个文本的比较研究》，《民族文学研究》2003 年第 2 期。

扎西达杰：《〈格萨尔〉音乐研究回顾与展望》，《中国音乐》1992 年第 2 期。

扎西达杰：《蒙藏〈格萨尔〉音乐艺术之比较》，《中国藏学》1996 年第 3 期。

扎西东珠：《从血缘关系向地缘关系转化阶段的真实写照——〈格萨尔〉所反映的古代藏族部落社会浅析》，《西藏研究》1997 年第 1 期。

扎西东珠：《"格萨尔学"学科之我见》，《中国藏学》2002 年第 4 期。

扎西东珠：《谈谈〈格萨尔〉的翻译问题》，《中国翻译》2004 年第 2 期。

扎西东珠：《拓展特色学科领域 培养跨学科创新人才——格萨尔学学科建设与历届硕士学位论文述评》，《西北民族大学学报（哲学社会科学版）》2005 年第 4 期。

扎西东珠：《藏族口传文化传统与〈格萨尔〉口头程式》，《民族文学研究》2009 年第 2 期。

张彬：《东西方民族的英雄颂歌——〈伊利亚特〉与〈格萨尔王〉比较》，《黑龙江民族丛刊》2005 年第 5 期。

张超：《布·格萨尔文化论——稻城亚丁一带同母题口传故事探析》，《西南民族大学学报（人文社会科学版）》2014 年第 3 期。

张虎生、安玉琴：《从关帝庙到格萨尔拉康——信仰对象转换的个案考察》，《西藏研究》2001年第1期。

张积诚：《试论〈格萨尔〉的艺术性翻译问题》，《青海民族学院学报（社会科学版）》1993年第1期。

张宁：《归化与异化：〈格萨尔王〉中藏族特色文化意象翻译策略》，《贵州民族研究》2016年第11期。

张晓明：《关于〈格萨尔〉研究的思考》，《西藏民族学院学报（社会科学版）》1986年第4期。

张晓明：《关于〈格萨尔〉研究的思考》，《西藏民族学院学报（社会科学版）》1986年第4期。

张晓明：《〈格萨尔〉的宗教渗透和其形象思想上的深刻矛盾》，《西藏研究》1989年第3期。

张晓明：《〈格萨尔〉原始雏形的形成期》，《中国藏学》1989年第3期。

张亚莎：《马图形·"风马"·战神格萨尔——由西藏岩画"马图形"所引发的思考》，《中国藏学》2008年第1期。

张延清：《〈格萨尔〉中主要经济门类及其管理初探》，《西藏研究》2002年第4期。

章虹宇：《白族地区有关〈格萨尔王传〉的传说及其民俗活动的调查》，《民族文学研究》1990年第3期。

章虹宇：《老藏王"本主"——格萨尔王考》，《民族文学研究》1996年第2期。

赵秉理：《〈格萨尔〉是藏族人民的英雄史诗》，《青海社会科学》1991年第5期。

赵秉理：《论藏〈格萨尔〉与蒙〈格斯尔〉的关系》，《内蒙古社会科学（文史哲版）》1993年第5期。

赵秉理：《世界上最早研究〈格萨尔〉学者考》，《青海社会科学》1994年第4期。

赵秉理：《〈格萨尔〉与部落战争二题》，《青海社会科学》1995年第6期。

赵秉理：《从〈格萨尔〉看古代藏族部落战争的作用》，《青海社会科学》

1996 年第 4 期。

赵秉理：《〈格萨尔〉映出古代藏族部落战争的四个特点》，《青海社会科学》1997 年第 6 期。

赵秉理：《岭·格萨尔的生活原型》，《青海社会科学》1999 年第 6 期。

赵心愚：《唐代磨些部落与〈格萨尔王传·保卫盐海〉中的"姜国"》，《西南民族学院学报（哲学社会科学版）》2002 年第 4 期。

郑敏芳、弋睿仙：《活态史诗〈格萨尔〉：中外合璧、大有可为——访杨恩洪研究员》，《西藏研究》2017 年第 3 期。

钟勇：《道可道，道常道：从〈格萨尔王传〉的结构探讨艺人"神授"现象》，《民族文学研究》1997 年第 1 期。

周爱明：《非物质文化〈格萨尔〉的物质化》，《西南民族大学学报（人文社会科学版）》2003 年第 6 期。

周爱明：《历史文献记录中的〈格萨尔〉口头传统》，《民族学刊》2019 年第 1 期。

周毛卡：《〈格萨尔王传〉服饰文化特点及功能和价值——以岭国服饰为例》，《西藏研究》2013 年第 5 期。

周毛先：《"我们与他们"——热贡"蔡孜德裕"之〈格萨尔〉文化与族群边界探析》，《西藏研究》2017 年第 4 期。

周望潮：《〈格萨尔王传〉研究中的宗教问题》，《西藏研究》1989 年第 4 期。

周伟：《〈格萨尔〉的流传与接受论》，《民族文学研究》1986 年第 5 期。

周炜：《〈格萨尔〉的哲学思想内涵》，《西藏研究》1989 年第 1 期。

周炜：《〈格萨尔王传·取雪山水晶国〉描述的巫术活动探讨》，《青海社会科学》1993 年第 2 期。

周炜：《藏传佛教化身理论与格萨尔的本生》，《中国藏学》1994 年第 2 期。

周锡银、周望潮：《〈格萨尔王传〉中的藏族原始宗教》，《西藏研究》1993 年第 2 期。

周子玉：《格萨尔王：历史幻象的消解与神性解构》，《民族文学研究》2011 年第 2 期。

卓玛：《试比较〈安德洛玛克〉与〈格萨尔王传〉中的理性意识》，《民族文学研究》2009 年第 1 期。

尊胜：《格萨尔史诗的源头及其历史内涵》，《西藏研究》2001 年第 2 期。

四、学位论文

加央平措：《关帝信仰在藏传佛教文化圈演化成格萨尔崇拜的文化现象解析》，中央民族大学 2010 年博士学位论文。

李连荣：《中国〈格萨尔〉史诗学的形成与发展（1959—1996）》，中国社会科学院研究生院 2000 年博士学位论文。

诺布旺丹（俄日航旦）：《伏藏史诗论——〈格萨尔〉史诗与藏传佛教伏藏传统关系研究》，中国社会科学院研究生院 2001 年博士学位论文。

王蓓：《〈格萨尔王传〉与多康地区藏族族群认同》，中国社会科学院研究生院 2011 年博士学位论文。

王治国：《集体记忆的千年传唱——〈格萨尔〉翻译与传播研究》，南开大学 2011 年博士学位论文。

徐斌：《格萨尔史诗图像及其文化研究》，中国社会科学院研究生院 2003 年博士学位论文。

徐国宝：《〈格萨尔〉与中华文化的多维向心结构》，中国社会科学院研究生院 2000 年博士学位论文。

元旦：《藏族神话与〈格萨尔〉史诗比较研究》，西北民族大学 2010 年博士学位论文。

赵海燕：《〈格萨尔〉身体叙事研究》，西北大学 2019 年博士学位论文。

周爱明：《〈格萨尔〉口头诗学——包仲认同表达与藏族民众民俗文化研究》，中国社会科学院研究生院 2003 年博士学位论文。

主要参考文献

〔俄〕梅列金斯基:《叙事诗》,魏庆征译,载上海民间文艺研究会编《民间文艺集刊》(第五集),上海文艺出版社1984年版。

〔俄〕普罗普:《俄罗斯英雄史诗发展的基本阶段》,曹之寿译,载中国民间文艺研究会研究部编《民间文学参考资料》(第九集),1964年版。

〔法〕大卫·尼尔:《岭超人格萨尔王传》,陈宗祥译,西南民族学院民族研究所(1931)1984年版。

〔法〕石泰安:《西藏史诗与说唱艺人研究》,耿升译,西藏人民出版社(1959)1993年版。

〔加拿大〕诺思罗普·弗莱:《伟大的代码——圣经与文学》,郝振益、樊振帼、何成洲译,北京大学出版社1998年版。

〔加拿大〕诺思罗普·弗莱:《神力的语言——"圣经与文学"研究续编》,吴持哲译,社会科学文献出版社2004年版。

〔加拿大〕弗莱:《批评的解剖》,陈慧等译,百花文艺出版社2006年版。

〔美〕保罗·麦钱特:《史诗论》,金慧敏、张颖译,北岳文艺出版社1989年版。

〔美〕拉·莫阿卡宁:《荣格心理学与西藏佛教——东西方精神的对话》,江亦丽、罗照辉译,商务印书馆1994年版。

〔美〕约翰·迈尔斯·弗里:《口头诗学:帕里—洛德理论》,朝戈金译,社会科学文献出版社2000年版。

〔苏联〕巴赫金:《史诗与小说》,冯瑞生译,载张杰编选:《巴赫金集》,上海远东出版社(1986)1998年版。

〔苏联〕谢·尤·尼克留多夫：《蒙古人民的英雄史诗》，徐吕汉等译，内蒙古大学出版社（1984）1991年版。

〔英〕缪勒：《比较神话学》，金泽译，上海文献出版社1989年版。

〔蒙古〕策·达木丁苏伦：《格萨尔王传》，《青海民族民间文学资料》（3），青海文联1959年版。

〔蒙古〕策·达木丁苏伦：《格斯尔的故事的三个特征》，白歌乐译，《青海民族民间文学资料》（4），青海文联1959年版。

朝戈金：《口传史诗诗学》，广西人民出版社2000年版。

程金城：《20世纪中国文学价值系统》，敦煌文艺出版社1996年版。

程金城：《原型批判与重释》，东方出版社1998年版。

丹珠昂奔：《佛教与藏族文学》，中央民族学院出版社1988年版。

丹珠昂奔：《藏族文化散论》，中国友谊出版社1993年版。

董晓萍：《民俗学导游》，中国工人出版社1995年版。

甘肃省《格萨尔》工作领导小组办公室、西北民族学院《格萨尔》研究所编纂：《格萨尔文库》（1—3卷），甘肃民族出版社1996—2001年版。

霍莫诺夫：《布里亚特英雄史诗〈格斯尔〉》，哈斯译，内蒙古社科院文学所（1976）1986年版。

降边嘉措：《〈格萨尔〉初探》，青海民族出版社1986年版。

降边嘉措：《〈格萨尔〉的历史命运》，四川民族出版社1989年版。

降边嘉措：《〈格萨尔〉与藏族文化》，内蒙古大学出版社1994年版。

降边嘉措：《格萨尔论》，内蒙古大学出版社1999年版。

降边嘉措等编：《〈格萨尔王传〉研究文集》（1—2），四川民族出版社1986、1989年版。

角巴东主、恰嘎·旦正：《〈格萨尔〉新探》（藏文），青海民族出版社1994年版。

郎樱：《〈玛纳斯〉论析》，内蒙古大学出版社1991年版。

刘魁立：《刘魁立民俗学论集》，上海文艺出版社1998年版。

洛珠加措：《格萨尔王传综述》（藏文），西藏人民出版社1994年版。

马学良、恰白次旦平措、佟锦华主编：《藏族文学史》（上下），四川民族出版社 1994 年版。

祁连休、程蔷编：《中华民间文学史》（史诗篇），河北教育出版社 2000 年版。

潜明兹：《史诗探幽》，中国民间文艺出版社 1986 年版。

仁钦道尔吉：《〈江格尔〉论》，内蒙古大学出版社 1994 年版。

仁钦道尔吉：《江格尔论》，内蒙古大学出版社 1999 年版。

索代：《藏文〈格萨尔〉论略》，甘肃民族出版社 1991 年版。

佟锦华：《藏族民间文学》，西藏人民出版社 1992 年版。

王兴先：《〈格萨尔〉论要》（增订本），甘肃民族出版社 2002 年版。

王亚南：《口承文化论》，云南教育出版社 1997 年版。

吴光正：《中国古代小说的原型与母题》，社会科学文献出版社 2004 年版。

徐国琼：《〈格萨尔〉考察纪实》，云南人民出版社 1993 年版。

杨恩洪：《中国少数民族英雄史诗〈格萨尔〉》，浙江教育出版社 1989 年版。

杨恩洪：《民间诗神——格萨尔艺人研究》（增订本），中国社会科学出版社 2017 年版。

杨元芳：《格萨尔王传译文集》，西南民族学院民族研究所 1984 年版。

叶舒宪：《探索非理性世界》，四川人民出版社 1988 年版。

叶舒宪：《英雄与太阳：中国上古史诗原型重构》，上海社会科学院出版社 1991 年版。

叶舒宪：《〈诗经〉的文化阐释》，湖北人民出版社 1994 年版。

叶舒宪：《〈庄子〉的文化解析》，湖北人民出版社 1997 年版。

叶舒宪：《中国神话哲学》，中国社会科学出版社 1997 年版。

叶舒宪：《高唐神女与维纳斯：中西文化中的爱与美主题》，中国社会科学出版社 1997 年版。

叶舒宪：《文学人类学》，广西师范大学出版社 1998 年版。

叶舒宪：《阉割与狂狷》，上海文艺出版社 1999 年版。

叶舒宪：《原型与跨文化阐释》，暨南大学出版社 2002 年版。

叶舒宪：《文学与人类学》，社会科学文献出版社 2003 年版。

叶舒宪编：《结构主义神话学》，陕西师范大学出版社 1998 年版。

叶舒宪编：《神话—原型批评》，陕西师范大学出版社总社有限公司 2011

年版。

赵秉理：《格学散论》，甘肃民族出版社 1996 年版。

赵秉理编：《格萨尔学集成》（全五卷），甘肃民族出版社 1990—1998 年版。

中国社科院少数民族文学所：《民族文学译丛》（1—2），1983、1984 年版。

中国社科院少数民族文学所编：《格萨尔研究集刊》（1—4），中国民间文艺出版社（1—3）1985—1988 年版，内蒙古大学出版社（4）1989 年版。

钟敬文：《中国民间文艺学的新时代》，敦煌文艺出版社 1991 年版。

钟敬文：《民间文艺学及其历史》，山东教育出版社 1998 年版。

钟敬文主编：《民间文学概论》，上海文艺出版社 1980 年版。

钟敬文主编：《民俗学概论》，上海文艺出版社 1998 年版。

格萨尔部本

《大食财宗》，甘肃民族出版社 1979 年版。

《地狱篇》，四川民族出版社 1986 年版。

《敦氏预言授记》（古如坚赞说唱本），青海人民出版社 1992 年版。

《霍岭大战》，青海民族出版社 1979 年版；汉译本，青海人民出版社 1984 年版。

《姜岭大战》，西藏人民出版社 1981 年版；汉译本，徐国琼、王小松翻译，中国藏学出版社 1991 年版。

《卡切松石宗》，西藏人民出版社 1979 年版。

《门岭大战》（老艺人扎巴说唱本），西藏人民出版社 1979 年版。

《门岭大战》（根据手抄本排印），甘肃民族出版社 1982 年版。

《米努绸缎宗》，西藏人民出版社 1988 年版。

《魔岭大战》，甘肃民族出版社 1980 年版；汉译本，王沂暖翻译，甘肃人民出版社 1980 年版。

《穆古骡子宗》，西藏人民出版社 1982 年版；汉译本，王沂暖、何天慧翻译，甘肃民族出版社 1988 年版。

《赛马称王》（德格木刻本），四川民族出版社 1980 年版。

《松岭大战》（老艺人扎巴说唱本），北京民族出版社 1982 年版。

《天界篇》（德格木刻本），四川民族出版社 1980 年版；汉译本，刘立千翻译，西藏人民出版社 1985 年版。

《天界篇》（老艺人扎巴说唱本），北京民族出版社 1980 年版。

《陀岭大战》（才让旺堆说唱本），青海人民出版社 1991 年版。

《象雄珍珠宗》，青海民族出版社 1984 年版。

《歇日珊瑚宗》，青海民族出版社 1983 年版。

《雪山水晶宗》，四川民族出版社 1982 年版。

《英雄诞生》（德格木刻本），四川民族出版社 1980 年版。

《祝古兵器宗》，甘肃民族出版社 1987 年版。

藏族历史宗教

《莲花生大师传》，北京民族出版社 1986 年版；汉译本，洛珠嘉措翻译，青海民族出版社 1992 年版。

巴俄·祖拉陈哇：《贤者喜宴》，木刻本，藏民族文化宫图书馆。

拔·赛囊：《拔协》，佟锦华、黄布凡译注，四川民族出版社 1990 年版。

布顿仁钦朱：《布顿佛教史》，中国藏学出版社 1988 年版；汉译本，郭和卿翻译，北京民族出版社 1986 年版。

蔡巴·贡噶多杰：《红史》，东噶·洛桑赤耐注释本，北京民族出版社 1984 年版；汉译本，陈庆英、周润年翻译，西藏人民出版社 1988 年版。

更登曲批：《白史》（藏、汉对照），西北民族学院 1981 年版。

廓诺·迅鲁伯：《青史》，四川民族出版社 1983 年版。

萨迦·索南坚赞：《王统世系明鉴》，北京民族出版社 1982 年版；陈庆英、仁庆扎西译注，辽宁人民出版社 1985 年版。

五世达赖喇嘛：《西藏王臣记》，北京民族出版社 1957 年版；汉译本，郭和卿翻译，民族出版社 1983 年版。

后　记

《〈格萨尔〉原型研究》这本著作终于要出版了，我心里却五味杂陈，既有欣喜，亦有惶恐与不安。欣喜的是这本以博士论文为雏形的小书即将付梓，是自我的学术总结，也是一种学术证明；惶恐与不安的是，自从走上格萨尔学术研究道路以来，还没有真正让自己满意的学术研究成果，也害怕自己的研究是一种"误读"，没有真正走进《格萨尔》史诗的艺术世界。

回顾自己的学术研究历程，从一开始便与格萨尔结下了不解之缘。2002年9月，我去兰州大学文学院读博，专业是中国现当代文学。我的一位同学，亦是好友，比我早一年去西北民族大学格萨尔研究院读硕士，专业就是格萨尔学。他本科专业是英语，没有汉语言文学专业基础，读研之前对《格萨尔》史诗了解也比较少，做起研究来有困难。有一天，他拿着论文提纲给我看，让我提点修改意见。我之前只在历史教科书里看到过《格萨尔》，知道它是藏族英雄史诗，是中国三大史诗之一，其他的就无从知晓了。这是我第一次真正接触《格萨尔》，一口气读了120多部《格萨尔》部本。我被史诗宏大的结构、诗化的语言、英雄的气概，以及藏族独特的民俗风情和历史文化所震撼。我深深地爱上了这部英雄史诗，我开始深入地研究《格萨尔》史诗。很快，我写出了第一篇格萨尔研究论文《〈格萨尔〉史诗的音乐性解读》，后来发表在《青海民族学院学报》2003年第2期。我是从复调理论的角度对《格萨尔》史诗进行分析和阐释。今天看来，这篇论文还存在着一定的问题，论析也比较牵强，但这是我一次以研究者的身份直面这部伟大的史诗。

因《格萨尔》史诗，我与西北民族大学格萨尔研究院王兴先生结缘，先生当时任格萨尔研究院院长。我第一次冒昧去到先生办公室拜访，先生听说我想要研究《格萨尔》，特别高兴，与我畅谈了三四个小时。他跟我谈了他如何走向格萨尔研究，他在西藏阿里地区如何做田野调查，如何背着最老式的录音机录制了几千盒磁带，也跟我谈了他在西北民族大学如何开展格萨尔研究，其中的困难与艰辛，甘苦自知。临别时，他给送给我一套《格萨尔文库》，一套《格萨尔集成》，还有他著的《〈格萨尔〉论要》。后来，我去先生家里拜访过几次，每次聆听完先生的教诲，我都感触颇深，收获良多。可以说，先生是我格萨尔研究的真正领路人。

我在格萨尔研究方面另一位师友是西北民族大学格萨尔研究院的扎西东珠研究员。我们之间纯属学术情谊，因学术研究而结缘。2004年，我在《中国藏学》第4期发表了《史的构建与精神文化的巡礼》一文，是王兴先、扎西东珠所著《〈格萨尔〉史稿》的书评。扎西东珠老师看到了这篇文章，主动给我打电话联系，谈了很多，既肯定了文章，同时也提出了一些他的看法。扎西东珠送给我几本《〈格萨尔〉史稿》（精华本）和格萨尔研究院院藏的一些格萨尔部本和研究文献，这些文献资料对我日后格萨尔研究帮助很大。西北民族大学格萨尔研究院的其他几位老师也因为学术交流与我熟悉起来，在我的格萨尔研究中提供了很多帮助。尤其是王国明先生送给我一套价值万元的《格萨尔文库》，这套文库成为我格萨尔研究最基本的史诗文本。此外，值得一提的是西北民族大学格萨尔研究院的院藏研究资料，给我提供了很多宝贵的一手文献资料。在此，我衷心地感谢西北民族大学格萨尔研究院诸位师友，谢谢你们的帮助和指导。

在我的学术研究道路上，需要感谢的人很多。我的博士导师，兰州大学文学院程金城先生是最应该感谢的，是先生把我从一个学术研究的"门外汉"逐渐培养出有点学术感觉的人。先生是道德文章，学术做得好，为人更好，是我一生的榜样。兰州大学文学院常文昌先生，现已仙逝，先生当年拿着我的博士论文给本科生讲了四节课。先生为人谦和，学术精深，尤其在东干文学研究方面，应该是奠基式学者。先生对我的论文评价很高，我一直记着先生的这份鼓励之情。中国社会科学院文学研究所张炯先生是我的博士后导师，先生是中国当代文学研究的领军者，每次与先生交谈，都有新的认知和领悟。先生对我的关心、关爱终生难忘。博士后在站期间，每次去北京，先生都提前给我订房间，让我感动不已。记得有一年冬天，北京特别冷，我去先生家拜访。一进门，先生看到我冻得发抖，赶紧找来一个厚羊毛马褂让我穿上。这件衣服，我现在仍然珍藏着，它是先生之于我的恩情的见证。

感谢我的博士生郑华同学，她在毕业论文的紧张撰写中，还为我校对和修改书稿。感谢我的硕士研究生任智峰、闫哲两位同学的辛苦付出。

感谢商务印书馆王璐老师，她认真、严谨、负责的编辑态度让我感动。这一次著作的出版，让我真正领略到国家权威出版社的编辑是什么样的。正是有像王老师这样的编辑，才让商务印书馆有口皆碑。

感谢西北师范大学文学院领导的支持，是你们的支持才让本著作得以顺利出版。

韩　伟

2023.09.14